KNAUR

Von Helen Callaghan ist bereits folgender Titel erschienen:
DEAR AMY – Er wird mich töten, wenn Du mich nicht findest

Über die Autorin:
Helen Callaghan wurde als Tochter britischer Eltern in Los Angeles geboren. Sie betreute jahrelang das Belletristiksortiment großer Buchhandlungen – bis sie sich entschloss, ihr Archäologiestudium in Cambridge abzuschließen, wo sie heute lebt. Nebenher folgt sie ihrer wahren Berufung: »Ich schreibe, wann immer man mich kurz aus den Augen lässt!«
Helen Callaghans Debüt *Dear Amy* stürmte in Großbritannien sofort die Bestsellerlisten, *Lügen. Nichts als Lügen* ist ihr zweiter Psychothriller.

Helen Callaghan

LÜGEN. NICHTS ALS LÜGEN

Psychothriller

Aus dem Englischen von Heike Reissig
und Stefanie Schäfer

KNAUR

Die englische Originalausgabe erschien 2018 unter dem Titel
»Everything is Lies« bei Penguin, London.

Besuchen Sie uns im Internet:
www.knaur.de

Deutsche Erstausgabe Oktober 2018

Redaktion: Kerstin Kubitz
Covergestaltung: ZERO Werbeagentur, München
Coverabbildung: FinePic® / Shutterstock
Satz: Adobe InDesign im Verlag
Druck und Bindung: CPI books GmbH, Leck
ISBN 978-3-426-22671-1

2 4 5 3 1

Für JJ

KAPITEL 1

Niemand ist, was er vorgibt zu sein.

Ich lehnte mich in meinem Sitz zurück, während der Nachtbus weiter Richtung Brixton rumpelte, zu meiner kleinen Wohnung. Meine Bluse stand offen; die zwei oberen Knöpfe waren abgerissen. Der junge Typ in der Superdry-Jacke drei Reihen weiter starrte mich die ganze Zeit an, als wollte er sagen: *Kannst dich gern an mich ranmachen, kein Problem.*

Ich ignorierte seine stumme Anmache und versank lieber in Selbstmitleid, denn ich hatte Kopfschmerzen, die immer stärker wurden. Ich blinzelte mein Spiegelbild in der Fensterscheibe an. Meine Wimperntusche war verschmiert. Ich sah aus wie ein deprimierter, vom Pech verfolgter Pandabär.

Um mich herum saßen die üblichen Londoner Nachtschwärmer: betrunkene Mädels in knappen Outfits, Hipster in Röhrenjeans, müde Pendler, die auf der Heimfahrt einnickten. Die unbarmherzige Busbeleuchtung ließ unsere Haut wie fahles Fleisch in der Metzgerauslage aussehen.

Ich fühlte mich ernüchtert, erschöpft und desillusioniert.

***

Im Tai-Pan war es rammelvoll gewesen, die Luft schwül von frischem Schweiß, Parfüm, Bier und Aftershave; der typische Freitagabendgeruch nach Erregung und Abenteuer. Überall in der Bar ertönte euphorisches Geschrei, untermalt von dumpfen Rhythmen, die erahnen ließen, dass irgendwo im Hintergrund Musik spielte.

Ich war beruflich dort gewesen. James Cooper, *Enfant terrible* der Corporate Architecture und geschäftsführender Gesellschafter von Amity, war mal wieder für einen Design-Preis nominiert worden, was natürlich gebührend gefeiert werden musste.

Ich hatte gar nicht kommen wollen.

Ich war erst seit drei Monaten bei Amity, hatte aber schnell mitbekommen, dass es bei der Unternehmenskultur vor allem darauf ankam, von James »gesehen« zu werden, einem hyperehrgeizigen Soziopathen aus New York, der inzwischen zum dritten Mal verheiratet war. Sein Motto lautete *Work hard, play hard*. Ich persönlich verbrachte meinen Feierabend eigentlich lieber mit Freunden als mit Kollegen.

Doch seit ich bei Amity angefangen hatte, sagte ich private Verabredungen immer häufiger ab: Zuerst schlief der Stepptanzkurs mit meiner alten WG-Freundin Audrey ein, dann die donnerstäglichen Kinoabende im Ritzy mit Veronika und Paul.

An diesem Abend war ich allerdings fest entschlossen gewesen, mich dem Amity-Gruppenzwang zu entziehen. Höchstens eine Stunde, dann hatte ich mich vom Acker machen wollen. Die Wochenenden gehörten schließlich mir und nicht der Firma.

Aber dann waren aus einem Cocktail drei geworden (ohne dass es großer Überredungskunst bedurft hätte), und zu meinem eigenen Erstaunen hatte ich mich bestens amüsiert.

Und das, obwohl ich fast den ganzen Abend in der Klemme gesteckt, oder besser: mit dem Rücken zur Wand gestanden hatte, hinter mir eine gigantische Reproduktion der *Großen Welle* von Hokusai. Benjamin Velasquez, einer der leitenden Architekten bei Amity, hatte sich dicht vor mir aufgebaut und seine Hand an der Wand über meinem Kopf abgestützt. Mir war gar nichts anderes übrig geblieben, als mich mit ihm zu unterhalten und nebenbei festzustellen, dass sich beachtliche Muskeln unter seinem Hemd abzeichneten.

Bis dahin hatte ich kaum mit ihm zu tun gehabt, aber er

war mir durchaus aufgefallen in seinem gläsernen Büro, und mir war natürlich nicht entgangen, dass er ebenfalls Notiz von mir genommen hatte.

Er plauderte über seine Reise zu den großen Vulkanen der Welt, die er vor nicht allzu langer Zeit unternommen hatte; ein Geschenk von Freunden zu seinem dreißigsten Geburtstag.

»Ich habe noch nie einen Vulkan gesehen«, murmelte ich beeindruckt. Von so einer Reise träumte ich schon lange, aber leider hatte sie sich bisher nicht ergeben, weil ich noch immer auf den richtigen Lover wartete, mit dem ich sie unternehmen konnte.

»In London sind wir zum Glück vor Vulkanausbrüchen sicher«, sagte Benjamin.

»Hattest du keine Angst?«, fragte ich leicht lallend. »Solche Ausbrüche sind doch unvorhersehbar, sie können jederzeit passieren.«

»Ja«, antwortete er mit einem verschwörerischen Grinsen und rückte noch ein Stückchen näher. »Aber meistens passiert nichts. Meine ... Ellie hatte zuerst Angst, aber das gab sich dann ganz schnell.«

»Ellie? Wer ist Ellie?«

Ich hatte tatsächlich einen sitzen. Mein Blick wanderte über Benjamins Brust hinauf zu seinem Gesicht. Er hatte sinnliche Lippen und graue Augen. Wenn an seinem Gesicht überhaupt etwas auszusetzen war, dann höchstens sein leicht fliehendes Kinn.

»Eine Freundin. Wir waren zu mehreren unterwegs.« Er schaute weg, die Frage schien ihn zu nerven. Ich beschloss, nicht weiterzubohren, sondern das Thema zu wechseln.

Er bot an, mir einen Drink zu besorgen, und ich nutzte die Gelegenheit, schnell aufs Klo zu gehen. Als ich die golden glänzende Tür zu den Damentoiletten öffnete, erblickte ich meine neue Freundin Cleo. Sie stand vor dem Pseudo-Barockspiegel und brachte ihr Haar wieder in Ordnung; einige rotblonde Lockensträhnen hatten sich aus dem straffen Dutt gelöst, den sie bei der Arbeit stets trug.

»Hallo, du Schöne«, sagte ich.

»Ah, Sophia«, sagte sie und warf mir einen Blick zu. »Wie geht's Benjamin Velasquez?« Sie grinste, doch es wirkte ein wenig angespannt. Vermutlich lag es an den Haarspangen, die sie zwischen den Zähnen hielt. Sie nahm sie kurz aus dem Mund. »Ihr zwei scheint euch ja gut zu verstehen.«

»Wir unterhalten uns bloß«, sagte ich und lief rot an. »Er hat mir gerade von seiner Vulkanreise erzählt …«

An meinem Hintern vibrierte etwas. Dann ertönte ein altvertrauter Klingelton. Mein Handy. Ich zog es aus der Hosentasche. Meine Mutter.

Ich starrte auf das winzige Display, als könnte es jeden Moment explodieren. 21:50 Uhr. Ich liebte meine Mutter über alles, aber wenn sie um diese Zeit anrief, war das kein gutes Zeichen.

Ich nahm den Anruf entgegen.

»Hallo, Mum«, sagte ich.

»Sophia, wo steckst du denn?«

Sie klang jedes Mal besorgt, als sei ich noch ein kleines Kind. »Ich hab's schon auf deiner Festnetznummer probiert.«

»Ich bin gerade in einer Bar«, sagte ich, obwohl das angesichts der Lärmkulisse eigentlich klar war. »Pflichttermin mit den Kollegen.«

»Schon wieder?«

»Ja.« Ich kratzte mir die Stirn. »Ich hab dir doch schon erzählt, wie das in der Firma läuft.«

»Ja, stimmt. Entschuldige.«

Dann schwieg sie. Das machte sie jedes Mal. Als wäre ich diejenige, die angerufen hatte und nun nicht zur Sache kam. Die Leitung knisterte geradezu vor Ungeduld.

Wenn ich noch ein rebellischer Teenager gewesen wäre,

hätte ich geschrien: »Mum, was willst du von mir?« Aber dann hätte ich mich bloß schrecklich gefühlt, und gebracht hätte es ohnehin nichts. Meine Mutter brauchte immer etwas Anlauf, um zu sagen, was sie auf dem Herzen hatte. Aber diesmal fehlte mir die Geduld dafür. Benjamin wartete auf mich, und im Hintergrund ertönte gerade der Drum-'n'-Bass-Hit des Sommers.

Cleo schob sich die letzte Spange ins Haar, wandte sich vom Spiegel ab und lächelte mir beim Hinausgehen zu.

Ich winkte ihr nach.

»Wie geht's dir, Mum? Ist alles okay?«

Sie blieb stumm. Ich zwang mich, ruhig zu bleiben. Ich machte mir oft Sorgen um meine zarte, zerbrechliche Mutter und lebte in ständiger Angst, dass sie anrief und sofort meine Hilfe brauchte.

»Ich möchte, dass du heimkommst«, sagte sie schließlich. »Wir müssen dringend reden.« Ihre Stimme klang wie immer, schwach und dünn, als käme sie von der anderen Seite eines stillen, klaren Sees herübergeweht.

»Mum, ich kann jetzt nicht«, seufzte ich. Es hatte keinen Sinn, ungeduldig zu werden und sich aufzuregen. So war meine Mutter eben, da konnte man nichts machen.

Trotzdem stieg Enttäuschung in mir hoch.

Eigentlich war ich davon ausgegangen, dass es ihr besser ging, weil sie in den letzten Monaten seltener angerufen hatte. Es schien, als hätte sie sich endlich damit abgefunden, dass ich ausgezogen war und nicht nach Suffolk zurückkehren würde. Ich dachte, sie hätte aufgehört, sich ständig Sorgen um mich zu machen.

»Diesmal ist es wirklich wichtig, Sophia. Du musst kommen.«

»Das sagst du immer, Mum. Und wenn ich dann komme, ist es gar nicht so wichtig.«

»Jared und ich müssen unbedingt mit dir reden.«

Nun wurde mir doch ein wenig bange. Es war sehr ungewöhnlich, dass sie meinen Dad Jared nannte. »Mum, stimmt etwas nicht? Geht es euch beiden gut?«

»Ja, uns geht es gut, keine Sorge.«

»Warum kann das Ganze dann nicht warten? Lass uns morgen darüber reden, okay?« Ich warf einen Blick auf die Uhr. »Heute Abend schaffe ich es sowieso nicht mehr nach Pulverton. Mit dem Auto kann ich nicht fahren, weil ich schon zu viel getrunken habe, und den letzten Zug erwische ich auch nicht mehr.«

Schweigen. Dann: »Sophia, Schätzchen …«

Das machte sie *immer*. Der Teufel in mir flüsterte: *Leg auf.*

»Tut mir leid, Mum«, sagte ich. »Heute Abend geht es wirklich nicht. Ich rufe dich morgen an, dann können wir ausführlich darüber reden.«

»Wie du meinst, Sophia.«

»Jetzt sei doch nicht so, Mum«, sagte ich. Trotzdem bekam ich sofort ein schlechtes Gewissen. Sie war unglücklich, das spürte ich, obwohl sie nie darüber sprach. Doch dagegen konnte ich nichts tun. Ich atmete tief durch und verdrängte meine Schuldgefühle. »Tut mir leid, Mum. Ich rufe dich gleich morgen früh an. Versprochen. Gute Nacht.«

Ich tippte aufs Display, und schon war sie verschwunden.

***

Als das Taxi in den Millennium Way bog, waren seine Hände schon in meinem BH. Er presste mich gegen die Autotür und küsste mich begierig. Wir hatte beide vergessen, die Sicherheitsgurte anzulegen, und dem Fahrer, einem glatzköpfigen Mittfünfziger, war es vermutlich zu peinlich, uns darauf hinzuweisen.

Wir benahmen uns wirklich unmöglich, aber das machte es natürlich umso prickelnder.

»Wir sind da«, sagte der Taxifahrer, ohne sich umzudrehen.

Benjamin ließ mich los. Ich schnappte nach Luft und strich meine Bluse glatt, während er ein paar Geldscheine aus der Börse zog. »Danke, Kumpel. Stimmt so.« Dann stieg er aus und zog mich hinter sich her, in die schwüle Nacht.

Wir befanden uns vor einem der grimmigen Wolkenkratzer an der Isle of Dogs. Hinter uns schwappten Wellen auf den Kiesstrand; ein Partyboot mit bunten Lichtern und tanzenden Gästen zog draußen auf der Themse vorbei, Richtung Woolwich. Der dünne Klang von Michael Jacksons »Wanna Be Startin' Something« drang übers Wasser. Es roch brackig, nach faulem Holz.

»Komm«, sagte Benjamin und zog mich zum Eingang. Die Lobby war spartanisch, aber teuer, der Look von Beton und Metall.

Ich weiß gar nicht mehr, ob Musik im Aufzug spielte; Benjamins fordernde Küsse lenkten mich zu sehr ab. Als wir ausstiegen, zog er mich durch einen schummrigen Flur mit dunklen Holztüren, schloss eine davon auf und schob mich in eine gigantische Penthouse-Wohnung mit Glasfront und Blick auf die Themse, die sechzig Meter unter uns im Schein der Straßenbeleuchtung glitzerte.

Benjamin drängte mich die Holztreppe hoch ins Zwischengeschoss.

»Nette Wohnung«, bemerkte ich, als ich rücklings auf das riesige Schlittenbett aus Eiche fiel und ihn mit mir zog. »Tolle Aussicht.«

»Ja«, keuchte er, während er sich vergeblich bemühte, mir die Bluse über den Kopf zu ziehen. Wir mussten beide kichern. »Bin ich über Amity drangekommen«, sagte er.

»Wirklich schick«, bekräftigte ich, während er mir die Hose aufknöpfte und mit einer einzigen gekonnten Bewegung herunterzerrte. Schuhe hatte ich gar nicht mehr an. Ich musste sie wohl schon abgestreift haben.

Wir küssten uns weiter. Ich fuhr mit den Händen unter sein Hemd, über seine Brust. Als ich versuchte, sein Hemd aufzuknöpfen, merkte ich, dass ich aufs Klo musste.

»Entschuldige«, sagte ich. »Ich muss mal kurz verschwinden. Wo ist dein Bad?«

»Was? Ausgerechnet jetzt?«

»Lieber jetzt als später«, sagte ich.

Er lachte, deutete auf eine Tür und gab mir einen Klaps auf den Po. »Beeil dich!«, rief er mir nach.

***

Ich stand barfuß auf dem cremefarbenen Teppich und betrachtete zufrieden mein Spiegelbild. Ich hatte nur zwei Dessous-Sets, und eines davon, das pinkfarbene, hatte ich glücklicherweise für diesen Abend ausgewählt. Wenn es überhaupt mal passierte, dass ich mich abschleppen ließ, trug ich meistens ein peinliches Durcheinander. Doch diesmal hatte das Schicksal es gut mit mir gemeint. Ich grinste und setzte mich auf die Toilette.

Als ich so dasaß, fiel mir auf, dass eine der Schranktüren unter dem Waschbecken ein bisschen offen stand. Als Architektin wusste ich natürlich, nach welchem Muster die Neubauten an der Themse gestrickt waren: Top-Location, aber bei der Inneneinrichtung wurde oft geschlampt.

Ich schüttelte den Kopf und lächelte. Ich hatte jetzt frei.

Aber ich kam nicht umhin festzustellen, dass in dem Schrank etwas Gläsernes funkelte. In meinem Badezimmerschrank sah es ähnlich aus.

Schau nicht hinein, Sophia.

Aber es war zu spät. Ich hatte es ja schon gesehen.

Ich stand auf, zog meinen Slip hoch und betätigte die Spülung. Dann beugte ich mich hinunter, öffnete vorsichtig die Schranktür und erblickte ein wildes Chaos aus Flakons und

Creme-Tiegeln, dazwischen einen Make-up-Beutel mit Tuben und Lippenstiften. Es sah aus, als hätte jemand die Sachen hastig in den Schrank gestopft. Daneben lag eine weiße Schachtel.

Ich drehte den Wasserhahn auf, wusch mir rasch die Hände und ließ das Wasser weiterlaufen in der Hoffnung, eventuelle Geräusche damit zu übertönen. Eigentlich war es tabu, aber ich konnte nicht anders. Ich griff nach der Schachtel.

Mir war längst klar, was sich darin befand.

Auf dem Etikett stand »Mrs. ELIZABETH VELASQUEZ, 127 Carnavon Mill, Millennium Way«. Das war sicher Ellie, die »Freundin«, mit der Benjamin auf die Vulkane geklettert war. Das Datum auf dem Etikett war zwei Wochen alt. »Microgynon 30 – einmal täglich mit Wasser einnehmen«.

Die gleiche Pille, die ich auch benutzte.

Ich spähte in die Schachtel. Eine Folienpackung fehlte. Ellie war wohl für einige Tage verreist und hatte sie mitgenommen.

Ich schob die Schranktür wieder zu, stellte den Wasserhahn ab und blickte in den Spiegel. Das Lachen war mir gründlich vergangen.

Vielleicht hat sie ihn verlassen.

Nein. Dann hätte sie die ganze Schachtel mitgenommen. Und all ihre Schminksachen.

Enttäuschung stieg in mir hoch. Vermutlich war Ellie auf Geschäftsreise, eine typische Canary-Wharf-Karrierefrau. Und weil größere Flakons und Tuben bei Flügen nicht mit ins Handgepäck durften, hatte sie sie dagelassen.

Ist die Katz aus dem Haus …

Tu einfach so, als hättest du nichts gesehen. Du hättest sowieso nicht herumschnüffeln sollen. Das hast du jetzt von deiner Neugier. Komm schon, du willst doch bloß ein bisschen Spaß …

Wenn du es nicht wärst, wäre es eine andere …

Ich blickte auf die Marmorablage. Dort, wo Ellies Sachen gestanden hatten, waren noch die Abdrücke zu erkennen.

Es war hoffnungslos. Schon wieder ein verheirateter Typ, ein verdammter Lügner, der seinen Ehering wahrscheinlich in der Hosentasche versteckt hatte. Wenn ich am Montag bei der Arbeit auftauchte, würden mich die anderen garantiert anstarren und sich das Maul über mich zerreißen.

Schließlich hatten sie ja mitbekommen, dass ich mit ihm zusammen weggegangen war.

Warum hatte Cleo mich nicht gewarnt? Sie kannte ihn doch schon viel länger als ich.

Egal. Der Abend war vorbei.

»Hey, beeil dich!«, rief Benjamin. »Willst du einen Drink?«

»Nein«, antwortete ich und trat aus dem Bad. Für mich war die Sache klar.

Er blickte mich erstaunt an. Er wirkte noch recht nüchtern, im Gegensatz zu mir.

»Stimmt was nicht?«

»Tut mir leid, ich muss gehen.« Ich sammelte meine Hose vom Boden auf und schlüpfte hinein. Draußen mischte sich fernes Glockengeläut zum sanften Plätschern der Themse.

»Was ist denn los?«

»Ich hab's mir anders überlegt.« Ich griff nach meiner Bluse und zog sie über.

»Was?«, rief er empört. »Erst machst du mich scharf, und dann willst du einfach gehen? Das kannst du nicht machen!«

»Und ob ich das kann.« Meine Schuhe lagen neben der Kommode. Ich schlüpfte hinein, dann schnappte ich mir meinen Blazer und meine Tasche.

Benjamin stand auf. Nackt sah er auch ziemlich beeindruckend aus. Fast bedauerte ich, dass nicht mehr aus uns werden würde. »Was bildest du dir eigentlich ein, du Schlampe?«, zischte er.

Er baute sich mit geballten Fäusten vor mir auf. Am liebsten hätte er mich geschlagen.

Schon im Bad war mir klar geworden, dass er kein Märchenprinz war, aber damit, dass er womöglich ausflippte, hatte ich nicht gerechnet.

Mist, schoss es mir durch den Kopf. *Der Typ ist mehr oder weniger dein Chef. Was hast du dir nur dabei gedacht?*

Trotzdem hatte er kein Recht, so mit mir zu reden.

»Ich wusste gar nicht, wie charmant du sein kannst«, entgegnete ich. »Machst du deiner Frau auch so nette Komplimente?«

»Wovon redest du, du verdammtes Flittchen?«, rief er wütend, doch in seinen Augen stieg Panik auf. Er setzte sich wieder aufs Bett.

Nun hatte ich mir einen Feind gemacht, so viel stand fest. Und das würde mit Sicherheit unangenehme Folgen bei der Arbeit nach sich ziehen.

Ich hätte vorsichtiger sein sollen.

»Nacht, Benjamin«, sagte ich und warf ihm eine Kusshand zu. »Wir sehen uns im Büro.«

***

Der Bus rumpelte weiter durch die Nacht. Ich lehnte den Kopf gegen die schmutzige Scheibe und schloss die Augen.

Schon wieder ein verheirateter Kerl. Mist.

Ich musste an meine Mutter denken. Wegen so einem Loser hatte ich sie am Telefon abgewürgt. Ich schämte mich zutiefst.

Der Bus näherte sich meiner Haltestelle. Niedergeschlagen stand ich auf. Vielleicht hatte Mum wirklich keinen triftigen Grund, mich zu sehen, aber sie war meine Mutter. Ich hätte nicht einfach auflegen sollen.

Morgen früh würde ich sie sofort anrufen.

Ich drängelte mich durch die alkoholisierte Menschenansammlung zur Tür, stieg aus und marschierte nach Hause.

KAPITEL 2

Am nächsten Morgen raste ich mit meinem kleinen lila Ford KA Richtung Küste. Der Wagen hatte schon über zehn Jahre auf dem Buckel und wurde eigentlich fast nur noch durch Rost und Willenskraft zusammengehalten.

Wenn ich nicht so verkatert gewesen wäre, hätte ich den Anblick der sanften Hügellandschaft von Suffolk genossen, die sich dahinschlängelnden baumbeschatteten Straßen, den Feuerball der aufgehenden Sonne über dem Meer. Der Tag versprach herrlich zu werden.

Ich hatte kaum geschlafen und mich bis zum Morgengrauen im Bett herumgewälzt, bis ich es nicht mehr aushielt und in die Küche wankte. Dort fummelte ich an der teuren Kaffeemaschine herum, die ich mir hatte aufschwatzen lassen, und nach einer halben Ewigkeit gelang es mir endlich, ihr drei Fingerhut voll Espresso abzutrotzen.

Ich setzte mich an den Tisch, nippte deprimiert an dem Gebräu und starrte auf mein Notebook. Auf dem Bildschirm flimmerten die Pläne meines aktuellen Projekts: ein neues Besucherzentrum für Scottish Heritage auf den Orkneys, das nicht nur umweltfreundlich, sondern auch absolut sturmfest sein sollte.

Eine Weile saß ich so da, in der festen Absicht, den Tag mit Arbeiten zu verbringen, doch irgendwann begriff ich, dass es sinnlos war, und schnappte mir die Autoschlüssel.

Die Fahrt dauerte rund drei Stunden. Ich versuchte, den Koffeinkick durch Musik zu unterstützen, aber mein Schädel vertrug den Lärm nicht. Also schaltete ich das Radio wieder ab und fuhr stattdessen zum Takt eines nervtötenden Klopfgeräusches, das schon seit einigen Wochen aus dem hinteren Teil des Wagens kam; vermutlich war eines der Radlager defekt.

Mein siebenundzwanzigster Geburtstag stand kurz bevor – ich wollte endlich verantwortungsvoll handeln, statt mein Geld für Kaffeemaschinen und anderen Luxus zu verschwenden. Mein Auto musste dringend in die Werkstatt.

Das Studentendasein war vorbei – höchste Zeit, damit aufzuhören, vor mich hin zu gammeln.

So wie meine Eltern.

Schon wieder bekam ich Schuldgefühle.

Du hättest Mum am Telefon nicht abwürgen sollen.

Dabei hätte ich eigentlich kein schlechtes Gewissen zu haben brauchen. Meine Mutter rief mich vielleicht zwei oder drei Mal im Monat an, in der Regel abends zwischen sieben und zehn, und sie überwand ihre Telefonparanoia nur aus einem einzigen Grund: Sie wollte mich unbedingt dazu bewegen, London beziehungsweise Brixton zu verlassen und nach Hause zurückzukehren, in den Schoß der Familie.

»Und was soll ich da?«, fragte ich jedes Mal genervt.

Woraufhin sie mit den Augen rollte (natürlich konnte ich das nicht sehen, aber ich wusste genau, dass sie es tat) und sagte: »Du könntest mir und deinem Vater in der Gärtnerei helfen. Außerdem sagst du doch immer, dass das Café renoviert werden müsste.«

»Stimmt. Und du lehnst immer ab, weil es zu teuer werden würde. Warum kommst du nicht mal übers Wochenende nach Brixton und besuchst mich? Wir könnten zusammen London entdecken, Picknick im Hyde Park und abends Theater im West End …«

»Nein. Das geht nicht. Ich kann hier nicht weg.«

Ich bog von der A12 auf die Moncton Lane ab. Das verwitterte Hinweisschild auf dem Rasen mit der Aufschrift EDEN GARDENS UND CAFÉ 250 METER war beschädigt worden; jemand hatte es wohl aus Versehen gerammt.

Ich parkte direkt hinter dem Schild, stieg aus und wurde von einer frischen Brise begrüßt.

Die Vögel zwitscherten, als hätten sie auf mich gewartet. Der Duft von Heu vermischte sich mit dem Salzgeruch des nahen Meeres. Ich atmete tief ein und spürte sogleich, wie ich mich entspannte.

Ich ging zu dem kaputten Schild hinüber, und die Absätze meiner blauen Pumps versanken im taufeuchten Gras. Das Schild war in zwei Teile zerbrochen, ein breiter Reifenabdruck trennte die GARDENS vom CAFÉ. Das Ganze konnte erst vor Kurzem passiert sein. Seufzend hob ich die Teile auf und verstaute sie im Kofferraum meines Wagens.

Es überraschte mich ein wenig, dass mein Vater, ein notorischer Frühaufsteher, das auf seinem täglichen Rundgang nicht bereits selbst erledigt hatte. Ich schaute die Straße hinunter, zum Tor von Eden Gardens.

Es war noch verschlossen.

***

Das Tor war in fröhlichem Apfelgrün gestrichen, doch allmählich schimmerte der Rost hindurch. Ich fischte nach meinem Schlüsselbund und öffnete die beiden Vorhängeschlösser. Das Metall fühlte sich kalt an, die wärmenden Sonnenstrahlen waren noch nicht bis hierher vorgedrungen. Das Tor ging quietschend auf.

Ich blickte auf die Uhr. Erst kurz vor halb neun, aber mir war, als sei ich schon seit einer Ewigkeit wach. Normalerweise stand das Tor um diese Zeit schon offen, nur falls Kundschaft hereinschneite, wie Dad immer sagte. Wäre tatsächlich Kundschaft auf der Suche nach Heilkräutern hereingeschneit, hätte er sie allerdings geflissentlich ignoriert; seine morgendliche Gartenpflegeroutine wäre ihm wichtiger gewesen. Bei Eden Gardens war Mum dafür zuständig, die Kundschaft zuvorkommend zu behandeln. Mum stand jedoch nie vor neun Uhr auf.

Es grenzte an ein Wunder, dass das Geschäft überhaupt noch lief. Ich hatte meinen Eltern schon unzählige Male vorgeschlagen, den alten, zugigen, spinnwebenverhangenen Schuppen, in dem das Café untergebracht war, durch ein neues Gebäude mit ansprechendem Mobiliar zu ersetzen und das Sortiment im Laden, das hauptsächlich aus vergilbten Postkarten und verstaubtem Krimskams bestand, mit moderner Deko-Ware und Zimmerpflanzen aufzupeppen. Doch natürlich war alles beim Alten geblieben.

Ich ließ das Tor hinter mir zuschlagen und folgte dem Kiesweg, der mich an Ringelblumentöpfen und Keramikfeen vorbei zum Laden führte. Der Laden war von einem weißen Steinkreis umgeben, der an eine Megalithformation erinnerte. Unter dem maroden Vordach standen zwei ramponierte Picknicktische; sie drängten sich aneinander, als schämten sie sich.

»Dad?«, rief ich. Doch er war nicht da; die blau gestrichene Stalltür zum Laden war verriegelt. Seltsam. Ich ging weiter den Weg entlang, Richtung Haus. Unter meinen Sohlen knirschte der Kies.

***

Zum Haus gelangte man durch ein weiteres Tor, das zu einem Gitterzaun gehörte, der von einem Dickicht aus Kletterpflanzen bedeckt war. Dieses Tor war ebenfalls blau gestrichen und wurde von duftenden, schon fast welken pfirsichfarbenen Rosen gesäumt. Sie nickten mit ihren schweren Häuptern, als ich das Privatgrundstück meiner Eltern betrat.

Wie aus dem Nichts tauchte das Haus vor mir auf, als hätte es jemand herbeigezaubert. Von der Gärtnerei aus konnte man es nicht sehen, weil es vom Rosendickicht verdeckt wurde; es kam erst zum Vorschein, wenn man durch das blaue Tor mit dem Schild PRIVAT trat.

Diese Aufschrift war wörtlich zu nehmen. Als kleines Mädchen war mir das Haus meiner Eltern wie ein märchenhaftes Königreich erschienen, das uns von den Besuchern der Gärtnerei und des Cafés abschirmte; ein verzauberter Ort, winzig genug, um in eine Wunderlampe zu passen, eine Welt, die nur jenen zugänglich war, die wussten, wie das Zugangswort lautete oder wo der geheime Schlüssel versteckt war. Besucher, die sich verirrten und versehentlich vor diesem Tor landeten, wurden von meinem Vater barsch verscheucht.

Ich hatte die strenge Anweisung gehabt, das Tor stets verschlossen zu halten; den Schlüssel trug ich an einem Band um den Hals, damit ich ihn nicht verlieren konnte. Auch als ich älter wurde, ließ mich das Gefühl, dass wir in unserer eigenen kleinen Welt lebten, nie richtig los. Erst als ich in die Pubertät kam, wurden mir die Nachteile dieser abgeschotteten Existenz bewusst, und ich begann zu rebellieren.

»Hallo!«, rief ich, als ich das kleine Rasenstück überquerte, die einzige Fläche, die vom unermüdlichen Ehrgeiz meines Vaters, noch mehr Kräuter zum Verkauf oder Eigengebrauch anzupflanzen, verschont geblieben war; meine Mutter hatte darauf bestanden.

Niemand reagierte auf mein Rufen.

Früher war das Haus schön gewesen, ein Paradebeispiel georgianischer Architektur, das ursprünglich für einen wohlhabenden Müller erbaut worden war. Der Mühlenbach existierte sogar noch, er war Teil der öffentlichen Gartenanlage; mein Vater hatte hier und da kleine Holzbrücken angelegt. Aber vielleicht hatte ich mir die Schönheit des Hauses auch nur eingebildet. Seit ich erwachsen war, kam es mir bei meinen Besuchen jedenfalls von Mal zu Mal schäbiger vor; der strahlend weiße Säulenvorbau aus meiner Kindheit war längst verwittert, und als ich nun die Treppe hinaufging, stieg mir der Geruch von morschem Holz in die Nase.

Eines der kleinen Bleiglasfenster in der Haustür war, wie

ich nun sah, zerbrochen und mit einer Sperrholzplatte zugenagelt worden. Ich fuhr mit der Hand darüber. Das Holz war frisch. Bei meinem letzten Besuch vor zwei Wochen war die Tür noch in Ordnung gewesen.

Komisch, dass mein Vater noch kein neues Glas eingesetzt hatte. Meiner Mutter gefiel das bestimmt nicht.

Meine Eltern waren ein ungewöhnliches Paar, sie schienen überhaupt nicht zusammenzupassen. Und doch bildeten sie, seit ich mich erinnern konnte, ein eingeschworenes Team. Mein Vater hatte mir erzählt, dass sie sich in einem Café in Cambridge begegnet waren. Er wollte gerade gehen, als meine Mutter hereinkam. Sie gefiel ihm auf Anhieb, und er lud sie spontan ein, mit ihm zu kommen. Sie willigte ein, und seit diesem Tag waren sie zusammen. Damals war sie noch verwegen gewesen.

Neun Monate später war ich auf die Welt gekommen.

Sie hatten nie geheiratet; beide verabscheuten Papierkram und trauten den Behörden grundsätzlich nicht über den Weg. Ich trug den Nachnamen meiner Mutter, da mein Vater sich geweigert hatte, das Standesamt zu betreten. Als ich sechs wurde, hatten sie zunächst vorgehabt, mich zu Hause zu unterrichten, aber am Ende schickten sie mich doch auf eine Schule. Die ständige Paranoia meiner Eltern hatte mich schon oft zur Verzweiflung getrieben.

Inzwischen trug ich den Schlüssel natürlich längst nicht mehr um den Hals. Er hing nun an meinem Schlüsselbund mit dem Hasenpfoten-Anhänger; ein Glücksbringer, den mein Vater mir geschenkt hatte. Geräuschvoll stocherte ich mit dem Schlüssel im Türschloss herum in der Hoffnung, meine Mutter durch den Lärm zu wecken und mich so anzukündigen. Mein Vater war bestimmt schon seit Stunden draußen auf den Feldern und würde erst gegen Mittag zurückkehren. Wenn ich nach Mum rief, reagierte sie immer ganz erstaunt, als hätte sie gar nicht mit mir gerechnet.

»Mum, ich bin's!«, rief ich, als ich den düsteren Flur betrat.

Doch sie antwortete nicht. Ich ließ den Blick zur dunklen Holztreppe wandern, und mir fiel auf, dass die Stockflecken an der Wand viel größer geworden waren; sie verliefen bereits ineinander. Es roch nach Staub, Curry und Sandelholz-Räucherstäbchen. Am Fuß der Treppe standen diverse Paar Schuhe unordentlich nebeneinander, darunter die schlammverkrusteten Arbeitsstiefel meiner Mutter; einer davon war umgekippt, als hätte er aufgegeben.

Ich stieg die Treppe hoch. Auf den teppichbedeckten Stufen lagen überall Klümpchen von Gartenerde, die sich von Jeans und handgestrickten Socken gelöst hatten. Auf dem Weg nach oben öffnete ich eines der Fenster, um frische Luft hereinzulassen.

»Mum? Bist du oben?«, rief ich. Sie war bestimmt noch im Bett.

Wieder keine Antwort. Ich seufzte und steuerte auf das Schlafzimmer am Ende des Flurs zu.

Die Tür stand offen. Sonnenstrahlen fielen herein und tauchten den Raum in helles Licht. Mein Blick wanderte über Bücherstapel, Nippes und die hässliche goldfarbene Frisierkommode.

»Mum?«

Das Schlafzimmer war leer, das Bett war gemacht. Normalerweise herrschte hier die gleiche Unordnung wie im übrigen Haus, aber zu meiner Verblüffung war das Schlafzimmer aufgeräumt. Nein, nicht nur aufgeräumt, sondern gründlich geputzt. Kein Flöckchen Staub auf der Frisierkommode; die jahrzehntealten Parfümflaschen und Creme-Tiegel standen glänzend in Reih und Glied. Der Kleiderschrank war verschlossen, das Durcheinander aus Büchern und Zeitschriften unter dem großen Erkerfenster nun fein säuberlich gestapelt.

Verwirrt schaute ich mich um. Das übrige Haus wirkte so verlottert wie eh und je. Warum war es hier auf einmal so ordentlich? Für mich war das Chaos im Schlafzimmer stets ein Spiegelbild der Gemütslage meiner Mutter gewesen. Dieses Zimmer plötzlich so sauber und aufgeräumt zu sehen, während der Rest des Hauses weiter vor sich hin moderte, war für mich so ungewöhnlich, als stände meine Mutter plötzlich in einem eleganten Abendkleid vor mir. Als wäre sie ein anderer Mensch geworden. Oder besser gesagt: als hätte unter ihrer Oberfläche ein anderer Mensch gelauert, der nun zum Vorschein gekommen war.

Mir kroch es eiskalt über den Rücken. Wo steckte meine Mutter bloß?

»Mum?«, rief ich nochmals.

Doch alles, was ich hörte, war das leise Knarren der Dielen unter meinen Sohlen, als ich zum Erkerfenster ging.

Ich ließ den Blick nach draußen wandern, über den Rasen und die Reihen von Bohnenstangen, Salatköpfen und Möhrenpflanzen, die schon in meiner Kindheit das Gemüse für unsere Mahlzeiten geliefert hatten. Ganz hinten befand sich der Geräteschuppen, wo mein Vater den Großteil seiner Zeit verbrachte, und unter den Bäumen stand der Holztisch mit den Bänken, wo wir im Sommer zusammen gegessen hatten, wie in einem heiligen Hain.

Die Bäume waren das ganze Jahr hindurch mit Lichterketten behängt. Nachts schalteten meine Eltern das Licht normalerweise aus, doch die Lampen brannten noch. Mir wurde flau im Magen.

»Mum?«, rief ich wieder, obwohl ich längst wusste, dass niemand im Haus war. Meine Stimme klang ganz schrill.

Irgendetwas stimmte nicht. Hinten bei den Bäumen war etwas, das dort nicht hingehörte.

Ich spähte angestrengt durch die Scheibe. Zwischen den dicht belaubten Zweigen war eine Gestalt zu erkennen, eine menschliche Gestalt.

Eine Gestalt mit herabhängenden Füßen.

Plötzlich überkam mich entsetzliche Angst. Ich rannte zurück in den Flur und die Treppe hinunter, hinaus in den Garten, quer über die Gemüsebeete.

Mein Herz raste, mein Mund war wie ausgetrocknet, und als ich näher kam, begriff ich, dass die Gestalt, die ich oben durch das Fenster gesehen hatte, meine Mutter sein musste; die gelbe Bluse mit dem Blumenmuster und die graublaue Jeans waren unverwechselbar.

Ja. Es war tatsächlich meine Mutter. Sie hing an einem Ast der großen Kastanie. Unter ihr lag eine umgekippte Trittleiter auf dem Boden.

Ein Schrei entwich meiner Kehle, er klang wie das Heulen eines Tieres.

Hastig griff ich nach der Trittleiter, stellte sie auf und kletterte hoch.

Ich konnte Mums Gesicht nicht sehen. Sie gab keinen Laut von sich. Nur das Rascheln des Laubs war zu hören und in der Ferne das Krächzen einer Elster. Die Lichterkette war mehrmals um den Ast gewickelt, und meine Mutter baumelte daran, die Schnur um ihren Hals durch das lange dunkle Haar verdeckt.

Ich nahm Mum in die Arme, um ihr Gewicht von der Schnur zu heben, und in diesem Moment begriff mein Herz, was mein Verstand längst wusste. Mum war kalt und steif. Sie war tot. Ihr Haar fiel zur Seite, und der Anblick ihres blaurot verfärbten Gesichts traf mich wie ein Fausthieb in den Magen.

Ich war so geschockt, dass ich von der Trittleiter fiel und mit dem Rücken hart auf dem Boden aufschlug. Ich lag da wie gelähmt. Über mir baumelten die Füße meiner Mutter, und der Ast knarrte gespenstisch unter ihrem Gewicht, wie in einem Horrorfilm. Ich wartete darauf, aus diesem Albtraum zu erwachen, denn es konnte nur ein Albtraum sein, die Strafe dafür, dass ich so gemein zu meiner Mutter gewesen war;

aber gleich würde ich aufwachen, und dann hätte ich die Chance, alles wiedergutzumachen.

Doch ich wachte nicht auf. Die Zeit verging, jede Sekunde war schwer wie Blei. Mein Mund stand offen, aber ich bekam kaum Luft, geschweige denn einen Ton heraus.

Plötzlich hörte ich ein Röcheln. Sofort klammerte ich mich verzweifelt an den Gedanken, dass es Mum war, die röchelte; trotz allem hoffte ich, dass sie noch lebte, denn sie durfte nicht tot sein. Das war einfach undenkbar, unmöglich. Doch dann merkte ich, dass das Röcheln aus einer anderen Richtung kam.

Ich drehte den Kopf in Erwartung des nächsten Albtraums.

Mein Vater lag zusammengerollt hinter einem der anderen Bäume. Seine Arme und sein Oberkörper waren blutüberströmt.

»Dad?«

Sein Gesicht war kreidebleich. Aber er röchelte. Er lebte noch.

KAPITEL 3

Ich kann mich kaum erinnern, was danach geschah. Vielleicht will ich mich auch nicht erinnern.

Die meiste Zeit verbrachte ich im Krankenhaus, auf einem kleinen weißen Plastikstuhl. Ich saß bei Dad am Bett und lauschte seinen Atemzügen, während er im künstlichen Koma lag und von der Welt und ihren Sorgen nichts mitbekam.

Ich starrte auf seine Atemmaske und seine bleiche Stirn, wartete auf ein Runzeln, ein Zeichen, dass er das Bewusstsein zurückerlangte, doch vergeblich.

Tief im Innern beneidete ich ihn um diesen Zustand.

Leute in weißen Kitteln sprachen mit leiser, sanfter Stimme zu mir, als wäre ich eine Bombe, die jeden Moment hochgehen könnte.

Sie sagten, mein Vater sei sehr schwer verletzt. Jemand habe auf ihn eingestochen, einmal in die Brust und einmal in den Bauch, und der Stich in den Bauch habe seine Eingeweide durchbohrt, wodurch es zu einer Blutvergiftung gekommen sei. Niemand formulierte es so direkt, aber es war ungewiss, ob er überleben würde. Vielleicht würde er das Geheimnis der letzten Stunden im Leben meiner Mutter mit ins Grab nehmen und ihr folgen, so wie er ihr immer gefolgt war, wie ein mürrischer Schatten mit dunklem Bart und verkniffenem Mund.

Ab und zu griff ich nach seiner kalten, schlaffen Hand und weinte, aber ganz leise, denn Gefühlsausbrüche mochte er nicht.

Das alles ergab keinen Sinn.

Jedes Mal, wenn ich bei der Polizei anrief, wurde mir gesagt, dass die Ermittlungen noch nicht abgeschlossen seien, doch es war klar, was alle glaubten. Ich hatte es der Zeitung entnehmen können, die in den überquellenden Briefkasten meiner Eltern gestopft worden war:

SELBSTMORD NACH MORDVERSUCH IN PULVERTON: FRAU TOT, MANN SCHWER VERLETZT

Am Samstagmorgen wurden in einem Haus in Pulverton die Leiche einer Frau sowie ein schwer verletzter Mann aufgefunden. Bislang deutet alles auf einen Mordversuch mit anschließendem Selbstmord hin.
Um 9:05 Uhr wurden die Polizei und der Notarzt zur alten Mühle nach Pulverton gerufen, wo das Paar im Garten seines Hauses entdeckt worden war.
Bei der toten Frau handelt es sich um Nina Mackenzie (46), bei dem schwer verletzten Mann um ihren Partner, Jared Boothroyd (51). Auf dem angrenzenden Grundstück betrieb das Paar gemeinsam Eden Gardens, eine Gärtnerei mit Café. Mr. Boothroyd befindet sich derzeit im Royal Suffolk Hospital und wurde in ein künstliches Koma versetzt; sein Zustand ist kritisch.
Es wird davon ausgegangen, dass Mrs. Mackenzie ihrem Partner am Freitagabend, den 28. Juli, schwere Stichverletzungen zufügte und sich anschließend erhängte. Das Paar wurde von der gemeinsamen Tochter Sophia (26) entdeckt, die in London lebt.
Eine Nachbarin, Babs Moran, beschrieb Nina Mackenzie als »nervöse, verhuschte Frau, die zwar etwas schrullig, aber doch sehr nett wirkte. Ich hätte nie gedacht, dass sie zu so etwas fähig ist.«
Detective Inspector Rob Howarth erklärte: »Es handelt sich um einen äußerst tragischen Vorfall, und das Motiv ist derzeit noch unklar. Falls es Personen gibt, die Auskunft über den Zustand der Beziehung von Mrs. Mackenzie

und Mr. Boothroyd in den vergangenen Wochen geben können, möchten sie sich bitte bei uns melden.«
Er bestätigte, dass man derzeit keine Anhaltspunkte für ein Fremdverschulden habe.

Für die Allgemeinheit gab es offenbar nur eine einzige Erklärung: Meine Mutter hatte vorgehabt, sich umzubringen, und als mein Vater versuchte, sie davon abzuhalten, stach sie auf ihn ein und setzte ihr Vorhaben anschließend in die Tat um. DI Rob Howarth hatte mir den durchsichtigen Asservatenbeutel mit der grünen Küchenschere meiner Mutter gezeigt; an den Klingen klebten Blutspuren und Grashalme. Mit dieser Schere war so heftig auf meinen Vater eingestochen worden, dass das kleine Verbindungsstück, das die Klingen zusammengehalten hatte, durchgebrochen war.

»Erkennen Sie die Schere wieder, Miss Mackenzie?«, hatte Detective Inspector Rob Howarth mich gefragt.

»Ja«, hatte ich geflüstert. Mum benutzte sie schon seit vielen Jahren, und Dad hatte sie in seinem Schuppen regelmäßig für Mum geschliffen.

Auf dem Edelstahl waren blutige Fingerabdrücke.

Doch all das ergab überhaupt keinen Sinn für mich.

Meine Mutter war nie gewalttätig gewesen. Nie. Sie hätte keiner Fliege etwas zuleide tun können.

Das sagte ich auch Cleo, als ich sie von der Cafeteria des Krankenhauses aus anrief, während ich mir bei einem Kaffee aus dem Automaten und einem labbrigen Käsesandwich eine kleine Pause genehmigte. Ein veganes Sandwich wäre mir lieber gewesen, aber es gab keins. Ich war zwar schon seit Jahren keine Vegetarierin mehr, aber aus irgendeinem Grund erschien es mir in diesem Moment wichtig, etwas Veganes zu mir zu nehmen – vielleicht, weil ich hoffte, die Schicksalsmächte dadurch gnädig zu stimmen und sie dazu zu bringen, meinen Vater wieder gesund werden zu lassen.

»Und wie ist sein Zustand?«, fragte Cleo. »Noch immer unverändert?«

»Ja«, sagte ich und brach unvermittelt in Tränen aus. Das passierte mir nun ständig.

»Sophia, tut mir leid … Bitte weine nicht … Vielleicht ist das ja ein gutes Zeichen? Wenigstens geht es ihm nicht schlechter, richtig?« Sie zögerte kurz. Dann fügte sie hinzu: »Willst du, dass ich komme?«

Das wollte ich tatsächlich. Seit ich bei Amity arbeitete, hatte ich kaum noch Kontakt zu meinen alten Freunden, was inzwischen sogar so weit ging, dass es mir peinlich gewesen wäre, sie in dieser Verfassung anzurufen. »Ja«, sagte ich. »Das wäre …«

»Dieses Wochenende schaffe ich es leider nicht, weil ich bis Montag noch einen Bericht für James fertig machen muss«, schob Cleo hastig nach. »Aber nächstes Wochenende vielleicht …«

Die Botschaft war klar. Enttäuscht, aber auch verärgert sagte ich: »Kein Problem, Cleo, ich komme schon klar. Rowan ist ja hier.«

»Wer?«

»Rowan, mein Sandkastenfreund«, sagte ich gereizt. »Ich habe dir doch schon erzählt, dass er für meinen Dad arbeitet.« Ich musste meine Aggressivität unbedingt in den Griff bekommen. Neuerdings regte ich mich über jede Kleinigkeit auf, als wäre ich auf der Suche nach einem Sündenbock, auf den ich einprügeln konnte.

Wahrscheinlich wollte ich auf mich selbst einprügeln. Schließlich war ich diejenige gewesen, die meine Mutter in ihrer Todesnacht im Stich gelassen hatte. Ich hatte meine eigene Mutter am Telefon abgewürgt, obwohl ich sofort gemerkt hatte, dass etwas nicht stimmte.

Und nun würde ich nie wieder mit ihr sprechen können.

»Ich muss jetzt aufhören, Cleo«, sagte ich und warf die

Sandwichtüte und den Pappbecher in den Abfalleimer. Den Krankenschwestern hatte ich versprechen müssen, endlich etwas zu essen.

Auftrag ausgeführt.

»Natürlich, kein Problem«, sagte Cleo. »Weißt du denn schon, wann du wieder zur Arbeit kommst?«

»Nein«, antwortete ich. Diese Frage hatte ich mir noch gar nicht gestellt, ich war zu sehr mit anderen Dingen beschäftigt. Amity, Benjamin und meine Wohnung in Brixton schienen zu einem anderen Leben zu gehören, zu einer anderen Sophia. »Ich schätze, das wird noch eine Weile dauern.«

»Oh«, sagte Cleo. Sie schwieg ein paar Sekunden, bevor sie hinzufügte: »Dafür wird man hier bestimmt Verständnis haben, unter den Umständen …«

»Ich ruf dich am Wochenende noch mal an, okay?«

»Okay. Mach's gut, Sophia.«

»Du auch.«

Als ich auf die Station zurückkehrte, stand ein Besucher am Eingang, neben dem Desinfektionsmittelspender. Die Hitze machte ihm sichtlich zu schaffen; er hatte rote Flecken im Gesicht, und am Ansatz seiner blonden Stoppelfrisur glitzerten Schweißperlen.

»Hallo, Miss Mackenzie.«

Es war Detective Inspector Rob Howarth – der Mann, der der Presse erzählt hatte, dass es in Bezug auf den Tod meiner Mutter und die schweren Verletzungen meines Vaters keine Anhaltspunkte für ein Fremdverschulden gebe.

Zwischen dem Detective und mir war es schnell zu Spannungen gekommen. Er vermutete, dass meine Mutter beim Versuch meines Vaters, sie vom Selbstmord abzuhalten, auf ihn eingestochen und sich anschließend erhängt hatte. Ich dagegen war mir absolut sicher, dass das nicht sein konnte.

Mum hätte sich niemals umgebracht. Zu solch einer schrecklichen Tat wäre sie gar nicht fähig gewesen. Und sie hätte auch niemals gewollt, erhängt gefunden zu werden, schon gar nicht von mir. Allein die Vorstellung, sich das Leben zu nehmen, hätte sie entsetzt; in ihren Augen wäre das nicht nur zutiefst egoistisch, sondern auch unhöflich gewesen, so seltsam das auch klingen mochte.

Und selbst wenn ich mich irrte und sie sich doch das Leben genommen hatte: Sie wäre niemals imstande gewesen, meinen Vater zu verletzen und mit solcher Wucht auf ihn einzustechen, dass die Schere dabei auseinanderbrach. Brachiale Wut lag nicht in ihrer Natur, sie war nicht gewalttätig.

Jemand anders musste meinen Eltern das angetan haben. Jemand, der vielleicht bei Mum gewesen war, als sie mich anrief, und Dad die Schere an die Kehle hielt, während ich in dieser verdammten Bar stand und so schnell wie möglich auflegen wollte, nur um mich von einem verheirateten Mistkerl abschleppen zu lassen.

Der Gedanke war kaum zu ertragen.

DI Howarth sah das natürlich nicht so. Ich musste ihn irgendwie dazu bringen, mir zu glauben und endlich nach dem wahren Täter zu suchen.

Den Fehler, meine Eltern im Stich zu lassen, wollte ich nicht noch einmal machen.

Ich zwang mich, mein Zittern zu unterdrücken und sofort zur Sache zu kommen. »Und, sind Sie schon weitergekommen?«, fragte ich.

DI Howarth schien mir meine Direktheit nicht übel zu nehmen. In seinen dunkelblauen Augen glomm sogar eine Spur von Mitleid auf. Seine Miene sprach Bände; er hatte Neuigkeiten für mich, die ich nicht würde hören wollen.

»Die meisten Laborergebnisse vom Tatort liegen inzwischen vor«, sagte er. »Einschließlich der DNA-Spuren von der Schere und der Lichterkette.«

»Was, so schnell schon?« Mir stockte der Atem. »Und was ist dabei herausgekommen?«

»Wir haben keine Beweise dafür gefunden, dass ein Fremdverschulden vorliegt.«

Ich schaute ihn ungläubig an. »Das ... das kann einfach nicht stimmen.«

Er erwiderte meinen Blick mit ernster Miene. Mir wurde eiskalt.

»Ich weiß, Sie haben sich etwas anderes erhofft, Miss Mackenzie ...«

»Es geht nicht darum, was ich mir *erhofft* habe!«, rief ich frustriert. »Wer auch immer das getan hat, kann doch auch Handschuhe getragen haben. Die Tatsache, dass Sie keine Beweise gefunden haben, heißt doch nicht automatisch, dass es keinen anderen Täter gibt. Vielleicht war er so clever, keine Spuren zu hinterlassen!«

DI Howarth schaute kurz auf seine Schuhe, als müsste er seine ganze Geduld zusammennehmen. »Miss Mackenzie, ich weiß, es ist schwer, das zu akzeptieren ...«

Ich hob abwehrend die Hände. »Stopp. Ich kann das nicht mehr hören. Ja, es ist wirklich schwer, das zu akzeptieren – und wissen Sie auch, warum? Weil es schlichtweg *nicht sein kann!*«

»Miss Mackenzie ...«

»Meine Mutter hätte sich niemals umgebracht!«, rief ich. Mir kamen wieder die Tränen. Ungeduldig wischte ich sie weg. »Sie war manchmal schlecht drauf, aber das ist doch normal. Und sie hätte meinem Vater niemals wehgetan. Das weiß ich genau, verstehen Sie? Ich kenne meine Eltern!«

Die Krankenschwestern und Besucher drehten sich irritiert zu uns um. Ich versuchte, mich zusammenzureißen. Das alles war schließlich nicht DI Howarths Schuld.

Sondern meine.

»Die Sache ist die, Miss Mackenzie«, sagte er vorsichtig und sah mich mitfühlend an. Sein Adamsapfel hüpfte beim Sprechen. »Es gibt keine Fingerabdrücke oder sonstige Beweise dafür, dass eine andere Person dort war, abgesehen von Ihnen.«

»Aber …«

»Weder Ihre Mutter noch Ihr Vater weisen Abwehrverletzungen auf, und es gibt auch keinerlei Hinweise darauf, dass jemand sich gewaltsam Zutritt zum Garten Ihrer Eltern verschafft hat. Die Verletzungen Ihrer Mutter sind mit den Umständen vereinbar, unter denen sie aufgefunden wurde.« Er musste schlucken und tat mir fast leid. »Miss Mackenzie«, sagte er und legte mir sehr behutsam die Hand auf die Schulter, als befürchtete er, ich könnte sie ihm abhacken. »Ich weiß, das alles ist schwer zu begreifen. Aber es ist die einzige Erklärung, die zu den Fakten passt, zumal Ihre Eltern in letzter Zeit Probleme hatten.«

»Was denn für Probleme?«, fragte ich scharf.

Er sah mich verblüfft an. »Die Einbrüche? Der Vandalismus?«

»Wie bitte?«

»Wissen Sie das gar nicht?«

»Ich … nein!«

»In den letzten sechs Monaten haben Ihre Eltern vier Einbrüche gemeldet.« DI Howarth zog sein Notizbuch hervor. »Der Polizeibeamte, der nach der letzten Meldung bei Ihren Eltern vorbeischaute, riet ihnen dringend zu einer Videoüberwachungsanlage. Leider sind Ihre Eltern seinem Rat nicht gefolgt.«

Ich war so perplex, dass es mir die Sprache verschlug. Einbrüche?

Sogar vier in sechs Monaten?

Eden Gardens war sehr abgelegen und wirkte reichlich heruntergekommen. Wieso hätte dort jemand einbrechen sollen?

Und warum hatten meine Eltern mir nichts davon erzählt? Ein Einbruch war schließlich ein traumatisches Erlebnis; bei mir in Brixton war auch schon mal eingebrochen worden.

Anschließend hatte ich mich drei Wochen lang nicht getraut, das Licht auszuschalten, wenn ich mich schlafen legte.

Howarth musterte mich verwundert.

»Haben Sie wirklich nichts davon gewusst?«, fragte er.

Ich schüttelte fassungslos den Kopf.

»Miss Mackenzie, so viele Einbrüche hintereinander steckt man nicht so einfach weg. Sind Sie sicher, dass Ihre Mutter nicht doch an einer Depression litt?«

»Ja! Sie hat oft gejammert, aber sie hatte bestimmt keine Depression. Wenn überhaupt, war sie ... ich weiß auch nicht ... es schien ihr endlich wieder besser zu gehen.« Ich wurde knallrot vor Verlegenheit. »Als ich bei meinen Eltern auszog, rief Mum mich anfangs täglich an und bettelte, dass ich wieder nach Hause kommen und mir eine Arbeit in ihrer Nähe suchen sollte. Aber seit ein paar Monaten schien sie sich beruhigt zu haben.«

Auf einmal regten sich Zweifel bei mir. »Gelegentlich hatte sie Stimmungsschwankungen, aber die bekam sie mit Meditationen gut in den Griff, das war ihre Art, damit umzugehen.« Ich rieb mir die Augen. »Sie war eben ein bisschen sprunghaft. An manchen Tagen wollte sie unbedingt einen Malkurs machen, an anderen wollte sie ein Buch über ihre Lebensgeschichte schreiben. Über ihre ›spirituelle Reise‹.« Ich schüttelte traurig den Kopf. »Das hatte sie schon seit Jahren vor. Aber sie hat es dann doch nie gemacht.«

»Als Polizeibeamter lernt man schnell, dass die Menschen voller Überraschungen stecken«, sagte DI Howarth.

Resigniert verschränkte ich die Arme und dachte darüber nach, was seiner Meinung nach passiert war, auch wenn ich es selbst nicht glauben wollte. Meine Eltern mussten schreckliche Angst gehabt haben. Sie hatten ein friedliches, zurückgezogenes Dasein führen wollen, hatten sich ihre eigene kleine Welt erschaffen, und dann waren sie plötzlich in ihrem Paradies überfallen worden.

Aber ich kannte meine Eltern.
Zumindest dachte ich das damals noch.

***

Rowan und seine Frau Kayleigh hatten darauf bestanden, dass ich bei ihnen unterschlüpfte; ihr Cottage lag zwei Meilen von Eden Gardens entfernt. Abends saß ich mit ihnen und ihren Kindern zusammen und schaute ihnen zu, wie sie aßen und plauderten. Ich fühlte mich wie ein Eindringling, aber ich war froh, nicht allein im Haus meiner Eltern übernachten zu müssen.

Ich war es gewohnt, mich auf Rowan zu verlassen. Er arbeitete schon seit Langem für meinen Vater in der Gärtnerei. Wenn ich Dad in der Klinik besuchte, hörte ich bereits von Weitem, wenn Rowan im Anmarsch war; das Geräusch seiner schweren Stiefel, mit denen er über den Krankenhausflur stapfte, war unverkennbar. Mit seinen wilden hellbraunen Dreadlocks, die er stets lose zusammengebunden trug, und seiner ganzen Erscheinung bildete er einen willkommenen Kontrast zur sterilen Krankenhausumgebung.

»Hi, Soph.«

Er nahm neben mir Platz. Ich hob eine Augenbraue zur Begrüßung. Mehr Energie brachte ich nicht auf.

»Wie geht's ihm?«, fragte Rowan.

»Unverändert.«

Er nickte, als sei dies ein Fortschritt, lehnte sich zurück und schloss die Augen.

Seliges Schweigen.

Ich kannte Rowan schon ewig – seit wir Kinder waren. Sein Vater, Cliff, hatte eine kleine Farm in unserer Nähe gehabt, und manchmal halfen er und mein Dad sich gegenseitig aus. Rowan war viele Jahre lang mein einziger Spielgefährte gewesen, wir hatten alles zusammen gemacht.

Ich weiß gar nicht mehr genau, wann sich das änderte. Wahrscheinlich, als ich in die Pubertät kam und eine düstere Gothic-Rebellin wurde, die sich nur noch für Weltschmerz, Gedichte und Jungs interessierte, während er bei dem blieb, was ihm am meisten Spaß machte: Wandern, Angeln und in der Erde wühlen.

Wenn ich ehrlich bin, war ich damals ziemlich eifersüchtig auf ihn.

Rowans Dad soff sich irgendwann zu Tode, aber Rowan ließ sich davon nicht unterkriegen. Er begann, Vollzeit für meinen Dad zu arbeiten, heiratete ein Mädchen aus der Gegend, mietete ein Cottage in der Nähe meines Elternhauses und bekam mit seiner Frau zwei Kinder. Er war gewissermaßen der Sohn, den mein Vater sich immer gewünscht hatte.

Als ich für meinen Schulabschluss büffelte und aus dem Fenster meines Zimmers schaute, sah ich die beiden oft zusammen an unserem Holztisch unter den Bäumen sitzen und Selbstgedrehte rauchen. Ihre Zigaretten glühten in der Dämmerung, während mein Vater wild gestikulierte und lustige Geschichte zum Besten gab.

Bei diesem Anblick zog sich mir damals jedes Mal das Herz zusammen. Bei mir verhielt mein Vater sich nicht mehr so.

Inzwischen war ich schon so lange fort, dass ich angenommen hatte, Rowan und ich seien einander fremd geworden. Aber Entfernung ist relativ. Rowan verhielt sich jedenfalls so, als sei ich nie weg gewesen.

»Rowan, wusstest du, dass bei meinen Eltern eingebrochen wurde?«

Rowan warf mir einen Blick zu und runzelte die Stirn. »Was? Schon wieder?«

»Die Polizei meinte, dass es vier Einbrüche in sechs Monaten waren.«

»Ach, diese Einbrüche meinst du. Ja, davon wusste ich.« Er

schien erleichtert, dass es keine neue Hiobsbotschaft gab. Als er meine verblüffte Miene sah, fragte er: »Haben Jared und Nina dir etwa nichts davon erzählt?«

Ich schüttelte den Kopf.

»Wahrscheinlich wollten sie nicht, dass du dir Sorgen machst«, sagte er leichthin, wich meinem Blick jedoch aus. Er wusste natürlich genauso gut wie ich, wie sehr meine Mutter immer darum bemüht gewesen war, dass ich genau das tat – eine ihrer Taktiken, um mich wieder nach Hause zu locken. »Es war ja nicht so schlimm«, fügte er hinzu. »Es wurde ja nichts Wertvolles gestohlen.«

»Aber vier Einbrüche in sechs Monaten sind ganz schön heftig, findest du nicht?«

Rowan zuckte mit den Achseln. »Am Anfang dachte ich das auch. Aber die Polizei meinte, dass so etwas ziemlich häufig vorkommt. Wenn ein Dieb einmal erfolgreich war, versucht er es immer wieder. Und deine Eltern hatten leider keine Alarmanlage, um Diebe abzuschrecken.«

Ich seufzte. Die Überwachungsparanoia meines Vaters kannte ich nur zu gut. Seine Maxime lautete: »Lass dich niemals fotografieren«; er hing fest dem alten Aberglauben an, dass Kameras einem die Seele stahlen. »Aber bei meinen Eltern gibt es doch nichts, was für Diebe interessant wäre«, sagte ich. »Sie haben ja noch nicht mal einen Fernseher.«

»Mag sein«, sagte Rowan. »Aber vielleicht waren die Diebe nur hinter etwas Schmuck und Geld her. Und der Schuppen ist ja voll mit Werkzeug. Davon haben sie allerdings nichts mitgehen lassen.« Er zuckte abermals mit den Schultern. »Vielleicht waren es ja Drogensüchtige; die stehlen nur Sachen, die sie problemlos verpfänden können. Jared ging davon aus, dass es nur Jugendliche waren, die sich einen Kick verschaffen wollten.«

Es war Rowan sichtlich unangenehm, dass meine Eltern ihm ein Geheimnis anvertraut hatten, von dem ich nichts wissen sollte. Die alte Eifersucht stieg wieder in mir hoch. Ich verdrängte sie, stopfte sie zurück in ihre Kiste.

Das Ganze war eine fürchterliche Ironie des Schicksals. Der Polizei gegenüber hatte ich immer wieder beteuert, wie gut ich meine Eltern kannte, aber von den Einbrüchen bei ihnen hatte ich nichts gewusst, im Gegensatz zu Rowan. Warum hatten sie mir nichts davon erzählt?

Wahrscheinlich, weil ich mich sowieso nur aufgeregt hätte. »Ihr braucht eine Alarmanlage mit Überwachungskameras! Und Schlösser an Fenstern und Türen …«

Ich hätte mich sofort eingemischt.

Nach einer Weile sagte Rowan: »Ich habe eine Liste mit Bekannten deiner Eltern vorbereitet. Für die Beerdigung.«

»Danke«, sagte ich apathisch.

»Hat der Gerichtsmediziner sich schon bei dir gemeldet?«, flüsterte er und schaute zu meinem Vater hinüber, als befürchtete er, Dad könnte etwas mitbekommen.

Ich nickte. »Die Bestatter wollen sie morgen abholen.« Plötzlich hatte ich einen dicken Kloß im Hals. »Die Autopsie ist erledigt, wir können Mum jetzt beerdigen. Als Nächstes kommt die offizielle Feststellung der Todesursache, aber ich habe keine Ahnung, wann das sein wird …«

Ich konnte nicht weitersprechen, verlor schon wieder die Fassung.

»Komm mal her«, sagte Rowan, und eh ich michs versah, fand ich mich in seinen Armen wieder und weinte hemmungslos, obwohl mein Vater neben uns lag und ich doch wusste, wie sehr er Gefühlsausbrüche hasste. »Soph, es tut mir so leid.«

»Ich glaube nicht, dass meine Mum sich umgebracht hat. Ich glaube es einfach nicht.«

»Ich weiß, Soph.«

»Ich verstehe das alles nicht. Warum ist das passiert? Warum nur?«

»Ich weiß es auch nicht«, sagte Rowan und strich mir übers Haar. »Ich weiß es auch nicht.«

***

»Das war eine schöne Messe.«

Wir waren in Eden Gardens und tranken aus Gläsern von einem Geschirrverleih. Vor mir stand ein betroffen dreinblickendes junges Pärchen in Schwarz. Die Frau, Sonia, hatte eine Weile im Café gearbeitet, bevor sie weggezogen war, um zu studieren. Ich war ihr vorher noch nie begegnet.

»Danke«, sagte ich. Es fiel mir erstaunlich leicht, denn ich schwebte in einer Wattewolke aus Valium und Alkohol. Sie dämpfte die Einsamkeit und Verzweiflung, die ich trotz all der mitfühlenden Trauergäste verspürte. Ich war eine Wachsfigur namens Sophia mit einem Glas in der Hand. Meine Worte klangen blechern und hohl, als läse jemand meine Antwort über einen billigen Lautsprecher vor. »Danke, dass Sie gekommen sind.«

»Sophia.« Kayleigh, Rowans bessere Hälfte, fasste mich sanft am Ellbogen. »Jemand fragt nach dir.«

Ich nickte, lächelte Sonia fratzenhaft zu (sie lächelte verständnisvoll zurück) und ließ mich von Kayleigh zurück zum Haus führen. Ihr rundes, fröhliches Gesicht drückte Unbehagen aus. »Sie sind gerade erst angekommen …«

»Wer denn?«, fragte ich, aber eigentlich war es mir egal.

Als wir in den Flur traten, erblickte ich ein mir unbekanntes älteres Paar in Trauerkleidung. Die Frau klammerte sich nervös an die Jacke, die sie über dem Arm trug; ihre bleichen Wangen waren von tiefen Falten durchzogen, als wäre ihr Gesicht aus Holz geschnitzt. Begleitet wurde sie von einem hochgewachsenen Mann, der, abgesehen von seinem Bierbauch, sehr hager war und verbittert den Mund zusammenpresste.

Ich blieb stehen.

»Sophia?«, sagte die Frau. Ihre Zähne waren gelblich, ihre Haare stahlgrau.

Eine undefinierbare Spannung ging von den beiden aus; ich fühlte mich auf Anhieb unwohl.

»Ja?«, sagte ich.

»Ich bin Estella, Ninas Mutter. Deine Großmutter.«

Damit hatte ich nicht gerechnet.

Widerstreitende Gefühle stiegen in mir auf. Ich war meinen Großeltern noch nie persönlich begegnet. Ich wusste nur, dass sie sich kurz nach meiner Geburt mit meinen Eltern zerstritten hatten – genauer gesagt, mit meinem Vater.

»Ich bin deine Großmutter«, wiederholte die Frau.

Der Mann neben ihr funkelte mich an. »Wir sind Ninas Eltern«, sagte er brüsk. Er wurde rot, das Ganze schien ihm überaus peinlich zu sein. »Ist das so schwer zu begreifen?«

Ich starrte ihn nur an.

»Thomas«, wies Estella ihn scharf zurecht und warf ihm einen finsteren Blick zu.

Er presste die Lippen zusammen, sein Blick irrte umher. Er war es wohl nicht gewohnt, keine Kontrolle zu haben.

In diesem Moment wurde mir klar, dass die beiden ganz unerwartet ihre Tochter verloren hatten. Und die Chance, sich mit ihr auszusöhnen, war unwiederbringlich vertan.

Ich wusste nicht, warum sie sich damals zerstritten hatten. Mum hatte mir nur erzählt, dass sie Dad nicht mochten. Aber es war meiner Mutter stets schwergefallen, über ihre Eltern zu sprechen und Erinnerungen aus ihrer Jugend zu teilen. All das hatte bei mir den Eindruck entstehen lassen, dass ihre Eltern keine besonders netten Menschen waren.

Schließlich ergriff Kayleigh das Wort, um mir zu helfen. »Leider ist die Messe schon vorbei«, sagte sie.

»Ja, das wissen wir«, murmelte Thomas grimmig.

Estella hob erneut beschwichtigend die Hand. Thomas presste den Mund zusammen und schaute zu Boden.

»Wir wollten nur herkommen, um dir zu sagen, wie leid es uns tut, dass du deine Mutter verloren hast«, sagte sie. Ihre Stimme zitterte leicht, und Tränen traten ihr in die Augen, doch sie fing sich wieder. »Thomas und ich dachten, dass du vielleicht mehr über uns und den Rest der Familie erfahren möchtest. Jetzt, wo Nina nicht mehr da ist …« Sie hielt inne, als hätte sie eben erst begriffen, was passiert war. »Jetzt, wo Nina nicht mehr da ist, haben wir vielleicht auch einige Fragen auf dem Herzen.«

Ich wusste nicht, was ich sagen sollte. Ich brachte nur ein Nicken zustande.

Sie nickte ebenfalls. Sie wirkte erleichtert, als hätten wir eine Übereinkunft getroffen. »Es wäre schön, wenn wir bald einmal miteinander sprechen könnten. Natürlich nicht jetzt und hier, ich weiß, du hast noch viel zu erledigen. Aber bald.«

Ich nickte abermals.

»Ruf uns an, wenn du bereit bist. Hier.« Sie fischte ein silbernes Etui aus ihrer schwarzen Lacklederhandtasche und zog eine Visitenkarte daraus hervor. »Wir werden auch über das Haus sprechen müssen.«

»Über das Haus?« Ich starrte sie an.

Thomas machte Anstalten, etwas zu sagen, doch sie gebot ihm wieder Einhalt.

»Das ist jetzt nicht so wichtig«, sagte sie. »Aber irgendwann werden wir reden müssen, Sophia.«

Sie beugte sich vor. Als mir dämmerte, was sie vorhatte, wäre ich fast zurückgezuckt, doch ich konnte mich gerade noch rechtzeitig zusammenreißen und ließ zu, dass sie mir einen Kuss auf die Wange drückte. Sie roch nach Gesichtspuder und einem schweren Parfüm mit Lilienduft.

Sie drückte mir die Visitenkarte in die Hand. Dann hakte sie sich bei Thomas ein.

»Bis bald, meine Liebe«, sagte sie.

Und schon waren die beiden verschwunden. Ich war so verblüfft und betäubt, dass ich gar nicht imstande war, mich zu verabschieden. Kayleigh übernahm auch das für mich.

Ich betrachtete die minzgrüne Karte mit der eleganten Kursivschrift. »Mrs. Estella Mackenzie, The Gables, Pinsworth, Oxfordshire«.

Dann legte ich die Karte auf den Stapel ungeöffneter Briefe auf der Fensterbank.

***

»Amity Studio.« Olympia klang wie immer: arrogant und zu Tode gelangweilt.

»Hallo, Olympia«, sagte ich.

Es war ein schwüler Augusttag. Die Hitzewelle ließ die Pflanzen in der Gärtnerei vertrocknen, obwohl Rowan sie mehrmals täglich goss. Er hatte berichtet, dass man ein Bewässerungsverbot in Erwägung zog.

»Hallo. Wer ist denn da, bitte?«

»Ich bin's, Sophia Mackenzie.« Ich kratzte an einem Fleck auf dem Küchentisch herum.

»Oh, Sophia, natürlich«, sagte Olympia. »Tut mir leid.« Es klang wie eine Floskel. Mir war unbehaglich zumute. Seit neun Tagen war ich nicht bei der Arbeit erschienen. »Herzliches Beileid«, fügte Olympia hinzu. Dann flüsterte sie: »Wie geht es dir denn?«

Ich hatte keine Ahnung, was ich sagen sollte. Ich wusste nicht, wie es mir ging. Ich betrachtete das rostige Windspiel am Küchenfenster; es bewegte sich kaum merklich, aber selbst das konnte eigentlich nicht sein, denn es wehte kein Lüftchen. Ein Schweißtropfen rann mir übers Schlüsselbein. Ich presste den Stoff meines T-Shirts dagegen.

»Danke, es geht schon«, antwortete ich schließlich.

»Das alles muss ja wirklich furchtbar für dich sein«, sagte Olympia.

»Ja«, sagte ich. »Hör mal, ich muss gleich wieder zurück ins Krankenhaus zu meinem Dad. Kann ich bitte mit James sprechen? Ist er da?«

»Oh«, sagte Olympia. »Natürlich. Ich schau mal, ob er gerade Zeit hat.«

Ich landete in der Warteschleife. Mir wurde immer unbehaglicher. Als ich auf den Küchentisch schaute, fiel mir auf, dass ich das Holz kaputt gekratzt hatte.

Ich fluchte leise und ballte die Faust.

Ein Klicken ertönte in der Leitung.

»Tut mir leid, Sophia, er hat gerade ein Kundengespräch. Soll ich ihm sagen, dass er dich zurückrufen soll?«

In den vergangenen vier Tagen hatte ich schon dreimal vergeblich um einen Rückruf von James gebeten.

»Nein, danke«, sagte ich. »Mach dir bloß keine Umstände. Ich werde ihm eine Mail schicken.«

»Wie du meinst«, sagte Olympia betont heiter. »Wir denken alle an dich.«

»Danke«, sagte ich. Klar dachten sie an mich. »Bis bald.«

Olympia legte schnell auf, als wäre sie erleichtert, das Gespräch beenden zu können.

Ich schrieb James, dem Oberboss von Amity, eine Mail, um ihn in Bezug auf meine Situation auf den neuesten Stand zu bringen.

Als ich bei Amity angerufen hatte, um Bescheid zu geben, dass meine Mutter unter schrecklichen Umständen ums Leben gekommen und mein Vater schwer verletzt war, hatte ich sieben Tage freibekommen. Außerdem hatten sie mir zugestanden, dass die Präsentation der Pläne für das Besucherzentrum auf den Orkneys bis auf Weiteres verschoben wurde, allerdings nur ungern.

Ich hatte vorgeschlagen, die Präsentation auf Ende August zu verlegen, um mehr Vorbereitungszeit zu haben, aber als Reaktion auf meinen Vorschlag hatte ich nur zwei oder drei kurze E-Mails bekommen, in denen es vage hieß, der Kunde habe sich bisher noch nicht dazu geäußert.

Es war kein gutes Zeichen, dass niemand mich anrief und dass meine eigenen Anrufversuche jedes Mal fehlschlugen, weil gerade keiner da war oder alle zu tun hatten.

Dahinter konnte nur einer stecken: Benjamin.

Beim Durchlesen der E-Mail-Korrespondenz mit dem Kunden, Scottish Heritage, war ich zu meiner Überraschung auf Benjamins Namen gestoßen. Er war in einer E-Mail aufgetaucht, auf die ich ursprünglich nicht kopiert gewesen war; der Projektmanager hatte sie mir unbeabsichtigt weitergeleitet, als ich bei ihm nachgefragt hatte, wer sich während meiner Abwesenheit um das Projekt kümmerte. Benjamin hatte sich selbst darin als meine Vertretung angegeben.

Dabei hatte er zuvor null Interesse an dem Projekt gezeigt. Sein Fachgebiet war schließlich Corporate Architecture, nicht Landschaftsarchitektur; das war meine Spezialität.

Unter anderen Umständen hätte ich dagegen protestiert, aber ich war zu erschöpft; ich brauchte meine ganze Energie dafür, das Drama um meine Eltern zu bewältigen. Abgesehen davon war Benjamin ein Protegé von James und schon viel länger bei Amity als ich.

Mir blieb nur eine Möglichkeit: Ich musste eine Präsentation abliefern, die Benjamin das Wasser abgraben würde. Irgendwie musste ich die Kraft finden, das hinzukriegen.

***

Dads Zustand war weiterhin kritisch; er sah von Tag zu Tag schlechter aus.

Ich blieb bis abends bei ihm, dann machte ich mich auf den Weg. Es war noch hell, als ich am Haus meiner Eltern ankam. Ich war so fertig mit den Nerven, dass es mir erst beim dritten Anlauf gelang, die Tür aufzuschließen.

Es war stickig im Flur; die Hitze verstärkte den modrigen Geruch noch. Ich schlurfte zur Küche, schaltete das Licht an und stellte meine Handtasche ab.

Ein rostiger Drahtkorb mit neuer Post stand auf dem Tisch. Rowan musste ihn hereingebracht haben; er hatte einen Hausschlüssel.

Zwei Briefe lagen in dem Korb. Der eine entpuppte sich als Mahnung vom Wasserwerk mit der Androhung, das Wasser abzustellen. Ich warf ihn in den Korb zurück.

Der zweite war ein weißer Umschlag. Ich drehte ihn um. Auf der Rückseite war der Absender eingeprägt: Paracelsus Press, mit Sitz in Clerkenwell.

Ich riss den Umschlag auf und zog einen edlen Bogen Papier heraus.

Liebe Nina,

vielen Dank für Ihre Nachricht, über die ich mich sehr gefreut habe.
Geben Sie Bescheid, wann Ihnen ein Besuch recht wäre.
Ich komme gern nach Suffolk, um das fertiggestellte Manuskript von *Morningstar* zu lesen. Wir sind alle schon sehr gespannt darauf!
Falls es noch Fragen gibt, können Sie mich gern anrufen.

Mit besten Grüßen
Max Clarke
Verleger

Mum hatte also doch ein Buch geschrieben. Während Dad und ich fest davon überzeugt gewesen waren, dass sie ihr Vorhaben niemals in die Tat umsetzen würde.

Sie hatte sogar einen Verlag gefunden.

Ich las den Brief noch einmal. Dann brach ich in Tränen aus.

KAPITEL 4

Am folgenden Morgen (es war ein Dienstag) saß ich mit Kopfschmerzen im Café von Eden Gardens. Die Hitzewelle hielt weiter an.

Ich hatte bereits Stunden damit verbracht, die ratternden Kühlschränke und alten Schränke auszumisten und Tiefkühlpackungen, schlecht gewordenes Mehl sowie verschrumpeltes Wurzelgemüse in den Müll zu werfen. Meine Mutter hatte sich offenbar nicht darum gekümmert, abgelaufene Lebensmittel regelmäßig zu entsorgen und Eingemachtes mit Datum zu versehen. Da das Geschäft jedoch trotz allem weiterlief, musste ich zumindest dafür Sorge tragen, dass die Kundschaft nicht aus Versehen vergiftet wurde.

Schon als Kind hatte ich meiner Mutter im Café geholfen. Während Mum hinten vor sich hin summte und dabei Tee kochte oder kleine Mahlzeiten für die Gäste zubereitete, räumte ich das Geschirr ab und stellte es in die Spülmaschine. Wenn ich mich besonders geschickt anstellte, belohnte Mum mich mit einem Stück Kuchen. Dann setzte ich mich an einen der Tische, um es genüsslich zu verschlingen und ihr beim Arbeiten zuzuschauen.

Nun brutzelte hinten auf dem wackligen Herd ein bescheidenes Auberginen-Kokosnuss-Curry, das ich selbst zubereitet hatte. Ein Kochfeld hatte bereits 2008 den Geist aufgegeben, aber die anderen funktionierten noch. Eigentlich hatte ich vorgehabt, das Curry als Tagesgericht anzubieten, doch ich war mir nicht sicher, ob ich es den Gästen wirklich zumuten konnte.

Um neun Uhr griff ich zum Telefon.

»Hallo, könnte ich bitte mit Max Clarke sprechen?«

»Wer ist denn da, bitte?«, antwortete eine gelangweilt klingende Frauenstimme. Die Empfangssekretärin von Paracelsus Press hatte ihre Ausbildung anscheinend in demselben Betrieb absolviert wie Olympia von Amity.

»Mein Name ist Sophia Mackenzie«, sagte ich und kratzte mich nervös am Nacken. »Ich rufe im Auftrag meiner Mutter an.«

»Worum geht es denn?«

»Um ein Buch, das meine Mutter Ihrem Verlag angeboten hat.«

»Aha.« Nun klang sie misstrauisch, als wollte ich sie mit einem Trick überlisten. »Und wie lautet der Titel dieses Buchs?«

»*Morningstar.*« Wie gut, dass ich mich noch daran erinnern konnte.

Kurzes Schweigen am anderen Ende der Leitung. Dann: »Ah, natürlich. Ich stelle Sie durch, Miss Mackenzie.«

Es klickte in der Leitung. Dann ertönte eine Männerstimme.

»Hallo? Nina?«

Der Mann hörte sich an wie einer dieser jungen, jovialen Londoner Medienfuzzis, mit einem leichten Akzent, den ich nicht einordnen konnte.

»Nein, tut mir leid, hier ist nicht Nina, sondern Sophia«, sagte ich. »Ninas Tochter.«

»Wie bitte? Rede ich da gerade mit *Sophia?*«

»Äh ... ja«, sagte ich verwirrt. Er schien von mir zu wissen. Wie seltsam. »Hören Sie, ich habe Ihren Brief erhalten.«

»*Sie* haben meinen Brief erhalten?«

»Ja, allerdings. Ich fürchte, ich habe schlechte Neuigkeiten, was meine Mutter angeht.«

»Aha. Was ist denn los?«

»Ich ...« Eigentlich hatte ich ihm sofort sagen wollen, was passiert war, doch ich bekam es einfach nicht hin. »Also ...« *Jetzt sag es endlich.* »Meine Mutter ist tot.«

Es war ganz still in der Leitung, nur ein leises Atmen war zu hören.

»Es tut mir leid«, sagte ich. »Das ist sicher ein Schock für Sie.«

»Nein, bitte … mir tut es leid. Bitte verzeihen Sie. Ich hatte keine Ahnung. Wie … ähm … wie ist sie denn …?«

»Sie … also …« *Ich werde jetzt nicht weinen. Auf gar keinen Fall. Erst, wenn ich dieses Telefonat hinter mich gebracht habe.* »Die Polizei glaubt, dass es Selbstmord war.«

»Selbstmord?«

Ich schwieg. Manchmal muss man den Leuten Zeit geben, etwas sacken zu lassen. Ich war ja selbst noch nicht durch damit.

»Aber das ist … Tut mir leid, aber das ergibt keinen Sinn für mich.«

»Für mich auch nicht.«

»Sie war so begeistert von dem Buch. *Morningstar*. Seit sechs Monaten haben wir über das Manuskript gesprochen …«

Seit sechs Monaten? Hatten die Einbrüche nicht vor sechs Monaten begonnen? Seltsam …

»Ich muss zugeben, ich hätte nicht gedacht, dass sie ihr Vorhaben, ein Buch zu schreiben, tatsächlich umsetzen würde«, sagte ich. Mir war schwindlig. »Wenn ich Sie richtig verstehe, haben Sie das Buch sogar schon gelesen. Wie ist es denn? Wovon handelt es?«

»Nun ja«, sagte Max Clarke zögernd. »Offen gesagt, habe ich das fertige Manuskript noch nicht gesehen.«

»Nein?« Enttäuschung und Traurigkeit stiegen in mir auf. Vermutlich gab es überhaupt kein Buch. Mein Vater hatte wohl recht behalten; sie hatte zwar von dem Buch gesprochen, es aber nicht geschrieben. Vielleicht …

»Aber ihre Notizbücher habe ich natürlich schon gelesen.«

»Notizbücher?«

»Ja. Das Manuskript besteht aus mehreren handgeschriebenen Notizbüchern. Nina wollte nicht, dass ich Kopien davon mache, aber nachdem wir einige Male telefoniert hatten, war sie bereit, sich mit mir in Suffolk zu treffen, in einem Café in Southwold. Dort hat sie mir gestattet, die ersten beiden Notizbücher zu lesen. Ich war so begeistert davon, dass ich ihr sofort ein Angebot für das fertige Manuskript gemacht habe. Vor zwei Wochen schrieb sie mir dann, dass sie das letzte Drittel abgeschlossen hätte und alle Notizbücher zu einem einzigen Manuskript zusammenfassen wollte.«

»Ich begreife das nicht«, sagte ich. »Meine Mutter hatte eigentlich vorgehabt, ihre Lebensgeschichte zu schreiben.«

»Das hat sie auch getan. Und der Titel ihrer Lebensgeschichte lautet *Morningstar*.«

»Verstehen Sie mich nicht falsch«, sagte ich, während ich den Blick durch das Café von Eden Gardens wandern ließ. Hier im Café hatte meine Mutter fast ihre gesamte Zeit verbracht, hatte mit einem stillen Lächeln Speisekarten auf den Tischen verteilt und die Theke abgewischt. »Ich habe meine Mutter sehr geliebt, aber ...« Ich kam mir wie eine Verräterin vor. »Es fällt mir schwer zu glauben, dass ein Verlag die Lebensgeschichte meiner Mum interessant finden könnte.«

Max Clarke schwieg. Er schien verblüfft zu sein.

»Wussten Sie denn gar nicht, dass Ihre Mutter auf *Morningstar* gewesen ist?«, fragte er schließlich.

»Nein«, sagte ich. »Und ich habe auch nicht die geringste Ahnung, was *Morningstar* überhaupt sein soll.«

»Sophia ... darf ich Sie Sophia nennen?«

»Von mir aus.«

»Wissen Sie, wo die Notizbücher jetzt sind?«

»Nein«, sagte ich. »Im Haus meiner Eltern sind sie jedenfalls nicht, soweit ich weiß. Die Polizei ...«

»Haben Sie nachgeschaut?« Nun klang er gar nicht mehr jovial, sondern leicht panisch.

»Seit zwei Wochen bin ich nur noch damit beschäftigt, die Sachen meiner Eltern zu durchforsten, aber auf Notizbücher bin ich bislang nicht gestoßen.«

»Vielleicht haben Sie sie ja übersehen«, sagte er und klang fast schon verzweifelt. »Weiß Ihr Vater vielleicht, wo sie sind?«

Ich schluckte. »Schon möglich, aber leider wurde er bei dem ... bei dem Ereignis schwer verletzt. Er liegt im Koma und wacht vielleicht nie wieder auf.«

Ich hatte einen dicken Kloß im Hals, aber ich wollte nicht weinen, schon gar nicht während eines Telefonats mit einem Fremden. Es hätte nicht geholfen, sondern wäre mir nur unsagbar peinlich gewesen, und dem Verleger auch.

Ich schwieg.

Nach einer Weile sagte Max Clarke: »Meine Güte. Sie Ärmste. Ich kann Ihnen gar nicht sagen, wie leid uns das tut. Und mir ganz besonders. Das Ganze kann ja auch noch warten. Natürlich ist es ein Schock für mich, aber für Sie ... es muss schrecklich sein, was Sie gerade durchmachen.«

»Nein, es kann nicht warten«, sagte ich mit einer Entschiedenheit, die mich selbst verblüffte, und wischte mir ungeduldig die Tränen weg. »Wenn es dieses Buch wirklich gibt, dann will ich es finden. Das ist das Mindeste, was ich für meine Mutter tun kann.«

»Sind Sie sicher?«

»Ja«, sagte ich. »Absolut sicher. Heute Abend habe ich Zeit, dann mache ich mich auf die Suche nach den Notizbüchern.«

»Ich möchte aber nicht, dass Sie sich ...«

»Hören Sie, ich will die Notizbücher unbedingt lesen. Möglicherweise enthalten sie Hinweise darauf, was meinen Eltern zugestoßen ist.« Ich schloss die Augen und zwang mich, ruhig durchzuatmen.

»Da könnten Sie natürlich recht haben«, sagte er vorsichtig. »Sophia, Sie sollten vielleicht wissen, dass die Lebensgeschichte Ihrer Mutter an manchen Stellen ... wie soll ich es ausdrücken ... recht freimütig formuliert ist und dass es ... nun ja, nicht unbedingt ratsam ist, wenn Sie als ihre Tochter das lesen.«

Freimütig? Meine Mutter? Ich hatte sie wirklich über alles geliebt, aber wenn sie eines nicht gewesen war, dann freimütig. Im Gegenteil, sie hatte es ihr ganzes Leben lang vermieden, geradeheraus ihre Meinung zu sagen. Den eigentlichen Fragen war sie stets ausgewichen, lieber hatte sie um den heißen Brei herumgeredet. »Ich weiß nicht, was Sie damit meinen.«

»Wenn Sie die Notizbücher finden, lesen Sie sie lieber nicht, sondern schicken Sie sie uns.«

»Zuerst muss ich sie ja finden«, sagte ich. »Ich fasse es nicht. Meine Mutter hat tatsächlich ein Buch geschrieben.«

»Ja«, sagte Max Clarke mitfühlend. »Und es war ihr sehr wichtig.«

***

Es stimmte also doch. Dabei war ich mir so sicher gewesen, dass sie es nie auf die Reihe kriegen würde. Fast mein ganzes Leben lang hatte sie davon geredet, dass sie ein Buch schreiben wollte. Als ich noch bei meinen Eltern wohnte, hatte ich Mum immer wieder ermutigt, ihr Vorhaben in die Tat umzusetzen, weil ich natürlich hoffte, das Schreiben würde sie von meiner bevorstehenden Flucht in die reale Welt ablenken. Ich wusste, dass sie sich als Jugendliche sehr für Literatur und Gedichte interessiert hatte; vermutlich ging darauf auch ihre zwanghafte Angewohnheit zurück, stapelweise gebrauchte Bücher zu kaufen. Vielleicht half ihr das, sich weniger einsam zu fühlen.

Also schenkte ich ihr Bücher über die Kunst des Schreibens,

ledergebundene Notizbücher, silbern verzierte Füllfederhalter und Buntstifte; anfangs nur zu ihrem Geburtstag, aber später, nach meinem Auszug, auch bei jedem meiner Besuche. Und manchmal, wenn mich das schlechte Gewissen allzu sehr plagte, dass ich trotz ihrer wiederholten Bitten nicht in den Schoß der Familie zurückkehrte, schickte ich ihr auch Geschenke per Post.

Manchmal forderte ich Dad dazu auf, sich einen Geschenkewettstreit mit mir zu liefern, aber er hob nur die Augenbraue und grinste zynisch. Er war felsenfest davon überzeugt, dass Mums Buch nur eine Seifenblase war. Sie redete zwar ständig darüber, ließ ihren Worten jedoch keine Taten folgen. In Dads Augen wollte sie mit ihrem Gerede nur ihr mangelndes Selbstwertgefühl und ihre Ruhelosigkeit verbergen. Und irgendwann begann ich das ebenfalls zu glauben.

Doch wir hatten uns beide geirrt. Sie hatte nicht nur ein Buch geschrieben, sondern sich sogar einen Verleger besorgt.

Ob mein Vater wohl davon wusste?

Und wenn er es wusste, warum hatte er mir nichts erzählt? Bitterkeit stieg in mir auf. Vielleicht war das noch so eine Sache, die sie Rowan anvertraut hatten, mir aber nicht.

Ich schüttelte den Kopf, um das Selbstmitleid zu verscheuchen.

Die Notizbücher waren wichtiger. Ich musste sie finden.

Und die Präsentation für das Besucherzentrum musste ich auch noch vorbereiten (Amity hatte mich bisher nicht über eine Terminverlegung informiert). Leider konnte ich mich nicht sofort darum kümmern, da das Café in Eden Gardens weiter geöffnet hatte und ich die Gastwirtin spielen musste, bis wir einen Ersatz gefunden hatten.

Bisher hatten sich nur zwei Personen auf unsere Stellenanzeige gemeldet. Laura, eine Mittvierzigerin, mit der ich vor einigen Tagen gesprochen hatte, war eigentlich schon aus dem Rennen; ihr vage formulierter Lebenslauf und ihr ausweichender Blick (»Warum haben Sie denn bei Annie's Seaside Café aufgehört?« »Ach, Annie und ich waren nicht auf der gleichen Wellenlänge …«) hatten mir den Eindruck vermittelt, dass sie wohl kaum die richtige Kandidatin war. Andererseits suchten wir händeringend jemanden, der sofort anfangen konnte.

Deshalb hatte ich Laura auch noch nicht abgesagt. Um ihre Referenzen zu überprüfen, wollte ich ihre frühere Arbeitgeberin anrufen, aber ich hatte sie bisher nicht erreichen können. Vielleicht existierte sie gar nicht.

Die andere Kandidatin, Tina, hatte mir gesagt, dass ihre Verfügbarkeit generell davon abhing, ob ihre Schwester auf ihre Kinder aufpassen konnte. Ihre Schwester musste manchmal selbst arbeiten, und an diesen Tagen würde Tina dann nicht kommen können.

»Und welche Tage wären das?«

»Das kann ich jetzt noch nicht sagen.«

»Aha. Verstehe. Vielen Dank. Ich melde mich wieder.«

Vielleicht waren Lauras Referenzen ja doch in Ordnung.

Als am späten Nachmittag zwei ältere Damen ins Café kamen, brachte ich es nicht übers Herz, sie wieder wegzuschicken, obwohl ich eigentlich zu meinem Vater ins Krankenhaus musste. Eden Gardens gehörte meinen Eltern; Dad war finanziell darauf angewiesen. Deshalb musste ich dafür sorgen, dass das Geschäft weiterlief.

Doch es blieb weiterhin ungewiss, ob Dad sich erholen würde. Als die Damen aufbrachen und ich zu ihrem Tisch ging, um das Geschirr abzuräumen, dachte ich: *Er hat jetzt schon zwei Wochen überlebt. Ich kenne Dad. Er ist stark und robust, wie ein knorriger Baum. Er hat einen furchtbaren Schock erlitten und ist schwer verletzt, aber er wird wieder auf die Beine kommen. Ganz bestimmt. Bald wird er aufwachen, und dann wird er mir erzählen, was passiert ist. Irgendjemand hat uns allen das angetan, und wer auch immer dahintersteckt, wir werden ihn schnappen.*

Auf jeden Fall.

»Hallo. Sind Sie Sophia?«

Ich verdrängte meine finsteren Gedanken und schaute auf.

Vor mir stand eine hübsche, aber zugleich unauffällig wirkende Frau. Sie trug eine weiße Bluse, einen braunen Rock und dazu einen Blazer; ihr blond gesträhntes Haar hatte sie zu einem straffen Pferdeschwanz gebunden.

Ich war so in Gedanken versunken gewesen, dass ich die Türglocke gar nicht gehört hatte.

»Ja, ich bin Sophia«, sagte ich. Mir wurde flau im Magen. Hoffentlich war das nicht schon wieder eine von diesen neugierigen Journalistinnen. »Kann ich Ihnen helfen?«

»Ich bin Monica. Der Gärtner, Rowan, hat mich zu Ihnen geschickt.«

Ich schaute sie verwirrt an.

»Wegen der Stelle«, sagte sie mit leichtem Akzent. »Sie suchen doch eine Bedienung für Ihr Café, oder?«

»Oh! Ja, das stimmt.« Ich trug das Geschirr zur Theke hinüber. »Entschuldigen Sie, im Moment herrscht hier ein furchtbares Chaos. Kann ich Ihnen einen Tee anbieten? Oder einen Kaffee?«

Sie musterte mich und hielt den Kopf schräg, wie ein pfiffiger Spatz. »Danke, aber ich glaube, Sie brauchen eher einen Tee als ich.«

Ich wollte etwas erwidern, doch sie winkte ab, ging hinter die Theke und setzte Teewasser auf. Ich ließ sie gewähren.

Als Monica eine gute halbe Stunde später wieder ging, hatte ich sie eingestellt. Sie konnte schon am nächsten Morgen anfangen. Bevor ihre Tochter zur Welt gekommen war, hatte sie in einem Teeladen in Aldeburgh gearbeitet, doch nun suchte sie eine Stelle in der Nähe ihres Zuhauses.

Sie war die erste Bewerberin, die belastbar und vertrauenswürdig wirkte.

Als ich das Café abschloss, lächelte ich nach über zwei Wochen zum ersten Mal wieder.

Endlich eine kleine Glückssträhne.

***

Nachdem ich meinen Vater im Krankenhaus besucht hatte, begab ich mich im Haus meiner Eltern auf die Suche nach den *Morningstar*-Notizbüchern.

Doch ein erster schneller Rundgang brachte keine Ergebnisse.

Ich seufzte, als ich mich im Zimmer meiner Mutter umsah, im bunten Lichtschein ihrer Tiffany-Lieblingslampe. Die Vorhänge vor dem Erkerfenster ließ ich absichtlich geschlossen; den Anblick des Baums, an dem Mum gehangen hatte, wollte ich mir ersparen. Ich konnte mir nicht vorstellen, die Vorhänge jemals wieder zu öffnen.

Es war ein schwüler Abend, und ich war müde. Aber ich musste unbedingt noch die Präsentation für das Besucherzentrum fertigstellen; sie sollte am nächsten Tag stattfinden. Ich musste an Benjamins E-Mail denken.

»... solange Sophia ›indisponiert‹ ist.«

Diese unverschämten Anführungszeichen verfolgten mich. Was bildete der Kerl sich eigentlich ein? Als wäre das, was meinen Eltern zugestoßen war, kein Drama, sondern nur ein kleiner Kater.

Präsentation oder Notizbücher?

Entscheide dich, Sophia.

Ich entschied mich für die Notizbücher und begann im Erdgeschoss mit einer gründlichen Durchsuchung sämtlicher Schränke, Schubladen, Kommoden und Truhen. Doch ich fand bloß mottenzerfressene Kleidungsstücke, vergilbte Zeitschriften, kaputtes Werkzeug und rätselhafte Plastikteile, die zu Gott weiß welchen Gegenständen gehörten.

Einige Möbel schienen neu zu sein, unter anderem der große metallene Aktenschrank im Büro. Er sah stabil und teuer aus, doch abgesehen von ein paar Regalhaltern war er leer. Vielleicht wusste Rowan, welchem Zweck der Schrank diente.

Müde stapfte ich die Treppe hoch, ins Zimmer meiner Mutter.

Auf der Kommode, auf einem zerschlissenen Spitzendeckchen, stand ihr altes Schmuckkästchen. Dad hatte es vor vielen Jahren für sie angefertigt, und ich hatte es lackiert. Es war unser gemeinsames Geburtstagsgeschenk für Mum gewesen.

Eigentlich hatte ich es schon durchsucht. Es enthielt ein paar Schmuckstücke, darunter eine Cloisonné-Brosche mit herausgebrochenen Emailstücken, einen winzigen Ring und einen seltsamen Anhänger; ein schmales Goldkreuz in einem Kreis mit einer kaum leserlichen Inschrift. Es war höchst unwahrscheinlich, dass sich unter dem Schmuckkästchen Notizbücher verbargen, aber ich hob es trotzdem hoch.

Wie erwartet, lagen dort keine Notizbücher, aber unter dem Spitzendeckchen entdeckte ich zu meiner Überraschung zwei zusammengefaltete Zettel.

Beim ersten handelte es sich um eine Quittung von einem Geschäft namens Trevor & Hartley Jagdzubehör in Woodbridge, und zwar für ein Gewehr Modell Baikal SPR 310 (Secondhand) und zwei Packungen rauchfreie Patronen mit einer Hülsenlänge von 76 Millimetern. Die Quittung stammte von 21. Juni, war also vor etwa sieben Wochen ausgestellt worden.

Ich faltete den zweiten Zettel auseinander. Das Papier war ganz steif, und etwas war daraufgeklebt – ein Passfoto meiner Mutter. Sie blickte mich mit ernster Miene an; die Haare waren hochgesteckt.

Der Zettel trug die Überschrift »Waffenschein«. Das Ablaufdatum lag vier Jahre in der Zukunft.

Es traf mich wie ein Schlag in die Magengrube.

Meine Mutter besaß einen Waffenschein.

Und sie hatte erst vor wenigen Wochen ein Gewehr gekauft. Vermutlich eine Reaktion auf die Einbrüche.

Aber warum hatte es dann noch niemand gefunden? Die Polizei hatte das Haus ja auch schon durchsucht. Fassungslos schaute ich mich um. Wo steckte das verdammte Gewehr?

***

Es war schon nach neun, als die Sonne endlich unterging. Ich war schweißüberströmt, hungrig und k.o., aber ich wollte die Suche noch nicht aufgeben.

Gegen die Müdigkeit würde mir ein Kaffee helfen. Ich ging in die Küche, um mir einen zu machen, und rief Rowan an.

»Was sagst du da?«, rief Rowan entsetzt. »Ein *Gewehr?*«

»Ja. Eine Baikal SPR 310. Laut Google ein preiswertes und praktisches Jagdgewehr, das in Russland hergestellt wird. Zwei Munitionspackungen waren auch dabei.«

»Tut mir leid«, seufzte Rowan. »Da kann ich dir nicht helfen, Soph. Mit Waffen kenne ich mich nicht aus, und ich habe bei deinen Eltern auch nie ein Gewehr gesehen. Jared hat auch nie eins erwähnt.«

Wir schwiegen beide eine Weile.

»Also«, sagte ich schließlich, »wenn das Gewehr nicht im Haus ist, wurde es wahrscheinlich bei einem der Einbrüche gestohlen.« Ich rieb mir die Stirn. »Dann müssen wir sofort die Polizei darüber informieren, dass das Gewehr verschwunden ist. Wer weiß, was die Einbrecher damit anstellen.«

Rowan blieb still.

»Bist du denn absolut sicher, dass es verschwunden ist?«, fragte er dann. »Jared und Nina haben sich das Gewehr doch vermutlich besorgt, um die Einbrecher mit Warnschüssen zu verjagen. Sie haben es bestimmt gut versteckt, meinst du nicht?«

Mir wurde flau im Magen. »Vielleicht hast du recht. Meinem Dad wäre es jedenfalls zuzutrauen, so paranoid wie er ist.«

»Mmmh«, sagte Rowan nur. Er mochte es nicht, wenn ich meinen Vater kritisierte. »Wie gesagt, mit Waffen kenne ich mich nicht aus«, fügte er hinzu. »Aber soweit ich weiß, muss man der Polizei bei der Beantragung eines Waffenscheins mitteilen, wo man die Waffe aufbewahren will. Man kann sie nicht einfach bei der Haustür auf die Kommode legen.«

»Im Büro ist mir ein Metallschrank aufgefallen«, sagte ich. »Aber er war leer.«

»Ach, der Metallschrank. Den habe ich dort aufgestellt. Aber ich kann mir nicht vorstellen, dass sie den haben wollten, um darin ein Gewehr aufzubewahren.« Rowan gähnte.

»Hast du sie denn nicht gefragt, wofür sie den Schrank benutzen wollten?«

Meine Frage schien ihm Unbehagen zu bereiten. »Ich weiß nicht mehr genau. Aber von einer Waffe haben sie mir jedenfalls nichts gesagt.«

Und wenn doch, hättest du es mir bestimmt nicht erzählt, schoss es mir durch den Kopf. *Von den Einbrüchen hast du mir ja auch nichts gesagt.*

»Lass uns doch darüber reden, wenn du hier bist«, sagte er. »Wann kommst du denn?«

»Rowan, ich glaube, es ist besser, wenn ich weiter nach dem Gewehr suche und hier übernachte.«

Rowan schien es für einen Moment die Sprache zu verschlagen.

»Nein, Soph, lass das«, sagte er schließlich. »Übernachte lieber bei uns.«

»Ich habe kein Problem damit, hier im Haus zu schlafen«, sagte ich, obwohl das natürlich nicht stimmte. »Wenn ich irgendwo was knarren höre, rufe ich dich sofort an.«

«Soph, bist du dir wirklich sicher?«

»Ja, Ro. Mach dir keine Sorgen. Wir sehen uns dann morgen Abend im Krankenhaus, okay?«

***

Ich war wirklich nicht versessen darauf, die Nacht ganz allein im Haus meiner Eltern zu verbringen, aber die Sache mit dem Gewehr ließ mir keine Ruhe. Sie hatten es sich im Juni besorgt, vor weniger als zwei Monaten, während der Einbruchsserie.

Die Einbrüche mussten ihnen enorme Angst eingejagt haben. Trotz ihrer Paranoia hatten meine Eltern nie mit dem Gedanken gespielt, sich eine Waffe zu besorgen. Dieser Schritt war wirklich sehr ungewöhnlich.

Hatte sich außer den Einbrüchen vielleicht noch etwas anderes ereignet, was Rowan mir verschwieg? Ich musste ihn mir unbedingt vorknöpfen. Aber nun war es zu spät, ihn noch einmal anzurufen; bestimmt brachte er gerade seine Kinder ins Bett. Also musste ich das wohl oder übel auf den nächsten Tag verschieben.

Ich dachte darüber nach, wie der Kontakt zu meinen Eltern in den letzten Monaten gewesen war. Aber abgesehen davon, dass Mum ein bisschen unabhängiger zu werden schien, war mir nichts Besonderes aufgefallen.

Soweit ich wusste, war das Leben meiner Eltern in den gewohnten Bahnen verlaufen, bevor ihnen all diese schrecklichen Dinge zugestoßen waren. Das einzig Ungewöhnliche war gewesen, dass meine Mutter ein Buch geschrieben hatte.

Eines war klar: Ich würde erst dann wieder Ruhe finden, wenn ich Mums Notizbücher gefunden hatte.

***

Gegen Mitternacht hatte ich das gesamte Haus durchsucht. Doch auf dem Dachboden standen nur weitere Kisten mit mottenzerfressener Kleidung, und im feuchten Keller gab es bloß Gläser mit eingemachtem Obst, Konservendosen und leere Kisten.

Irgendwann musste ich einsehen, dass weder das Gewehr noch die Notizbücher im Haus waren.

Das ließ nur eine Schlussfolgerung zu: Die Sachen befanden sich wahrscheinlich in Dads Schuppen.

Ich schauderte bei dem Gedanken.

Der Schuppen war das Reich meines Vaters. Er hatte ihn selbst gezimmert und blau angestrichen. Dort werkelte er gern stundenlang herum. Der Schuppen stand im Schatten des Baumes, an dessen Ast die Leiche meiner Mutter gehangen hatte.

Mir war überhaupt nicht danach, um diese Zeit in den Garten zu gehen. Nicht nur, weil es draußen stockfinster war. Ich wollte nicht daran erinnert werden, wie ich meine Eltern dort gefunden hatte.

Eine Weile saß ich unschlüssig in der Küche. Der Kaffee war längst kalt geworden, als ich mich endlich dazu durchringen konnte, aufzustehen und die Taschenlampe aus dem Schrank zu holen.

***

Der Garten war noch finsterer als in meiner Erinnerung. Ich blieb an der Hintertür des Hauses stehen und starrte in die Nacht hinaus. Dann gab ich mir einen Ruck und trat über die Schwelle.

Es klickte, als der Bewegungsmelder aktiviert wurde. Die Sicherheitsbeleuchtung ging an und tauchte den dunklen Rasen in gleißendes Licht.

Dort war nichts zu sehen; kein böser Geist, der auf mich

lauerte. Der hintere Teil des Gartens blieb allerdings im Dunkeln, denn die Lichterketten waren natürlich nicht mehr da, und die Sicherheitsbeleuchtung reichte nur bis zur Hälfte des Rasens. Das Dickicht im Hintergrund war nur zu erahnen.

Ich schaltete die Taschenlampe ein und ging zögerlich auf den Schuppen zu.

Schaudernd stellte ich mir vor, dass ich die Taschenlampe auf die Tür des Schuppens richtete und meine tote Mutter plötzlich im Lichtkegel erschien und mich zutiefst enttäuscht ansah; gramerfüllt war sie dem Grabe entstiegen, damit ich ihren grauenhaften Anblick niemals vergaß und bis in alle Ewigkeit von schrecklichen Schuldgefühlen gemartert wurde.

Als ich den Schuppen erreichte, fischte ich den Schlüssel aus der Tasche und stocherte damit im Schloss herum, während ich zitternd die Taschenlampe darauf hielt.

Wenn Dad stirbt – oh Gott, bitte lass ihn nicht sterben, aber wenn du es doch tust, verkaufe ich dieses Haus. Und komme nie wieder hierher zurück. Nie, nie wieder …

Die Tür leistete Widerstand, sie schrammte über den Boden, und ich musste mich gegen sie stemmen, bis sie endlich mit einem Ruck aufging und ich fast hingefallen wäre. Hektisch tastete ich an der Wand nach dem Lichtschalter.

Nichts.

Jetzt reiß dich zusammen, Sophia. Du weißt doch, dass es einen Lichtschalter gibt. Du hast schon so oft gesehen, wie Dad das Licht eingeschaltet hat …

Da.

Die Neonröhre an der Decke begann zu flackern. Erleichtert schnappte ich nach Luft.

Dads kleine Höhle war seit jeher verlottert gewesen, aber nun wirkte sie wie die Kajüte eines Geisterschiffs. Auf dem Tisch stand noch die volle Kaffeetasse, die ich dem Polizisten gebracht hatte.

An jenem Tag war ich zum ersten Mal in meinem Leben

ohne meinen Vater in dem Schuppen gewesen. Nach Mums Tod hatte ich die Polizei dort hineingelassen, und während sie den Schuppen nach Hinweisen durchsuchte, hatte ich in der Ecke gestanden und weggeschaut, Richtung Haus.

Dad hatte mir verboten, allein in den Schuppen zu gehen. Als Kind hatte ich mehrmals versucht, mich heimlich hineinzuschleichen, was nur dazu geführt hatte, dass er mir den Hintern versohlte und tagelang sauer auf mich war.

Damals hatte ich es gar nicht seltsam gefunden, dass er quasi im Schuppen wohnte; er kam eigentlich nur zu den Mahlzeiten ins Haus, anschließend verzog er sich wieder stundenlang in seine Gartenhöhle.

Ich nahm mir Dads Kommode vor. Als ich die Schubladen öffnete, war mir, als könnte er jeden Moment hereinplatzen und mich anschnauzen. In den Schubladen waren jedoch keine Notizbücher und auch kein Gewehr versteckt, sie enthielten nur Werkzeug und Papierkram; in der unteren Schublade lagen einige Nacktmagazine aus den frühen Neunzigern.

Am liebsten wäre ich sofort wieder ins Haus zurückgelaufen, aber ich wollte unbedingt sicherstellen, dass mir wirklich nichts entging, denn ich hatte nicht vor, den Schuppen ein weiteres Mal zu betreten.

Also ließ ich mich in Dads Ledersessel sinken und kam mir richtig kühn vor bei diesem Tabubruch.

Der Sessel stand am Fenster. Durch die Scheibe sah ich das beleuchtete Haus im Hintergrund, es wirkte behaglich und sicher.

Ich lehnte mich zurück und schaute mich um.

Plötzlich blieb mein Blick an der Gardinenschiene über dem Fenster hängen.

Darauf lag etwas. Zwei schmale Buchrücken glänzten im Schein der Neonröhre. Einer war rotgolden, der andere rot.

Ich erkannte sie sofort. Der rotgoldene Buchrücken gehörte zu dem ersten Notizbuch, das ich Mum viele Jahre zuvor geschenkt hatte, als ihre Absicht, ein Buch zu schreiben, noch recht neu gewesen war. Mein Geschenk hatte ihr offenbar gefallen, denn das andere Notizbuch sah fast identisch aus. Es war ebenfalls liniert und hatte DIN-A5-Format; eine praktische Größe, die in jede Handtasche passte.

Vorsichtig kletterte ich auf die wacklige Kommode, um die Notizbücher herunterzuholen, und hoffte nur, dass ich mir dabei kein Bein brach und die Nacht hilflos im Schuppen verbringen musste.

Auf der Gardinenschiene lagen nur zwei Notizbücher. Der Verleger hatte drei erwähnt. Eines fehlte also.

Ich kletterte wieder herunter und schlug das Notizbuch auf, das ich ihr geschenkt hatte.

Die erste Zeile lautete: »Für meine Sophia«. Der Anblick von Mums Handschrift zerriss mir das Herz.

Die zweite Zeile lautete: Lügen. Alles Lügen. Niemand ist, was er vorgibt zu sein.

DAS ERSTE NOTIZBUCH

FÜR MEINE SOPHIA

Lügen. Alles Lügen. Niemand ist, was er vorgibt zu sein.

Auf diese Erkenntnis läuft es immer hinaus. Bei mir war es zumindest so, und auch bei dir wird es so sein, wenn du diese Zeilen liest. Bitte verzeih, mein Liebling, wenn diese Erkenntnis schwer für dich ist, doch ich hoffe und bete, dass du besser mit ihr zurechtkommst als ich damals.

Ich weiß nicht, wie oft ich schon versucht habe, diese Geschichte aufzuschreiben. Es endete jedes Mal damit, dass ich die Seiten zerknüllte und im Ofen verbrannte, damit Jared sie nicht entdeckte. In all den Jahren kam mir nie der Gedanke, das schöne Notizbuch zu benutzen, das du mir geschenkt hast. Doch nun habe ich begonnen, die Geschichte darin niederzuschreiben, und ich bin mir sicher, dass ich sie dieses Mal zu Ende führen werde, wie auch immer.

Ich hätte sie schon vor langer, langer Zeit zu Papier bringen sollen.

Sophia, ich hoffe, du wirst nicht allzu böse auf mich sein, weil ich bestimmte Entscheidungen getroffen habe. Du warst schon immer kühn und wagemutig. Mein Leben dagegen ist ein Paradebeispiel für Feigheit und Passivität.

Doch das wird sich nun ändern, mein Liebling. Ich werde endlich klar und deutlich Stellung beziehen, und dann wird diese kleine Welt um mich herum in Flammen aufgehen. Nun bin ich dazu bereit, ich sehne mich geradezu danach. Doch zugleich habe ich Angst um dich. Am Ende werden wir alle Verletzungen davontragen, und du wirst wahrscheinlich diejenige sein, die es am schlimmsten trifft.

Wenn du dies gelesen hast, werde ich dir alle Fragen beantworten, so gut ich kann. Aber erst dann.

Es tut mir sehr, sehr leid. Ich wollte nicht, dass es so weit kommt.

In ewiger Liebe
Mum xxxxx

KAPITEL 5

1989, lange vor deiner Geburt, Sophia, kam ich an einem stürmischen Samstagmorgen am St Edith's College in Cambridge an. Damals war ich achtzehn Jahre alt, und in meinem Leben gab es nur zwei unumstößliche Gewissheiten: Erstens würde ich es niemals zu etwas bringen, und zweitens sah ich in dem tief ausgeschnittenen violetten Samtkleid, das ich mir von Onkel Malcoms Weihnachtsgeld gekauft hatte, wie eine »Bordsteinschwalbe« aus.

Ich hatte es trotzdem eingepackt. Es lag sorgfältig zusammengelegt ganz unten in dem zerschlissenen roten Textilkoffer, den ich bei mir hatte. Ich erinnere mich noch an die Fahrt zum College und an meine Angst davor, dass mein Vater mich auffordern würde, den Koffer auszupacken, damit er ihn wieder mit zurück nach Oxfordshire nehmen konnte. Dann würde er das sündhafte Kleid entdecken. Eine schreckliche Vorstellung, bei der ich jedoch auch einen Anflug von Nervenkitzel verspürte.

Am Toreingang vom St Edith's College wurden wir von einem Pförtner begrüßt und aufgefordert, uns in die Warteschlange einzureihen. Einige Neuankömmlinge waren gleichfalls in Begleitung ihrer Eltern erschienen, andere allein, und alle warteten darauf, von einem selbstsicher wirkenden älteren Studenten und zwei Kommilitoninnen abgefertigt zu werden. Das Trio saß hinter einem Tisch, an dem ein Schild mit der Aufschrift BEGRÜSSUNGSKOMITEE befestigt war. Der Wind zerrte unablässig daran; die Formulare, die auf dem Tisch lagen, waren mit großen Steinen, Tassen und sogar einem halb leeren Bierkrug beschwert, damit sie nicht davonflatterten.

Alkohol schien hier selbstverständlich zu sein, vermutlich wurde sogar erwartet, dass man trank.

Wahrscheinlich war an diesem College alles erlaubt.

Eine aufregende Vorstellung.

Ich warf meinem Vater einen nervösen Blick zu. Diese lästige Verzögerung war ihm natürlich ein Dorn im Auge. Als der Student vom Begrüßungskomitee mit einer der jungen Frauen in der Schlange flirtete, kniff er den Mund zu einem dünnen Strich zusammen.

Daddy hasste Warteschlangen.

Meine Mutter hakte sich bei ihm unter; eine Geste, die liebevoll wirkte, jedoch den Zweck hatte, meinen Vater zu kontrollieren. *Bleib ruhig, Thomas.*

Mir schoss der frevelhafte Gedanke durch den Kopf, dass ich es kaum erwarten konnte, die beiden loszuwerden.

Ich versuchte, die angespannte Stimmung durch nervöses Geplauder aufzulockern: »Was meint ihr, wie alt diese Gebäude sind?« »Ob ich hier wohl berühmten Leuten begegnen werde?« Meine Mutter lächelte nur gequält, mein Vater beachtete mich gar nicht.

Endlich kamen wir an die Reihe.

»Hallo zusammen«, sagte der Student. »Tut mir leid, dass Sie warten mussten.« Er hatte seinen Blondschopf mit Haargel gestylt und trug ein graues Jackett. Er sah wahnsinnig gut aus und strahlte eine geradezu unverschämte Selbstsicherheit aus. »Ich bin Adam. Willkommen am St Edith's!«

Er streckte mir die Hand entgegen und schenkte mir ein strahlend weißes Lächeln.

In diesem Moment wurde mir bewusst, welche ungeahnten Möglichkeiten diese neue Welt für mich bereithielt. Mir wurde ganz schwindlig vor Aufregung.

Ich hängte mir die schwere Tasche über die andere Schulter und schüttelte seine Hand. Daddy knurrte: »Jetzt zeigen Sie meiner Tochter endlich, wo sich ihr Zimmer befindet. Wir sind seit heute früh unterwegs und haben keine Zeit für Ihr Geschäker, verstanden?«

Adam hörte auf zu lächeln, ließ meine Hand los, und der magische Moment war vorüber. Am liebsten wäre ich vor Scham im Boden versunken.

»Entschuldigen Sie, Sir«, sagte er höflich, aber sein Blick verriet Wut. Im Gegensatz zu mir war er es wohl nicht gewohnt, dass man so mit ihm redete. »Der Name, bitte?«

»Nina Mackenzie«, schnauzte mein Vater, bevor ich etwas sagen konnte.

Adam sah auf der Liste nach und griff wortlos nach einem blassen Umschlag, der offenbar einen Schlüssel enthielt. Seine beiden Kolleginnen vom Begrüßungskomitee ignorierten mich demonstrativ, als er aufstand und uns aufforderte mitzukommen.

Als wir ihm über den Innenhof die Treppe hoch folgten, die zu den Unterkünften führte, herrschte eisiges Schweigen. Daddys Gangart verriet, welche Genugtuung es ihm bereitete, dass er sich durchgesetzt hatte.

»Hier ist das Zimmer«, sagte Adam und deutete auf eine Tür mit der Nummer dreizehn. »Wenn Sie Hilfe benötigen, kommen Sie einfach zum Informationsschalter oder wenden Sie sich an die Pförtner.« Er reichte mir den Umschlag. »Viel Vergnügen am St Edith's.«

Ich hätte das unmögliche Verhalten meines Vaters gern mit einer freundlichen Bemerkung wettgemacht, doch mir fiel nichts Passendes ein, und Adams grimmige Miene ließ darauf schließen, dass es ohnehin keinen Zweck gehabt hätte. Also sagte ich einfach nur »Danke«.

Adam wandte sich von uns ab und eilte die Treppe hinunter. Mein Vater schnappte mir sofort den Umschlag weg und riss ihn auf. »Na endlich.«

Dann öffnete er die Tür mit dem gleichen selbstzufriedenen Grinsen, das er zur Schau stellte, wenn er in seiner Werkstatt »mal wieder einen arroganten Schnösel zur Schnecke gemacht« hatte.

»Warum hast du das getan?«, fragte ich kühn, ohne nachzudenken.

»Was getan?«, knurrte mein Vater und funkelte mich an; das Signal, dass er mich ebenfalls zur Schnecke machen würde, wenn ich, mickrig und unbedeutend, wie ich war, es darauf anlegte.

Meine Kühnheit löste sich in Luft auf. »Schon gut«, ruderte ich zurück und verachtete mich dafür.

Doch es war zu spät; hektische rote Flecken krochen ihm am Hals hoch. Gott sei Dank hatte er den oberen Knopf seines grünen Ralph-Lauren-Hemds geöffnet, sonst wäre er vermutlich vor lauter Groll erstickt. »Kindchen, dir mag es ja Spaß machen, dass so ein stinkreicher verwöhnter Bengel dich stundenlang warten lässt, aber ich habe wahrlich Besseres zu tun.«

»Er wollte doch bloß nett sein«, murmelte ich. Meine Mutter zog warnend die Augenbraue hoch. Es wäre klüger gewesen, nicht weiter auf der Sache herumzureiten, doch ich konnte einfach nicht anders. »Er wollte uns nur freundlich begrüßen, das war schließlich seine Aufgabe. Und es ging doch auch recht schnell voran. Ich verstehe wirklich nicht, warum …«

»So, so«, sagte mein Vater höhnisch. »Dann frag doch deine neuen Freunde, ob sie dein Gepäck schleppen.« Theatralisch ließ er den roten Koffer und die graue Reisetasche fallen. Es klirrte. Die neue Tasse, die meine Eltern mir geschenkt hatten, war zu Bruch gegangen.

»Daddy …«

Doch er zuckte nur hämisch mit den Achseln – *siehst du, wozu du mich getrieben hast?* – und stapfte die Treppe hinunter.

Meine Mutter stieg über das Gepäck, um mir einen flüchtigen Kuss auf die Wange zu geben. »Das hättest du dir wirklich sparen können, Nina«, fügte sie hinzu. »Am besten rufst du morgen an und entschuldigst dich. Schönen Tag noch. Aber benimm dich, hörst du?«

Dann lief sie meinem Vater hinterher.

Nun stand ich allein mit dem ganzen Gepäck vor der Tür. Von oben und von unten erklang Gelächter, Türen wurden auf- und zugemacht. Es roch nach Essen, poliertem Holz und Staub; der Staub tanzte im Sonnenlicht, das durch die hohen Fenster hereinfiel.

Ich hätte meinem Vater gleichfalls hinterherlaufen und ihn demütig um Verzeihung bitten sollen. Dann hätte er sich wieder beruhigt, und wir hätten wie geplant irgendwo essen gehen und durch die Stadt spazieren können, wie eine ganz normale Familie.

Aber dann hätte ich wieder am Begrüßungskomitee vorbeigemusst. Ich schaute durchs Flurfenster in den Hof hinunter. Adam, der junge Mann, plauderte gerade mit seinen beiden Kommilitoninnen; ich konnte sogar verstehen, was er sagte.

»Was hatte der denn für ein Problem? So ein Idiot.«

Die Mädchen lachten. Es klang glockenhell, gemein und grausam.

Ich trat vom Fenster zurück, griff nach dem roten Koffer und der Reisetasche und betrat das Zimmer mit der Unglückszahl dreizehn.

***

»Woher kommst du?«, brüllte der Typ aus Zimmer zwanzig über das Geschepper von »Pump Up the Volume« hinweg.

»Aus Shelford«, schrie ich und nahm noch einen Schluck Southern Comfort. Ich war Alkohol nicht gewohnt und klammerte mich an meinem Glas fest.

Ich hatte beschlossen, die Art von Studentin zu sein, die Southern Comfort trinkt. Eine kühne Kosmopolitin, die auf harte Drinks stand. Mein Southern Comfort war zwar mit Zitronenlimonade verdünnt, aber irgendwie musste ich ja anfangen.

Der Typ runzelte die Stirn und brüllte: »Was?«

»Shelford«, schrie ich so laut, dass meine Stimme sich überschlug. Zu Hause hatte ich meine Stimme so gut wie nie erhoben. »Das liegt in Oxfordshire, in den Cotswolds.«

Der Typ sah so gelangweilt aus, dass ich schon dachte, er wollte sich verziehen, doch dann brüllte er: »Gehst du morgen zur Erstsemesterparty?«

Von der Erstsemesterparty hatte ich schon gehört. Dort konnte man Studentenverbindungen und sonstigen Klubs beitreten. Da ich noch nie einem Klub angehört hatte, klang das sehr aufregend für mich. Ich stellte mir eine Gruppe von coolen, cleveren Leuten vor; lustige Mädels mit scharfem Verstand und einem Herzen aus Gold, ernst dreinblickende Jungs mit blonden Strähnen und teuren Hemden, die mich vielleicht zu einem Kaffee und einer Zigarette auf ihr Zimmer einluden (mit dem Rauchen würde ich jetzt sicher anfangen müssen), wo wir leidenschaftlich über Bücher diskutierten, bis wir einander in die Arme fielen.

Mein Leben hatte endlich begonnen.

Aber irgendwie fühlte es sich noch nicht so an.

Wahrscheinlich, weil ich nicht tanzte.

»Ich geh jetzt tanzen«, schrie ich.

»Echt?« Der Typ verzog schon wieder das Gesicht. Selbst im bunten Geflacker der Discobeleuchtung war seine Akne deutlich zu erkennen. Er starrte auf seinen Plastikbecher mit Bier. »Na, dann.« Er zuckte mit den Achseln. »War nett, dich kennenzulernen.«

Ich lächelte dünn und bewegte mich Richtung Tanzfläche. Sein mangelndes Interesse kränkte mich.

Vielleicht hätte ich nicht weggehen, sondern mit ihm flirten und mich wie ein cleveres junges Ding verhalten sollen. Das Problem war, dass ich keine Ahnung hatte, wie das ging.

Damals war mir noch nicht klar, dass die anderen genauso wenig Ahnung hatten wie ich. Unsere Generation musste ohne

Smartphones, Internet und Reality-TV auskommen. Unsere Gedanken und Gefühle verbargen wir voreinander.

Wir waren die letzte unschuldige Generation.

Als ich mich zur Mitte der Tanzfläche treiben ließ, ertönte »Never Gonna Give You Up« von Rick Astley. Ich mochte den Song nicht besonders, aber alle um mich herum begannen, begeistert zu tanzen. Die anderen Studentinnen trugen Make-up und grellbunte, tief ausgeschnittene Kleider. Ich war kaum geschminkt und kam mir in meinem fliederfarbenen Outfit wie ein Mauerblümchen vor. Im Vergleich zu den anderen sah ich blass aus und wirkte mit Sicherheit sehr uncool.

In meiner Nähe erblickte ich eine meiner Kommilitoninnen, Saffron. Beim Begrüßungsdinner hatten wir am selben Tisch gesessen und eine Weile miteinander geplaudert. Sie tanzte mit ein paar anderen Mädels vorbei, die auch beim Dinner gewesen waren. Sie kamen alle von derselben Schule. Ich lächelte ihnen zaghaft zu, doch sie verzogen nur die Gesichter; Saffron schaute sogar weg. Noch eine Demütigung.

Ich tanzte vor mich hin und spielte mit dem Gedanken, zurück auf mein Zimmer zu gehen. Mir wurde immer unwohler, regelrecht schlecht.

Plötzlich musste ich würgen.

Ich presste die Hand auf den Mund und rannte zum Ausgang.

***

»Alles okay bei dir?«, fragte jemand leise und zurückhaltend.

Ich kniete auf den kalten Fliesen der Toilettenkabine, das Haar voller Kotze und den Kopf über die Kloschüssel gebeugt, und brauchte eine Weile, um zu begreifen, dass die Frage an mich gerichtet war.

»Was?«

»Alles okay bei dir?«, wiederholte die Stimme.

Ich drehte mich vorsichtig um. Auf dem Boden vor der Toilettenkabine erschien ein Schatten.

»Äh … weiß nicht. Mir ist schlecht.«

»Oh.« Kurzes Schweigen. Dann: »Brauchst du Hilfe?«

»Nein«, sagte ich und wandte mich wieder der Kloschüssel zu. »Oder vielleicht doch.«

Ich hörte, wie die angelehnte Kabinentür geöffnet wurde. Dann spürte ich, wie jemand mir von hinten sanft unter die Achseln griff, um mich hochzuziehen. Im Rücken spürte ich einen wogenden Busen, und ich bemühte mich nach Kräften, es meiner unbekannten Helferin leichter zu machen. Als ich wieder auf den Füßen stand, ließ sie mich los.

Ich fühlte mich ekelhaft. Die Haare klebten mir im Gesicht, und der Gestank von Southern Comfort ließ mich nochmals würgen, doch dann nahm der Brechreiz allmählich ab.

Nie wieder würde ich das Zeug anrühren.

»Danke«, murmelte ich und lehnte mich gegen die Kabinenwand. Mir war noch immer schwindlig. »Tut mir leid, ich sehe bestimmt furchtbar aus …«

»Das macht doch nichts. Woher kommst du?«

Ich riss etwas Toilettenpapier von der Rolle, um mir damit das Gesicht sauber zu wischen. »Verzeihung … aus Shelford.«

»Du bist wohl Erstsemester, was?«

Ich blinzelte meine Samariterin an. Sie war pummelig, hatte dünnes braunes Haar und trug ein enges blaues Oberteil, dazu einen langen schwarzen Seidenrock. Sie war bleich geschminkt, die hellblauen Augen hatte sie mit glitzerndem Lidschatten betont. An ihren Wimpern klebten dicke schwarze Mascara-Klumpen. Ihr Blick war freundlich und zugleich unsicher.

Ich erkannte mich sofort in ihr wieder. Sie fand die sozialen Spielregeln des Studentenlebens genauso schwierig und undurchschaubar wie ich.

»Ja«, sagte ich. Alles schwankte, aber wenigstens hatte ich nicht mehr das Gefühl, mich übergeben zu müssen.

»Komm, ich bring dich zu deinem Zimmer. Oder willst du lieber erst einen Schluck Wasser trinken?«

»Du brauchst mich nicht zu meinem Zimmer zu bringen. Du willst doch bestimmt wieder zurück auf die Tanzfläche.«

»Nein«, antwortete sie. Als ich sie verblüfft ansah, lachte sie. »Ich steh nicht so auf Disco. Ich bin mit einem Freund hergekommen, aber der ist schon weg. Ich wollte auch gerade gehen, aber vorher noch kurz aufs Klo.«

»Wo du mich dann gefunden hast.«

Sie lächelte reserviert, wie jemand, der hilfsbereit gewesen war, aber jetzt lieber gehen wollte. Als ich in den Spiegel schaute, dämmerte mir, warum sie es eilig hatte. Ich sah aus wie eine Höllenkreatur aus einem Hieronymus-Bosch-Gemälde: totenbleich, die Wimperntusche zerlaufen, der Lippenstift verschmiert, als hätte ich Blut getrunken.

»Oh, Gott«, sagte ich. »Ich sehe grässlich aus.«

»Halb so wild«, sagte sie. »Das passiert uns doch allen mal. Komm, ich bring dich jetzt auf dein Zimmer, und dann gehst du sofort ins Bett.«

***

Sie bugsierte mich hinaus, den gepflasterten Weg entlang, der über den tadellos gemähten Rasen führte. Um uns herum ragten die College-Gebäude majestätisch in den Nachthimmel.

Meine Übelkeit verschwand; an ihre Stelle trat entsetzliche Verlegenheit. Wie viele Leute hatten wohl mitbekommen, dass ich mir auf dem Klo die Seele aus dem Leib gekotzt hatte? Was meine Eltern wohl denken würden?

Dann standen wir vor der Tür mit der Nummer dreizehn. Meine Samariterin drängte mich, viel Wasser zu trinken, und nachdem ich Danke gemurmelt hatte, wünschte sie mir eine gute Nacht und ging die Treppe hoch, in den oberen Stock. Sie hatte gar nicht erwähnt, dass sie auch hier wohnte.

Erschöpft und von mir selbst angeekelt stolperte ich in mein Zimmer, schnappte mir ein Handtuch und Seife und schlurfte zur Gemeinschaftsdusche. Dort stand ich eine Ewigkeit unter dem heißen Wasserstrahl, die Stirn an die Fliesen gelehnt, während diverse Leute an die verschlossene Tür klopften und enttäuscht wieder abzogen. Ich schrubbte mich gründlich ab und drehte den kalkverkrusteten Wasserhahn erst wieder zu, als meine Haut schrumpelig wurde. Anschließend putzte ich mir die Zähne so heftig, dass das Zahnfleisch zu bluten begann.

Als ich zu meinem Zimmer zurücktapste, stand meine Samariterin vor der Tür. Sie hatte mir den Rücken zugewandt und war gerade dabei, eine Coladose und einen Zettel an die Tür zu legen.

»Da bist du ja!«, sagte sie verlegen, als sie mich bemerkte. Ihr Make-up war verschwunden, sie sah aus wie ein anderer Mensch. Ihr natürlicher Teint brachte ihre blauen Augen und den schmalen Mund mehr zur Geltung, sie sah viel lebendiger aus. »Ich hab dir eine Cola besorgt. Es gibt nichts Besseres, wenn man sich lädiert fühlt. Koffein, Zucker und Wasser. Das hilft immer.«

Verblüfft blickte ich auf die Coladose. Solche spontanen Gesten der Freundlichkeit war ich gar nicht gewohnt. Ich wusste nicht, wie ich reagieren sollte.

»Danke.«

»Nicht der Rede wert.« Sie winkte ab. Erst jetzt fiel mir auf, dass sie verweint aussah. Es schien ihr nicht gut zu gehen. »Na dann, gute Nacht«, sagte sie und wandte sich um.

»Warte«, sagte ich. »Willst du vielleicht einen Tee?«

»Nein, nein, lass mal.«

»Jetzt nimm mein Angebot schon an«, sagte ich.

Sie schwieg verlegen.

»Du siehst wirklich so aus, als ob du einen gebrauchen könntest«, schob ich nach.

Sie grinste schwach, und die Sache war abgemacht.

***

Sie hieß Rosamund, wurde aber von allen Rosie genannt. Ich fand das irgendwie schade, denn der Name Rosamund, »Rose der Welt«, klang viel schöner.

Rosie wollte ihren Tee stark, mit viel Milch und zwei Stück Zucker, als müsste sie sich wappnen, bevor sie mir erzählte, was los war. Sie studierte Astrophysik im dritten Semester und war mit ihrem »Freund« Piers zur Erstsemesterparty gegangen. An diesem Abend war ihr klar geworden, dass sie und Piers völlig unterschiedliche und unvereinbare Vorstellungen in Bezug auf ihre »Freundschaft« hatten. Als sie ankamen, ließ er sie sofort links liegen, um eine blauäugige Erstsemester-Blondine anzubaggern. Rosie zog sich daraufhin aufs Damenklo zurück, um lieber dort in Tränen auszubrechen als in seiner Gegenwart, denn das hätte aus Gründen, die ich nicht so ganz verstand, das Ende dieser »Freundschaft« bedeutet. Auf dem Damenklo hatte sie dann meine hellblauen Highheels unten aus der Kabine ragen sehen, und der Rest war Geschichte, wie man so schön sagt.

Ich trank ebenfalls einen starken Tee, danach die Cola, und fühlte mich schon bald besser. Außerdem lenkte Rosies Kummer mich von meinem eigenen ab.

»Er hat ja nichts falsch gemacht«, fuhr Rosie fort, während sie unablässig am Sternanhänger ihrer Halskette nestelte. »Außerdem habe ich ihm ja nie was gesagt.« Sie schniefte. »Er hat keine Ahnung, dass ich in ihn verknallt bin.«

Was das anging, irrte sie sich bestimmt.

Rosie seufzte. Ich schaute verlegen zu Boden. Meine eigenen Erfahrungen in Liebesdingen beschränkten sich auf einen kleinen Flirt mit Niall, dem Sohn eines Bekannten meines Vaters. Er hatte mich nach einem Hochzeitsaufgelage geküsst, ausgerechnet in der Dorfkirche.

Davor hatte ich nur für Simon Le Bon geschwärmt. Ich war also beileibe keine Expertin in Herzensangelegenheiten. Doch ich war mir sicher, dass Piers längst etwas unternommen hätte, wenn er Rosies Gefühle erwiderte.

»Und wenn du dich nicht mehr so oft mit ihm triffst?«, schlug ich vor. »Dann würde er dich vielleicht vermissen.«

Rosie zog die Augenbrauen hoch. »Ich weiß nicht«, sagte sie. »Wir hängen mit denselben Leuten rum. Und wir stehen auf dieselben Sachen.« Ihre Hand wanderte wieder zu dem Sternanhänger an ihrem Hals.

»Was ist das?«, fragte ich.

»Was?« Rosies Blick wurde wachsam. Ihre Hand legte sich über den Anhänger, als wollte sie ihn verbergen.

»Das da an deiner Halskette.«

»Das ist ein Pentagramm.«

Zögernd zog sie die Hand weg. Ich sah mir den Anhänger genauer an: ein fünfzackiger Stern in einem Kreis, aus leicht angelaufenem Silber. »Ich bin Heidin.«

»Heidin? Echt?«

»Ja«, sagte Rosie schnippisch, doch mit einer Spur von Stolz, auch wenn sie es mir gegenüber nicht zugeben wollte.

»Wow. Und was heißt das?«

»Es geht darum, mit der Erde und der Natur im Einklang zu leben«, erklärte Rosie. »Das ist etwas Gutes.«

Damals, 1989, haftete dem Neuheidentum und anderen spirituellen Bewegungen noch etwas Skandalöses an. Ich war verblüfft und auch ein wenig schockiert, was Rosie zweifellos beabsichtigt hatte. In meiner Familie galt es bereits als verrückt, in die Kirche zu gehen. Spiritualität diente höchstens zum Klüngeln. Tante Yvonne, die Schwester meiner Mutter, war nach einem Jahr Yoga zum Buddhismus übergetreten; meine Eltern sprachen im Flüsterton über sie, als sei sie irre geworden.

Meine Mutter machte sich einen Spaß daraus, meiner vegetarischen Tante bei ihren seltenen Besuchen Fleisch unters Essen zu mischen. Aber seit sie in einem Aschram in Norfolk lebte, kam sie ohnehin kaum noch vorbei. Meine Eltern verachteten sie dafür, doch ich bewunderte sie für ihre Kühnheit.

Damals dachte ich, es müsste herrlich sein, an etwas zu glauben.

Rosie glaubte an etwas, auch wenn ihr Glaube mir sehr merkwürdig vorkam. Doch man ist, was man tut. Sie hatte mir geholfen und mir ein Geschenk gebracht, ohne eine Gegenleistung zu verlangen.

An diesem Ort konnte ich eine Freundin wirklich gut gebrauchen.

Und offen gestanden war ich ganz versessen darauf, mehr über ihre skandalöse Naturreligion zu erfahren. Sie hatte wohl unbeabsichtigt das Rebellische in mir geweckt.

KAPITEL 6

So kam es, meine liebe Sophia, dass ich meine Zeit fortan mit Rosie und ihrer Drittsemester-Clique verbrachte statt mit den anderen Erstsemestern.

Wahrscheinlich war ich von zu Hause aus so daran gewöhnt, die Jüngste zu sein, dass es mir nur logisch erschien, diese Rolle an der Uni weiterzuspielen. Damals sehnte ich mich wohl verzweifelt danach, dass jemand die Führung übernahm und sich ans Steuer setzte, während ich auf dem Beifahrersitz Platz nahm. So bin ich immer gewesen.

Jedenfalls bis jetzt.

Manchmal, wenn ich dir zuschaue, frage ich mich, von wem du dein grenzenloses Selbstvertrauen hast. Deine Charakterstärke kannst du kaum von mir geerbt haben, denn ich habe mich immer nur wie eine ängstliche Maus im Dickicht von Eden Gardens verkrochen, um bloß nicht gesehen zu werden.

Wie auch immer, ich fühlte mich zu Rosie und ihren Freunden hingezogen, und schon bald hatte ich das Gefühl, sie ewig zu kennen. Die Clique pflegte gewisse Gewohnheiten, die mir gut gefielen.

Wochentags gingen wir mittags oft ins Eagle auf der Bene't Street. Unser Lunch bestand größtenteils aus Getränken, mit Chips als Nahrungsergänzungsmittel.

Meistens besorgte Piers, den Rosie mir irgendwann mehr oder weniger beiläufig vorgestellt hatte, die Drinks an der Bar und bugsierte sie mit einem Tablett nach draußen an unseren Tisch. Piers und sein Kumpel Tam tranken Ale; Rosie und Meggie, unsere Kumpanin vom Trinity College, bevorzugten dagegen Cider mit schwarzem Johannisbeerlikör. Ich schloss mich ihrer Wahl meistens an, obwohl ich Wodka Orange eigentlich lieber mochte.

Piers war ein schlaksiger Typ mit großen braunen Augen und langem Haar, das er zu Dreadlocks verfilzen ließ, sehr zum Missfallen der Dozenten. Er pflegte seine Frisur mit einem aromatischen Öl und war deshalb ständig von einer Duftwolke umgeben.

Eines Mittags saßen wir mal wieder zusammen. Piers riss eine Packung Chips mit Schinkengeschmack auf und legte sie auf den Tisch, damit sich jeder bedienen konnte.

Rosie runzelte die Stirn. »Gab es keine vegetarischen Chips?«

»Doch, die hier sind vegetarisch.«

»Das sind Schinkenchips.«

»Quatsch, die schmecken nur nach Schinken.« Piers schnappte sich ein paar Chips und verzehrte sie geräuschvoll.

»Ich bin Vegetarierin, Piers«, sagte Rosie. »Du weißt genau, dass ich keinen Schinken esse.«

»Die Chips enthalten keinen Schinken. Da ist null Schinken drin. *Nada.*« Er nahm vorsichtig die Packung, damit keine Chips rausfielen, und studierte die Aufschrift auf der Rückseite. »Inhaltsstoffe: E-dingsbums, E-dingsbums, E-dingsbums, Mononatriumglutamat, Zwiebelpulver, Salz, E-dingsbums, Paprikapulver, Konservierungsstoffe.« Er legte die Packung wieder auf den Tisch. »Plus Öl und Kartoffeln. Hoffe ich jedenfalls.«

Mir war, als zwinkerte er mir zu. Bestimmt bildete ich mir das bloß ein.

»Vergiss es, die esse ich nicht«, sagte Rosie.

»Okay, du hast gewonnen«, stöhnte Piers, zog eine Packung Salz-und-Essig-Chips hervor und warf sie Rosie zu.

Rosie fing die Packung auf.

»Danke, Piers.«

»Aber gerne doch, liebste Rosamund.« Piers verbeugte sich galant und fischte eine kleine Tabakdose aus seiner ramponierten Lederjacke. Dann wandte er sich mir zu. »Und du? Was sind deine Essensmarotten?«

»Was?«, stotterte ich, überrumpelt von der plötzlichen Aufmerksamkeit. »Äh … eigentlich habe ich keine …«

»Gut.« Piers drehte sich eine dünne Zigarette. Der Geruch von frischem Tabak stieg mir in die Nase, ein würziger, maskuliner Duft. »Es wäre ja auch schade, wenn Rosie eine Körnerfresserin aus dir macht, nicht wahr?« Er lachte und warf Tam einen Blick zu. Tam war ein Hüne mit krummem Rücken, der die meiste Zeit einfach nur stumm dabeisaß, so wie ich.

Er studierte Angewandte Mathematik, und wenn er überhaupt einmal etwas zur Unterhaltung beisteuerte, beschwerte er sich darüber, dass sein Tutor, der gerade einen Bestseller veröffentlicht hatte, nie Zeit für ihn hatte. Er schien sich insgeheim zu wünschen, dass wir ihn fragten, wer denn sein Tutor war, doch als wir es taten, wurde er knallrot und druckste herum. Erst viele Jahre später, als ich einmal in der Küche stand und du, meine liebe Sophia, mit einem zerfledderten Exemplar von *Eine kurze Geschichte der Zeit* hereinkamst, zählte ich zwei und zwei zusammen.

»Hast du überhaupt irgendwelche Laster, Nina?«, fragte Piers augenzwinkernd.

Ich erstarrte. »Ähm …«

»Du kannst ihm ruhig sagen, dass er die Klappe halten und sich um seinen eigenen Kram kümmern soll«, kam Meggie mir zu Hilfe. »So mache ich es jedenfalls immer.«

»Ja, ja«, sagte Piers. »Dein Charme ist legendär, Megs.«

»Genauso legendär wie der Mist, den du ständig absonderst«, schoss Meggie zurück.

Piers lachte nur. »Was studierst du noch mal, Nina?«

»Englische Literatur«, sagte ich, ein wenig selbstsicherer. Damit kannte ich mich aus.

»Ach ja, stimmt. Und, wie läuft's?«

»Gut. Ich werde mich wahrscheinlich auf die Literatur des späten zwanzigsten Jahrhunderts spezialisieren.«

»Krieg ist Frieden, Freiheit ist Sklaverei, Unwissenheit ist

Stärke.« Piers grinste. »*1984*. Das einzige Buch, wofür ich in der Oberstufe Zeit erübrigen konnte.« Er steckte sich die Selbstgedrehte zwischen die Lippen und zündete sie an.

»Ich liebe Orwell«, sagte ich begeistert und vergaß für einen Moment meine Schüchternheit. »Nicht nur das Visionäre, auch seine Detailgenauigkeit und seine unglaubliche Ausdruckskraft. Ich …«

»Mein Cider schmeckt irgendwie komisch«, wurde ich lautstark von Rosie unterbrochen. »Eurer auch?« Sie beäugte misstrauisch ihr Glas.

»Was?« Meggie nippte an ihrem Cider. »Meiner schmeckt wie immer.«

»Und deiner, Nina?«

Ich nippte ebenfalls an meinem Drink. Natürlich war mir klar, dass das Ganze nur ein Ablenkungsmanöver von Rosie war, damit Piers mir keine Aufmerksamkeit mehr schenkte.

Ich verspürte Ärger, aber auch Mitleid. Schließlich wusste ich ja, dass Rosie in Piers verknallt war. Ich hätte mehr Rücksicht auf ihre Gefühle nehmen können.

Zugleich war mir bewusst, dass Rosie dazu neigte, Situationen kontrollieren zu wollen. Ich mochte Rosie, aber sie war manipulativ und hielt sich für besonders clever. Mit manipulativen Menschen kannte ich mich aus. Ich war zwar naiv, aber ich merkte sofort, wenn jemand versuchte, mich an den Rand zu drängen.

»Mein Cider ist auch in Ordnung«, sagte ich. »Aber du kannst deinen ja zurückgeben, wenn du willst. Wäre ja blöd, wenn dir davon schlecht wird.«

»Genau«, murmelte Meggie und blickte Rosie durchdringend an.

»Nina, du kommst doch heute Abend auch mit zu den Meadows, oder?«, fragte Tam.

»Natürlich kommt sie mit«, sagte Piers. »Oder, Nina? Das wird ein toller Abend.«

Ich nickte selig. »Ja. Das will ich auf keinen Fall verpassen.«

Es war Freitag, nur noch wenige Tage bis zur Bonfire Night. Der Plan war, sich abends in Grantchester Meadows mit ein paar Gleichgesinnten zu treffen, Freunden von Piers, um bei Drinks unterm Sternenhimmel zusammenzusitzen, zu plauschen und zu lachen.

Ich liebte diese Abende. Auch wenn ich den Glauben der anderen nicht unbedingt teilte, gaben diese Abende mir das Gefühl, lebendig zu sein und dazuzugehören.

Halloween – eigentlich hieß es Samhain, wie ich inzwischen wusste – war allerdings ein ziemlicher Flop gewesen. Wir waren stundenlang mit Tams Austin Metro durch Wiltshire geirrt, bis wir den Steinkreis von Avebury endlich gefunden hatten. Offiziell war ich nur eine interessierte Zuschauerin, aber die Aufregung der anderen ging natürlich auf mich über, und mein Herz hämmerte wild.

Umso enttäuschter waren alle, als es zehn Meilen vor Marlborough wie aus Eimern zu schütten begann. Als wir uns wieder auf den Rückweg machten, waren wir völlig durchnässt und verfroren. Die Autoscheiben beschlugen so stark, dass Tam kaum noch etwas sehen konnte, zumal die Heizung nicht funktionierte.

Die anderen hatten in einem fort gejammert, doch ich war von dem Erlebnis zutiefst beeindruckt gewesen; der Regen hatte dem Ganzen sogar noch einen zusätzlichen Hauch von Mystik verliehen. Wir hatten inmitten einer bunt gekleideten Menschenmenge in dem großen Steinkreis gestanden, während es auf uns herabschüttete. Überall wurden Schirme in die Luft gehalten, es wurde getrommelt und gesungen, und als ich zum finsteren Himmel emporblickte, Schulter an Schulter mit meinen neu gewonnenen Freunden, hatte ich für einen kurzen Moment das Gefühl der Verbundenheit, von dem wir immer gesprochen und nach dem wir gesucht hatten; ein Gefühl der Verbundenheit mit der Natur, der Welt, mit allem, was sichtbar war, und auch mit allem, was unsichtbar blieb.

Als Rosie mich sanft am Ellbogen stupste und mir lächelnd einen Joint reichte, war mir, als sei ich endlich dort angekommen, wo ich hingehörte.

Umso mehr freute ich mich auf das Treffen bei den Grantchester Meadows.

»Also«, sagte Rosie, »wir treffen uns um halb sieben am Weg unten am Fluss, okay?«

Wir nickten alle.

»Seid pünktlich.«

Ich stand auf. Ich musste mich beeilen, weil ich noch ein Tutorium hatte. Als ich ging, hörte ich, wie Piers sagte: »Rosie, Tam bringt übrigens noch ein paar Leute mit ...«

»Was denn für Leute?«, fragte sie.

»Neue Freunde ...«

***

Nebelschwaden stiegen vom Fluss auf, als ich in der Dunkelheit hinter Rosie herradelte. Wie flüchtige Schatten sausten wir durch den Park von Lammas Land.

Die knorrigen Bäume reckten ihre fast schon kahlen Zweige in den Himmel. Durch das absterbende Laub leuchteten die ersten Feuerwerkskörper auf, Geknall drang aus der Ferne zu uns herüber, und die Luft roch nach Schwefel.

Ich beschleunigte, um neben Rosie weiterzufahren. Sie hatte sich in einen dunkelgrünen Kapuzenschal eingemummelt; ihr neuestes Lieblingskleidungsstück, das sie wie immer wohl nicht lange tragen würde.

»Weißt du, was das für Freunde sind, die Tam heute Abend mitbringt?«, fragte ich. »Hat er noch was erzählt, als ich weg war?«

»Er bringt seinen Kumpel Gary mit«, schnaufte Rosie. »Und noch ein paar andere Leute.«

»Kennst du die?«

»Nein.« Rosie warf mir einen Blick zu. Sie sah besorgt aus. »Aber ich habe schon so einiges gehört.«

»Ja? Was denn?«

»Ach, nur Gerüchte.« Sie seufzte. »Mir wäre es jedenfalls lieber, wenn sie nicht dabei wären.«

Wir näherten uns den Reihenhäusern an der Kreuzung von Barton Road und Grantchester Street.

»Was denn für Gerüchte?«, fragte ich. »Jetzt erzähl schon.«

Sie sah sich rasch um, als wollte sie sich vergewissern, dass uns niemand zuhörte. »Nichts Besonderes. Einer von denen war wohl mal Sänger bei *The Boarhounds.*«

»Was?«, rief ich verblüfft. »Echt? Wann denn?«

»Keine Ahnung. Die *Boarhounds* sind nicht so mein Fall. Der Typ heißt Adam oder Arran oder so ähnlich ...«

»Aaron«, korrigierte ich sie. »Du meinst Aaron Kessler. Ich wusste gar nicht, dass Tam ihn kennt.«

»Ich glaube nicht, dass er ihn kennt«, sagte Rosie. »Aber sein Kumpel Gary ist mit ihm befreundet. Und aus irgendeinem Grund kommt er heute Abend auch, mit ein paar Mitgliedern seiner sogenannten *Gruppe*.«

Ich lachte. »Wow, ist ja irre. Meine Kommilitoninnen sind total verrückt nach ihm.«

»Mmhhh«, murmelte Rosie düster. »Und nicht nur die.«

»Was ist denn so schlimm daran?«

»Nichts, vergiss es. Komm, wir müssen uns beeilen.«

Wir radelten schweigend weiter. Ich konnte es kaum glauben, dass ich gleich den berühmten Aaron Kessler kennenlernen sollte. Als wir den kleinen Parkplatz an den Grantchester Meadows erreichten, stiegen wir von unseren Rädern ab und schoben sie weiter, weil der Trampelpfad zu uneben wurde und wir im Dunkeln kaum etwas erkennen konnten.

Am Himmel explodierte ein Feuerwerkskörper und ließ grüne und rosafarbene Funken herabregnen. Rosie schaute hoch. Sie wirkte nervös.

»Rosie?«

»Ja?«

»Was ist los?«

»Nichts ist los.« Sie hielt inne, dann fügte sie hinzu: »Piers und ich hatten bloß einen kleinen Streit, als du weg warst.«

Das war an sich nichts Ungewöhnliches. »Echt? Und worüber habt ihr euch gestritten?«

»Ach, das war kein großes Ding. Ich war dagegen, dass diese Leute mitkommen, und da hat Piers sich total aufgeregt. Er warf mir vor, dass ich immer meckern würde, wenn ›Heiden von der falschen Sorte‹ mitkämen, woraufhin ich ihm sagte, dass er bloß promigeil ist, und das war's dann.«

Meine Güte, dachte ich. Fast hätte ich sie gefragt, warum sie überhaupt mitgekommen war, doch dann besann ich mich eines Besseren. Schließlich wollte ich nicht, dass sie wieder heimfuhr. Natürlich war sie nur wegen Piers mit dabei, um zu verhindern, dass er mit einer anderen flirtete.

»Was magst du denn an diesen Leuten nicht?«, fragte ich stattdessen. »Warum sind das Heiden von der falschen Sorte?«

»Das habe ich nie gesagt«, fauchte sie. Piers' Vorwürfe machten ihr anscheinend zu schaffen. »Ich finde sie irgendwie gruselig«, fügte sie schließlich hinzu.

»Aber ...«

»Jetzt nicht«, unterbrach sie mich. »Lass uns später darüber reden, wenn wir ungestört sind. Schau mal«, flüsterte sie.

Durch das Dickicht drang ein orangefarbener Lichtschein: ein Lagerfeuer am Flussufer. Als wir stehen blieben, hörten wir Stimmen und Gelächter. Obwohl der Mond hell schien, konnten wir in der rauchgeschwängerten Luft kaum etwas erkennen, nur den orangefarbenen Fleck, der uns den Weg wies.

Als wir näher kamen, hörten wir noch mehr Stimmen und dazu Musik; anscheinend hatte jemand einen Gettoblaster mitgebracht.

Dann ertönte Piers' Stimme. »Ja, ich nehme gern noch eins,

danke«, sagte er. Es klang, als wollte er sich bei jemandem einschmeicheln, was ganz untypisch für ihn war. Ich sah Rosie erstaunt an.

Dann sagte eine tiefere Männerstimme, die ich nicht erkannte, irgendetwas Unverständliches, auf das Piers mit einem hysterisch klingenden Lachen reagierte.

Sein Gelächter schien Rosie wachzurütteln. »Also dann«, sagte sie, reckte entschlossen das Kinn und setzte sich wieder in Bewegung. »Los geht's.«

***

»Ja, wer kommt denn da?«, fragte eine weibliche Stimme amüsiert.

Wir hatten unsere Fahrräder an einen Weidenzaun gekettet und stiefelten den Hang hinunter zum Flussufer. In der kalten, rauchgeschwängerten Luft kam es mir fast so vor, als stapften wir auf dem Mond herum. Es roch nach Lagerfeuer, Tabak, Schwefel und Marihuana. Vor uns erklang leises Gelächter, und aus dem Gettoblaster ertönte ein Song, den ich von Rosies Kassettenmix kannte, wahrscheinlich *The Cure*. Rosie war ein großer Fan von *The Cure*.

Wir erreichten den äußeren Kreis von Leuten, die sich am Lagerfeuer versammelt hatten und einen Ring um eine kleinere Gruppe bildeten. Zigaretten und Joints wurden herumgereicht; sie leuchteten wie Glühwürmchen in der Dunkelheit.

»Rosie! Und die kleine Nina!« Piers saß auf einer karierten Decke bei der kleineren Gruppe und erhob sich schwankend. Neben ihm saß Tam in Gesellschaft von vier weiteren Leuten. Einer davon war bestimmt Aaron Kessler, aber ich traute mich nicht, hinzusehen. Ich hielt lieber in die andere Richtung Ausschau, nach Leuten, die ich kannte, doch die Gesichter sagten mir nichts. Rosie schien auch niemanden zu kennen. »Wo habt ihr beiden denn die ganze Zeit gesteckt?«

Ich runzelte die Stirn, denn wir waren eigentlich zu früh dran.

»Jetzt sind wir ja hier«, sagte Rosie. »Hallo, Tam«, fügte sie hinzu und ignorierte geflissentlich die schlanke Rothaarige, die neben ihm saß und uns als Erste gesehen hatte. Sie trug dunklen Lippenstift und ein tief dekolletiertes Kleid. Mit ihrem langen, wallenden Haar wirkte sie wie eine präraffaelitische Schönheit, und sie war sich ihrer Wirkung durch und durch bewusst. Anscheinend war es ihr auch schon gelungen, Piers zu betören; er schmachtete sie regelrecht an.

»Hi, Rosie.« Tam schaute benebelt zu ihr hoch und griff sehr langsam nach seiner Bierdose. »Auch 'nen Joint?«

»Willst du uns nicht vorstellen?«, fragte die Rothaarige mit sanfter Stimme und lächelte verführerisch. Ich beneidete sie um ihr Selbstbewusstsein. Sie war die Königin, und sie wusste es.

»Oh. Klar. 'tschuldigung«, lallte er und rieb sich verlegen die Hand an seinem Killing-Joke-T-Shirt. »Das sind Rosie und Nina. Wir gehen aufs gleiche College. Mädels, das ist Lucy. Sie ist mit Aaron hier.«

Das schien als Vorstellung zu genügen.

»Hallo«, sagte Lucys Begleiter. Er lallte kein bisschen.

Ich warf ihm einen Blick zu.

Das Erste, was mir damals auffiel, war, dass er überhaupt nicht so aussah, als ob er dort hingehörte. Die anderen waren verunsicherte Studenten, die Joints rauchten und so taten, als frören sie nicht, während sie in der Kälte auf dem zertrampelten, feuchten Gras hockten.

Und dennoch fühlte Aaron, den ich natürlich sofort erkannt hatte, sich inmitten all dieser Leute offenbar pudelwohl. Er saß neben Lucy auf der Decke und hatte die Beine lässig übereinandergeschlagen. Er trug eine teure Lederjacke, Designerjeans und Stiefel; sein schulterlanges dunkles Haar hatte er zu einem Pferdeschwanz zusammengebunden. Im flackernden Lichtschein des Lagerfeuers, das seine hohen Wangenknochen und seine vollen, sinnlichen Lippen betonte, sah er besonders sexy aus. Zwischen dem Bund seiner Jeans und dem Saum seines T-Shirts lugte sein durchtrainierter Bauch hervor.

Ich war so gebannt von seinem Anblick, dass ich ihn eine Spur zu lange anstarrte.

Als er es bemerkte, schaute ich sofort zu Boden und wurde natürlich knallrot.

Während Rosie den Joint von Tam entgegennahm, hielt ich den Blick gesenkt und wartete nervös darauf, dass sie ihn mir weiterreichte, damit ich endlich etwas hatte, woran ich mich festhalten konnte.

Nach einer Weile schaute ich abermals in seine Richtung. Er schaute mich unverwandt und mit solcher Selbstverständlichkeit an, als wollte er mir demonstrieren, wie das geht.

Dann lächelte er mir zu.

Ich schaute wieder weg.

Endlich reichte mir Rosie den Joint. Meine Finger zitterten, doch erleichtert über die Ablenkung nahm ich einen besonders tiefen Zug, um meine Verlegenheit zu überspielen und mich wieder zu beruhigen. Das hätte ich besser gelassen, denn ich musste fürchterlich husten, ich klang wie ein röchelnder Pinguin kurz vorm Ersticken. Natürlich starrten mich alle an und lachten über meine Ungeschicktheit. Am liebsten wäre ich im Boden versunken.

Aaron dagegen sah mich die ganze Zeit nur an.

»Alles okay, Nina?«, fragte Piers irgendwann und tätschelte mir freundlich die Schulter.

»Mach dir um Nina mal keine Sorgen«, sagte Rosie kühl, doch sie legte mir mitfühlend die Hand auf den Rücken. Dann nahm sie ihren Rucksack ab, stellte ihn auf ihre Stiefelspitzen, damit er nicht nass wurde, fischte eine Dose Cider heraus und reichte sie mir. »Hier«, sagte sie. »Trink etwas.«

»Nein«, sagte Aaron. »Trink lieber das hier.« Seine Stimme klang tief und ein wenig heiser.

Er hielt mir ein Glas hin, und zwar mit solcher Bestimmtheit, dass ich es gehorsam entgegennahm und einen Schluck trank. Es schmeckte ein wenig säuerlich und prickelte auf der Zunge – es war Champagner.

»Und, hilft das?«, fragte er lächelnd.

Es half tatsächlich; vor Erleichterung hätte ich beinahe aufgestöhnt. Lucy kicherte laut. »Danke«, stammelte ich und wollte ihm das Glas zurückgeben.

»Gern geschehen«, sagte er. »Trink ruhig aus. Setz dich doch.«

Ich war so daran gewöhnt zu gehorchen, dass ich seiner Aufforderung sofort folgte und mich auf den Rand der karierten Decke setzte. Im Rücken fühlte ich die Wärme des Lagerfeuers.

Rosie blieb stehen. Ich spürte ihre Ablehnung; sie mochte diese Leute nicht, weder ihr Gelächter noch ihre Befehle. Aber es war zu spät, wieder aufzustehen; es hätte alles nur noch peinlicher gemacht.

Ich schaute mich um in der Hoffnung, Meggie oder ein anderes bekanntes Gesicht zu entdecken, doch vergebens. Ich saß fest, mit der wütenden Rosie, dem benebelten Tam und dem unterwürfigen Piers, der sich mit der Vertrauensseligkeit eines Welpen an die Neuen heranschmiss.

Aaron hatte sich inzwischen von mir abgewandt. Er beobachtete, wie Piers mit Lucy flirtete, mit dem nachsichtigen Blick eines Erwachsenen, der Kleinkindern beim Spielen zuschaut.

Ich war erleichtert, als Rosie sich endlich zu mir setzte.

»Alles okay?«, murmelte ich.

»Klar, wieso auch nicht?«, erwiderte sie schnippisch.

Lucy zeigte Piers den Anhänger ihrer Halskette, ein stilisiertes Kreuz in einem Kreis. Es war mit Schmucksteinen besetzt, die im Schein des Lagerfeuers funkelten. Als Piers sich zu ihr hinüberlehnte und über den Anhänger strich, lachte sie kokett. Ich warf Rosie einen Blick zu. Sie trank mit eiserner Entschlossenheit Cider aus der Plastikflasche.

»Erkennst du das Symbol?«, fragte ich Rosie leise.

»Nein«, sagte sie, und ihr Tonfall verriet, dass es sie auch nicht im Geringsten interessierte.

»Das ist das Symbol unserer Gruppe«, sagte Aaron, der mich jetzt wieder anschaute, ganz gelassen und ungeniert, als hätte er jedes Recht dazu. Dann griff er in seinen Ausschnitt und holte seinen eigenen Anhänger hervor, der fast identisch aussah, nur dass er keine Schmucksteine hatte und aus unpoliertem Silber gefertigt war.

Ich betrachtete den Anhänger höflich und wurde schon wieder knallrot.

»Gefällt er dir?«, fragte Aaron, den das Ganze zu amüsieren schien. Dann nahm er seine Halskette ab und reichte sie mir.

Der Anhänger war ganz warm von seiner Haut und roch schwach nach Zimt. Ich drehte ihn um, und auf der Rückseite erkannte ich eine winzige Inschrift auf dem Kreis; im Feuerschein war sie kaum zu erkennen. Ich ließ den Finger darübergleiten.

»Was steht da?«, fragte ich.

Er lächelte. »Das kann ich dir nicht sagen. Es ist ein Geheimnis.«

»Entschuldigung«, sagte ich und hielt ihm hastig die Kette hin. Meine Wangen brannten, als hätte mich jemand geohrfeigt.

Er lachte und schüttelte den Kopf. »Du brauchst dich nicht zu entschuldigen. Das war übrigens nicht böse gemeint. Manche Dinge sollte man erst erfahren, wenn man bereit dafür ist.« Er ignorierte meine ausgestreckte Hand, und ich ließ sie zurück auf meinen Schoß sinken.

»Du sagtest, du wärest in einer Gruppe?«

»Ja. Wir sind ständig auf der Suche nach künstlerischer Inspiration, suchen nach Wegen, um noch kreativer zu werden. Verstehst du, was ich meine?«

Ich nickte, obwohl ich keine Ahnung hatte.

Erst Jahre später begriff ich, dass Aaron nicht einfach nur mitgekommen war, um mit ein paar befreundeten Studenten einen netten Abend am Flussufer zu verbringen. Er war auf der Jagd, zusammen mit Lucy, seinem mondänen kleinen Falken. Er war auf der Suche nach einer geeigneten Beute. Und an diesem Abend war er fündig geworden.

»Und du, Nina? So heißt du doch, richtig? Bist du ein kreativer Mensch?«

Um uns herum war es ganz still geworden. Das Idol schenkte mir Beachtung, hatte sich sogar meinen Namen gemerkt. Alle starrten uns an und lauschten gebannt unserer Unterhaltung. »Ich wollte schon immer Schriftstellerin werden«, sagte ich.

»Das habe ich mir gedacht«, sagte Aaron lächelnd. »Du hast dieses innere Leuchten.« Er griff nach der Champagnerflasche und schenkte mir nach, als wären wir ganz allein. »Aber wahrscheinlich hattest du zu Hause kaum Unterstützung.«

»Ach, ich weiß nicht«, sagte ich verlegen und zugleich schockiert über seine treffsichere Vermutung. »Ich glaube, meine Eltern versuchen einfach nur …«

Er zog die Augenbraue hoch, als durchschaute er meine Lüge. Lucy lächelte und drapierte sich wieder neben ihn, wie eine geschmeidige Dogge, die sich zu ihrem Herrchen legt. Ein finsterer Blick von ihm, und sie hätte bestimmt sofort geknurrt.

Wobei eher Rosie so aussah, als wollte sie gleich losknurren. Sie erstarrte geradezu, als Aaron mir nachschenkte. Allmählich ging sie mir auf die Nerven. Ich verstand nicht, was ihr Problem war.

Ich nahm an, sie ärgerte sich darüber, dass Aaron mir so viel Aufmerksamkeit entgegenbrachte.

»Und was schreibst du so, Nina?«, fragte Lucy.

»Ach, nichts Besonderes«, antwortete ich nervös. »Ab und zu Gedichte.«

»Oh, ich würde zu gern eins hören!«, rief Lucy. »Ich bin

gerade in der Stimmung dafür.« Sie bettete ihren Kopf auf Aarons Schoß, streckte die Arme aus und schloss die Augen. »Der Vollmond verlangt ein Gedicht.«

»Ja, los Nina«, grinste Piers.

Mir wurde schlecht bei dem Gedanken, meine dahingekritzelten Gedichtfragmente all diesen Leuten zu präsentieren. »Nein, das geht nicht«, stammelte ich. »Bitte verlangt das nicht von mir.«

»Ach, komm schon«, sagte Lucy neckisch.

»Hör auf, Lucy, du bringst sie in Verlegenheit«, sagte Aaron und strich ihr übers Haar. »Nina, vielleicht hast du ja Lust, uns deine Gedichte vorzutragen, wenn du uns etwas besser kennst.«

»Hört, hört!«, sagte Lucy und brach in schallendes Gelächter aus. Ich wusste nicht, wie ich reagieren sollte, und um meine Verlegenheit zu kaschieren, trank ich noch einen Schluck Champagner.

Rosie saß regungslos neben mir.

Ich wusste nicht, was mit ihr los war. Nein, warte. Das stimmt nicht. Ich will dich nicht anlügen, Sophia, auch wenn mich das nicht im besten Licht erscheinen lässt. Die Wahrheit ist, dass ich glaubte, Rosie wäre eifersüchtig, weil dieser gut aussehende, berühmte Mann mir so viel Beachtung schenkte. Ich dachte, sie sei unglücklich verliebt und deshalb frustriert.

Damals wollte ich nicht wahrhaben, dass Rosies Liebeskummer sich auf Piers beschränkte und dass sie nicht eifersüchtig war, sondern sich Sorgen um mich machte.

Die anderen hatten inzwischen ein neues Gesprächsthema gefunden; die Band von Tam und seinem Kumpel David. Ich hörte kaum hin. Meine Gedanken kreisten um Aarons Anhänger, den ich noch immer in der Hand hielt. Ich wollte ihn zurückgeben, doch ich traute mich nicht, das Gespräch zu unterbrechen.

»Lass uns gehen«, flüsterte Rosie.

»Was?«

»Mir ist eiskalt. Und ich kriege Kopfschmerzen. Jetzt trink dein Glas aus und komm mit.«

Ihr Befehlston passte mir gar nicht; ich war drauf und dran, mich ihr zu widersetzen. Ich wollte nicht gehen, sondern bleiben und mich weiter in Aarons Aufmerksamkeit sonnen. Ich fühlte mich geschmeichelt, weil dieser tolle, berühmte Typ etwas in mir sah. Doch dann bemerkte ich, dass Rosie tatsächlich wie Espenlaub zitterte.

Als ich schnell das Glas leer trank, schaute Aaron Kessler mich wieder an, und ich wurde das Gefühl nicht los, dass er mich die ganze Zeit im Auge behalten hatte.

Mein Herz schlug schneller.

»Vielen Dank«, sagte ich höflich und gab ihm seine Halskette mit dem Anhänger zurück. »Wir müssen jetzt aufbrechen, Rosie geht es nicht gut. Hat mich gefreut, dich kennenzulernen.«

Aaron betrachtete mich amüsiert, als wäre ich eine Zeitreisende aus dem 18. Jahrhundert. Dann gab er mir einen galanten Handkuss.

Ich war so perplex, dass ich nach Luft schnappen musste.

»Hat mich auch gefreut, Nina«, sagte er. »Ich hoffe, wir sehen uns bald wieder.«

»Nina«, sagte Rosie energisch.

Aaron beachtete sie gar nicht, sondern schaute mir tief in die Augen. Als Rosie aufstand, ließ er langsam meine Hand los.

Dann ließ ich mich von Rosie fortziehen. Ich war viel zu verwirrt und verlegen, um Widerstand zu leisten.

Als wir uns entfernten, blickte ich mich noch einmal um. Aaron Kessler schaute mir nach und hob sein Glas, als wollte er mir zuprosten.

Damals ahnte ich noch nicht, dass mein Schicksal bereits besiegelt war.

KAPITEL 7

Meine liebe Sophia, es wird dich nicht wundern, dass Aaron Kessler mir seit jenem Freitagabend auf den Meadows nicht mehr aus dem Kopf ging. Auf dem Rückweg musste ich ständig an seine warme Berührung und sein interessiertes Lächeln denken, und Rosies offensichtliche Eifersucht begann mich zu stören.

»Warum warst du nur so unhöflich zu diesen Leuten?«, fragte ich sie, als wir wieder am College ankamen.

»Ich habe Sachen über die gehört. Von denen solltest du dich besser fernhalten.«

»Was? Wieso denn?«

»Denen kann man nicht trauen. Das ist so eine Art Kult. Die tun bloß so, als ob sie sich für einen interessieren. Und alle rennen diesem Typen hinterher, bloß weil er berühmt ist.«

Das saß.

»Ach ja? Und wer hat dir das erzählt?«, fragte ich patzig.

Rosie war ganz bleich. Ich vermutete, sie kam nicht damit zurecht, dass ihr geliebter Piers mit der unwiderstehlichen Lucy geflirtet hatte. Und jetzt ließ sie ihren Frust an mir aus.

Das stank mir gewaltig.

»Wer auch immer dir das erzählt hat, ist doch bloß neidisch«, sagte ich. »Dass du auf solches Gerede überhaupt etwas gibst.«

»Ich muss jetzt ins Bett, Nina. Gute Nacht.«

***

Am darauffolgenden Montag hatte ich um vierzehn Uhr einen Termin mit meinem Tutor im King's College. Ich verabschiedete mich von Rosie und Meggie, mit denen ich in der Mensa zu Mittag gegessen hatte, und wickelte mir meinen Wollschal um.

Draußen schien zwar die Sonne, aber es wehte ein eisiger Wind.

Ich ging an der Pförtnerloge vorbei, zur Poststelle. Seit unserem Streit am Tag meiner Ankunft hatte ich keinen Kontakt mehr zu meinem Vater gehabt. Mit meiner Mutter telefonierte ich einmal in der Woche.

Ich hatte ein schlechtes Gewissen wegen meines Vaters. Er erwartete natürlich, dass ich mich bei ihm meldete, um mich zu entschuldigen. Aber tief in mir hörte ich eine zaghafte Stimme, die mich davon abhielt.

Ich sehnte mich wohl nach einem Regimewechsel.

In der Poststelle war niemand. Ich sah den Inhalt meines Postfachs durch: ein paar Flugblätter für College-Partys, eine Nachricht von meinem Tutor für Moderne Dichtkunst mit der Bitte, unseren Termin zu verschieben, und ein teuer aussehender blauer Briefbogen. Ich faltete ihn auseinander.

Hallo Nina,

ich bin's, Lucy. Wir haben uns Freitagabend auf den Meadows kennengelernt. Aaron würde dich gern wiedersehen. Wir machen heute Abend eine Party im Haus eines Freundes.
Um neun kommt ein Wagen, um dich abzuholen.
Bring deine Freunde mit. Wenn du willst.

Lucy XXX

Ich las dieses ungewöhnliche Schreiben mehrmals durch, doch ich wurde nicht schlau daraus. Es klang nicht wie eine Einladung, sondern wie ein Befehl. Lucy schickte sogar einen Wagen, um mich abzuholen. Was hatte das zu bedeuten?

Verwirrt stopfte ich das Schreiben in meine Tasche. Was Rosie wohl dazu sagen würde, wenn ich es ihr später zeigte?

Ich eilte zu meinem Fahrrad und fuhr los; ich war schon viel zu spät dran. Der Lenker war so kalt, dass mir die Finger wehtaten.

Ich trat in die Pedale und nahm mir vor, auf gar keinen Fall zu dieser Party zu gehen. Ich kannte diese Leute ja gar nicht, und außerdem hatte Rosie mich vor ihnen gewarnt. Und das Schreiben war ziemlich dreist. Als hätte ich nichts anderes zu tun. Immerhin war am folgenden Tag mein Aufsatz über die politische Sprache in den Werken von Anthony Trollope fällig.

Diese Leute waren *überheblich*. So hätte meine Mutter es ausgedrückt.

Es kam überhaupt nicht infrage, dass ich dort hinging.

Andererseits war ich furchtbar neugierig. Und natürlich fühlte ich mich sehr geschmeichelt.

In der schönen neuen Welt von St Edith's war ich eine Mitläuferin, die sich von anderen mitziehen ließ. Ich hatte kein Problem damit, denn es war leichter, sich mit einer Gruppe treiben zu lassen, als allein gegen den Strom zu schwimmen. In meinem neuen Freundeskreis fühlte ich mich wohl und sicher, alle waren nett, und wir hatten viel Spaß zusammen. Die Clique bot mir Schutz, während ich versuchte, mich in diesem neuen Umfeld zurechtzufinden, wo es ganz anders zuging als in meinem streng geordneten Elternhaus.

Und dafür war ich sehr dankbar.

Trotzdem beeindruckte es mich natürlich sehr, so wichtig genommen zu werden, dass extra ein Wagen geschickt wurde, um mich abholen zu lassen. Ein Teil von mir sonnte sich in dieser ungewohnten Aufmerksamkeit.

Und ich hatte ja noch das violette Samtkleid, das ich im Koffer mitgeschmuggelt hatte, im Schrank. Nur für den Fall, dass ich meine Meinung änderte.

***

»Hallo, Mum.«

Ich stand im St Edith's in einer der Telefonzellen an der Treppe und fummelte nervös an der Hörerschnur herum. Um mich herum herrschte reges Treiben; Studentinnen eilten mit ihren Büchern hoch in ihre Zimmer oder kamen wieder herunter, um zum Abendessen zu gehen oder zu einer Verabredung.

»Na, so eine Überraschung! Die verlorene Tochter kehrt zurück. Ich dachte schon, wir sind dir nicht mehr gut genug.«

Meine Mutter klang ein wenig beschwipst. Das war sie um diese Tageszeit häufig, insbesondere wenn sie Besuch bekam.

»Natürlich nicht, Mum. Entschuldige, ich habe sehr viel zu tun.« Ich schluckte und wickelte die Schnur noch fester um die Finger. »Das Studium hält mich ganz schön auf Trab.«

»Natürlich. Schätzchen, ich habe nicht viel Zeit, die Sallisses kommen gleich zum Abendessen, das habe ich dir ja letzte Woche schon gesagt.«

»Tut mir leid, Mum, das hatte ich ganz vergessen.« Das war gelogen. »Wie geht es den Sallisses denn?«

»Sehr gut. Teddy fliegt mit Martina über Weihnachten nach Bali.«

»Oh, wie schön«, sagte ich automatisch. Auf diese Floskel griff ich immer zurück, wenn meine Mutter Neues über meine Cousine und ihren Mann berichtete. Mit ihren Erzählungen über Martinas glanzvolles Leben wollte sie mir nämlich eins auswischen. Sie hätte es lieber gesehen, wenn ich nicht studiert, sondern mir einen reichen Mann geangelt hätte. Dann hätte ich auch längst auf Bali sein können.

»Teddy bekommt demnächst einen dicken Bonus von der Bank, und dann wollen sie sich ein Sommerhaus in Wales kaufen.«

»Das klingt toll.«

»Ja, er macht sehr viele Überstunden. Daddy und mir geht es übrigens auch gut, falls es dich interessiert. Da du dich bei Daddy noch immer nicht für dein unmögliches Benehmen entschuldigt hast, habe ich ihm jetzt ein Entschuldigungsgeschenk besorgt und das Geld für dich vorgestreckt.«

»Danke, Mum. Ich bin einfach noch nicht dazu gekommen. Ich gebe dir das Geld natürlich zurück, sobald ich mein Stipendium bekommen habe.«

»Dann geht es dir also gut? Du rufst doch hoffentlich nicht an, weil du Geld brauchst, oder?«

»Nein, Mum, ich habe genug Geld. Heute Abend bin ich übrigens eingeladen ...«

»Natürlich, du feierst sicher die ganze Zeit. Hör zu, Schätzchen, ich kann jetzt wirklich nicht länger hier herumstehen und dir zuhören. Die Sallisses kommen in einer halben Stunde, und Daddy hat sich noch immer nicht umgezogen. Ruf mich nächste Woche wieder an, aber nicht am Samstag, hörst du? Du weißt ja, dass wir samstags immer viel zu tun haben.«

»Natürlich, Mum. Ich hab dich lieb.«

»Ich hab dich auch lieb, Schätzchen. Mach's gut.«

Es knackte kurz in der Leitung, als sie auflegte, und dann ertönte das Freizeichen.

***

»Du hast doch nicht etwa vor, da hinzufahren, oder?«, fragte Rosie laut, um den Lärm in der Mensa zu übertönen. Zum Abendessen gab es Würstchen mit Kartoffelbrei, aber Rosie hatte wie üblich auf Würstchen verzichtet. Überall um uns herum wurde mit Geschirr geklappert und lebhaft geredet. An den Wänden hingen Porträts der College-Gründer; sie trugen Barett und Talar und schauten mit ernster Miene auf uns herab. Sie hatten sicher keine hohe Meinung von mir, und ich konnte es ihnen nicht verübeln.

»Was?«, schnaubte ich. »Du glaubst doch wohl nicht im Ernst, dass ich da hinfahre! Allein! Kommt überhaupt nicht infrage.« Der Gedanke war wirklich unerträglich. Damals, in den

Achtzigern, herrschte noch die allgemeine Auffassung, dass Mädels, die abends allein ausgingen, »es darauf anlegten«; das war fast schon ein Gesetz.

Piers kicherte. »Wenn du willst, begleite ich dich, Nina. Ich kann gern deinen Anstandswauwau spielen.«

»Ihr habt dort nichts zu suchen«, sagte Rosie brüsk. »Alle beide nicht.«

»Wieso nicht?«, fragte Piers.

Rosie rollte mit den Augen, als wären wir begriffsstutzig. »Weil es eine dämliche Idee ist. Dämlich hoch zehn.«

»Bist du etwa sauer, dass Aaron Nina zu der Party eingeladen hat?«, fragte Piers.

»So ein Quatsch!«, erwiderte Rosie. »Hör auf, mir die Worte im Mund rumzudrehen.«

Piers achtete nicht weiter auf sie, sondern wandte sich mir zu. »Wie sieht's aus, Aschenputtel? Willst du zum Ball?«

»Ich … also eigentlich hatte ich …«

»Bingo! Dann treffen wir uns um zehn vor neun in der Bar!« Piers stand auf. Rosie warf ihm einen wütenden Blick zu, doch er schnappte sich sein Tablett und eilte davon.

Ich starrte auf meinen Teller. Diese ungewöhnliche Einladung brachte viel zu viel Unruhe in meinen Freundeskreis.

»Hör mal, Rosie …«

»Nein, schon gut. Piers hat recht. Ich bin viel zu misstrauisch. Lass uns hinfahren. Das wird bestimmt super.« Rosie tat begeistert, doch natürlich wollte sie nur mitkommen, um Piers im Auge zu behalten.

Trotzdem konnte ich eigentlich zufrieden sein, denn mein Plan, die beiden zum Mitkommen zu bewegen, war aufgegangen.

Aber seltsamerweise war mir auf einmal unbehaglich zumute.

***

»Na bitte!«, sagte Lucy. »Du bist tatsächlich gekommen!«

Der angekündigte Wagen war um fünf vor neun vorgefahren, ein glänzender schwarzer Bentley mit einem Chauffeur in Dienstkleidung, der extra ausgestiegen war, um uns die Autotür zu öffnen. Die Fahrt hatte nur zehn Minuten gedauert und uns zu einer prächtigen Villa in der Newton Road geführt, in der Nähe des Botanischen Gartens.

Lucy öffnete uns die Haustür, noch bevor wir dazu kamen zu klingeln. Sie hatte ein bodenlanges schwarzes Kleid an und trug ihr langes dunkelrotes Haar wieder offen.

Hocherfreut kam sie auf uns zu und begrüßte uns alle mit einem Bussi. Ihr scharlachroter Lippenstift hinterließ einen Kussmund auf Rosies Wange, doch ich war viel zu verschüchtert, um Rosie darauf hinzuweisen, ihn abzuwischen.

Lucy nahm meine Hand, als wären wir seit Jahren befreundet, und führte mich durch den Flur. Wir kamen an einer weitläufigen Küche vorbei, wo schick gekleidete Leute rauchend und trinkend miteinander plauderten.

»Das ist wirklich ein schönes Haus«, bemerkte ich, nur um irgendetwas zu sagen.

»Ja«, sagte Lucy gelangweilt. »Das Haus gehört Penelopes Tante. Wir haben es nur gemietet.«

»Und wer ist Penelope?«

Sie öffnete den Mund, um etwas zu sagen, hielt dann jedoch inne, als besänne sie sich eines Besseren.

»Eine von uns«, sagte sie schließlich. »Du wirst sie noch kennenlernen.«

Ich traute mich nicht, ihr weitere Fragen zu stellen.

Lucy zog mich hinter sich her, an der Treppe vorbei in einen Wintergarten mit wunderschönen bemalten Fliesen. Im hinteren Bereich stand ein großes Ledersofa. Ein Mann und eine Frau saßen darauf. Als wir näher kamen, wandten sie sich uns zu.

Ein Schauer durchfuhr mich, denn Lucy präsentierte mich

den beiden wie ein Kaninchen, das sie gerade aus dem Hut gezaubert hatte.

Ich war überwältigt und so nervös, dass ich es kaum aushielt. Der Mann auf dem Sofa war Aaron Kessler. Er trug ein weißes Hemd und schwarze Jeans und hatte die Arme lässig auf der Sofalehne ausgebreitet. Seine hohen Wangenknochen und sein rätselhafter Blick verliehen ihm die Aura des geheimnisumwitterten Künstlers. Im Gegensatz zu den meisten anderen Männern in meinem Umfeld war seine Haut makellos glatt, frei von Akne, Falten oder Rasierwunden. Am liebsten hätte ich meine Hand ausgestreckt, um sie zu berühren und mich davon zu überzeugen, dass sie echt war. Aber das ging natürlich nicht.

Er nickte mir zu, nahm meine Hand und küsste sie. Seine Lippen waren warm. »Hallo, Nina.« Er hatte einen ganz leichten irischen Akzent, der vermutlich aus seiner Kindheit stammte, aber inzwischen so schwach war, dass man ihn kaum noch hörte. »Freut mich wirklich sehr, dass du uns beehrst.«

»Vielen Dank, dass du mich eingeladen hast«, stieß ich hervor. »Ich meine, uns.« Ich schaute mich nach Piers und Rosie um, doch sie waren verschwunden.

Panik durchfuhr mich. »Oh …«

Aaron folgte nachsichtig meinem Blick, wie ein Erwachsener, der einem fantasierenden Kind zuhört.

»Möchtest du etwas trinken?«, fragte die Blondine zu seiner Linken. Sie hielt ein Glas mit Eiswürfeln in der Hand. Ihre Stimme klang kühl, kultiviert. Sie war fast überirdisch schön; ihr Haar war kunstvoll mit funkelnden Spangen hochgesteckt, ihr Lippenstift blassrosa. Ihre andere Hand ruhte auf Aarons Arm.

Enttäuschung stieg in mir hoch. Natürlich umgab Aaron sich mit schönen Frauen. Das taten Rockstars schließlich. Wie hatte ich mir nur einbilden können, dass er sich ausgerechnet für *mich* interessierte.

»Sie hat bestimmt Durst«, sagte Lucy. »Nina, was hättest du gern? Champagner vielleicht?«

»Ich ... gern, danke ...«

»Hervorragende Wahl«, sagte Aaron und nickte der Blondine lässig zu. Sie stand sofort auf. Ich überlegte krampfhaft, was ich sagen sollte.

»Das ist wirklich ein schönes Haus«, brachte ich schließlich hervor. Mir fiel nichts anderes ein.

»Danke«, sagte die Blondine und reichte Aaron und mir je ein Champagnerglas. »Es gehört meiner Tante. Sie lebt in Südafrika.«

»Oh«, sagte ich und kam mir furchtbar dumm vor.

»Das ist Penelope«, sagte Aaron. Die Blondine ließ sich wieder zu seiner Linken nieder. »Setz dich doch, Nina«, fügte er hinzu und tätschelte den Platz zu seiner Rechten. Dann legte er den Arm wieder lässig auf die Lehne.

Ich setzte mich zögernd zu ihm. So nah kam ich Männern normalerweise nie, selbst meinem Vater nicht. Sofort stieg mir Aarons markanter Duft in die Nase (selbst heute noch trägt der Geruch von Sandelholz und Zimt mich jedes Mal zu diesem Moment zurück, wie in einem Fiebertraum). Aber vor allem spürte ich die Wärme, die von ihm ausging; ich spürte sie auf meinem nackten Arm und auf meiner gepuderten Wange, sie drang sogar durch mein violettes Samtkleid. Er verströmte die Hitze einer Sonne. Mir brach der Schweiß aus.

Doch als er sich von mir abwandte und mit Penelope und Lucy über seinen bevorstehenden Trip nach London plauderte und über den Dreh, der bald in Kent stattfinden sollte, begann ich mich langsam zu entspannen. Der Champagner half mir dabei und ließ alles in einem herrlich goldenen Licht erscheinen: die flackernden Kerzen, die wunderschön gekleideten und geschminkten Mädchen und Aarons Profil, das an die Statue eines griechischen Helden erinnerte. Schon bald hatte ich Rosie und Piers vergessen.

Lucy lächelte mich freundlich an und reichte mir einen Joint. Mein Glas wurde regelmäßig nachgefüllt. Am Rande bekam ich mit, dass Aaron kaum trank.

»Ich habe dich beobachtet, Nina«, sagte er plötzlich und sah mich an. »An dem Abend auf den Meadows. Oder besser gesagt …« Er hielt gedankenverloren inne. »Ich habe nach dir gesucht.«

»Nach mir?«, stieß ich hervor. Lucy und Penelope wandten sich nun ebenfalls zu mir, fast wie auf Kommando.

Aaron lachte. »Ja, nach dir. Du hörst zu und redest nur dann, wenn du wirklich etwas zu sagen hast. Die anderen reden ununterbrochen, weil sie beachtet werden wollen. Aber du bist eine Denkerin. Eine Träumerin. Du bist auf der Suche. Nicht nur oberflächlich, so wie die anderen.« Er deutete in die Richtung der anderen Gäste. »Nein, du bist wirklich auf der Suche, nach einem tieferen Sinn. Deshalb wollte ich, dass du herkommst, Nina. Weil ich glaube, dass wir etwas gemeinsam haben.«

Ich war so verblüfft, dass es mir die Sprache verschlug. Und natürlich fühlte ich mich sehr geschmeichelt, dass dieser berühmte, gut aussehende Mann eine solch hohe Meinung von mir hatte.

So viel Wertschätzung hatte mir noch niemand entgegengebracht.

Ich war ganz benommen, als er sanft mein Kinn nahm. Seine Hand fühlte sich warm an. »Weißt du überhaupt, wie schön du bist? Nicht nur äußerlich, auch innerlich.«

Erst viel später, als es kein Zurück mehr gab, wurde mir klar, dass Aufmerksamkeit mindestens genauso süchtig machen kann wie Haschisch oder Champagner.

»Ich … danke, aber ich glaube nicht, dass …«

»Doch, doch«, sagte er in einem Ton, der keine Widerrede duldete. »Das Schicksal hat uns zusammengeführt, Nina. Du bist ein Geschenk. Zusammen werden wir Großartiges erreichen.«

Er ließ mein Kinn wieder los. Penelope und Lucy schauten sich lächelnd an, als sei ein langer Traum endlich Wirklichkeit geworden.

»Erzähl mir von dir«, sagte Aaron leise und sah mir tief in die Augen. »Erzähl mir von deiner Familie.«

Die meisten Menschen hätten diese Frage zu Beginn einer Unterhaltung gestellt, und wenn ich nüchtern gewesen wäre, hätte ich vermutlich gesagt, dass meine Eltern in einem Dorf in den Cotswolds lebten und dass mein Vater einen gut gehenden Glasereifachbetrieb besaß. Mehr hätte ich nicht preisgegeben, weil das Thema mir viel zu langweilig erschienen wäre.

Doch ich fühlte mich leicht und beschwingt, geradezu euphorisch, und ich spürte noch die Wärme von Aarons Hand auf meiner Haut.

Ich bin schön. Ich bin ein Geschenk.

»Meine Familie?« Ich zuckte verlegen mit den Schultern, aber ich war längst nicht mehr so schüchtern wie sonst, sondern richtig kühn für meine Verhältnisse. »Daddy verdient ganz gut. Er hat sich auf Doppelverglasungen spezialisiert. Aber er schaut nicht gern hinaus. Überall Fenster, aber keine Visionen. Im Betrieb müssen alle nach seiner Pfeife tanzen. Zu Hause auch.« Ich nahm noch einen Schluck Champagner. »Und meine Mutter ist total harmoniesüchtig. Friede, Freude, Eierkuchen.«

Das glockenhelle Lachen von Lucy und Penelope regnete wie Gold auf mich herab, selbst Aaron lachte leise vor sich hin. Dann legte er mir den Arm um die Schulter und drückte mich sanft. Ich wurde ganz rot vor Aufregung.

»Ich sollte besser nicht so über sie reden …«

»Oh, bestimmt schmeichelst du ihnen sogar noch mit deiner Beschreibung«, sagte Aaron. »Wahrscheinlich wissen sie gar nicht, was sie an dir haben.« Er hielt Penelope sein Champagnerglas hin, und sie nahm es ihm ab. »Aber irgendetwas scheint dich zu bedrücken, liebe Nina. Stimmt etwas nicht?«

»Nein, nein, alles in Ordnung. Ich habe mich nur gefragt, wo meine Freunde stecken.«

Aaron nickte. »Sie sind sicher ganz in der Nähe. Schaut mal nach, wo Ninas Freunde sind«, sagte er zu Lucy und Penelope. »Ich zeige Nina solange das Haus.«

Lucy und Penelope standen lächelnd auf, strichen sanft über meinen Arm und gaben mir einen Kuss auf die Wange. Als sie das Gleiche bei Aaron taten, umfasste er ihre Taillen mit selbstverständlich wirkender Vertrautheit.

Dann schwebten sie hinaus, und ich war allein mit ihm. Das Sofa kam mir plötzlich sehr klein vor.

»Stimmt etwas nicht?«, fragte er.

»Ich ... ich weiß nicht«, kicherte ich und errötete abermals. Mein Herz hämmerte gegen das enge Mieder meines Samtkleides. »Ich habe mich nur gerade gefragt, mit welcher von den beiden du zusammen bist.«

Er grinste. »Vielleicht mit beiden. Vielleicht mit keiner.« Er nahm meine Hand und zog mich hoch. »Komm.«

* * *

Aaron führte mich schweigend durch den Flur, an einem Zimmer mit antiken Möbeln vorbei, wo ein paar Männer und Frauen im Kerzenschein rauchten und plauderten. Als wir an ihnen vorbeikamen, verstummten sie.

Meine Hand in seiner wurde ganz schwitzig, und ich zitterte, was ihm sicher nicht entging. Er führte mich die Treppe hoch – natürlich. Das war von Anfang an der Plan gewesen, seit diese Einladung auf blauem Papier verfasst und in mein College-Postfach gelegt worden war. Ich wollte etwas sagen, um diese langsam hochfahrende Achterbahn der Sehnsucht und Begierde anzuhalten, bevor sie oben ankam und mit voller Wucht hinabschoss.

»Ich ... Sind die anderen vielleicht ...« Mehr brachte ich

nicht heraus. Meine Worte klangen absurd, und er hörte mir ohnehin nicht zu.

Als wir im oberen Flur angekommen waren, öffnete er eine Tür und zog mich in ein großes Zimmer. Im Halbdunkel waren Spiegel zu erkennen und ein riesiges weißes Bett. Mondlicht drang durch den Vorhang am Fenster.

Er schloss die Tür hinter uns, und dann küsste er mich. Er schmeckte nach Champagner. Seine Hände waren überall, er streifte mir das Samtkleid ab, küsste mich auf den Mund, den Hals und meine nackten Brüste, umfasste sie, während ich mich halbherzig gegen seine Zärtlichkeiten wehrte – nicht, damit er aufhörte, sondern damit er mich nicht für eine Schlampe hielt.

Ich wollte auf keinen Fall, dass er aufhörte. So etwas Aufregendes war mir noch nie passiert. Dieser berühmte, gut aussehende, erfahrene Mann begehrte mich. Und ich sehnte mich verzweifelt danach, von jemandem begehrt zu werden. Egal, von wem.

Versteh mich nicht falsch, Sophia. Mir war damals schon klar, dass es keine wahre Liebe war. Ich war nicht so dumm, mir das einzureden. Das kam erst später. In diesem Moment war ich einfach nur überwältigt und verzaubert. Endlich war es so weit: Mein Leben begann.

Auf spektakuläre Weise.

Er sagte mir, dass ich keine Angst zu haben brauchte, und ich hatte auch keine Angst, zumindest bis zu dem Augenblick, als er das Kondom aus der Nachttischschublade fischte. Dann drückte er mich aufs Bett, und erst in diesem Moment wurde mir bewusst, dass *Es* bevorstand, wie meine Schulkameradinnen es immer flüsternd genannt hatten. Nervös presste ich die Schenkel zusammen, doch er drückte sie mit sanften Worten und geschickten Fingern auseinander. Ich klammerte mich an seinen perfekten, weichen, warmen Körper, und er küsste mich, als er in mich eindrang und sich in mich hineinbohrte.

Ich spürte einen dumpfen Schmerz, doch es war nicht schlimm, denn ich schwelgte in dem herrlichen Gefühl, endlich begehrt zu werden, und ich gab seiner Begierde nach, denn damals war Nachgeben das Einzige, was ich konnte.

* * *

»Mir ist schlecht«, sagte Piers. Er sah blass aus und hatte eine Fahne.

»Gut«, sagte Rosie. »Das hast du auch verdient.« Im schwachen Licht des Bentleys sah ich, dass ihr Lippenstift verschwunden war; ihre Lippen waren ganz rissig.

Ich saß zwischen Rosie und Piers auf der Rückbank. Irgendetwas war zwischen den beiden vorgefallen; eine Grenze war überschritten worden. Ich hätte nachhaken sollen, doch ich war zu sehr mit meinen eigenen Gedanken beschäftigt.

Jedes Mal, wenn ich die Augen schloss, flackerten die Ereignisse des Abends vor mir auf – ich sah, wie ich mich schamlos auf Aarons Bett wälzte und mich von ihm dazu drängen ließ, seinen erigierten Penis in den Mund zu nehmen, und die Erinnerung daran erfüllte mich mit einer schrecklichen Mischung aus Scham und Sehnsucht.

»Was hast du eigentlich die ganze Zeit getrieben?«, fragte Rosie. Ich begriff erst nach einer Weile, dass sie mit mir sprach.

»Nichts Besonderes«, sagte ich. »Lucy hat mir den Wintergarten gezeigt. Aaron war dort, mit dieser Penelope.«

»Ach, die gehört also auch zu seinem Harem«, sagte Rosie höhnisch. »Und, was ist dort passiert?«

Ich lief knallrot an und war froh, dass es so dunkel im Wagen war. »Gar nichts. Wir haben uns nur unterhalten.«

»Ach, wirklich? Und was hat der tolle Aaron dir so erzählt?«

»Weiß nicht mehr genau … dass er Waffen sammelt und dass Tontaubenschießen sein Hobby ist.«

Und dass ich schön bin. Dass ich ein Geschenk bin. Dass ich auf der Suche nach der Wahrheit bin. Und dass wir zusammen Großartiges erreichen werden.

»Ich kann Leute, die Waffen sammeln, nicht ausstehen«, sagte Rosie.

»Du kannst doch niemanden ausstehen«, stieß Piers voller Bitterkeit hervor.

Ich starrte ihn verblüfft an, doch er war schon dabei, die Scheibe herunterzukurbeln. »Halt an, Kumpel! Schnell!«, rief er. »Ich glaube, ich muss kotzen!«

***

Als ich am nächsten Morgen aufwachte, tat mir alles weh, und ich hatte einen furchtbaren Kater. Trotzdem eilte ich zur Poststelle, in der Hoffnung, dass dort eine neue Nachricht von Aaron auf mich wartete.

Doch mein Postfach war leer.

Mittags war es noch immer leer.

Das quälende Schweigen dauerte an. Ich erzählte keinem, was passiert war. Piers fragte mich, ob etwas mit mir sei. Rosie fragte nicht.

Vier Tage später, als ich die Hoffnung schon aufgegeben und mich damit abgefunden hatte, dass ich für Aaron nur ein kleines Abenteuer gewesen war, bekam ich schließlich doch noch Post.

Nina,

Aaron möchte dich wiedersehen. Diesmal bleibst du das ganze Wochenende bei uns. Du wirst morgen früh um sieben abgeholt.
Diesmal gibt es nur Platz für dich – deine Freunde werden ohne dich auskommen müssen.

Allerliebste Grüße
Lucy XXX

KAPITEL 8

Eins kann ich dir sagen, meine liebe Sophia: Der Weg von Cambridge nach Kent zieht sich lange hin, besonders, wenn man ein Nervenbündel ist und ein so starkes Begehren verspürt, dass man es kaum noch aushält. Ich saß hinten im Bentley, starrte aus dem Fenster und bemühte mich, so zu tun, als gehörte es zu meinem Alltag, mich durch die Gegend chauffieren zu lassen.

Ich hatte zwei Taschen gepackt. Die eine enthielt Kleidung, meine kleine Sammlung von Body-Shop-Kosmetika, drei Paar Schuhe und ein brandneues Dessous-Set, bestehend aus BH, Höschen, Strapsen und kobaltblauen Strümpfen (das waren die wilden Achtziger). Die andere enthielt Lehrbücher, Notizblöcke und einen Roman. Zu der Zeit las ich zwei bis drei Bücher pro Woche. Wenn ich mich recht entsinne, hatte ich *Menschenkind* von Toni Morrison dabei.

Pünktlich um sieben Uhr früh war der Chauffeur am Collegeeingang vorgefahren. Er verstaute meine beiden Taschen rasch im Kofferraum und schlug die Klappe dann mit solcher Entschiedenheit zu, dass ich nicht mehr zu fragen wagte, ob ich den Roman aus der Tasche holen durfte, von meinem pinkfarbenen Bubblegum-Lipgloss ganz zu schweigen.

Stattdessen kletterte ich stumm auf den Rücksitz und starrte auf den Stoppelschnitt, der unter der Mütze des Chauffeurs hervorlugte.

»Entschuldigung?«, wagte ich schließlich zu sagen.

»Ja?«

»Wie lange werden wir denn unterwegs sein?«

»Zweieinhalb Stunden.«

»Oh, das ist ja doch recht weit, oder?«, zwitscherte ich, nur um irgendetwas zu sagen.

Der Chauffeur antwortete nicht. Er schaute noch nicht einmal im Rückspiegel zu mir, als er auf die Trinity Street bog.

Ich beschloss, es nochmals zu versuchen.

»Sie kennen Aaron Kessler wohl ziemlich gut, oder?«

»Wen?«

Seine Antwort machte mich ein wenig stutzig.

»Aaron Kessler.«

»Nein, tut mir leid.«

Er antwortete durchaus höflich, doch sein Tonfall ließ keinen Zweifel daran, dass er die Unterhaltung als beendet betrachtete.

Ich schaute hinaus. Wir fuhren durch die Vororte von Cambridge und dann die Landstraße entlang, durch endlose Felder. Fieberhaft überlegte ich, wie ich mich für den Rest der Fahrt ablenken sollte, um nicht an meine bevorstehende Begegnung mit dem geheimnisvollen Aaron Kessler denken zu müssen.

Ich schlug die Beine übereinander. Mir kam der Gedanke, dass ich besser etwas anderes angezogen hätte als meinen hauchdünnen Hippierock mit den winzigen Glöckchen am Kordelgürtel. Vielleicht hätte ich mich doch eher für die Jeans und den Pulli mit dem bunten geometrischen Muster entscheiden sollen, den ich mir extra für den Trip gekauft hatte, oder vielleicht sogar für das violette Samtkleid, das ich bei der Party getragen hatte, obwohl Aaron mich natürlich schon darin gesehen hatte. Und es mir sogar ausgezogen hatte.

Vielleicht hätte ich den anderen sagen sollen, wo ich hinfuhr. Das beschäftigte mich am meisten. Ich hatte tagelang darüber nachgedacht, aber es einfach nicht über mich bringen können, ihnen ins Gesicht zu sagen, dass sie nicht eingeladen waren.

Außerdem hatte ich Angst gehabt, dass sie mir das Ganze ausreden wollten.

Ich seufzte und versuchte, mich zu entspannen und die bewundernden Blicke der Autofahrer zu genießen, an denen wir vorbeirauschten. Letztendlich war es ja keine große Sache. Ich würde Aaron bei meiner Ankunft einfach fragen, ob ich sie kurz anrufen konnte. Dann würde ich Rosie bitten, sich in meiner Abwesenheit um mein Postfach zu kümmern.

Wenn ich schon dort war, konnte sie sowieso nichts mehr dagegen tun.

***

Wir fuhren fast zwei Stunden auf der Autobahn. Ich saß die ganze Zeit schweigend auf der Rückbank. Anschließend ging es eine Dreiviertelstunde über ein Gewirr von Landstraßen, die von rotgolden belaubten Bäumen gesäumt waren. Kein Wölkchen trübte den tiefblauen Himmel.

Irgendwann kamen wir an einer schier endlosen, sehr hohen Eibenhecke vorbei, auf die eine ebenso hohe rote Backsteinmauer folgte. Sie endete an einer Einfahrt mit einem imposanten Tor aus Holz und Schmiedeeisen. Neben dem Tor befand sich ein Schild aus Schiefer, dessen Inschrift aus einem einzigen Wort bestand: MORNINGSTAR.

Der Chauffeur kurbelte die Scheibe herunter, drückte ein paar Knöpfe auf einem Metallkasten, der an einem Pfahl neben der Einfahrt angebracht war, und das Tor öffnete sich langsam.

Vor uns, wie eine Fata Morgana, erschien Morningstar: ein großes Herrenhaus unter rauschenden Pappeln, das wie eine Festung aussah, mit Dachzinnen, Bleiglasfenstern und einem quadratischen Eckturm, auf dem eine Fahne wehte.

Ich schnappte nach Luft und schlug die Hände vor den Mund.

»Das ist ja traumhaft! Wie im Märchen!«

Der Chauffeur schwieg und zuckte nur kaum merklich mit den Schultern, als wir durch die Einfahrt rollten und das Tor hinter uns wieder zuging.

Wieder wurde ich ein wenig stutzig, doch es war kein richtiges Unbehagen, eher so, als hörte ich einen schiefen Ton in einer Symphonie. In jenem Moment erschien mir das Verhalten des Chauffeurs nur merkwürdig, doch rückblickend wollte er wohl Mitleid gepaart mit Verachtung zum Ausdruck bringen. Damals war ich noch zu naiv, um seine Reaktion richtig interpretieren zu können.

Ich ahnte nicht, dass sich das schon bald ändern sollte.

Während der Bentley über den Kiesweg rollte, bewunderte ich den weitläufigen Garten mit seinen Obstbäumen, Bienenstöcken und dem stillen Bach, auf dem Enten schwammen. Als wir uns dem Herrenhaus näherten, fiel mir auf, dass es von einem Wassergraben umgeben war und dass der Eingang mit einem richtigen Fallgatter versehen war.

Ich hatte mir vieles vorgestellt, doch das übertraf meine kühnsten Träume.

Und bald würde ich wieder in Aarons Armen liegen. Ich konnte es kaum erwarten und zupfte nervös an meiner neuen Seidenbluse.

»Nina!« Lucy erschien auf der Zugbrücke. Sie war barfuß; die kühle Herbstluft schien ihr nichts auszumachen. Ihre rot lackierten Zehennägel passten perfekt zu ihrem Lippenstift. Sie trug ein langes schwarzes Kleid und ansonsten nur ihre Goldkette mit dem Anhänger.

Ich winkte ihr aus dem Bentley zu. Sie lief uns entgegen, und als wir anhielten, öffnete sie die Wagentür und umarmte mich, kaum dass ich ausgestiegen war. »Du bist gekommen! Oh, das wird toll!«

Ich erwiderte ihre Umarmung. Lucys Begeisterung überwältigte und rührte mich, doch sie verwirrte mich auch – immerhin kannte sie mich kaum. Aber dann dachte ich: *Manche Menschen sind eben sehr extrovertiert. Du könntest dir ruhig eine Scheibe davon abschneiden.* Und all die ängstlichen Fragen, die ich mir während der Fahrt gestellt hatte, lösten sich mit einem Mal in Luft auf.

»Komm mit, wir warten schon«, schnatterte Lucy. »Aaron wird erst in ein paar Stunden zu uns stoßen, aber so hast du genug Zeit, die anderen kennenzulernen. Wo ist dein Gepäck? Ah, der Chauffeur hat es. Er bringt es in das Blaue Zimmer. Willst du dich umziehen?«

»Äh …«

»Du musst dich nicht umziehen, du siehst toll aus! Nur falls du es dir anders überlegen willst.« Lucy umarmte mich abermals und gab mir einen Kuss auf die Wange, und ein weiteres Mal unterdrückte ich meine innere Stimme, die mir zu verstehen geben wollte, wie merkwürdig das alles war. »Ich freue mich wirklich, dich zu sehen! Wir werden so viel Spaß haben! Das wird *super!*«

Lucy zog mich in einen kleinen gepflasterten Innenhof, in dessen Zentrum sich ein Astrolabium aus Messing befand. Dann führte sie mich durch eine große Holztür. Wir kamen an einem Zimmer mit dunklen Wandvertäfelungen und Tischen voller Antiquitäten vorbei; auf einem stand ein altmodisches cremefarbenes Telefon mit einer Messinggabel und einem Handapparat aus Bakelit.

Lucy stürmte voran in eine Halle mit Wendeltreppe, und ich bemühte mich, mit ihr Schritt zu halten, wobei mir die schiere Größe des Hauses den Atem raubte. Die Holzschnitzereien beeindruckten mich mindestens ebenso sehr wie die hohen Stuckdecken, die prächtigen Wandgemälde und die riesigen Fenster, durch die das fahle Herbstlicht hereinfiel. Ein so luxuriöses, privilegiertes, geradezu feudales Anwesen hatte ich noch nie zuvor gesehen.

Lucy riss mich aus meinen Gedanken und zog mich nach links, in ein Zimmer mit hohen Decken, einer grünen Blumentapete und einem Billardtisch in der Mitte.

Zwei Männer, eigentlich noch Jungs, spielten gerade eine Partie, doch als wir eintraten, hielten sie inne und starrten mich an.

Lucy nahm mich an den Händen, und dann wirbelte sie mich zu meiner Überraschung herum, als wolle sie mich wie eine Trophäe zur Schau stellen. Das gefiel mir gar nicht; ich kam mir vor wie ein Objekt. Plötzlich sträubte sich etwas in mir.

»Nina, das sind Tristan und Wolf.« Sie ging zu den beiden hinüber und tätschelte dem Dunkelhaarigen den Rücken. »Wolf wirkt ein bisschen bedrohlich, aber du weißt ja: Hunde, die bellen, beißen nicht.«

»Was du nicht sagst«, erwiderte Wolf. Er hatte blaue Augen und nickte mir kurz zu, dann schaute er wieder weg. Er trug Jeans und ein kariertes Hemd.

»Tristan, Wolf, das ist *Nina*«, sagte Lucy.

Tristan war größer; mit seinen hellblonden Locken und den hohen Wangenknochen hatte er etwas von einem nordischen Prinzen. Er sah aus, als verbrächte er viel Zeit im Freien, vermutlich mit Sport.

»Nina«, sagte er und nahm meine Hand. »Freut mich, dich kennenzulernen. Wir haben schon viel von dir gehört.«

»Oh«, sagte ich und wurde rot, weil sie etwas über mich wussten, ich aber nichts über sie; ich hatte ja noch nicht einmal geahnt, dass die beiden überhaupt existierten. »Seid ihr auch übers Wochenende gekommen?«, fragte ich schließlich.

»Wir wohnen hier«, sagte Wolf und umklammerte seine Bierflasche. Seinem Akzent nach stammte er aus Nordengland.

»Wir wohnen alle hier«, ergänzte Lucy und griff nach Tristans Hand.

Tristan grinste. »Super, dass du jetzt auch bei uns mitmachst, ehrlich …«

Seine Bemerkung machte mich stutzig.

»Komm mit, Nina«, sagte Lucy laut und ließ seine Hand wieder los. »Peter und Tess musst du auch noch kennenlernen. Wir haben noch eine Menge vor!«

»Peter ist nicht mehr da«, sagte Wolf fast beiläufig und beugte sich wieder über den Billardtisch. »Ist heute früh abgereist.«

»Kommt er denn heute Abend zurück?«, fragte Lucy und zog die Augenbraue hoch. »Hat er was gesagt?«

Wolf zuckte mit den Achseln. »Soweit ich weiß, ist er nach London zurückgefahren.«

»Egal«, sagte Lucy. Sie und Tristan tauschten Blicke aus. »Ist vielleicht besser so«, fügte sie hinzu.

Ich ließ mich von ihr wegziehen, aber inzwischen war ich doch ein wenig beunruhigt. »Hör mal, Lucy«, sagte ich, als wir wieder in der Halle waren und an der Wendeltreppe vorbeikamen, »ich bin davon ausgegangen, dass ich nur übers Wochenende bleibe. Ich habe nicht viel dabei, und Montag muss ich wieder in Cambridge sein …«

»Aber natürlich! Tristan wollte ja auch nicht sagen, dass du hier einziehst. Er drückt sich manchmal etwas komisch aus.« Sie rollte mit den Augen. »Nein, nein, du musst Montag ins College, das ist uns schon klar, wir lassen dich wieder zurückbringen. Aber dieses Wochenende steht einiges auf dem Programm – hier wird es nie langweilig!«

»Musst du denn am Montag nicht auch zurück nach Cambridge?«, fragte ich erstaunt. »Ich dachte, du wärst …«

»Penelope!«, rief Lucy die Treppe hoch. »Nina ist da! Komm runter!«

Niemand antwortete.

»Komm, wir suchen sie.« Lucy wich mir schon wieder aus und stieg schnell die Treppe hoch. Ich folgte ihr verwirrt.

***

Auf einem Treppenabsatz unter einem großen Bullaugenfenster blieben wir stehen. Ich genoss die wärmenden Sonnenstrahlen, die durch die Scheibe drangen, während Lucy abermals nach Penelope rief.

»Ich war mir sicher, dass sie oben ist … Ach, da kommt Tess!«

Ich drehte mich um. Ein honigblondes Mädchen in pinkfarbenem seidenem Morgenmantel erschien an der Treppe. Tess war barfuß und noch sehr jung, fast noch ein Kind. Verschlafen rieb sie sich die großen blauen Augen und fuhr sich durch das zerzauste Haar.

»Tess! Nina ist da.«

Tess musste gähnen und hielt sich höflich die Hand vor den Mund. »Hallo, Nina«, sagte sie lächelnd. »Wir haben schon viel von dir gehört und sind schon sehr gespannt ...«

»Na, na! Wir wollen doch nichts verraten!« Lucy versetzte Tess einen sanften Klaps. Meine Verwirrung wuchs. »Du bist also schon wach«, sagte Lucy. »Ist Aaron auch schon aufgestanden?«

Tess gähnte erneut. »Ja, er duscht gerade.«

Das klang so, als hätte Tess die Nacht mit Aaron verbracht. Ich war erschüttert.

Was zum Teufel ist hier eigentlich los?, schoss es mir durch den Kopf.

Doch ich verdrängte meine Beklommenheit und redete mir ein, dass ich falsche Schlussfolgerungen zog und bestimmt alles in Ordnung war.

Lucy hakte sich bei mir unter. »Alles klar«, sagte sie zu Tess. »Dann sehen wir uns gleich unten. Wolf hat gesagt, dass Peter heute Morgen abgereist ist?«

»Keine Ahnung, ich habe ihn seit gestern Abend nicht mehr gesehen«, antwortete Tess und schaute weg. Lucys Frage schien ihr Unbehagen zu bereiten.

Beide überspielten es zwar, so gut es ging, aber dieser Peter schien nicht gerade beliebt zu sein.

»Egal. Er kommt bestimmt bald zurück.« Lucy zog mich wieder mit sich, die Treppe hinunter. »Komm!«

* * *

Aaron erschien irgendwann um die Mittagszeit in einer locker sitzenden Hose und einem weißen Leinenhemd.

Ich saß zusammen mit den anderen im Billardzimmer. Wir unterhielten uns bei Kräutertee und Zigaretten, während Wolf einen Joint nach dem anderen rauchte.

Ich hatte die anderen gefragt, wo sie herkamen und was sie so machten, und sie hatten auch freundlich geantwortet. Dennoch wurde ich das Gefühl nicht los, dass sie mir auswichen. Wolf erzählte zum Beispiel, dass er Aaron irgendwo in Südostasien zum ersten Mal begegnet sei, doch wo genau, verriet er nicht.

Es irritierte mich, dass sie so vage blieben.

Dann kam Aaron. Zuerst hörte ich, wie oben eine Tür aufging und jemand die Treppe herunterlief, und sofort veränderte sich die Energie im Raum. Offenbar war ich nicht die Einzige, die sich nach Aaron sehnte; die anderen drehten sich ebenfalls sofort Richtung Tür, wie Blumen auf einer Wiese, die sich gleichzeitig der Sonne entgegenreckten. Tess nestelte an ihren honigblonden Locken herum, Lucy zog ihren ohnehin schon flachen Bauch ein, und Penelope, die inzwischen auch aufgetaucht war, biss sich auf die blassen Lippen, damit sie rot wurden. Selbst Tristan wirkte aufgeregt.

Als die Tür aufging und Aaron eintrat, brach beinahe Jubel aus. Er quittierte die verzückten Blicke der Anwesenden mit einem Lächeln.

Ich saß da wie erstarrt. Sein Anblick verschlug mir den Atem. Panik stieg in mir hoch, weil ich nicht wusste, was ich tun sollte. Doch als er auf mich zukam, sich zu mir beugte und mich mit einem zärtlichen Kuss begrüßte, entspannte ich mich sofort.

Er schmeckte nach Zahnpasta und duftete nach einem würzig-holzigen Aftershave. *Alles wird gut*, dachte ich, als die anderen mich ohne eine Spur von Eifersucht anlächelten. *Alles wird gut.*

Lucy und Penelope standen auf, um Kaffee zu machen, und

Aaron nahm auf dem bequemen Ledersessel Platz, der, wie mir nun auffiel, die ganze Zeit leer geblieben war.

»Schön, dass du gekommen bist«, sagte er zu mir, als wären wir allein im Zimmer. Er zündete sich ein Zigarillo an, nahm einen tiefen Zug und beugte sich nach vorn. Dunkle Haarsträhnen fielen ihm ins Gesicht. »Sehr schön. Wirklich.«

Ich brachte ein Lächeln zustande.

»Und jetzt fragst du dich natürlich, warum du hier bist«, fügte er hinzu, lehnte sich wieder zurück und betrachtete mich. Die anderen beobachteten uns schweigend.

»Nun ja.« Nervös fingerte ich am Kordelgürtel meines Rockes. »Wenn ich ehrlich bin, frage ich mich das schon.«

Natürlich war ich in der Hoffnung dorthin gefahren, Aarons feste Freundin zu werden, aber das wollte ich vor den anderen nicht zugeben.

»Und du bist trotzdem gekommen, obwohl du es nicht weißt«, sagte er und ließ Rauchkringel in die Luft steigen. Dann lächelte er mich vielsagend an. »Du bist eine *Abenteurerin*.«

Ich starrte ihn nur an. Selbst in meinen kühnsten Träumen hatte mich noch niemals jemand als Abenteurerin bezeichnet. Plötzlich sah ich mich mit Tropenhelm und Kompass durch den Dschungel schleichen.

Ich schüttelte den Kopf, um die Vision zu verscheuchen. »Nein, nein, das bin ich bestimmt nicht …«

»Doch, doch«, sagte er. »Du bist eine Abenteurerin. Du hast enormes Potenzial, Nina, aber ich glaube, du bist dir dessen noch gar nicht bewusst. Doch das wird sich bald ändern.« Er klopfte auf den Tisch, als wollte er uns zur Ordnung rufen. »Sind wir alle bereit für die nächste Phase?«

Alle nickten.

»Die nächste Phase?«, fragte ich.

Aaron betrachtete mich nachdenklich. »Ja. Die nächste Phase des Prozesses, den ich und die anderen Lichtträger hier durchlaufen.«

Die was?

Die anderen nickten bekräftigend und schauten mich an.

Ich verstand nur Bahnhof. Aber du weißt ja, wie schwer es mir fällt, direkt zu sein, meine liebe Sophia. Ich hatte mich zuvor schon getraut, den anderen Fragen zu stellen, doch sie waren mir ausgewichen, und auch Aaron wollte mir offenbar keine klaren Antworten geben. Ich wusste nicht, wie ich mich nun verhalten sollte.

»Was weißt du über den Kreativen Funken, Nina?«, fragte Aaron.

Die anderen schwiegen erwartungsvoll.

»Den Kreativen Funken?« Offenbar wollte er mich testen. »Ehrlich gesagt, gar nichts.«

»Göttliche Kreativität, die herabstößt und dich in Besitz nimmt.« Er zog abermals an seinem Zigarillo und musterte mich. »Das ist die Art von Kreativität, nach der wir hier streben. Vielleicht strebst du ja auch danach.« Er lehnte sich vor. »Falls ja, könnten wir sie gemeinsam erforschen, wenn du möchtest."

Ich wusste nicht, was er meinte.

Damals konnte ich Liebe und Begehren noch nicht auseinanderhalten. Ich wusste nur, dass Aaron zum Mittelpunkt meiner Welt geworden war. Er hatte mich stundenlang in seinen Armen gehalten, mich mit zärtlicher Aufmerksamkeit überschüttet, mich sogar in seinem Bentley abholen und zu seinem herrlichen Anwesen fahren lassen. Was auch immer er vorschlug, ich hätte mich auf alles eingelassen.

Als ich merkte, dass alle eine Reaktion von mir erwarteten, lief ich rot an.

Aaron lehnte sich wieder in seinem Sessel zurück und blickte mir tief in die Augen. Niemand hatte mich jemals so angesehen. Mir brach der Schweiß aus.

»Also, was sagst du, Nina?«, fragte er. »Willst du das Risiko eingehen und mehr darüber erfahren?«

Ich saß regungslos da. Mir war vollkommen schleierhaft,

wovon er redete, aber wenn es bedeutete, dass ich in seiner Nähe bleiben konnte, sprach eigentlich nichts dagegen, Ja zu sagen.

Ein Nein hätte mich in schreckliche Verlegenheit gebracht und sicherlich bedeutet, dass ich nach Cambridge zurückchauffiert worden wäre, ganz zu schweigen von der Enttäuschung, die ich damit bei den anderen ausgelöst hätte.

Und es hätte zweifellos das Ende meiner Beziehung zu Aaron bedeutet.

Doch das wollte ich auf keinen Fall zulassen.

»Äh … also, ich habe keine Ahnung, was auf mich zukommt, aber okay. Ich mache mit.«

Die anderen brachen in Jubel aus, umarmten und küssten mich überschwänglich. Ich ließ es zu, ein wenig befremdet, aber auch glücklich darüber, dass meine Antwort solche Begeisterung bei ihnen auslöste.

Sie waren bisher sehr nett zu mir gewesen; sie schienen mich wirklich zu mögen. Und sie waren ganz anders als Rosie und Piers – sie wirkten so frei und unbekümmert.

Das Ganze würde bestimmt Spaß machen. Schließlich hatte ich mich ja nur bereit erklärt, ein bisschen mehr erfahren zu wollen und das Wochenende mit ihnen zu verbringen.

Eigentlich konnte nichts schiefgehen.

* * *

An jenem Tag wurde nicht weiter über den Kreativen Funken gesprochen. Stattdessen verkündete Aaron, dass wir uns angesichts des guten Wetters dem Tontaubenschießen widmen würden.

»Mit Waffen kenne ich mich nicht aus«, gestand ich ihm.

»Du lernst sicher schnell«, sagte er.

Zwei Jeeps mit Fahrern standen schon bereit. Wir stiegen alle ein, und dann bretterten wir auch schon über die Felder.

Ich saß zwischen Aaron und Lucy. Wolf saß vorn beim Fahrer. Im Rückspiegel sah ich, dass Wolf mich nicht aus den Augen ließ.

Zu meiner eigenen Überraschung fand ich großen Gefallen am Tontaubenschießen. Ich genoss den Geruch des Schwarzpulvers, das Zertreten des Farns, das laute Knallen beim Abfeuern und die Treffer, bei denen die leuchtenden Wurfscheiben in tausend Stücke zersplitterten. Selbst die heftigen Rückstöße der Flinte in meine Schulter gefielen mir.

»Wer schießen lernt, lernt auch, sich zu ergeben«, murmelte Aaron mir ins Ohr. Als ich seinen warmen Atem spürte, bekam ich eine Gänsehaut.

»Das verstehe ich nicht.«

»Sobald die Wurfscheibe in Sicht kommt, musst du feuern. Du darfst nicht warten oder zögern, du musst sofort in diesem Moment abdrücken, den Rückstoß der Flinte abfedern und den Schuss fliegen lassen, egal, ob du bereit bist oder nicht.« Er kicherte, als er seine Hände über meine Hüften gleiten ließ und mir wie beiläufig über den Schritt fuhr. »Es geht allein darum, sich zu ergeben. Es ist eine Metapher für Sex. Für das Leben an sich.«

***

Nach einem köstlichen Abendessen, das Aarons Köchin zubereitet hatte, versammelten wir uns alle vor dem Kamin der Bibliothek. Joints wurden herumgereicht und dazu eine Cognacflasche, die Aaron zufolge tausend Pfund gekostet hatte.

Mit seiner dunklen Löwenmähne saß er in seinem Sessel am Feuer und ließ seinen Blick von Gesicht zu Gesicht wandern.

»Du zuerst«, schnurrte Tristan, der neben mir auf dem Sofa Platz genommen hatte, und fuhr sich durch die blonden Locken. Er hatte schlanke, gepflegte Finger, definitiv keine Handwerkerhände. »Du bist schließlich der Gast.«

Tristans Gesten wirkten sanft und unbeholfen, wie bei vielen hochgewachsenen Männern. Ich spürte gleich, dass wir uns ähnlich waren. Er war genauso unsicher wie ich und hatte seinen Platz in der Welt auch noch nicht gefunden.

Als ich kicherte, goss er mir ein Glas Cognac ein und reichte es mir. Das war das Besondere an Tristan: seine natürliche, zuvorkommende Art. Ich vertraute ihm auf Anhieb. Die anderen waren auch nett zu mir, aber nicht so freundlich wie er.

Ich versuchte, eine Erklärung dafür zu finden, warum ich den anderen nicht so viel Vertrauen entgegenbrachte. Ich wollte sie gern so sympathisch finden wie Tristan. Aaron mochten natürlich alle sehr, sonst wären sie ja nicht dort gewesen. Ich hatte nicht den Eindruck, dass die anderen sich verstellten. Aber wenn wir uns unter anderen Umständen kennengelernt hätten, wäre Tristan wahrscheinlich der Einzige gewesen, der mich genauso freundlich behandelt hätte wie in diesem Moment.

Armer, armer Tristan.

»Das ist doch Verschwendung«, protestierte ich. »Mit Cognac kenne ich mich nicht aus.«

»Du brauchst dich auch nicht damit auszukennen«, sagte Penelope. »Genieß ihn einfach.«

Lucy, die den Kopf an Aarons Knie gelehnt hatte, lächelte mich träge an. »Genau. Probier ihn einfach, Nina.«

»Warum ist dieser Cognac denn tausend Pfund wert?«, fragte ich, während Tristan sechs weitere Gläser fingerbreit mit der bernsteinfarbenen Flüssigkeit füllte. Das Flaschenetikett war verstaubt und schon ganz modrig. Es trug die Aufschrift *Bisquit Dubouché Grande Fine Champagne Cognac Année 1856.*

»Das ist eine Prä-Phylloxera-Flasche«, sagte Tristan.

»Eine Prä-Phy… was?«, fragte Tess verdutzt. Wieder fiel mir auf, wie jung sie aussah. Wahrscheinlich durfte sie noch gar keinen Alkohol trinken.

»Prä-Phylloxera«, wiederholte Tristan. »Um 1860 herum wurden in Europa fast alle Weinberge durch einen Parasiten

zerstört, die sogenannte Reblaus oder Phylloxera.« Er reichte den anderen die übrigen Gläser. »Die Reblaus-Krise veränderte alles. Diese Flasche ist eine der letzten Überlebenden aus einer längst vergangenen Zeit.«

»Vor allem ist sie pure Geldverschwendung«, knurrte Wolf.

»Sei ruhig«, sagte Aaron. Er lehnte sich vor und strubbelte Tristan durchs Haar. »Mein Goldjunge Tristan ist auch einer der letzten Überlebenden aus einer längst vergangenen Zeit.« Dann drückte er ihm sanft, fast schon zärtlich die Schulter.

Diese Geste schockierte mich geradezu. Damals berührten sich Männer in der Öffentlichkeit nicht, schon gar nicht, um ihre Zuneigung zum Ausdruck zu bringen. Aber was wusste ich schon. Ich verbarg meine Bestürzung, indem ich auf mein Cognacglas starrte. Lucy schnüffelte gierig an ihrem.

»Auf den Kreativen Funken!«, sagte Aaron und erhob sein Glas.

»Auf den Kreativen Funken!«, wiederholten die anderen und stießen miteinander an.

»Trink!«, befahl Aaron, als er mein Zögern bemerkte, und ich gehorchte sofort, weil ich es so gewöhnt war. Der Cognac rann warm über meine Zunge und dann brennend meine Kehle hinunter. Ich musste mich zusammenzureißen, um nicht loszukeuchen.

»Und, Nina? Wonach schmecken tausend Pfund?«, fragte Tristan grinsend. Er hatte rote Wangen, seine Augen glänzten. Aarons Hand lag auf seiner Schulter.

»Nach Karamell«, antwortete ich kühn und leerte das Glas in einem Zug, obwohl es höllisch brannte. »Und nach Alkohol natürlich.«

»Du kleine Wilde!«, sagte Aaron. »So darfst du mit einem edlen Tropfen nicht umgehen.« Er stand auf, zog mich hoch und schwang mich über seine Schulter. Er war überraschend stark. »Zur Strafe musst du sofort ins Bett!«

»Gute Nacht, Aaron! Gute Nacht, Nina!«, riefen die anderen. Ich konnte sie nicht sehen, da ich kopfüber hing und mein langes Haar mir die Sicht nahm. Alles drehte sich.

»Lass mich runter!«, rief ich kichernd. »Mir ist ganz schwindlig!«

»Ja, ja.« Er stieg mit mir die Treppe hoch. Mein Herz pochte wie wild. Ich trommelte gegen seinen Rücken, spürte die Wärme seines Körpers durch sein Hemd. Ich wusste, was als Nächstes kam, und konnte es kaum erwarten. »Gleich lasse ich dich runter. Alles zu seiner Zeit.«

* * *

»Nina! Wo steckst du denn?«

Fünf Tage später saß ich auf dem Queen-Anne-Sessel im Morgenzimmer und benutzte endlich das altmodische Bakelit-Telefon.

Es fiel mir schwer, Rosie zuzuhören, denn meine Gedanken kreisten nur noch um Aaron.

Er war gerade im Billardzimmer und spielte eine Partie mit den Jungs, während die Mädels an den Erkerfenstern saßen und ihnen Tipps zuriefen. Ich konnte es kaum aushalten, von ihm getrennt zu sein; selbst ein kurzes Telefonat mit Rosie kostete mich enorme Überwindung.

Ich war verliebt. Mehr noch: Ich fühlte mich verstanden. Und akzeptiert.

Ich fühlte mich *zu Hause*.

»Ich bin in Kent, bei Freunden.«

Es war Donnerstag. Ich war nicht nach Cambridge zurückgekehrt und hatte ein schlechtes Gewissen, weil ich Vorlesungen und Tutorien verpasste. Aaron hatte gefragt, ob ich nicht länger bleiben wollte, und sogar vorgeschlagen, dass ich seinem Chauffeur meinen Zimmerschlüssel gab, damit er meine Sachen vom College abholte.

»Aber ich kann doch nicht einfach alles hinschmeißen«,

sagte ich, als wir eng umschlungen unter den Seidenlaken seines riesigen Bettes lagen.

»Es war doch nur ein Vorschlag«, murmelte Aaron und knabberte zärtlich an meinem Ohrläppchen.

Aaron hielt nichts von Universitäten. Er fand es sinnlos, zu studieren. Er hätte es jedenfalls nie nötig gehabt, sagte er. Und so peinlich es mir heute auch ist: Ich begann tatsächlich, mich zu fragen, ob er recht hatte. Nachts, wenn wir zusammenlagen, sagte er mir, die Welt sei nur ein Traum, der Schaum auf der Oberfläche, unter der sich das wahre Leben verbarg. Die Universität würde mir bestimmt nicht helfen, Zugang dazu zu bekommen.

Und da der tägliche Cocktail von Sex, Drogen, Luxus und Liebe mir allmählich den Verstand raubte, widersprach ich ihm nicht.

Natürlich gehe ich weiter aufs College, redete ich mir ein. *Nur noch ein paar Tage, dann fahre ich wieder zurück.*

Aaron war selbstverständlich viel zu clever, um mir mein Vorhaben auszureden. Als ich irgendwann doch den Wunsch äußerte, nach Cambridge zurückzukehren, wenigstens für ein paar Tage, zuckte er bloß gleichgültig mit den Schultern. Er war ein Meister darin, mir auf subtile Weise das Gefühl zu vermitteln, dass er sehr enttäuscht von mir war. Einmal meinte er, er würde seinem Chauffeur Bescheid geben. Aber natürlich kam es nie dazu.

Auch die anderen überredeten mich immer wieder zum Bleiben. Ich sei auserwählt, das sei eine große Chance. Und bei Morningstar seien alle aufeinander angewiesen.

Ich wusste noch immer nicht, welchen Prozess die anderen durchliefen und woraus die nächste Phase bestand, aber ich sagte mir, dass ich Geduld haben musste.

»Was ist eigentlich los, Nina? Von welchen Freunden redest du? Ich dachte, *wir* wären deine Freunde!« Rosie war ziemlich aufgebracht. »Wann kommst du denn zurück?«

»Bald. Keine Sorge.«

Rosie schwieg eine Weile.

Dann fragte sie: »Nina, bist du etwa im Morningstar? Bei Aaron Kessler und seinen Leuten?«

Im Morningstar konnte eigentlich jeder machen, was er wollte. Dennoch mochten Aaron und die anderen es nicht, wenn man mit »Außenstehenden« über die Gruppe sprach.

»Rosie, ich …«

»Du bist tatsächlich dort, stimmt's?«

»Nein. Ich bin bei Freunden, nichts weiter.«

»Hör zu, Nina. Bitte hör einfach nur zu, okay? Du musst da unbedingt weg. Das sind schlimme Leute.«

Ich konnte nicht fassen, was Rosie da sagte. Es klang völlig absurd.

»Was?«

»Wirklich! Die waren echt gruselig zu uns, als wir dich zu dieser Party begleitet haben. Erst wollten sie uns nicht mehr zu dir lassen, und dann haben sie versucht, uns abzufüllen, damit wir nicht weiter nach dir fragen. Glaub mir, die sind total schräg drauf. Das soll eine Sekte sein.«

Ich musste lachen. »Wie bitte? Eine Sekte?«

Es ließ sich nicht leugnen, dass Aaron und die anderen teilweise sehr außergewöhnliche Ansichten hatten. Aber eine Sekte waren sie bestimmt nicht. Das war lächerlich. Rosie war einfach zu spießig, weiter nichts.

»So ein Quatsch«, sagte ich. »Sie haben ihre eigenen Grundsätze, mehr nicht. Du verstehst das nicht, und abgesehen davon soll ich auch nicht mit Andersdenkenden über sie reden …«

»Du bist also *doch* bei denen! Warum hast du mich angelogen?«

»Rosie, ich muss jetzt aufhören«, sagte ich. Noch eine Lüge. »Das Abendessen ist fertig, und ich muss den Tisch decken.«

»Nina …«

»Rosie, ich rufe dich morgen wieder an, okay? Mach dir bitte keine Sorgen um mich. Mir geht es gut. So gut wie nie!« Ich lächelte, als ich auflegte. Endlich konnte ich wieder zurück ins Billardzimmer, zu Aaron und den anderen.

KAPITEL 9

Es war fast drei Uhr morgens. In Dads Schuppen war es kühl geworden. Meine Beine waren eingeschlafen, meine Fingernägel abgeknabbert.

Das erste Notizbuch hatte ich nun gelesen. Zu mehr fehlte mir die Kraft. Das, was ich erfahren hatte, musste ich erst einmal sacken lassen. Mit zitternden Händen nahm ich die beiden Notizbücher an mich. Im Schuppen hielt ich es keine Sekunde länger aus. Der Geist meiner Mutter war so lebendig, als wäre sie wieder von den Toten auferstanden, in Gestalt des Mädchens, das sie einst gewesen war, lange vor meiner Geburt: jung, zart und unschuldig, und leider Gottes auch unglaublich *dumm*.

Ich schwang die Füße von Dads Schreibtisch und stand auf. Ich erschrak, als mir bewusst wurde, dass Dad auch immer so dagesessen hatte; ich war seinem Beispiel ganz automatisch gefolgt. Wenn er nicht herumwerkelte, saß er in seinem wackligen Lieblingssessel (den ich äußerst unbequem fand, trotz der vielen Kissen), die Füße, die in löchrigen Socken steckten, auf der ramponierten Tischplatte übereinandergelegt.

Es war fast so, als hätte ich Dad durch mein unbewusstes Nachahmen und Mum durch das Lesen ihrer Aufzeichnungen wieder zum Leben erweckt.

Und so groß meine Trauer auch war, meine Eltern machten mich noch immer wahnsinnig. Ich hatte Mum in ihren Aufzeichnungen sofort wiedererkannt: ihr Zaudern und ihre fast schon krankhafte Zurückhaltung, aber auch ihren Wunsch, von allen geliebt zu werden, egal, zu welchem Preis.

Und als ich in Dads Schuppen unter der Neonröhre stand und über meine Eltern nachdachte, verschwand meine Furcht vor dem finsteren Garten, und sogar meine Trauer, zumindest für einen Moment.

Ja, Mum hatte eine große Dummheit begangen, und Aaron Kessler hatte ihre Naivität und Unsicherheit zweifellos ausgenutzt.

Mum und Aaron Kessler.

Ich konnte es kaum fassen.

Natürlich hatte ich schon von ihm gehört.

Seine Band, *The Boarhounds,* war mal richtig berühmt gewesen, aber ich hatte mich nie für sie interessiert. Ich wusste nur, dass ihr erstes Album Kultstatus genoss und in der Musikpresse regelmäßig auf der Liste der legendärsten LPs aller Zeiten erschien, neben *The Dark Side of the Moon* von Pink Floyd und *Houses of the Holy* von Led Zeppelin.

Einer meiner Ex-Freunde, ein Rockmusikfan, hatte ein Exemplar von *Green Eyed Monster* besessen. Die Musik sprach mich überhaupt nicht an, aber das berühmte irisierende grüne Cover mit der Sumpfzeichnung faszinierte mich. In der Mitte des stillen Gewässers tauchte der Kopf eines lauernden Krokodils auf; nur seine wulstige Stirn und die katzenartigen Augen waren zu sehen.

Ich rieb mir die Augen. Das alles war einfach zu viel gewesen. Ich brauchte dringend Schlaf; in wenigen Stunden musste ich eine Präsentation halten. Erst wenn ich die vom Tisch hatte, konnte ich weiter über alles nachdenken. Mein Job hatte Vorrang.

Als ich nach der Taschenlampe griff, die Notizbücher gegen die Brust gedrückt, hörte ich plötzlich ein Klicken.

Ich drehte mich um und erstarrte.

Durch das Fenster sah ich, dass die Sicherheitsbeleuchtung an der Vorderseite des Hauses angesprungen war. Jemand hatte den Bewegungsmelder ausgelöst.

Sofort duckte ich mich, wich zur Wand zurück und schaltete die Neonröhre aus.

Das war bestimmt nur ein Fuchs, redete ich mir ein. *Oder eine davonflatternde Eule. Das passiert ja ständig.*

Im Dunkeln kroch ich wieder zum Fenster zurück und spähte hinaus.

Doch draußen war nichts zu sehen, nur das grelle Flutlicht, das den Weg vor dem Eingang beleuchtete. Am Schuppen war es finster und totenstill.

Aus fünf Sekunden wurden zehn, dann fünfzehn, während ich regungslos dort hockte und versuchte, mich zu beruhigen. Aus den Fenstervorhängen stieg mir Dads typischer Geruch nach Holzschutzmittel und Tabakrauch in die Nase.

Nach zwanzig Sekunden klickte es erneut, und die Sicherheitsbeleuchtung schaltete sich aus.

Im Schuppen war es stockfinster. Ich schaute aus dem Fenster. Das Haus meiner Eltern warf lange Schatten; die Lampe in der Küche leuchtete heimelig, als wollte sie mich zurücklocken.

Doch ich rührte mich nicht von der Stelle. Mein Herz hämmerte.

Mach schon, sagte meine innere Stimme streng. *Du weißt doch genau, dass der Bewegungsmelder oft durch Tiere ausgelöst wird. Da sind keine Einbrecher. Jetzt reiß dich zusammen und geh zurück ins Haus.*

Doch ich brachte es einfach nicht fertig, mich vom Fleck zu bewegen. Es war gerade mal zwei Wochen her, dass meine Mutter im Garten umgebracht worden war. Vielleicht war ihr Mörder nun zurückgekehrt.

Und zuvor war mehrmals bei meinen Eltern eingebrochen worden.

Ich beschloss, die Polizei anzurufen. Wahrscheinlich war es Zeitverschwendung, und eine streunende Katze hatte den Bewegungsmelder ausgelöst, aber nach allem, was in den letzten Wochen passiert war, konnte es mir kaum jemand verübeln, wenn ich etwas Vorsicht walten ließ.

Ich tastete nach meinem Handy, doch dann fiel mir ein, dass ich es in der Küche gelassen hatte.

Ich fluchte leise und überlegte verzweifelt, was ich tun sollte.

Auf keinen Fall wollte ich die restliche Nacht im Schuppen verbringen.

Notfalls hatte ich ja die Taschenlampe, die recht schwer war; damit konnte ich einem Angreifer eins über den Schädel ziehen. Aber ich machte mich bestimmt nur verrückt. Ich musste einfach durch den Garten zum Haus laufen, zur Hintertür, dann wäre ich in Sicherheit.

Langsam richtete ich mich auf und holte tief Luft. Dann stieß ich die Tür des Schuppens auf und rannte los.

Vor mir, am Ende des langen Rasenstreifens, sah ich das Haus, die Küchenlampe flackerte wie das rettende Licht am Ende des Tunnels, und als ich näher kam, klickte es abermals, und die Sicherheitsbeleuchtung tauchte die Rückseite des Hauses in grelles Licht.

Dort war nichts zu sehen.

Ich riss die Tür auf, stolperte ins Haus, warf die Notizbücher auf den Boden und verriegelte mit zitternden Händen die Tür.

Dann durchsuchte ich das gesamte Haus nach möglichen Eindringlingen.

Aber niemand war dort, außer mir.

***

Ich sammelte die Notizbücher auf, schaltete das Licht in der Küche aus und ging hinauf in mein altes Kinderzimmer. Dort legte ich die Bücher auf den Nachttisch und kroch ins Bett. Früher hatten Poster von Popstars und Schauspielern an den Wänden gehangen; nun erinnerten bloß noch Klebestreifenreste an die alten Idole.

Natürlich war ich viel zu aufgewühlt, um einzuschlafen. Ich dachte über die Leute nach, die meine Mutter damals kennengelernt hatte. Ich hatte noch nie von ihnen gehört, ihre Namen sagten mir nichts. Nach dem Tod meiner Mutter hatte ich ihre gesamte Korrespondenz durchforstet, aber sie enthielt nicht den geringsten Hinweis auf diese Leute.

Als meine Mutter noch lebte, hätte ich schwören können, dass sie noch nie ein College von innen gesehen, geschweige denn einen Abschluss gemacht hatte.

Warum hatte sie ihr Studium in Cambridge nie erwähnt? Ich wurde einfach nicht schlau daraus.

Aber morgen, wenn ich diese verdammte Präsentation endlich hinter mir hatte, wollte ich dem Geheimnis auf die Spur kommen. Max Clarke konnte mir sicher helfen. Und immerhin war unter den Leuten einer, der sich bestimmt leicht aufspüren ließ. Der Promi.

Ich setzte mich auf und schnappte mir meinen Laptop. An Schlaf war ohnehin nicht zu denken, Präsentation hin oder her. Ich öffnete den Browser und googelte Aaron Kessler.

Die Suche ergab eine wahre Flut an Links und Bildern. Die Fotos zeigten einen jung aussehenden Typen mit kantigem Gesicht, hohen Wangenknochen und langen dunklen Haaren. Auf den meisten Bildern hatte er einen nackten Oberkörper, oder er trug ein offenes Hemd, das den Blick auf seine muskulöse, unbehaarte Brust freigab.

Ich schnaubte verächtlich. Wenn man viel trainiert hatte, wollte man anscheinend, dass die Öffentlichkeit das Resultat zu sehen bekam. Nach allem, was ich bereits über ihn erfahren hatte, war er mir verständlicherweise unsympathisch, aber es ließ sich nicht leugnen, dass er in den Achtzigern ein sehr attraktiver Mann gewesen war. Vermutlich sah er immer noch gut aus.

Die Links führten zu Beiträgen mit mehr oder weniger gleichen Inhalten. Sie drehten sich hauptsächlich um die Band

The Boarhounds; die Angaben über Aaron Kessler beschränkten sich darauf, dass er von 1984 bis 1986 Leadsänger der Band gewesen war, insgesamt allerdings nur dreizehn Monate. Als Grund für die Trennung wurden unüberbrückbare Differenzen angegeben; wie bei einer Scheidung.

Ich konnte es nicht fassen. Meine Mutter war tatsächlich mit dem Kerl im Bett gewesen, der den Hit »Mean River« gesungen hatte; der Song war seither mehrmals gecovert worden und zwischenzeitlich sogar erneut in den Charts gelandet, nachdem ein Smartphone-Hersteller ihn in seiner Werbung verwendet hatte.

Ich schloss die Augen. Sofort hatte ich die Melodie im Ohr; düsterer Gitarrensound, dazu eine tiefe Stimme: »And now in my arms I can feel you shiver / Oh baby time is a mean mean river …«

Ich schlug die Augen wieder auf. Aaron Kesslers musikalische Erfolge interessierten mich eigentlich nicht die Bohne.

Ich schaute mir die restlichen Suchergebnisse an. Einer der Einträge führte zu einer primitiv aussehenden Website, die offenbar in den Neunzigern zuletzt aktualisiert worden war. Die dramatisch klingende Überschrift lautete: DER ORDEN DER LICHTTRÄGER – EINE SEKTE, DIE GEHIRNWÄSCHE BETREIBT? Ich überflog den Beitrag. Die Antwort lautete eindeutig Ja.

Ein anderer Link führte zu einem Artikel, der 2008 im *Guardian* erschienen war. Die Schlagzeile lautete: WIE EIN GURU UNSER LEBEN ZERSTÖRTE. Darunter stand: »Martin und Samantha opferten alles der Sekte eines Ex-Rockstars.« Auf einem Foto war ein unglücklich dreinschauendes Paar zu sehen, der Mann mit Brille und Schlabberhemd, die Frau in Jeans und pinkfarbener Tunika. Sie berichteten, wie sie zur Gesellschaft für Spirituelle Erneuerung gestoßen waren, der »zwielichtigen Organisation des Ex-Rockstars Aaron Kessler«, der sie schließlich ihren gesamten

Besitz überschrieben hatten. Aaron Kessler hatte sich dazu nicht äußern wollen.

Die Gesellschaft für Spirituelle Erneuerung hatte er offenbar nach der Jahrtausendwende gegründet. Auf der Website der Organisation wurden extrem teure Workshops unter der Bezeichnung »Der Kreative Funke« angeboten; ein Wochenseminar inklusive Unterkunft und Verpflegung kostete zweitausend Pfund. In der Beschreibung hieß es:

Die Gesellschaft für Spirituelle Erneuerung widmet sich der Aufgabe, eine gesunde Work-Life-Balance zu fördern. Wir vermitteln unseren Klientinnen und Klienten Methoden, die ihnen helfen, Zugang zu ihrem kreativen Selbst zu erlangen. Wir sind davon überzeugt, dass das kreative Selbst der innere Quell ist, aus dem alle Menschen schöpfen können, um ihre eigene Authentizität zu entdecken und ein erfüllteres Leben zu führen.
Die intensive Beschäftigung mit dem kreativen Selbst baut Stress ab, fördert die Konzentration, steigert die Vitalität und ermöglicht spirituelles Wachstum. All dies trägt dazu bei, berufliche und private Beziehungen erfolgreicher und erfüllender gestalten zu können.
Die Gesellschaft für Spirituelle Erneuerung kann auch Sie dabei unterstützen, Ihr kreatives Selbst freizusetzen. Für weitere Informationen stehen wir Ihnen gern zur Verfügung.

Unter dem Text war ein Foto von Kessler; er hatte sich, die Arme verschränkt, neben einem antiken Tisch ablichten lassen. Er sah älter aus, aber immer noch sehr attraktiv. Unter dem weißen Hemd war sein muskulöser Oberkörper zu erahnen. Er schaute direkt in die Kamera, und sein Blick ging durch und durch, so wie meine Mutter es beschrieben hatte.

Ich klappte meinen Laptop zu. Das Buch meiner Mutter

musste nun erst einmal warten; meine Präsentation hatte Vorrang. Erst wenn ich wieder aus London zurück war, konnte ich mich weiter mit Kessler beschäftigen und Mums zweites Notizbuch lesen.

Draußen begann es allmählich zu dämmern. Es war fast schon Zeit, aufzustehen, zu duschen und sich auf den Weg zum Bahnhof zu machen.

KAPITEL 10

Ach, Sie sind wieder da!«

Mein Timing hätte gar nicht besser sein können. Ich trug mein schickes blaues Bürokostüm, hatte mir die Laptop-Tasche über die Schulter gehängt und ging gerade die Treppe zu den Amity Studios hoch, als ich hinter mir eine Stimme hörte.

Verblüfft blickte ich mich um. Die Stimme gehörte James, dem geschäftsführenden Teilhaber der Agentur. Demselben James, der meine E-Mails und Anrufe in den vergangenen Wochen geflissentlich ignoriert hatte.

Ich zwang mich zu einem Lächeln. »Ja, seit heute.«

»Wollen Sie sich die Präsentation für Scottish Heritage anschauen?«, fragte James. Beileidsbekundungen fand er offenbar überflüssig.

»Nein«, sagte ich kühl. »Ich werde sie mir nicht anschauen, sondern natürlich selbst halten.«

»Ach, ist das immer noch Ihr Projekt? Ich dachte, Benjamin hätte das übernommen.«

»Nein, hat er nicht.« Am Tag zuvor hatte ich Scottish Heritage per E-Mail darüber informiert, dass ich nach meiner trauerfallbedingten Abwesenheit die Arbeit wiederaufgenommen hatte. Natürlich hatte ich nicht versäumt, Benjamin auf CC zu setzen und ihm dafür zu danken, dass er sich freundlicherweise so lange um das Projekt gekümmert hatte.

Von Benjamin war keine Reaktion gekommen.

»Sind Sie sicher, dass Sie dem gewachsen sind?«, fragte James.

»Selbstverständlich«, entgegnete ich.

Er sagte nichts weiter, sondern rauschte an mir vorbei durch den Eingang. Er war nicht der Typ, der anderen höflich die Tür aufhielt.

* * *

Ich war früh dran, es war erst halb sieben. Ich wollte die Präsentation in Ruhe vorbereiten, bevor die Projektmanagerin Trish und die Leute von Scottish Heritage dazukamen. Ich war froh, endlich in die Normalität zurückkehren zu können, und brannte regelrecht darauf, meinen Bürocomputer hochzufahren und das Modell des Besucherzentrums mit den Ergänzungen, die ich zu Hause auf meinem Laptop vorgenommen hatte, zu aktualisieren und noch ein wenig daran herumzubasteln; diese Prozessphase mochte ich seit jeher am liebsten. Bevor ich damit anfing, wollte ich mir aber erst noch einen großen Kaffee holen.

Zu meiner Überraschung war Cleo in der Küche. Sie hielt eine Tasse Tee in den Händen. Sie sah übernächtigt aus; ihre Bluse war zerknittert, Strähnen hatten sich aus ihrem Dutt gelöst. »Sophia!«, rief sie überrascht.

»Hallo, Cleo!« Ich grinste. »Lange nicht gesehen. Du hast wohl im Büro übernachtet, was?«

Sie wurde knallrot. »Was willst du damit sagen?«, fauchte sie.

»Gar nichts«, ruderte ich verblüfft zurück. »Das sollte ein Witz sein. Entschuldige.«

»Sorry, ich bin noch nicht ganz wach«, sagte sie und gähnte oder tat vielmehr so. »Schön, dich zu sehen, Soph«, fügte sie dann hinzu und umarmte mich höflich. »Bist du denn sicher, dass du … schon so weit bist?«

»Ja, das bin ich.« Ich holte mir eine saubere Tasse aus dem Schrank. »Zu Hause ist mir die Decke auf den Kopf gefallen. Hör mal, ich habe heute viel zu tun, aber wollen wir uns nach der Arbeit im Café Louis treffen?«

Sie sah mich erschrocken und zugleich mitleidig an. Ihre Reaktion überraschte mich.

»Cleo?«

Sie schüttelte den Kopf. »Soph, es tut mir so leid, dass ... dass deine Eltern ...«

»Meine Mutter«, unterbrach ich sie.

Cleo wurde wieder rot. »Entschuldige, natürlich. Ich wollte nicht ... Wie geht es deinem Vater denn?«

»Die Ärzte sagen, er ist stabil.«

»Das sind ja gute Neuigkeiten. Wann ist er aus dem Koma erwacht?«

»Noch gar nicht.«

Cleo biss sich auf die Lippe. »Entschuldige«, sagte sie abermals. »Das hättest du natürlich erwähnt. Tut mir leid, so früh am Morgen kann ich noch nicht klar denken. Wir können uns später natürlich gern auf einen Kaffee treffen. Und was hast du jetzt vor? Willst du dich auf den neuesten Stand bringen?«

»Ich halte nachher die Präsentation für Scottish Heritage, das weißt du doch.«

»Ist das denn überhaupt noch dein Projekt?«

»Natürlich. Und heute ist der große Tag.« Ich rang mir ein Lächeln ab. »Meine Premiere bei Amity.«

»Oh. Na dann, viel Erfolg! Ich muss jetzt leider los, ich habe nämlich auch noch eine Menge zu erledigen. Dann bis später.«

»Bis später.«

Cleo ging. Während ich mir einen Kaffee machte, genauer gesagt einen doppelten Espresso, beschlich mich ein seltsames Gefühl.

* * *

Ich checkte meine E-Mails, doch es gab nichts Dringendes. Erst als ich die Modellierungssoftware gestartet hatte, merkte ich, dass etwas nicht stimmte.

Das letzte Projekt, an dem ich gearbeitet hatte – das Besucherzentrum auf den Orkneys –, ließ sich nicht öffnen.

»Das System kann die angegebene Datei nicht finden. Bitte geben Sie ein anderes Verzeichnis ein oder schließen Sie ein externes Laufwerk an.«

Ich konnte es nicht fassen. Dann fiel mir ein, dass ich die Datei vor einer Weile von zu Hause aus aktualisiert hatte; bestimmt hatte ich die Zwischenversion auf meinem Laptop abgespeichert. Doch meine Suche auf dem Laptop ergab nichts.

Die Datei war verschwunden. Und die übrigen Entwürfe und Back-ups waren ebenfalls weg. Der Ordner war leer.

Das darf doch nicht wahr sein, dachte ich. *Alles wurde gelöscht.*

Ungläubig starrte ich auf den Bildschirm. Mir war zum Heulen.

Konnte es sein, dass ich die Dateien aus Versehen selbst gelöscht hatte? Die Möglichkeit bestand. Immerhin war ich ja vollkommen durcheinander gewesen.

Plötzlich hörte ich, wie die Tür von Benjamins Büro aufging.

Benjamin trat in den Flur und eilte zur Küche. Er wollte sich bestimmt am Wasserspender bedienen, er trank literweise Wasser. Als er aus der Küche kam, starrte ich auf den Bildschirm meines iMac, aber aus dem Augenwinkel sah ich, dass Benjamin sein Tempo kurz verlangsamte, wie ein Autofahrer, der an einem Unfallort vorbeikommt und nach blutüberströmten Opfern Ausschau hält.

Ich blieb regungslos sitzen, als er weiterging und wieder in seinem Büro verschwand.

Du warst das also, dachte ich. *Du verfluchter Mistkerl.*

Verdammt.

Was sollte ich jetzt machen?

Ich zitterte vor Wut und stand kurz davor, in Tränen auszubrechen, den verdammten iMac von meinem Schreibtisch zu heben und durch Benjamins gläserne Bürowand zu schleudern.

Doch dann sah ich plötzlich meine Mutter vor mir.

Sie stand im Garten, unweit des Baumes, an dem ich sie gefunden hatte. Sie beugte sich über unseren Lavendelstrauch und sog den Duft ein.

Ich wusste nicht mehr, wie lange das her war, aber die Erinnerung an diesen Moment war glasklar.

Und dann fiel mir noch etwas anderes ein.

Schon als ich ein kleines Mädchen war, aber auch später, als ich in die Pubertät kam und von zu Hause auszog, gab mir meine Mutter jedes Mal, wenn ich mich aufregte oder wütend wurde, den gleichen Rat: »Tu, was du willst, mein Schatz. Du hast die Wahl. Aber egal, was du tust, atme vorher immer tief durch und denk nach.«

Dieses Geschenk hatte Mum mir mit auf den Weg gegeben. Und ich begriff mehr denn je, was sie gemeint hatte.

Nun war der Moment gekommen, tief durchzuatmen und nachzudenken.

Und Ruhe zu bewahren.

***

Ich brauchte drei Stunden.

Die Präsentation war notdürftig zusammengeschustert, und wenn mir der Kunde zu viele Fragen stellte, würde ich arg in Verlegenheit geraten. Aber ich hatte es geschafft, sie wiederherzustellen, auf Basis von Notizen und Skizzen, die auf meinem Laptop noch vorhanden waren. Sie würde nicht sensationell werden, aber sie stand.

Das, was fehlte, würde ich mit Charisma und Coolness wettmachen müssen.

Und natürlich mit meiner Überzeugungskraft.

Als Olympia anrief, sagte sie sehr vorsichtig: »Sophia, die Leute von Scottish Heritage sind da. Möchtest du, dass ich …?« Sie hatte bestimmt die ganze Zeit gewusst, was los war.

»Danke, Olympia. Ich komme und hole sie ab.«

***

Um 16:00 nahm ich den Zug nach Ipswich. Mir graute davor, einmal umsteigen zu müssen und anschließend noch die lange Autofahrt zum Krankenhaus vor mir zu haben.

Die Präsentation hätte nicht schlimmer laufen können. Ich war müde und unkonzentriert gewesen; selbst ein doppelter Espresso konnte eine schlaflose Nacht nicht wettmachen. Ich hatte den Kunden, einen Fettwanst im grauen Anzug mit dicken Brillengläsern, mehrmals bitten müssen, seine Worte zu wiederholen, was natürlich unsagbar peinlich gewesen war.

Der einzige Pluspunkt war mein Modell gewesen. Als ich es ihm erklärte, kam die Begeisterung zurück, die ich schon beim ersten Entwurf verspürt hatte.

Das Modell war wirklich gut, mein bestes bisher. Und obwohl niemand damit gerechnet hatte, war es mir gelungen, es buchstäblich in letzter Minute zu retten.

Meine Eltern wären sehr stolz auf mich gewesen.

Im Zug war es furchtbar laut und heiß. Die Vororte von Ipswich waren bereits vorübergezogen, und nun rauschte der Zug an der lieblich grünen Landschaft von Suffolk vorbei. Ich schaute durch die Scheibe und versuchte, mich zu entspannen.

Der Mann neben mir las Zeitung und raschelte dauernd

mit den Seiten, was mich fast in den Wahnsinn trieb. Ich konnte es kaum erwarten, endlich auszusteigen, Dad zu besuchen und dann zu Rowans Cottage zu fahren, mich dort ins Gästebett zu legen und das zweite Notizbuch meiner Mutter zu lesen.

Wahrscheinlich würde ich dafür wieder eine ganze Nacht brauchen.

Ob ich wohl jemals wieder nach Brixton zurückkehren würde, in meine kuschelige kleine Wohnung mit dem winzigen Garten und dem schäbigen Liegestuhl? Vor ein paar Wochen hatte ich dort noch unbeschwert mit Freunden bei einem kühlen Glas Weißwein gesessen und den Sonnenuntergang genossen. Es schien eine Ewigkeit her zu sein – eine andere Ära, in der ich noch glücklich gewesen war und geliebt, ohne es wirklich zu schätzen zu wissen.

Tränen stiegen mir in die Augen.

Ich versuchte, mich abzulenken, indem ich die anderen Leute im Abteil beobachtete. Die Frau, die mir gegenübersaß, war in einen historischen Liebesroman vertieft; zumindest ließ das Cover darauf schließen. Sie hatte ein spitzes Kinn und einen hellbraunen Pixie Cut im Wuschellook. Irgendetwas an ihr kam mir seltsam vor.

Das rhythmische Geratter des Zugs beruhigte mich allmählich. Es klang fast wie Musik; so kam es mir jedenfalls immer dann vor, wenn ich zu faul war, mir unterwegs meine Kopfhörer aufzusetzen. Dummerweise hatte ich morgens nicht daran gedacht, mir Lektüre mitzunehmen. Mums zweites Notizbuch hatte ich zwar dabei, doch ich wollte es lieber nicht in der Öffentlichkeit lesen, der Gedanke war mir unangenehm. Es war schon schwer genug für mich, meine Mutter in einem neuen Licht zu sehen. Ich kramte nach meinem iPhone, um mir damit die Zeit zu vertreiben.

Dabei ließ ich den Blick nochmals zu der Frau wandern, die

mir gegenübersaß. Auf einmal dämmerte mir, was seltsam an ihr war.

Sie blätterte die Seiten nicht um.

Oder ich hatte es nicht mitbekommen. Das konnte natürlich auch sein. Ich lehnte mich in meinem Sitz zurück und schloss die Augen, gerade so, dass sie noch einen Spalt offen waren. Ich gab vor zu dösen und beobachtete sie dabei heimlich.

Ein oder zwei Minuten vergingen. Sie blätterte kein einziges Mal um.

Und dann schaute sie auf. Sie hatte eine Stupsnase und Sommersprossen. Aber am auffälligsten waren ihre hellblauen Augen, die mich unverwandt anstarrten. Ihr Blick war kalt und durchdringend.

Sie war nicht in ihr Buch vertieft, sondern in *mich*.

Mir wurde flau.

Dann schaute sie den Mann neben mir an, und ich spürte seine Reaktion; er bewegte sich kaum merklich.

Die beiden kannten sich, taten jedoch so, als seien sie einander fremd. Es war kein Zufall, dass sie so nah bei mir saßen.

Aber warum? Wahrscheinlich waren sie Journalisten. Oder Polizeibeamte. Vielleicht hatte man mich jetzt zur Verdächtigen abgestempelt. Nein, das war lächerlich. Die Frau starrte mich wieder an.

Aus irgendeinem Grund waren die beiden hinter mir her.

Ich musste sie unbedingt loswerden.

Ich tat so, als sei ich eingedöst und schreckte plötzlich hoch. Die Frau vertiefte sich sofort wieder in ihr Buch, und der Mann raschelte erneut mit seiner Zeitung. Er schien nervös zu sein.

Tu, was du willst, mein Schatz. Du hast die Wahl. Aber egal, was du tust, atme vorher immer tief durch und denk nach.

Wir waren noch fünf Minuten von Wickham Market entfernt. Ich musste unbedingt vor Darsham aussteigen und die beiden abhängen. Im Gewühl der Pendler konnte ich ihnen vielleicht mit einem Taxi entwischen und dann Rowan anrufen. Oder die Polizei. Aber was sollte ich der Polizei sagen? Dass eine seltsame Frau mich im Zug komisch angestarrt hatte? Das klang natürlich vollkommen lächerlich.

Aber Erklärungen konnte ich mir später noch ausdenken. Am wichtigsten war, dass ich so schnell wie möglich den Zug verließ.

Als die Durchsage kam, dass wir in Kürze Wickham Market erreichten, steckte ich langsam mein iPhone weg.

Der Mann neben mir faltete seine Zeitung zusammen, und die Frau mir gegenüber schlug ihr Buch zu. Die beiden schienen mich tatsächlich im Visier zu haben.

Ich stand auf, um mich in die Schlange der Aussteigenden zu reihen.

Der Mann neben mir stand ebenfalls auf und heftete sich an meine Fersen. Dummerweise hatte sich keine unauffällige Gelegenheit ergeben, ihn genauer unter die Lupe zu nehmen. Aus den Augenwinkeln konnte ich nur erkennen, dass er gerötete Wangen und schütteres Haar hatte. Ich schaute zum Fenster in der Hoffnung, in der Scheibe das Spiegelbild der Frau zu sehen, aber die Sonne blendete zu sehr.

»Nächster Halt: Wickham Market.«

Es fühlte sich wie eine Ewigkeit an, bis die Türen endlich aufgingen. Alle drängten hinaus auf den Bahnsteig und liefen den Zug entlang, Richtung Ausgang. Ich versuchte, so rasch wie möglich vorwärtszukommen und Abstand zu meinen Verfolgern zu gewinnen. Ich wagte nicht, mich umzudrehen.

Der Zug füllte sich mit neuen Reisenden. Vor mir war schon der Ausgang zu sehen; der Parkplatz stand voll mit wartenden Autos. Ich tat so, als hielte ich nach jemandem Ausschau.

Neben mir ertönte das Signal schließender Türen.

Blitzschnell machte ich eine Kehrtwende und sprang gerade noch rechtzeitig zurück in den Zug.

Nervös schaute ich durchs Fenster. Doch der Mann und die Frau waren nirgends zu sehen. War es ihnen etwa gelungen, mir zurück in den Zug zu folgen? Ich blickte mich im Wagen um, konnte sie jedoch nicht entdecken.

Der Zug setzte sich in Bewegung. Als ich wieder hinausschaute, sah ich die Frau.

Sie stand auf dem Bahnsteig und blickte sich aufgeregt um.

Dann schaute sie plötzlich in meine Richtung. Als sie mich sah, riss sie die Augen auf.

Ich kramte hektisch nach meinem iPhone, um ein Foto von ihr zu machen, aber ich war zu langsam; als ich es endlich fand, hatte der Zug den Bahnhof längst verlassen und ratterte weiter Richtung Saxmundham. Völlig aufgelöst rief ich Rowan an und versuchte, nicht in Tränen auszubrechen, während die anderen Passagiere dicht gedrängt um mich herumstanden und mich anstarrten.

»Rowan, ich bin gerade von zwei Leuten verfolgt worden … Was? … Ich bin gerade im Zug … Nein, ich habe die beiden vorher noch nie gesehen, aber sie haben mich die ganze Zeit beobachtet, und als ich dann in Wickham Market ausgestiegen bin, sind sie mir auf den Bahnsteig gefolgt. Ich konnte sie aber abschütteln und bin zurück in den Zug gestiegen … Ich fahre jetzt zum Krankenhaus. Du bist doch gerade dort, oder? Kannst du bitte auf mich warten? … Nein, mir geht es gut, aber irgendwas stimmt nicht, da ist wirklich was faul … Wir sehen uns ja gleich, dann können wir weiter darüber reden … Rowan, die Verbindung ist ganz schlecht, ich kann dich kaum noch verstehen … Bis gleich!«

Ich steckte mein iPhone wieder weg und suchte mir einen freien Platz. Die anderen Reisenden starrten mich an, als wäre ich geistesgestört.

Aber ich hatte mir das alles nicht eingebildet.

Ich war tatsächlich verfolgt worden. Jemand hatte es auf mich abgesehen.

KAPITEL 11

»Sophia!«

Rowan wartete im Krankenhausflur auf mich. Er winkte mir aufgeregt zu.

»Ist was mit Dad?«, rief ich erschrocken. Doch beim Näherkommen sah ich, dass Rowan lächelte.

»Beruhige dich, Soph«, sagte er und umarmte mich. »Du bist jetzt in Sicherheit, und Jared geht es gut. Es gibt sogar Anzeichen dafür, dass er aus dem Koma erwacht!«

* * *

Als ich das kleine Zimmer mit den grün karierten Vorhängen betrat, die mit ihrer fröhlichen Scheußlichkeit wohl von den medizinischen Apparaturen ablenken sollten, fiel mir gleich auf, dass Dad anders aussah.

Und nicht nur das: Er roch auch anders. Bei meinen vorherigen Besuchen war mir oft ein schwacher Geruch nach Tod in die Nase gestiegen, der wieder verschwand, bevor ich ihn richtig einordnen konnte. Er hing über Dads Bett wie ein Geist, der Spaß daran hatte, sich auf subtile Weise bemerkbar zu machen, als seien Dads gelbliche Haut und sein eingefallenes Gesicht nicht schon schrecklich genug.

Doch nun schien es, als kehrte das Leben wieder in Dads Körper zurück. Er sah noch immer sehr blass aus, aber sein Teint wirkte rosiger, und auch seine Atmung klang entspannter, als läge er nicht mehr im Koma, sondern schliefe einfach nur.

Ich nahm seine Hand und streichelte sie vorsichtig. Sie war ganz kalt; auf ihrem Rücken war eine Kanüle befestigt.

»Dad?«, sagte ich. »Kannst du mich hören?«

Er reagierte nicht.

»Dad?«, wiederholte ich.

Doch er regte sich nicht.

Ich drehte mich zu Rowan um.

»Sagtest du nicht, dass er aus dem Koma erwacht?«

»Die Schwester meinte nur, es gäbe Anzeichen dafür.« Rowan strich sich verlegen über die Dreadlocks. »Und sie meinte, du sollst mit der Ärztin sprechen.« Er zuckte mit den Achseln. »Eigentlich klang das ermutigend, aber mehr wollte sie mir nicht sagen, weil ich ja nicht zur Familie gehöre.«

Ich nickte. »Gut, dann versuche ich jetzt mal, die Schwester oder die Ärztin zu erwischen. Könntest du noch so lange bei Dad bleiben?«

Rowan seufzte. »Ich muss gleich los, Soph. Kayleigh braucht mich; ihre Schwester kommt zum Abendessen.«

»Es dauert bestimmt nicht lange. Bitte, Ro.«

Er seufzte. »Na gut.« Auf einmal wurde ich wütend. Auf dem Weg zum Krankenhaus hatte ich ihn völlig aufgelöst angerufen und erzählt, dass ich verfolgt worden war, aber er ging gar nicht weiter darauf ein, als glaubte er mir nicht. Doch ich riss mich zusammen.

»Danke, Ro. Ich beeile mich auch, versprochen.«

»Klar.« Er nickte müde. »Kein Problem.«

***

Die Oberschwester, Tracy, saß im Dienstzimmer vor dem Computer; eine blonde Mittvierzigerin mit Menopause-Bobfrisur und dauerhaft gerunzelter Stirn, als seien ihre Falten im Lauf der Zeit erstarrt.

»Hallo, meine Liebe. Hat Rowan Ihnen Bescheid gesagt?«

»Er sagte, dass mein Vater aus dem Koma erwacht. Stimmt das?«

»Es gibt erste Anzeichen dafür, ja. Aber das dauert sicher

noch eine Weile. Rowan kann es kaum erwarten. So ein netter Kerl. Er ist Ihrem Vater wirklich sehr zugetan.«

»Ja«, sagte ich und wurde rot. Sie schien zu denken, dass er sich weitaus intensiver um meinen Vater kümmerte als ich, die treulose Tochter. Ich nahm ihr gegenüber Platz. »Rowan sagte, Sie wollten mit mir sprechen?«

Tracy seufzte. »Sie wissen ja, dass wir die Reaktionen Ihres Vaters rund um die Uhr überwachen.«

»Ja. Und?«

»Heute Mittag habe ich ihn wie üblich aufgefordert, meine Hand zu drücken, und er hat reagiert, wenn auch nur sehr schwach. Die Ärztin hat eine Blutabnahme veranlasst, um zu schauen, wie er auf die Antibiotika anspricht.«

»Das klingt doch ganz gut, oder?«, sagte ich verunsichert. Eigentlich hatte ich mir mehr erhofft.

»Ja, schon, aber Sie sollten besser mit der Ärztin reden, sie kann Ihnen mehr sagen. Haben Sie morgen Vormittag Zeit? So gegen zehn?«

Ich nickte. Bei Amity würde ich mich dann zwar verspäten, aber das ließ sich nicht ändern.

»Machen Sie sich nicht so viele Sorgen, meine Liebe«, sagte Tracy freundlich. »Ihr Vater ist zwar noch nicht ganz über den Berg, aber es sieht gut aus.« Sie tätschelte mir beruhigend die Hand. »Wenn ich Ihnen und Rowan einen Rat geben darf, gehen Sie jetzt nach Hause und schlafen Sie sich aus. Dann sind Sie morgen früh wieder bei Kräften.«

Ich ging zurück in Dads Krankenzimmer. Rowan hatte auf einem der Stühle Platz genommen. Erst jetzt fiel mir auf, dass er dunkle Ringe unter den Augen hatte. Er sah völlig fertig aus.

»Morgen früh um zehn habe ich einen Termin bei der Ärztin«, sagte ich zu ihm. Dann trat ich zu Dad ans Bett. Am liebsten hätte ich der Oberschwester nachgeeifert und ihn aufgefordert, meine Hand zu drücken, doch ich wollte ihn nicht überfordern. Stattdessen gab ich ihm einen Kuss auf die Stirn und seufzte.

»Wie war denn Monicas erster Arbeitstag im Café?«, fragte ich Rowan.

»Gut«, sagte Rowan. »Sehr gut sogar. Nach einer Stunde hatte sie schon alles im Griff.« Er warf mir einen Blick zu. »Und wie ist deine Präsentation gelaufen?«

»Sie wäre beinahe ins Wasser gefallen, aber dann lief es doch noch ganz gut.«

Er sah mich fragend an, während er sich reckte. Er war bestimmt direkt von Eden Gardens hergekommen, wo er momentan allein für die Gärtnerei verantwortlich war und außerdem noch Monica im Café einarbeiten musste. Kein Wunder, dass er erschöpft war.

Ich zuckte mit den Schultern. »Die hatten meine ganze Arbeit gelöscht.«

»Wie bitte? Was meinst du damit?«

»Die hatten meine Präsentation für Scottish Heritage einfach gelöscht. Alle Dateien waren weg. Ich musste das Ganze komplett neu schreiben.«

Er war entgeistert. »Aber aus welchem Grund würden die so was denn tun?«

»Um mich loszuwerden.« Ich ließ mich neben Rowan auf den Stuhl fallen.

»Aber sie haben dich doch eingestellt.«

»Tja, was soll ich sagen … Zwischen einem meiner Kollegen und mir hatte sich etwas angebahnt, in der Nacht, als …« Ich schluckte. »Aber wie sich herausstellte, war er verheiratet. Und als ich ihm dann einen Korb gab, war er ziemlich angepisst.«

»Verstehe … aber glaubst du im Ernst, dass er deswegen deine Dateien gelöscht hat?«

Rowan schaute mich ungläubig an.

»Wenn du ihn kennen würdest, würdest du mich nicht so ansehen.«

»Was? Wie sehe ich dich denn an?«

»Als wäre ich verrückt.«

Rowans Miene wurde düster. »Das stimmt doch gar nicht.«

Ich hätte aufhören sollen, aber ich konnte mich nicht beherrschen. »Doch. Ich weiß genau, dass du mich für verrückt hältst.«

Er bestritt es nicht. So viel Rückgrat besaß er immerhin.

Wir schwiegen uns an. Mir stiegen Tränen in die Augen.

Schließlich seufzte er.

»Hör zu, Soph. Ich halte dich nicht für verrückt. Ehrlich nicht. Aber ich glaube, dass du gerade extrem gestresst bist. Das ist ja auch kein Wunder, nach allem, was passiert ist. Niemand konnte mit so etwas Schrecklichem rechnen. Das hat uns alle umgehauen und dich ganz besonders. Das kann man nicht einfach wegstecken.«

Ich blieb stumm.

»Das ist ein gewaltiger Schock«, fuhr er fort. »So was muss man erst einmal verarbeiten. Und das braucht Zeit. Und Raum. Aber du verdrängst das Ganze. Dabei ist es eine völlig normale Reaktion, dass du momentan überall Feindseligkeit witterst …«

»Rowan …«

»Du musst mit jemandem darüber sprechen«, fiel er mir hastig ins Wort, als hätte er eine kleine Rede vorbereitet. Er war knallrot geworden. »Und zwar nicht bloß mit deinen Freunden. Sondern mit einem Trauerbegleiter oder so was in der Art. Du brauchst Hilfe.«

Seine Worte trafen mich wie ein Schlag in die Magengrube.

»Ach, du glaubst also, ich bin paranoid?«, zischte ich. »Erst sticht meine Mutter auf meinen Vater ein, dann bringt sie sich um, und jetzt trete ich in ihre Fußstapfen und werde auch noch verrückt?«

»Soph …« Rowan schüttelte resigniert den Kopf. »Ich weiß

nicht, was deinen Eltern zugestoßen ist. Genauso wenig wie du.«

»Du hast gesagt, dass du mir glaubst!«, rief ich. Es war mir egal, ob mein Vater alles mitbekam und dass die ganze Station mich hören konnte. Ich fühlte mich verraten und verkauft. »Du hast gesagt, dass du mir glaubst, als ich dir erklärt habe, dass meine Mum sich nicht umgebracht hat!«

»Weißt du, was ich glaube?«, rief Rowan. »Dass du den Gedanken nicht an dich heranlassen willst!« Er holte tief Luft, um sich wieder zu beruhigen. Dann fügte er hinzu: »Du bist sehr aufgebracht, Soph. Und es ist ja auch schwer, die Wahrheit zu akzeptieren.«

Die Tür ging auf. Eine Krankenschwester mit schwarzem Pferdeschwanz schaute zu uns herein. Ich hatte sie noch nie zuvor gesehen. »Entschuldigung«, sagte sie. »Wir sind hier in einem Krankenhaus. Die Patienten brauchen Ruhe. Entweder Sie verhalten sich leise, oder Sie müssen gehen.«

Dann verschwand sie wieder.

Ich wollte ihr gerade etwas hinterherrufen, als ein kurzes, leises Husten vom Bett ertönte, eher ein Röcheln. Dann war es wieder still.

»Dad?« Ich beugte mich zu meinem Vater. »Dad? Geht es dir gut?«

Rowan und ich redeten ihm sanft zu und streichelten seine Arme, doch es kam keine Reaktion mehr. Nur Dads ruhiger, gleichmäßiger Atem war zu hören.

Schließlich blickten Rowan und ich uns an. Wir hatten unseren Streit nur unterbrochen. Unsere gegenseitigen Vorwürfe hingen noch in der Luft und ließen sich nicht mehr zurücknehmen.

»Du fährst jetzt besser nach Hause zu Kayleigh, sonst kommst du zu spät. Ich übernachte heute im Haus meiner Eltern.«

»Sophia, jetzt sei nicht so.«

»Wie denn?«

Er wollte etwas sagen, verkniff es sich aber und ging wortlos hinaus.

Ich hätte ihn aufhalten sollen, aber ich tat es nicht. Stattdessen ließ ich mich neben Dad auf den Stuhl sinken. Ich hatte schon wieder Tränen in den Augen.

Nein, ich werde jetzt nicht heulen. Ich werde durchhalten und weitermachen.

Ich atmete tief durch. Dann griff ich nach meiner Tasche, holte das zweite Notizbuch heraus und begann zu lesen.

DAS ZWEITE NOTIZBUCH

KAPITEL 12

Du wirst es vermutlich kaum glauben können, meine liebe Sophia, aber nach einer Weile vergaß ich mehr oder weniger, dass Aaron und die anderen einem religiösen Orden angehörten und sich »spirituellen Praktiken« widmeten. Wenn ich ihnen Fragen dazu stellte, gaben sie ausweichende Antworten; sie erwähnten zwar, dass Meditationen und Gesänge dazugehörten, aber mehr verrieten sie mir nicht.

In den ersten zehn Tagen, die ich in Morningstar verbrachte, bekam ich keinerlei spirituelle Aktivitäten mit. Rückblickend ist mir natürlich klar, dass ich während dieser Zeit eingelullt werden sollte, und das funktionierte auch hervorragend.

Damit kannten sie sich schließlich schon aus.

Tagsüber vertrieben wir uns die Zeit damit, den sonnigen Spätherbst zu genießen. Wir fuhren mit den Jeeps durch die Landschaft, amüsierten uns über die Kaninchen und Rehe, die erschrocken davonsprangen, besuchten Irrgärten und schossen mit Aarons eindrucksvollen Gewehren auf Tontauben oder echte Tauben.

Wenn wir am späten Nachmittag zurückkehrten, stanken wir nach Schießpulver und zertretenem Gras. Abends versammelten wir uns am Kamin, tranken, rauchten Joints und lasen uns laut Gedichte vor (Wolf machte allerdings nicht mit, er hasste Gedichte). Kennst du die Gedichtzeile von Byron, meine liebe Sophia? »Sie wandelt in Schönheit, gleich der Nacht …« Noch heute, fast dreißig Jahre später, versetzt die Erinnerung daran mich sofort zurück nach Morningstar, und all mein Groll löst sich in Luft auf. Ich verspüre weder Wut noch Hass, meine Wechseljahresbeschwerden sind plötzlich vergessen, und ich fühle mich wie die junge Nina von einst.

Wie naiv und dumm ich damals war …

Auch an den Sex erinnere ich mich noch. Ich war Aarons Kreatur. Er diktierte mir, welche Posen ich auf seinem riesigen Bett einnehmen sollte, und wenn er mir befahl, mich für ihn zu öffnen, gehorchte ich, keuchend, stöhnend, nach Erlösung flehend. Ich war ihm hörig und hätte alles für ihn getan.

Zwischendurch, beim Koksen, kraulte er mich wie eine Katze und flüsterte: »Du bist so schön. So einzigartig. So unschuldig. So unglaublich *scharf*. Du bist nicht wie die anderen.«

Natürlich fühlte ich mich geschmeichelt, fand es aber irgendwie seltsam, dass er mich mit den anderen verglich. Ich traute mich jedoch nicht, nach dem Grund zu fragen; ich wollte auf keinen Fall eifersüchtig wirken und ihn dadurch verärgern. Und eigentlich sagte er genau das, was ich hören wollte: *Du bist mein Liebling.*

Er sagte jedoch kein einziges Mal »Ich liebe dich«, obwohl er unablässig über Liebe beziehungsweise das »Konzept der Liebe« redete. Stattdessen sagte er mir, welche Dinge er an mir liebte, etwa mein Haar, mein Lachen oder meine Art, seinen Schwanz zu packen.

Manchmal hielt ich inmitten all dieser Ausschweifungen einen Moment lang inne und dachte: *Das ist nicht die Realität. Das ist völlig verrückt.*

Manchmal dachte ich sogar, *er* wäre verrückt. Er konnte gar nicht genug von mir bekommen, und seine Leidenschaft war von großer Intensität. Er wollte, dass ich die Augen beim Sex offen ließ und ihn unentwegt ansah, wenn ich ihn oral befriedigte oder er seinen Schwanz wieder und wieder in mich hineinstieß, während meine Füße neben seinen Ohren schlackerten. Er war stets präsent, stets da. Natürlich war ich noch sehr unerfahren. Und dennoch beschlich mich manchmal das Gefühl, dass ich im Grunde austauschbar war und er dasselbe zu jeder anderen gesagt hätte.

Doch diese raren Momente der Einsicht gingen in einem Meer der Euphorie unter. Denn du musst wissen, meine liebe

Sophie, dass ich mich rettungslos verliebt hatte. Ich war nicht mehr Herrin meiner Sinne. Ich lebte den Traum, wie man heute so schön sagt. Ich hätte nie für möglich gehalten, dass daraus ein Albtraum werden könnte.

***

Nach zehn Tagen verbrachte ich schließlich zum ersten Mal die Nacht in dem Zimmer, das mir am Tag meiner Ankunft zugeteilt worden war. Es war hübsch, mit Blick auf den Wassergraben und blauer Jugendstiltapete nach Originalmotiven von William Morris.

Ich lag im Bett und weinte. Ich kam mir wie eine der verstaubten Porzellanfiguren auf der Kommode vor. Ausrangiert.

Beim Abendessen war alles noch wunderbar gewesen. Es gab Ente à l'Orange, auf klassische Art. Sie war von Michelle zubereitet worden, einer wortkargen Frau mit dünnem braunem Haar. Wie der Chauffeur vermittelte sie den Eindruck, dass sie zwar für uns arbeitete, aber keine großen Stücke auf uns hielt.

»Du, Nina«, flüsterte Aaron mir ins Ohr, während Lucy die Tischgesellschaft bei Laune hielt, »ich bin ziemlich müde. Ich glaube, heute Nacht möchte ich einfach nur schlafen.«

»Kein Problem«, flüsterte ich und nippte an meinem Malbec. »Was immer du willst. Ich bin auch ziemlich müde. Es ist ja auch schön, einfach nur so zusammen zu sein …«

»Nein«, flüsterte er. Etwas Unnachgiebiges schwang darin mit. »Ich möchte *allein* schlafen. Du hast ja ein eigenes Bett.«

»Oh.« Ich spürte, wie mir das Blut aus dem Gesicht wich. »Natürlich. Wenn es dir so lieber ist …«

»Danke, Nina.« Er wandte sich von mir ab, den anderen zu.

Das Gespräch war beendet.

Der restliche Abend verging wie in einem düsteren Traum. Ich fühlte mich zurückgewiesen und fragte mich die ganze Zeit, ob ich etwas falsch gemacht hatte.

Die anderen amüsierten sich, rauchten, tranken und lachten. Niemandem fiel auf, dass ich still mit den Tränen kämpfte.

Als ich in meinem Zimmer war, weinte ich mich in den Schlaf. Am nächsten Morgen wachte ich früh auf. Ich hörte, wie Michelle unten in der Küche das Frühstück zubereitete; es roch nach Eiern und Speck.

Doch mir graute davor, aufzustehen. Ich hatte Angst vor dem, was mich erwartete.

Plötzlich hörte ich Schritte und knarrende Dielen im Flur. Morningstar war ein majestätisches, aber auch altes Anwesen, an dem der Zahn der Zeit nagte; es knackte überall, und nachts klopfte und rauschte es in den Leitungen.

»Weißt du, wo Nina ist?«, hörte ich Wolf laut fragen. Ich zuckte vor Schreck zusammen. Er stand fast direkt vor meiner Tür.

Er suchte mich. Aber ich wollte nicht gefunden werden. Nicht in diesem Zustand.

»Im blauen Zimmer«, hörte ich Tristan weiter hinten rufen. »Da, wo Sarah früher gewohnt hat.«

Wer zum Teufel war Sarah?

Die Neugier trieb mich dazu, leise aufzustehen und zur Tür zu schleichen, um ihre Unterhaltung besser mitzubekommen.

»Alles klar, Kumpel. Fährst du heute in die Stadt?«

»Ja. Ich muss mit Lucy zur Bank.« Tristan klang irgendwie nervös.

»Kannst du mir Tabak mitbringen?«, fragte Wolf. »Meiner ist fast alle.«

»Klar, kann ich machen«, antwortete Tristan gedehnt.

»Ich geb dir das Geld natürlich zurück«, schob Wolf nach, als rechnete Tristan damit, dass er es nicht tat. »Und den Rest kriegst du auch bald.«

»Kein Problem, Wolf.« Tristans Stimme wurde leiser. Dann hörte ich, wie er die Treppe hinunterlief.

»Danke, Arschloch«, murmelte Wolf.

Er stand noch immer vor meiner Tür. Er schien es geradewegs darauf anzulegen, dass ich ihn hörte.

Ich blieb regungslos stehen und wartete darauf, dass er wegging. Nach einer gefühlten Ewigkeit stapfte er endlich davon.

***

»Ach, da bist du ja!« Lucy sprang auf, umarmte mich und gab mir einen Kuss auf die Wange. »Hast du gut geschlafen?«

Sie war bestens gelaunt, ihre großen Augen leuchteten, das lange, wallende Haar fiel ihr über die Schultern wie ein dunkelroter Schal.

»Ja, sehr gut, danke«, log ich und rang mir ein Lächeln ab.

»Wunderbar!«, sagte sie strahlend. »Heute ist der große Tag!« Sie setzte sich wieder an den Frühstückstisch und biss herzhaft in eine Scheibe Buttertoast.

»Tatsächlich?«

»Ja, ja.« Sie schluckte den Bissen rasch hinunter und wischte sich die Krümel vom Mund. »Keine Sorge, wenn Aaron herunterkommt, wird das Geheimnis gelüftet. Aber zuerst muss ich mit Tristan kurz in die Stadt.« Sie warf Tristan einen Blick zu. Er wurde rot.

»Das ist doch in Ordnung, oder? Passt es dir heute immer noch?«

»Ja, ja, sicher. Wir können gleich nach dem Frühstück los.« Er grinste mir zu. »Morgen, Nina.«

Penelope und Tess saßen auch am Tisch. Penelope war noch im Bademantel, hatte ihr hellblondes Haar jedoch schon kunstvoll zu einem Dutt geflochten. Sie schenkte mir wie üblich ein kühles Lächeln. »Guten Morgen, Nina.«

Tess strich sich das zerzauste Haar aus dem Gesicht und begrüßte mich fröhlich. »Hallo, Nina! Kommst du mit uns nach Tonbridge?«

Der Gedanke war verlockend. In der Stadt hätte ich die Gelegenheit, ungestört mit Rosie zu telefonieren, um mich für mein Verhalten zu entschuldigen und sie um Rat zu fragen. Plötzlich verspürte ich das dringende Bedürfnis, mit jemandem zu reden, der nicht zu der Gruppe gehörte.

Doch bevor ich antworten konnte, mischte Penelope sich ein.

»Lucy und Tristan fahren allein zur Bank, Tess«, sagte sie, ohne von ihrem Müsli aufzuschauen.

»Och, schade.« Tess schmollte. »Ich wollte mir Schokolade kaufen.«

»Du kannst Lucy und Tristan bitten, dir welche mitzubringen, vorausgesetzt, sie haben Zeit dafür«, sagte Penelope kalt. »Aber vielleicht täte dir etwas weniger Schokolade ganz gut. Du wirst allmählich fett.«

Tess wurde knallrot und ich ebenfalls, vor Empörung über diese Bemerkung.

Lucy warf Penelope einen finsteren Blick zu.

»Du bist wunderschön, Kleine«, sagte sie und gab Tess einen Kuss auf die Stirn. »Bleib so, wie du bist. Ich bring dir eine Tafel mit.«

Penelope löffelte ungerührt weiter ihr Müsli.

Ich setzte mich zu den anderen an den Tisch und überspielte meine Verwirrung, indem ich mir Toast und Schinken nahm. Am liebsten hätte ich Tess ebenfalls vor Penelope in Schutz genommen, aber der richtige Moment war schon vorbei, und Tess schien sich auch wieder beruhigt zu haben; sie schlürfte ihren Tee.

Wenn ich ehrlich bin, wollte ich in erster Linie keinen Streit mit den anderen vom Zaun brechen, zumal ich Angst hatte, dass meine Beziehung zu Aaron auf der Kippe stand. Aber Penelopes Verhalten stieß mir übel auf. Ich war mit zwei Tyrannen aufgewachsen und wusste, wie die ticken.

Doch da ich zu sehr mit meinem Liebeskummer beschäftigt

war, verdrängte ich den Vorfall rasch und vergaß natürlich auch, die anderen zu fragen, wer eigentlich Sarah war.

***

Als Michelle den Tisch abräumte, verkündete Penelope, dass wir uns um zwölf Uhr im Speisesaal treffen und pünktlich dort sein sollten.

Das war sehr ungewöhnlich. Wir hielten uns tagsüber nie im Speisesaal auf. Wir aßen dort auch nicht.

Wie der Zufall es wollte, war ich als Erste dort. Die anderen waren noch unten, um Tristan und Lucy zu begrüßen, die gerade aus der Stadt zurückgekehrt waren.

Normalerweise war der Saal leer, ohne Möbel oder andere Einrichtungsgegenstände, abgesehen von einem Stativ in der Ecke, auf dem eine Kamera befestigt war, einer Kiste mit Kassetten und einem Mikrofonständer. Vermutlich brauchte Aaron die Sachen für seine Karriere als Musiker.

Die Kamera war mir suspekt. Mit ihrem Zyklopenauge, das blind ins Leere starrte, wirkte sie wie ein hässlicher Fremdkörper. Bei ihrem Anblick lief es mir eiskalt den Rücken hinunter.

»Da ist ja die kleine Nina!«

Jemand packte mich von hinten. Ich kreischte vor Schreck, doch dann erkannte ich ihn. Der Duft seines Sandelholz-After shaves war ebenso unverkennbar wie sein leises Lachen.

»Aaron!«

»Hallo, meine Süße.« Er drückte mich an sich und gab mir einen Kuss. »Hast du mich vermisst?«

Ich hatte die ganze Nacht und den ganzen Morgen gelitten wie ein Hund. Tränen stiegen mir in die Augen.

»Oje! Du hast mich tatsächlich vermisst! Das tut mir leid, meine kleine Nina. Das mit uns ist so unglaublich *intensiv*. Manchmal brauche ich einfach eine Pause. Du bist mir doch nicht böse, oder?«

Er umklammerte meine Schultern und sah mir tief in die Augen.

Ich schüttelte den Kopf und wurde knallrot. Ich kam mir furchtbar dumm vor, weil ich mich so zurückgestoßen gefühlt hatte. Dabei war alles in Ordnung. Er hielt mich wieder in seinen starken Armen, und ich schmiegte mich an ihn.

Als die anderen die Treppe hochkamen, drückte er mir einen Kuss aufs Kinn und ließ mich wieder los. »Und jetzt machen wir uns an die Arbeit, okay?«

Ich hatte keine Ahnung, wovon er sprach, nickte aber trotzdem eifrig.

***

»Die Zeit ist nun gekommen«, sagte Aaron und blickte in die Runde. »Wir wenden uns wieder unserer wichtigsten Lebensaufgabe zu und bereiten uns auf das Ritual vor.«

Lucy und Tristan jubelten, und alle applaudierten. Das Echo hallte von den Wänden wider. Der Saal war bestimmt wegen seiner Akustik ausgesucht worden.

Aber von welchem Ritual sprach Aaron?

Er deutete auf Lucy, die selbstironisch einen kleinen Knicks machte. Die anderen grinsten. »Lucy wird heute Abend die Karten legen, um den optimalen Zeitpunkt für die Durchführung des Rituals zu bestimmen. Bis dahin werden wir den Saal vorbereiten. Die schädlichsten Einflüsse haben wir inzwischen ja beseitigen können.« Er blickte streng in die Runde. »Diesmal muss es unbedingt funktionieren.«

Die anderen hörten auf zu grinsen und nickten.

Ich hatte noch immer keine Ahnung, was los war.

»Äh … Aaron?«

»Ja?«

»Entschuldige, aber ich … mir ist noch nicht so ganz klar, was wir machen.«

»Wir führen ein Ritual durch, eine symbolische Vermählung, die uns in die Lage versetzen wird, mit den Trieben unseres tiefsten Unterbewusstseins in Kontakt zu kommen.«

»Das verstehe ich nicht«, sagte ich verwirrt. Alle starrten mich an. »Was meinst du mit ›symbolischer Vermählung‹? Und liegt es nicht in der Natur des Unterbewusstseins, dass man keinen Zugang dazu hat?« Ich verstummte wieder, weil ich den Gruppendruck spürte. Die anderen wollten weitermachen.

»Mithilfe von Kräutern und Heilpflanzen ist es durchaus möglich, Zugang zum eigenen Unterbewusstsein zu bekommen«, sagte Lucy und warf Aaron einen Blick zu. Doch Aaron ließ mich nicht aus den Augen. »Wir nennen es den Heiligen Trank. Er bringt uns mit unserem ungezügelten inneren Selbst in Kontakt, indem er uns hilft, unser Bewusstsein und unser Ego auszuschalten, damit wir unsere wahren Instinkte im Rahmen des Rituals erforschen können.«

Diese Erklärung verunsicherte mich noch mehr. Ich wollte mein Bewusstsein gar nicht ausschalten und mein ungezügeltes inneres Selbst mithilfe von Drogen erforschen. Einen Joint zu rauchen oder zu koksen war etwas anderes; das veränderte die Stimmung, mehr aber auch nicht.

Doch das, wovon Lucy sprach, klang völlig anders.

»Möchtest du lieber nicht mitmachen, Nina?«, fragte Aaron geduldig, doch unter seiner Ruhe lauerte wieder dieses Unnachgiebige.

»Das wollte ich damit nicht sagen«, stammelte ich. »Ich finde nur, dass es sich sehr merkwürdig anhört. Und auch gefährlich.«

Es hörte sich völlig verrückt an, aber das sagte ich lieber nicht.

»Du magst recht haben, auf den ersten Eindruck klingt es sicher merkwürdig«, sagte Aaron. »Aber es ist nicht gefährlich, jedenfalls nicht in körperlicher Hinsicht. Doch alles, was erstrebenswert ist, geht mit gewissen Risiken einher. Der Heilige

Trank verschafft uns Zugang zu unseren göttlichen, kreativen Wurzeln. Nur so können wir die Weltenseele zum Vorschein bringen.« Er lehnte sich zurück und seufzte. »Mir hat es bisher nicht geschadet, im Gegenteil. Uns allen hat es geholfen.« Er sah mir tief in die Augen. »Dir könnte es auch helfen, Nina. Wenn du es zulässt.«

Ich wusste nicht, was ich sagen sollte.

Doch er war mein Idol und hielt mich mit seinem Blick gefangen, und in seiner Miene lag eine Entschlossenheit, gegen die ich mich nicht zur Wehr setzen konnte. Das Herz schlug mir bis zum Hals, und ich zitterte.

Ich glaubte nicht an das, was er sagte, aber ich glaubte felsenfest an *ihn*. Er hatte mir eine absolut überwältigende körperliche und emotionale Erfahrung ermöglicht, die erst wieder übertroffen wurde, als mir die Hebamme ein brüllendes, blutverschmiertes Bündel namens Sophia in die zitternden Arme legte.

»Wir würden dich niemals etwas tun lassen, wobei du dich nicht wohlfühlst oder was dich in Gefahr bringt. Wenn du willst, kannst du zuschauen, bis du bereit bist, dich selbst darauf einzulassen.« Lucy lächelte und strich mir sanft eine Strähne aus dem Gesicht.

Ich schluckte.

»Nein«, sagte Aaron mit ernster Miene. »Ich sehe deine Skepsis, Nina. Ich kann dich verstehen. Das klingt alles sehr neu und ungewohnt für dich. Du brauchst dich nicht sofort zu entscheiden. Denk noch ein wenig darüber nach. Du hast bis heute Abend Zeit. Spätestens, wenn Lucy die Karten legt, musst du uns sagen, ob du mitmachst oder nicht. Okay?«

Ich hatte keine andere Wahl. Wenn ich mich geweigert hätte, wäre alles zu Ende gewesen. Und das wollte ich nicht.

»Mach dir wegen mir keine Sorgen. Ich mache mit.«

Aaron stand auf und schloss mich in die Arme. Die anderen applaudierten jubelnd und scharten sich um uns. »Das ist toll,

Baby, wirklich toll«, flüsterte Aaron. »Ohne dich könnten wir das nicht machen. Du bist das fehlende Puzzleteil.«

»Danke.«

»Penelope wird euch sagen, was noch zu tun ist.«

»Okay.«

Er ließ mich los, und ich folgte Penelope und den anderen. Tristan drückte Tess hinter Penelopes Rücken eine Schokoladentafel in die Hand, und beide kicherten leise.

Beim Hinausgehen hörte ich, wie Lucy leise zu Aaron sagte: »Bei der Bank lief alles gut. Er hat die Formulare unterschrieben, und die Bank hat sie akzeptiert. Es kann allerdings eine gute Woche dauern, bis das Geld da ist. Dann fahre ich noch mal mit ihm zur Bank, um es abzuholen.«

»Prima«, sagte Aaron gelangweilt.

Als ich aus der Tür war, trödelte ich und tat so, als hätte sich mein Rock verheddert.

»Soll ich Peter anrufen und ihm sagen, dass wir das Geld haben?«, hörte ich Lucy fragen.

»Ja, mach das«, sagte Aaron.

Der Name Peter ließ mich aufhorchen. Lucy hatte von Peter gesprochen, als ich ankam.

Es hatte so geklungen, als ob niemand ihn leiden konnte.

Den Grund dafür sollte ich bald erfahren.

KAPITEL 13

Nach dem Abendessen versammelten wir uns wie üblich am Kamin. Doch diesmal, meine liebe Sophia, war das Licht ausgeschaltet. Stattdessen standen überall Kerzenständer, auf denen weiße Altarkerzen flackerten. Dann betrat Lucy den Raum. Sie trug ehrfürchtig eine geschnitzte Holzkiste vor sich her und ließ sich damit vor dem Feuer nieder.

»Es ist so weit«, verkündete sie feierlich.

Sie forderte uns auf, einen Sitzkreis um sie herum zu bilden, die Augen zu schließen, uns an den Händen zu fassen und ihr unsere ungeteilte Aufmerksamkeit zu schenken. Wir taten, wie uns geheißen wurde. Penelopes Hand fühlte sich hart und kalt an, fast wie die Hand einer Puppe. Wolfs Hand war groß und schwitzig. Er umklammerte meine, ein wenig zu fest für meinen Geschmack.

Ich versuchte, ihn zu ignorieren und mich auf Lucy zu konzentrieren.

Als wir die Augen wieder öffnen durften, hatte Lucy die Kiste aufgeklappt und drei Tarotkarten vor sich auf ein schwarzes Seidentuch gelegt.

Sie hielt die Hände über die Karten, als seien sie ein wärmendes Feuer.

»Die Karten haben gesprochen. Das Ritual muss in einundzwanzig Tagen stattfinden.«

Mit Tarotkarten kannte ich mich ein wenig aus; Rosie hatte mir einiges über ihre Deutung beigebracht. Und das, was Lucy da herauslas, ergab überhaupt keinen Sinn. »Was hat es denn zu bedeuten, dass diese Karte dort auf dem Kopf steht? Der Ritter der Schwerter?«, fragte ich.

Aaron schaute mich stirnrunzelnd an.

»Was?«, fragte Lucy irritiert. Auch die anderen schienen meine Frage zu missbilligen. Spannung lag in der Luft. Ich kam mir wie der Neuling vor, der alles infrage stellt.

»Nichts, nichts«, sagte ich hastig.

Tristan tätschelte mir beruhigend den Arm.

»Wer soll im Mittelpunkt stehen?«, fragte Penelope. Sie saß kerzengerade da, die Arme um die Knie geschlungen. »Wer soll die Empfängerin werden?«

Stille herrschte, während Lucy eine weitere Karte zog: die Prinzessin der Stäbe.

»Stäbe«, sagte Lucy. »Also ich.«

Die anderen stießen mit ihren Gläsern an.

»Auf Lucy!«, rief Tess. »Auf Lucy!«, wiederholten die anderen und nahmen einen Schluck. Munteres Geplauder folgte. Ich drehte mich zu Tristan und zog ihn sanft am Ärmel.

»Ich verstehe das nicht«, flüsterte ich ihm zu. Ich wollte mich nicht noch einmal vor den anderen blamieren. »Was passiert denn bei diesem Ritual?«

»Ähm …« Er fuhr sich durchs goldblonde Haar und schaute sich unruhig um. Die Frage schien ihm nicht zu behagen. Als er sah, dass Penelope uns mit finsterer Miene beobachtete, stotterte er: »Es ist wohl besser, wenn Aaron oder Lucy dir das erklären.«

»Ninas Einweisung beginnt morgen«, sagte Aaron. Ich zuckte zusammen. Er hatte uns offenbar belauscht. »Dann ist genug Zeit für Fragen.«

»Natürlich«, sagte Tristan nervös. »Ich will auch nicht vorgreifen.«

»Das wäre auch nicht gut.« Aaron stand auf und winkte mich zu sich. »Komm jetzt. Gute Nacht zusammen.«

***

Später lag ich schweißüberströmt neben Aaron in seinem riesigen Bett. Der Mond schimmerte fahl durchs Fenster. Im Hintergrund ertönten die ersten Klänge von »Childhood's End« auf Aarons sündhaft teurem CD-Spieler.

Es war das einzige Lied auf *Green Eyed Monster,* dem Debütalbum der *Boarhounds,* das Aaron nicht gesungen hatte.

Aaron lag auf dem Rücken und zündete sich mit seinem goldenen Zippo eine Zigarette an. Der Geruch brennenden Tabaks gesellte sich zum Duft von Sex und Räucherstäbchen.

Dann griff er nach der Fernbedienung und spulte vorwärts, zu »Mean River«.

»Das machst du immer«, murmelte ich.

»Was?«

»Wenn ›Childhood's End‹ läuft, spulst du jedes Mal vor. Warum eigentlich?«

»Weil ich das Arschloch Geoff Carter hier nicht singen hören will«, sagte Aaron. Seine Stimme troff vor Sarkasmus. Er ließ das Feuerzeug wieder auf den Nachttisch fallen. »Der Kerl kann doch keinen Ton halten.«

Zum ersten Mal erlebte ich, dass Aaron jemanden direkt kritisierte. Sonst sprach er immer nur vage von »negativen Einflüssen«.

Geoff Carter gehörte zu den Gründungsmitgliedern der *Boarhounds.* Ich kannte ihn von den Bandfotos, die überall im Haus an den Wänden hingen; ein kleiner, schmächtiger Typ mit rotblondem Pferdeschwanz, der auf sämtlichen Bildern blaue Jeans und ein kariertes Hemd trug.

»Geoff Carter«, murmelte Aaron. »Dieser verdammte Wichser will mich fertigmachen.«

»Oh«, sagte ich. Seine ordinäre Wortwahl schüchterte mich ein. Heute sind solche Kraftausdrücke gang und gäbe, aber damals, in den Achtzigern, waren sie noch tabu.

Aaron lehnte sich zurück und ließ Qualm aus der Nase steigen. Eigentlich hatte ich auch mit dem Rauchen anfangen wollen. Penelope war die Einzige in der Gruppe, die ohne Zigaretten auskam. Doch zu den Dingen, die Aaron an mir liebte, gehörte, dass meine Küsse nicht nach Nikotin schmeckten, und damit war die Angelegenheit für mich erledigt.

»Mach dir keine Sorgen«, sagte ich schließlich und drehte mich zu ihm. »Dein Soloalbum wird bestimmt ein Riesenerfolg, und dann platzt er vor Neid. Es tut ihm garantiert längst leid, dass du die Band verlassen hast.«

»Hmmm …« Aaron zog an seiner Zigarette.

Aarons Soloalbum mit dem Arbeitstitel *The Magus* schallte täglich durchs Haus, meistens auf Lucys Vorschlag hin. Abends am Kamin tanzte sie zu den langsamen Balladen, während die anderen im Takt dazu nickten.

Ich schloss mich der allgemeinen Begeisterung natürlich an, aber insgeheim graute mir jedes Mal davor, es zu hören. Ich mochte es nicht; es war mir zu bombastisch. Außerdem geriet Aarons Stimme bei hohen Tönen an ihre Grenzen; an manchen Stellen kreischte er regelrecht. Und die Texte waren völlig belanglos; kein Vergleich zur tiefgründigen Verspieltheit von *Green Eyed Monster*.

Eigentlich war klar, dass das Soloalbum floppen würde. Ich hatte es oft genug gehört. Es enthielt wirklich nichts, was einem im Ohr geblieben wäre.

Meine liebe Sophia, nun fragst du dich bestimmt, wie ich mein Idol trotz seiner offensichtlichen Makel weiter anhimmeln konnte. Ganz einfach: Ich wollte nicht wahrhaben, dass Aaron kein Genie war. Und so fand ich für alles eine Rechtfertigung – zum Beispiel, dass ich mich mit Musik nicht auskannte.

Oder dass einige Songs der *Boarhounds* ja ganz nett waren, aber viel zu kommerziell (»Einheitsbrei für die Massen«, wie Penelope immer sagte), während Aaron stets nach Höherem gestrebt hatte.

»Du glaubst also, mein Soloalbum wird einschlagen?«, fragte er, als er die Zigarette über den gläsernen Aschenbecher hielt, um die Asche abzuklopfen. Die Frage klang beiläufig, fast gelangweilt, aber ich konnte trotzdem spüren, wie sehr er sich nach Bestätigung sehnte.

Seine Verletzlichkeit machte ihn in meinen Augen nur noch anbetungswürdiger.

»Ich glaube es nicht nur, ich weiß es«, sagte ich.

Und das meinte ich sogar ernst, denn ich sagte mir, dass ich seine Genialität einfach noch nicht richtig begriffen hatte. Aber das käme schon noch, mit der Zeit.

»Ich habe so viele Feinde, Nina.« Er stieß eine Rauchwolke aus. »In deiner kleinen heilen Welt ist das sicher unvorstellbar, aber meine Welt sieht anders aus. So viele Neider ... und Zweifler ...« Dann schwieg er und schloss die Augen, und ich schwelgte regelrecht in dieser Zurschaustellung seiner Zerbrechlichkeit.

Es war ganz still.

Schließlich seufzte er und sagte: »Wir müssen zusammenhalten, Nina.« Er drehte sich zu mir, sah mich an und fuhr mir durchs Haar. »Weißt du noch, was ich dir gesagt habe, als du zum ersten Mal hier warst? Wir müssen uns die Offenbarung *verdienen*. Und das können wir nur erreichen, wenn wir als Gemeinschaft leben. Und lieben.«

»Ja«, sagte ich.

»Manchmal verlangt uns das große Opfer ab, und es schmerzt uns vielleicht. Aber alles dient dem höheren Ziel.«

Er schloss wieder die Augen.

»Ja«, sagte ich. Ein Schauer überlief mich.

»Zwischen uns muss eine tiefe Verbundenheit herrschen. Und diese Verbundenheit müssen wir stärken.« Er öffnete die Augen und schaute mich an. »Schaffst du das?«

»Natürlich«, sagte ich, obwohl ich keine Ahnung hatte, wovon er redete.

»Bist du sicher?«, fragte er.

»Ja. Ich liebe dich. Ich würde alles für dich tun.«

Er sah mich zweifelnd an. »Das sagt sich so leicht, Nina.

Aber Taten verraten mehr als Worte. Wir müssen uns unserem höheren Ziel mit aller Hingabe widmen.«

»Sag mir, was ich tun soll«, flüsterte ich und streichelte zärtlich seinen muskulösen Arm. »Ich werde dich nicht enttäuschen.«

Er schwieg lange. »Gut«, sagte er dann. »Worauf es ankommt, ist, dass wir die Liebe, die Ressourcen, die gesamte Energie unserer Gemeinschaft bündeln.« Er zog abermals an seiner Zigarette. »Hauptsächlich die sexuelle Energie.«

Er blickte mir tief in die Augen.

»Das … das verstehe ich nicht«, sagte ich. Doch langsam dämmerte mir, worauf das alles hinauslief.

»Wir dürfen uns nicht an einzelne Beziehungen klammern«, sagte er langsam. »Das Ritual erfordert, dass ich diese Energie mit den anderen teile.«

»Aha«, murmelte ich. Mir war, als würde mein Herz zerspringen.

»Wir müssen alles teilen. Nur dann können wir über uns hinauswachsen und unser höheres Ziel erreichen.«

Es klang wie eine Predigt.

»Aber …«

»Ich weiß, meine kleine Nina. Ich weiß, wie schwer das für dich ist. Aber es wird dich in deiner spirituellen Entwicklung einen großen Schritt voranbringen.«

»Ich verstehe, was du meinst«, sagte ich. »Aber ich weiß nicht, ob ich … mich darauf einlassen kann, mit den anderen Sex zu haben …«

»Baby, du musst nichts tun, womit du dich unwohl fühlst. Es genügt, wenn du es verstehst. Wenn du meine Rolle verstehst.«

Er drückte seine Zigarette aus, und bevor ich noch etwas sagen konnte, beugte er sich über mich und versiegelte meinen Mund mit einem leidenschaftlichen Kuss. Er schmeckte nach Nikotin. Dann schaute er mir abermals tief in die Augen und sagte: »Hab keine Angst, Nina. Es wird wunderbar werden. Vertrau mir.«

KAPITEL 14

Ich hätte nicht gedacht, dass es so schwer sein würde, meine liebe Sophia. Es ist fast unmöglich, jemandem, der nicht dabei war, das Leben in diesem Haus, beim Orden der Lichtträger, zu beschreiben.

Das Leben als Gemeinschaft bedeutete, dass wir rund um die Uhr zusammen waren. Aaron ließ alles für uns besorgen, was wir brauchten, und bevormundete uns wie Kinder. Wir waren fast nur noch benebelt und vollkommen von ihm abhängig: von seiner Zustimmung, seiner Anerkennung und seiner Überzeugung, dass wir alle etwas Besonderes waren, dazu auserkoren, zusammen zu sein. Doch es wurde von Tag zu Tag ein kleines bisschen schwerer für mich, das wärmende Licht seiner Liebe zu genießen; die Sonne verzog sich immer öfter hinter die Wolken.

Er war sich meiner nun sicher. Er musste mich nicht mehr verführen. Stattdessen musste ich ihm hinterherlaufen.

Wir befanden uns im Speisesaal, ich stand mit dem Rücken zur Kamera. Das Ritual sollten wir alle zusammen in diesem Raum durchführen. Zur Vorbereitung fanden vormittags Proben statt, damit ich die Gebete und Gesänge lernte. Die Proben bestanden hauptsächlich aus Meditationen, um mich »für die kreativen Energien zu öffnen«, die die Gesänge freisetzen würden.

»Wir haben spezielle Gesänge, die Aaron komponiert hat«, sagte Lucy selbstzufrieden. Sie hatte die Augen dick mit Kajal umrandet und trug ein schwarzes Kleid, dazu ihr Amulett und kleine silberne Ohrringe mit Anch-Kreuzen. Sie genoss es sichtlich, mich zu unterweisen.

Das Amulett des Ordens, der Kreis mit dem Kreuz darin, war mir bislang verwehrt geblieben. Außer mir schienen alle einen solchen Anhänger zu haben. Tristan trug seinen unter dem T-Shirt, Penelope verbarg ihren meist unter hochgeschlossenen Lady-Di-Rüschenblusen.

Ich traute mich nicht zu fragen, wann ich mein eigenes Amulett bekommen würde; vielleicht, sobald ich das beherrschte, was Lucy mir beibringen sollte. Vermutlich konnte ich erst dann offiziell in den Orden aufgenommen werden.

Der Einzige außer mir, der kein Amulett trug, war Wolf. Ich nahm an, dass er auch eins besaß, es aber lieber irgendwo aufbewahrte.

»Was macht Wolf eigentlich genau?«, fragte ich neugierig.

»Wolf dokumentiert unsere spirituelle Reise«, sagte Aaron gelangweilt. So klang er neuerdings oft, wenn ich ihn etwas fragte.

»Ist er Journalist?«

»Nein«, sagte Aaron. »Er filmt das Ritual.« Er deutete auf die Kamera. Lucy sah plötzlich sehr angespannt aus und presste ihren korallenroten Lippenstiftmund zusammen.

»Das Ritual wird *gefilmt?*«

»Ja«, sagte Lucy, ohne mich anzuschauen. »Sämtliche Schritte des Rituals werden dokumentiert, denn wir wollen natürlich sicherstellen, dass sämtliche Offenbarungen für die Ewigkeit festgehalten werden.«

»Oh«, sagte ich. »Cool.« Doch ich verspürte Unbehagen. Normalerweise begeisterte Lucy sich für alles. Sie war Aarons Top-Cheerleaderin; sie war der gute und Penelope der schlechte Cop. Doch Wolf und seine Rolle schienen ihr nicht zu gefallen. Und ich konnte Aaron deutlich ansehen, dass ihre Haltung ihm missfiel. Also musste rasch dafür gesorgt werden, dass sein Ärger wieder verflog.

»Dann gibt es ja sicher schon ziemlich viele Aufnahmen, oder?«, zwitscherte ich heiter, so wie ich es zu Hause immer getan hatte, um von Daddys schlechter Laune abzulenken.

»Ein paar sind es schon«, knurrte Aaron.

Lucy blieb still.

»Es sind allerdings nicht alle gelungen, weil manche Mitglieder negative Energien mitgebracht haben. Umso wichtiger ist es«, fuhr er fort und sah Lucy dabei an, »dass wir uns im Meditieren üben, damit uns diese negativen Kräfte nichts anhaben können. Offenbarung kann uns nur dann zuteilwerden, wenn wir fest von dem Ritual überzeugt sind und den Ablauf nicht anzweifeln.«

»So ist es«, stimmte Lucy zu. »Wenn Nina ein Problem damit hat, dass das Ritual gefilmt wird, schafft das Probleme für alle, nicht nur für sie selbst.«

»Du musst ja nicht daran teilnehmen, wenn du nicht willst«, sagte Aaron voller Herablassung zu mir. »Ich habe jetzt Wichtiges zu erledigen. Lucy, mach du weiter.«

Er rauschte hinaus und ließ mich mit Lucy allein.

»Also, zuerst …«

Ich blinzelte verwirrt. Hatte ich gerade etwas verpasst? Lucy war doch eigentlich diejenige gewesen, der Wolfs Filmerei nicht zu passen schien. Aber dann wurde das Ganze auf einmal so hingestellt, als wäre nicht sie, sondern ich dagegen – und plötzlich war ich der Sündenbock und hatte Ärger mit Aaron.

Meine liebe Sophia, du hättest bestimmt sofort etwas gesagt, aber ich war so perplex, dass es mir die Sprache verschlug. Ich konnte gar nicht so recht sagen, was da gerade geschehen war.

Diese Verunsicherung sollte ich noch öfter erleben.

***

Zehn Tage nach Lucys und Tristans Besuch bei der Bank saßen wir zusammen in der Küche, als die Neuigkeit in Bezug auf das Geld durchkam. Es war gegen vier Uhr. Aaron war aus London zurückgekehrt, wo er mit seinem Manager über sein Soloalbum gesprochen hatte. Er war direkt nach oben gegangen, und nun warteten wir darauf, dass er wieder herunterkam und sich zu uns gesellte.

Wir fühlten uns immer ein wenig verloren und unvollkommen, wenn er nicht bei uns war.

Allmählich wurde mir klarer, welche Rolle jeder hatte. Penelope managte Aarons geschäftliche Angelegenheiten. Sie war diejenige, die ans Telefon ging (ihr eloquentes »Hallo?« klang sanft und konnte dennoch in fast jeden Winkel des Hauses vordringen), den Wagen buchte, Aarons Terminplan organisierte und seine Post las – entweder am Frühstückstisch oder in seinem privaten Arbeitszimmer, das sich im oberen Stockwerk neben seinem Schlafzimmer befand und zu welchem außer ihm nur sie Zutritt hatte.

Lucy war für die Gewinnung und Ausbildung der Neuen zuständig.

Wolf war der sogenannte Dokumentarfilmer, aber ich sah nie, dass er irgendetwas filmte. Er saß eigentlich immer nur herum, rauchte Joints und quatschte mit den anderen Männern, und manchmal machte er bei Aarons Jamsessions mit, Bierdose in der Hand.

Welche Aufgabe Tess hatte, blieb mir jedoch ein Rätsel. Ich nahm an, dass sie als Maskottchen fungierte. Auch was Tristan anging, war ich mir nicht sicher, aber ich sollte schon bald erfahren, welche Rolle er spielte.

Michelle hatte uns Lasagne für später zubereitet, und wir freuten uns schon auf die Champagnerflaschen und anderen Leckereien, die eigens bestellt worden waren, um Aarons Rückkehr gebührend zu feiern.

Tristan war gerade dabei, uns zu erzählen, wie er Lucy kennengelernt hatte.

»Das war in Glastonbury.«

»Ja, stimmt!« Lucy saß mit übereinandergeschlagenen Beinen auf dem Barhocker an der Tür und genoss die Aufmerksamkeit.

»Irgendwie hatten Xanthe und ich uns im Gewühl aus den Augen verloren …«

»Hieß deine Freundin echt so?«, fragte Wolf ungläubig. »*Xanthe?* Bescheuerter Name.«

»Ich finde ihn schön«, sagte ich.

»Klar«, schnaubte Wolf verächtlich.

»Du weißt ja, Wolf: Wer im Glashaus sitzt, sollte nicht mit Steinen werfen«, sagte Penelope und lächelte boshaft. »Wie lautet denn *dein* richtiger Name?«

»Das geht dich gar nichts an«, sagte Wolf barsch.

»Jedenfalls landete ich irgendwann im Chillout-Zelt«, fuhr Tristan fort. »Und dort lief ich dann Lucy über den Weg.«

»SCHEISSE!«

Das war Aaron, der brüllte, oben in seinem Schlafzimmer auf der anderen Seite des Hauses. Sein Schrei donnerte durch die Galerie und dann die Treppe hinunter bis in die Küche, begleitet vom Krachen eines Gegenstandes, der mit ungeheurer Wucht gegen die Wand geschleudert wurde.

»VERFICKTE SCHEISSE!«

Wir erstarrten alle vor Schreck. Die Stille, die folgte, wurde nur vom Ticken der Küchenuhr und von dem leisen Knistern von Wolfs Joint unterbrochen.

Wir schauten zu Lucy hinüber, die mit versteinerter Miene dasaß. Sie war ganz blass geworden, ihr roter Lippenstift sah wie geronnenes Blut aus. Lucy warf Penelope einen Blick zu, und dann standen beide wortlos auf und verschwanden im Flur. Wir hörten, wie sie die Treppe hochschlichen; die Stufen knarrten verräterisch.

Wir warteten ein paar Sekunden, mit gespitzten Ohren.

»Was ist denn nur los?«, fragte Tess schließlich mit großen Augen.

»Klingt nach schlechten Neuigkeiten«, sagte Wolf. Er schaute Tristan an, der kreidebleich geworden war. »Gab wohl doch ein Problem mit der Bank, was?«

Tristan stand auf und eilte hinaus.

Wolf sah ihm nach. Dann erhob sich Tess und verschwand ebenfalls.

»Was ist hier eigentlich los?«, fragte ich.

Wolf grinste boshaft. »Schätze, Tristans Familie hat den Geldhahn zugedreht.«

»Was soll das denn heißen?«

Er zog eine Braue hoch und deutete um sich. »Was glaubst du wohl, wer das alles hier bezahlt?«

»Aaron natürlich. Oder etwa nicht?«

Wolf schüttelte den Kopf. Er beugte sich vor und linste in den Flur. Dann sah er mich an. »Bist du wirklich so dumm, oder tust du nur so?«

Falls er einen Witz machte, verstand ich die Pointe nicht. »Was soll das denn jetzt? Aaron ist reich. Ihm gehört dieses Haus. Er ist ein Star!«

»Ein Star?« Meine Naivität schien Wolf köstlich zu amüsieren. »Klar. Ein Album hat er gemacht, und dann ist dieser verwöhnter Primadonna-Arsch in hohem Bogen aus der Band geflogen.« Wolf lachte und zog seine Tabakdose hervor. »Der Typ lebt auf viel zu großem Fuß, Süße. Und wenn sein nächster Tantiemen-Scheck eintrudelt, wird er sofort vom Finanzamt eingesackt.«

»Was willst du denn damit sagen?«

»Aaron Kessler ist pleite!«

»Das glaube ich nicht.«

»Das ist aber so.«

»Aber wie … das ergibt doch überhaupt keinen Sinn!«

»Tristan bezahlt das alles hier. Dieser Vollidiot. Den Tausend-Pfund-Cognac, das Essen, die Kerzen, das Kaminholz, ja sogar die Kondome! Das war mal *sein* Haus. Aaron ist sein *Guru.*« Wolf beugte sich verschwörerisch zu mir. Er roch nach Cannabis und Schweiß. »Tristans Eltern sind vor einigen Jahren bei einem Verkehrsunfall ums Leben gekommen. Sie waren stinkreich. Und wie es sich für stinkreiche Leute gehört, richteten sie für ihren geliebten Sohn ein Treuhandkonto ein, um ihn im Falle ihres vorzeitigen Ablebens abzusichern. Das Geld sollte ihm aber eigentlich erst mit einundzwanzig ausgezahlt werden. Irgendwann tapste der gute Tristan dann wie ein verlorenes Hündchen in Glastonbury herum, und dort traf er auf Lucy, die ihn natürlich sofort mit Aaron bekannt machte. Und rate mal, was dann passiert ist.« Er grinste. Das Ganze machte ihm wirklich Spaß. »Im Juni dieses Jahres erhielt Tristan die erste Auszahlung. Dreißigtausend Pfund, plus die Grundstücksurkunde für dieses Haus. Er hat das Haus sofort auf Aaron überschrieben. Und fünf Monate später war das ganze Geld futsch.«

Ich starrte Wolf fassungslos an.

Er zuckte mit den Achseln und fischte einen fertig gedrehten Joint aus der Dose. »Natürlich bestand immer das Risiko, dass die Leute, die sich um Tristans Treuhandkonto kümmern, dahinterkommen. Aber gegen Dummheit ist eben kein Kraut gewachsen. Und Tristan ist ein echter Volltrottel.«

Ich wollte nicht glauben, was Wolf mir da erzählte. Ich war schockiert und zutiefst empört. Wie konnte dieser Kerl es wagen, so schlecht über Aaron zu reden?

»Ich bin sicher, dass Aaron Tristan alles zurückzahlen wird«, sagte ich ungelenk.

Wolf lachte auf und zündete sich den Joint an. »Na klar, Süße. Rede dir das ruhig weiter ein. Viel interessanter ist allerdings die Frage, wo Aaron jetzt die Kohle für Peter Clay herbekommt.« Er nahm einen Zug und stieß selbstzufrieden Rauch aus. »Aaron hat nämlich einen Riesenberg Schulden bei Peter, und der wartet nicht gern auf sein Geld.«

»Peter?«

»Oh, ich vergaß. Den guten Peter kennst du ja noch gar nicht.« Wolf verzog angewidert das Gesicht. »Dieses Highlight steht dir noch bevor.«

***

Beim Frühstück war Tristan sehr still, und Penelope setzte ein Gesicht auf, als hätten wir ihr etwas Unverzeihliches angetan.

Nach dem Frühstück meldete ich mich bei Lucy im Speisesaal.

Seit Lucy den Termin für das Ritual festgelegt hatte, wurde regelmäßig meditiert und gesungen. Die Teilnahme an den Sitzungen war Pflicht, zumindest für Tess, Penelope, Lucy, Tristan und mich. Aaron und Wolf ließen sich nie blicken.

Lucy und die anderen hatten mir eingetrichtert, dass die »rituelle Energie« sich nur dann entfalten könne, wenn wir uns geistig »öffneten«. Um dies zu üben, nahmen wir den Lotussitz ein und sangen stundenlang Gebete, an die ich mich kaum noch erinnern kann; nur eine Zeile ist mir noch im Gedächtnis geblieben, »Voller Inbrunst bitte ich dich / Mit Kreativität erfülle mich«.

Die anderen machten begeistert mit und berichteten sogar, dass sie dabei kleine Erleuchtungen hatten oder das Gefühl, aus ihrem Körper zu treten. Mir passierte das allerdings kein einziges Mal – ich langweilte mich bloß und fand es zudem anstrengend, die ganze Zeit in dieser Position dazusitzen. Aber das ließ ich mir natürlich nicht anmerken; stattdessen lächelte ich genauso selig wie die anderen. Nur Lucy ließ sich nicht zum Narren halten; ständig brummte sie mir zusätzliche »Trainingsstunden« auf.

Damals hätte ich es niemals zugegeben, selbst dann nicht, wenn man mir Daumenschrauben angelegt hätte, aber die Gesänge und Gebete klangen genauso überladen und stümperhaft wie die Lieder auf Aarons Soloalbum.

»Es ist wichtig, dass du das genauso gut beherrschst wie die anderen, Nina«, sagte Lucy immer wieder. »Jetzt komm schon. Versuch es noch einmal.«

Ihrer Ansicht nach machte ich keinerlei Fortschritte. Wenn ich mich zu ihr und den anderen gesellte, passierte es immer öfter, dass die anderen aufhörten zu reden oder so leise wurden, dass ich kein Wort verstand. Aaron konnte ich auch nicht mehr um Rat fragen; er verbrachte die Nächte nun abwechselnd mit Lucy, Penelope oder Tess. Wenn überhaupt, sah ich ihn abends, wenn wir uns alle am Kamin versammelten.

Ich fühlte mich immer unwohler. Die anderen vermittelten mir den Eindruck, selbst dafür verantwortlich zu sein, dass ich keine Fortschritte machte.

Allmählich bekam ich das Gefühl, das zu werden, was alle am meisten fürchteten: ein negativer Einfluss.

Meine Loyalität Aaron gegenüber blieb jedoch ungebrochen. Durch das Getrenntsein von ihm wurde sie sogar noch stärker, und wenn ich das Glück hatte, abends einen Blick auf ihn zu erhaschen, kam es mir so vor, als wären meine ermüdenden Sitzungen mit Lucy und Penelopes pausenlose Sticheleien nur ein böser Traum und meine Nächte mit ihm die Realität.

Doch am nächsten Morgen landete ich jedes Mal unsanft auf dem Boden der Tatsachen.

Eines Tages hatten die anderen vor, in die Stadt zu fahren. Ich wollte unbedingt mitkommen. Meine Sehnsucht, Rosie anzurufen und mit ihr über alles zu reden, wurde immer größer. Im Haus konnte ich nicht ungestört mit ihr telefonieren, weil ich rund um die Uhr mit den anderen zusammen war und unter ständiger Beobachtung stand.

Mein Drang, mit Außenstehenden zu sprechen, war so groß geworden, dass ich sogar meine Eltern angerufen hätte. Lucy hatte mich schon vor einer Weile dazu gedrängt, ihnen eine Postkarte zu schreiben und ihnen mitzuteilen, dass ich mich bei Freunden aufhielt und sie sich keine Sorgen zu machen brauchten. Auf diese Weise wollte Lucy vermeiden, dass meine Eltern auftauchten und sich in meine »spirituelle Entwicklung« einmischten. Meine Beteuerungen, dass meine Eltern garantiert nicht auf den Gedanken kämen, so etwas zu tun, wollte sie nicht gelten lassen. Also hatte ich ihrem Drängen nachgegeben, und als die Postkarte fertig war, hatte sie sie mir förmlich aus der Hand gerissen und an Penelope übergeben.

Und wie es aussah, machten meine Eltern sich tatsächlich keine Sorgen.

Beim Frühstück hatte Penelope meine Hoffnung, mit den anderen in die Stadt fahren zu können, mit einem boshaften Lächeln zunichtegemacht. »Solltest du nicht besser weiterüben, Nina? Wie ich hörte, musst du noch an dir arbeiten.«

Und damit war das Thema erledigt.

»Versuch den Gesang noch mal«, sagte Lucy und seufzte, als wäre ich ein hoffnungsloser Fall. Sie gab mir niemals Ratschläge, blickte mich nur finster an, wenn ich etwas falsch machte. »Am Tag des Rituals können wir uns keine Fehler erlauben.«

»Weißt du, Lucy, vielleicht würde es mir leichterfallen, wenn ich mir mal Wolfs Filmaufnahmen ansehen könnte.«

»Was?«, fragte sie empört. »Warum?«

»Es kann doch sein, dass es mir helfen würde, wenn ich sehe, wie das Ritual eigentlich abläuft«, sagte ich zaghaft.

»Kommt überhaupt nicht infrage!«, kreischte sie. »Du musst dich einfach nur auf das einlassen, was ich versuche, dir beizubringen! Weißt du, Nina, ich habe wirklich Besseres zu tun. Ich opfere dir meine kostbare Zeit, und so dankst du es mir?«

»Aber ich wollte doch nur …«

»Hat Wolf dich etwa auf die Idee gebracht?«, fauchte sie.

»Nein!«

»Was ist denn hier los?«, fragte eine fremde Stimme.

Wir hatten gar nicht bemerkt, dass ein Mann in der Tür stand. Ich hatte ihn noch nie zuvor gesehen; er war so dürr wie ein Junkie, abgesehen von seinem Bierbauch. Sein Gesicht war zerfurcht und sein Haar fast völlig ergraut, was ihn jedoch nicht davon abhielt, sich mit Vokuhila und jugendlichen Klamotten zu präsentieren: Zum knallbunten, asymmetrisch geschnittenen Sakko trug er weiße Converse-High-Tops.

Dabei sah er gar nicht aus wie ein Basketballspieler.

»Hallo, Peter!«, flötete Lucy und strahlte ihn an, als wäre sie hocherfreut, ihn zu sehen.

»Hallo!«, sagte ich ebenso fröhlich.

Der Mann musterte mich aus gelblichen Augen, dann wandte er sich Lucy zu. »Ist das der Ersatz für Sarah?«

»Für wen?«, fragte Lucy strahlend, als hätte sie den Namen noch nie gehört.

»Das ging ja schnell.« Er grinste mich an. »Wie bist du denn in diesem Irrenhaus gelandet?«

Ich wusste nicht, was ich sagen sollte.

Aber er rechnete ohnehin nicht mit einer Antwort. »Ist er da?«, fragte er Lucy.

»Aaron? Nein, leider nicht. Er ist beim Tontaubenschießen. Wir haben erst heute Abend mit dir gerechnet …«

»Tontaubenschießen. Was du nicht sagst, Luce. Der faule Arsch ist bestimmt noch im Bett. Hat er mein Geld?«

Ich war empört: Schon wieder jemand, der es wagte, schlecht über Aaron zu reden. Wolf hatte schon genug über ihn hergezogen. Meine Verbundenheit mit Aaron war dadurch nur noch stärker geworden. Aaron brauchte mich. Er hatte recht gehabt; es gab wirklich zu viele negative Einflüsse in seinem Leben.

Eine ungeheure Wut stieg in mir hoch. Wenn dieser Peter so weitermachte …

»Ich dachte, du wärst noch in Deutschland«, sagte Lucy.

»Nein«, erwiderte Peter. »Ich hab einen früheren Flug genommen und bin dann von Heathrow direkt hierhergefahren.« Er wandte sich wieder mir zu. »Und, neues Mädchen, wie heißt du?«

»Ähm … Nina.«

»Nina. Sieh mal einer an.« Er grinste und betrachtete mich eingehend. »Freut mich, *Nina*.« Sein Blick blieb an meinem Busen hängen. »Ich kann es kaum erwarten, dich näher kennenzulernen.«

KAPITEL 15

Der widerliche Peter blieb vier Tage, und jeder Tag lief nach dem gleichen Schema ab. Peter dröhnte sich mit Aaron und den Jungs zu, und je nach Lust und Laune veranstalteten sie eine kleine Jamsession mit Aarons Instrumenten. Und wir Mädels saßen um sie herum auf dem Boden, servierten ihnen Drinks und taten so, als fänden wir Peters Witze lustig.

Gegen ein Uhr morgens suchte Peter sich dann ein Mädchen aus und zog sich mit ihm zurück. Am ersten Abend nahm er Tess.

Die zweite Nacht hätte er am liebsten mit mir verbracht. Schon am ersten Abend hatte er mich ständig »Supertitte« genannt, und als er mit Tess nach oben verschwunden war, hatte Aaron sich zu mir gesetzt, mir tief in die Augen geblickt und mir mit ernster Miene erklärt, dass Peter wie ein Vater für ihn sei. Er sei zwar ein schrecklicher Rüpel, aber er trage das Herz auf dem rechten Fleck. Er habe ihn sehr gern.

»Peter ist Aarons Dealer«, hatte Wolf mir später unter vier Augen erzählt. »Alles klar? Und ihr Mädels seid dazu da, ihn bei Laune zu halten. Falls du verstehst, was ich meine.« Und dann hatte er grinsend an seinem Joint gezogen.

***

Am zweiten Abend jammerte Peter, dass ich die Einzige sei, mit der er noch nie Sex hatte.

Aaron winkte ab. »Nina ist neu hier. Ihr habt euch noch gar nicht richtig kennengelernt.«

»Na, das wäre doch aber die perfekte Gelegenheit für uns!«, grinste Peter und entblößte seine braunen Zahnstummel.

Ich lächelte, als hätte er wieder einen Witz gemacht, aber mir wurde ganz übel vor Schreck.

Am dritten Abend fing Peter wieder an zu jammern. Diesmal sagte Aaron nichts, sondern schaute zu mir herüber.

Mein entsetzter Blick brachte ihn dazu, Peter seinen Wunsch abermals auszureden.

Als ich am nächsten Morgen nach unten kam, begegnete ich Lucy. Sie war gerade dabei, die leeren Gläser und Flaschen einzusammeln. Seltsamerweise war außer uns noch niemand aufgestanden.

Anstatt mich zu begrüßen, blickte Lucy nur kurz auf. Dann sagte sie: »Weißt du, Nina, es ist ziemlich egoistisch von dir, zu erwarten, dass nur wir anderen uns um Peter kümmern.«

»Aaron hat mir gesagt, dass ich nichts tun muss, womit ich mich unwohl fühle«, entgegnete ich. Ich hatte schon geahnt, dass dieser Vorwurf kommen würde, und die ganze Nacht gegrübelt, wie ich am besten darauf reagieren konnte. »Und abgesehen davon ist Peter auch kein Mitglied des Ordens.«

»Das stimmt«, sagte Lucy und nahm meine Hand, als hätte sie Verständnis für mich. »Aber Aaron hält sehr große Stücke auf Peter, und es gibt Peter ein gutes Gefühl, wenn wir … nett zu ihm sind. Und das wiederum gibt Aaron ein gutes Gefühl. Du weißt doch, dass er momentan wahnsinnig unter Stress steht.«

Ich schwieg.

»Willst du denn nicht auch mal etwas Gutes für Aaron tun? Er hat doch auch schon viel Gutes für dich getan.«

Ich schluckte. Die Vorstellung, dass Aaron von mir enttäuscht sein könnte, war grauenhaft.

Lucy ließ mich wieder los und wandte sich ab. »Du bist natürlich zu nichts verpflichtet«, sagte sie kühl, während sie nach einem überquellenden Aschenbecher griff. »Aber es gibt hier nichts geschenkt. Es wird von uns allen erwartet, dass wir uns engagieren.«

»Und Sex mit Peter gehört auch dazu?«

»Wir müssen Aaron unterstützen. Er braucht Ruhe, damit er

sich auf das Wesentliche konzentrieren kann. Denk doch bitte mal nach.«

Ich starrte auf den Aschenbecher in ihrer Hand. »Wieso räumst du eigentlich auf? Darum kümmern sich doch normalerweise die Putzhilfen.«

Lucy drehte sich wütend zu mir um. »Das ist so typisch für dich. Kannst du dich vielleicht auch mal nützlich machen?«

»Wie bitte?«

»Aaron hat die Putzhilfen entlassen! Gestern war ihr letzter Arbeitstag. Wir müssen jetzt selbst aufräumen.«

»Was? Wieso das denn?«

»Weil sie hinter seinem Rücken schlecht über ihn geredet haben«, zischte Lucy. »Wir können solche negativen Energien nicht gebrauchen. Wenn wir das Ritual das nächste Mal durchführen, muss es funktionieren, und alles, was stört, fliegt raus, verstehst du?«

Ich starrte sie sprachlos an.

»Verstehst du, Nina?«, wiederholte Lucy und funkelte mich wütend an.

Ich schluckte abermals. Ich war zwar naiv, aber selbst mir war inzwischen klar geworden, dass die negativen Energien nicht von den Putzhilfen ausgingen, sondern auf Aarons Kokainkonsum zurückzuführen waren. Und die Putzhilfen waren natürlich nur deshalb entlassen worden, weil Aaron das Geld aus Tristans Treuhandkonto verpulvert hatte und sich keine Putzhilfen mehr leisten konnte. Aber das hast du dir bestimmt schon gedacht, meine liebe Sophia, denn du hast die Dinge schon immer viel schneller durchschaut als ich.

Ein Schauer jagte mir über den Rücken.

»Ja«, stammelte ich. »Ich verstehe.«

***

Lucy hatte mich dazu verdonnert, den Tag mit Meditieren und Singen zu verbringen (allein, da sie angeblich keine Zeit hatte, um mich anzuleiten). Als ich gegen vier Uhr endlich aufhören durfte, verzog ich mich nach oben in die Galerie, einen der wenigen Orte, wo weiterhin rund um die Uhr ein Kaminfeuer loderte, und setzte mich dort auf den Boden. Nach einer Weile kam Wolf dazu. Er ließ sich mir gegenüber nieder und drehte sich einen Joint, allerdings nur einen dünnen. Er wollte offenbar sparsam sein.

Schneeflocken wirbelten gegen die Fensterscheiben. Ich genoss die Wärme des Kaminfeuers im Rücken; es war fast schon ein bisschen zu heiß. Draußen wurde es langsam dunkel. Ich starrte auf die drei Tarotkarten, die vor mir auf dem schwarzen Seidentuch lagen.

»Und, was hast du gezogen?«, fragte Wolf.

»Den Stern, den Herrscher und die Drei der Schwerter«, sagte ich.

Er steckte sich den Joint zwischen die Lippen und zündete ihn an. Dann fragte er: »Irgendwelche Besonderheiten?« Mit Tarotkarten kannte er sich seltsamerweise gut aus, obwohl er angeblich nicht an den Unsinn glaubte.

Ich strich mir nachdenklich übers Kinn. »Der Herrscher steht auf dem Kopf.«

»Und das bedeutet …?«

»Ähm …«

»Ein unsicherer Mann, der alles kontrollieren will.« Wolf verschränkte die Hände hinterm Kopf. »Die Frage lautet: Wird Aarons Ritual diesmal funktionieren? Und die Antwortet lautet …?«

»Ich weiß es nicht.«

»Die Antwort lautet: Nein. Es wird weder diesmal noch in Zukunft funktionieren.« Er zuckte mit den Schultern. »Aber das hätte ich dir auch so sagen können.«

Wolf steckte keine Zeit und Energie in die Vorbereitung des

Rituals, so wie wir. Er sollte bloß alles filmen. Den anderen schien das nicht zu passen. Vielleicht wollten sie nicht, dass das Ritual aufgezeichnet wurde. Vielleicht war Wolf ihnen aber auch einfach nur unsympathisch.

Ich war mir selbst nicht sicher, ob ich ihn mochte. Was uns verband, war Morningstar. Und in unserem kleinen Paradies war Aaron der Gott. Vielleicht war Wolf die Schlange. Aber irgendwie passte das nicht zu ihm.

Wie auch immer, ich traute Wolf nicht.

Doch wenn ich ehrlich bin, traute ich damals niemandem mehr. Ich wollte es nur nicht wahrhaben. Stattdessen redete ich mir ein, dass es keine Rolle spielte, ob ich an das Ritual oder an den Orden glaubte oder daran, dass die stundenlangen Meditations- und Gesangsübungen mich spirituell tatsächlich weiterbrachten. Darum ging es nicht.

Es ging darum, dass ich an Aaron glaubte und ihn mit meiner ganzen Kraft unterstützte.

Und doch wollte ich nicht auf die Zwiegespräche mit Wolf verzichten. Irgendwie taten sie mir gut, auch wenn ich vieles von dem, was er sagte, als Neid abtat.

»Wenn du so denkst, warum bist du dann überhaupt hier?«, fragte ich ihn.

»Wo soll ich denn sonst hin?« Er zuckte mit den Schultern und grinste.

»Hey!«, rief eine heisere Stimme von unten. »Jemand da?«

Peter.

»Wir sind hier oben!«, rief Wolf und verzog bedauernd das Gesicht.

Schon waren schwere Schritte auf der Treppe zu hören. Ich griff schnell nach den Karten und steckte sie zurück in den Stapel.

»Was treibt ihr denn hier? Kleines Schäferstündchen vorm Kamin?«, fragte Peter. Er war in London gewesen, um einiges zu erledigen.

»Ich bringe Nina Tarot bei«, sagte Wolf.

»Wer's glaubt, wird selig«, feixte Peter. Seine Schuhe waren voller Schnee. Er hatte eine zerschlissene lederne Aktentasche dabei.

Ich hielt den Blick gesenkt, als er näher kam. Wolf stand auf, um ihn zu begrüßen. Sie klopften einander kurz auf die Schulter.

»Und, wie läuft's?«, fragte Wolf.

»Gut, gut«, sagte Peter. »London war wie Scheiß-Grönland, alles zugeschneit. Ich habe zwei Stunden gebraucht, um aus Mile End rauszukommen.« Er stupste mich mit seiner nassen Schuhspitze am Bein. »Hey, Supertitte, machst du mir einen Tee? Ich bin am Verdursten.«

»Klar«, sagte ich und stand auf, vermied es jedoch weiterhin, ihn anzuschauen. »Willst du auch einen, Wolf?«

»Ja, danke.«

»Na logisch will er auch einen!« Peter gab mir einen Klaps auf den Hintern, als ich an ihm vorbeikam. Ich rang mir ein Lächeln ab und ging nach unten.

Ich setzte Teewasser auf und starrte düster auf den Kessel. Ich hörte, wie die beiden sich oben angeregt unterhielten, konnte jedoch nicht verstehen, was sie sagten.

Meine Gedanken schweiften zum Ritual. Wolf hatte meine größte Befürchtung genährt: dass das Ritual nicht funktionieren würde, Aaron die göttliche Inspiration verwehrt blieb und er für sein Soloalbum keinen Vertrag bekommen würde.

Aarons Manager, Louis, hatte das Demotape von *The Magus* bereits an sämtliche Plattenfirmen verschickt, und beim Abendessen verkündete Penelope regelmäßig gute Neuigkeiten, etwa: »Louis hat mir heute erzählt, dass Beggars Banquet total auf das Demoband abfährt!« oder »EMI will es unbedingt veröffentlichen, sie müssen es nur noch ein paar Leuten in den USA vorspielen!« Aaron quittierte ihre Äußerungen stets mit einem lächelnden Kopfnicken, und wir klatschten natürlich Beifall.

Doch trotz dieser wunderbaren Nachrichten hatte sich bislang nichts Konkretes ergeben.

Ich fragte mich, wie Penelope überhaupt an all diese Informationen gekommen war. Sie hatte behauptet, mit Louis gesprochen zu haben. Aber sie konnte nicht mit ihm telefoniert haben, denn einige Tage zuvor hatte Aaron sämtliche Telefonanschlüsse des Hauses aus der Wand gerissen und gebrüllt, sie seien bloß Abflussrohre, die das Haus mit negativen Energien überfluteten. Die nächste Telefonzelle befand sich in der Stadt. Aber Lucy und ich waren die ganze Zeit im Speisesaal gewesen; wir hätten es mitbekommen, wenn Penelope in die Stadt gefahren wäre.

Das konnte nur eins bedeuten: Irgendwo im Haus gab es doch noch einen funktionierenden Anschluss.

Falls Aaron mit seinem Soloalbum keinen Erfolg hatte, würde er einen Sündenbock suchen. Die Putzhilfen hatte er bereits gefeuert. Und der nächste logische Schritt würde sein, dass er sich gegen *uns* wandte.

Manchmal, wenn er schlecht gelaunt oder betrunken oder beides gewesen war, hatte er das sogar schon angedeutet und düster in die Runde geblickt.

Doch ein Leben ohne Aaron und die anderen konnte ich mir gar nicht mehr vorstellen. Ich war mir sicher, dass das College mich längst exmatrikuliert hatte, da ich nicht mehr zu den Vorlesungen kam. Und meinen Eltern war ich ohnehin egal.

Ich ging wieder hoch, um Wolf und Peter ihren Tee zu bringen. Sie hatten auf den Sesseln vor dem Kamin Platz genommen. Draußen schneite es immer heftiger.

»Vielleicht werden wir ja eingeschneit«, meinte Peter mit einem breiten Grinsen. »Stell dir das mal vor, Supertitte. Wir allein mit der Bonbontüte.« Er schüttelte die Tasche.

Ich quittierte seine Bemerkung mit einem schwachen Lächeln. Ich wollte nicht zu fröhlich wirken, das hätte er als Aufforderung interpretiert.

Es ärgerte mich, dass er weiterhin seine Sprüche vom Stapel ließ, obwohl ich ihm bereits sehr deutlich mein Desinteresse signalisiert hatte. Er machte trotzdem weiter. Meine Meinung interessierte ihn nicht.

Wut stieg in mir hoch, und ich musste mich sehr zusammenreißen, um nichts Unbedachtes zu sagen oder zu tun.

»Wo steckt denn unser lieber Aaron?«, fragte Peter.

»Ich weiß nicht. Vermutlich in seinem Zimmer.«

Peter lehnte sich in seinem Sessel zurück und kratzte sich am Bein. »Dann geh ihn mal holen, meine Süße. Bist ein braves Mädchen.«

***

Mein Klopfen an Aarons Schlafzimmertür wurde mit einem heiseren »Herein!« beantwortet.

Aaron war allein. Er saß in seinem Bett und kritzelte eifrig etwas in sein schwarzes Notizbuch. Mein Blick wanderte unwillkürlich über seinen muskulösen nackten Oberkörper.

»Hallo, Aaron«, sagte ich. Mir schlug das Herz bis zum Hals. »Peter ist da.«

»Ach ja?«, sagte Aaron. »Gut.« Er würdigte mich keines Blickes, sondern kritzelte unbeirrt weiter. Ich schaute auf den Nachttisch. Ein paar gerollte Geldscheine lagen dort, daneben Reste weißen Pulvers. »Ich bin gerade beschäftigt«, fügte Aaron hinzu. »Kannst du Peter bezahlen?«

»Aaron, ich habe kein Geld …«

»Du sollst ihm natürlich *mein* Geld geben, Dummerchen. Der Schlüssel ist in meiner Hosentasche.« Er blickte auf. »Sorry, Nina, aber ich muss unbedingt weiterschreiben.« Er deutete ungeduldig auf seine Jeans, die über der Rückenlehne eines Rokokostuhls hing. »Der kleine goldene Schlüssel am Schlüsselbund. Nimm zwei Tausender aus dem Safe und gib sie ihm. Und vergiss nicht, den Safe wieder abzuschließen.«

»Okay. Alles klar.«

»Und wenn er mehr verlangt, sag ihm, dass er sich gefälligst verpissen soll. Mit genau diesen Worten.«

»Okay«, sagte ich. Aber Aaron hatte sich schon wieder von mir abgewandt.

***

Natürlich schmeichelte es mir, dass Aaron mir so viel Vertrauen entgegenbrachte, doch mir war auch ein wenig mulmig zumute. Nur Lucy und Penelope hatten sein Arbeitszimmer bisher betreten dürfen.

Ich kam mir vor wie Blaubarts Frau, als ich die Tür aufschloss und eintrat. Der Raum war groß, mit Dachschrägen, und eiskalt; der Kamin war aus. Ich blickte durch eines der drei kleinen Fenster. Der Sturm hatte nachgelassen, doch es schneite weiter. Die Landschaft war unter einer dicken weißen Decke begraben. Mein Spiegelbild in der Scheibe hob sich wie die Figur eines Schattentheaters vor der winterlichen Kulisse ab.

Ich ließ den Blick durchs Zimmer wandern. An den Wänden hingen gerahmte Bandfotos und goldene Schallplatten; der Schreibtisch war mit Rechnungen und Mahnungen übersät. Am liebsten hätte ich mich weiter umgeschaut, aber ich hatte einen Auftrag zu erfüllen und wollte nicht trödeln.

Ich kniete mich vor den kleinen Antiktresor und schloss ihn auf.

Geldscheinbündel befanden sich darin; es schienen jedoch nicht allzu viele zu sein. Ich nahm ein paar Bündel heraus, zog die Gummibänder ab und begann, das Geld zu zählen. Es fiel mir jedoch schwer, mich zu konzentrieren, und ich musste mehrmals von vorn beginnen, wobei ich leise vor mich hin fluchte.

Nach einer Weile hatte ich 1765 Pfund vor mir auf dem Teppich liegen. Ich wandte mich wieder zum Tresor, um die restlichen Bündel herauszuholen. Da fiel mein Blick auf einen kleinen Briefstapel, der weiter hinten lag.

Der oberste Brief war an folgende Adresse gerichtet: »Nina Mackenzie, Morningstar, Hetherton, KENT.«

Ich erstarrte.

Dann nahm ich den Brief vorsichtig heraus. Er war vor zwei Wochen abgestempelt worden. Auf der Rückseite stand der Absender: »R. Balcombe, Appartement Nr. 2, 137 Mill Road, Cambridge«.

Der Brief stammte von Rosie.

Warum hatte er in dem Tresor gelegen? Warum hatte ich ihn nicht bekommen?

Der Brief war nicht geöffnet worden. Er fühlte sich ziemlich dick an; Rosie hatte anscheinend viel zu berichten.

Fast hätte ich den Umschlag aufgerissen. Doch dann kam mir plötzlich der Gedanke, dass das Ganze vielleicht ein Test war.

Aaron hatte mir Zugang zu seinem Büro gewährt. Er hatte mir sogar den Tresorschlüssel anvertraut. Meine Hand zitterte, als ich auf den Brief starrte. Eines war klar: Er enthielt mit Sicherheit keine freundlichen Worte über Aaron und die anderen.

Aaron musste damit gerechnet haben, dass ich den Brief finden würde. Er hatte bestimmt nicht vergessen, dass er in dem Tresor lag. Wahrscheinlich wollte er sehen, wie ich reagieren würde, und hatte nur so getan, als sei er beschäftigt.

Er wollte prüfen, wie loyal ich war.

Plötzlich hörte ich eine wutentbrannte Frauenstimme, die aus Aarons Schlafzimmer zu kommen schien. Ich konnte nicht verstehen, was sie sagte, aber ich hörte ihn antworten. Dann war wieder die Frauenstimme zu hören.

Penelope. Sie wurde immer lauter. Sonst war sie die Ruhe selbst.

Das war kein gutes Zeichen. Mein Herz begann zu hämmern.

Dann herrschte plötzlich Schweigen, und ich hörte, wie jemand schnellen Schrittes näher kam. Rasch steckte ich den Brief zurück in den Tresor – gerade noch rechtzeitig, bevor Penelope mit wehenden Haaren hereinstürmte.

Sie starrte mich wütend an.

»Was hast du hier zu suchen?«, herrschte sie mich an.

Ich zuckte eingeschüchtert mit den Schultern. »Aaron hat mich gebeten …«

»Warum ist der Tresor offen?«, unterbrach sie mich.

»Aaron hat mich gebeten, Peter zu bezahlen, und hat mir den Schlüssel gegeben …«

»Raus hier! Aber sofort! Und geh hier nie wieder rein, verstanden?«

Sie packte mich am Arm und zog mich hoch. Sie war sehr zornig, aber ich spürte auch noch etwas anderes bei ihr: Angst.

»Lass mich sofort los!«, rief ich und wand mich aus ihrem Griff. »Aaron hat mir gesagt …«

Da versetzte sie mir eine schallende Ohrfeige.

Der Schock darüber war schlimmer als der Schmerz. Ich hielt mir fassungslos die Wange. Noch nie in meinem Leben hatte mich jemand geschlagen. Selbst mein Vater nicht. Wenn er wütend auf mich war, hatte er im schlimmsten Fall meine Sachen zu Boden geschleudert, aber er hatte niemals die Hand gegen mich erhoben.

»Mach, dass du hier rauskommt!«, schrie Penelope. Sie war völlig außer sich. *»Verschwinde!«*

***

Ich rannte schluchzend hinaus, zurück zu Aarons Schlafzimmer. Die Tür war abgeschlossen. Ich hämmerte dagegen und rief seinen Namen, doch er reagierte nicht.

Ich hastete die Wendeltreppe hinunter. Unten im Speisesaal hörte ich laute Stimmen; eine erhitzte Debatte war im Gange. Doch als ich hereinkam, herrschte plötzlich Stille.

Alle starrten mich an. Aaron war dort, und auch Penelope; sie stand mit verschränkten Armen da und zitterte vor Wut.

»Im Tresor fehlt Geld«, sagte Aaron eisig.

»Was?«

»Du hast den Schlüssel gestohlen.«

»Was?«

»Wo ist das Geld?«

»Ich … Aaron, du hast mir den Schlüssel doch eben gegeben, damit ich Peter bezahle …«

Aaron schwieg und starrte mich finster an. Die anderen scharten sich um ihn.

Das Ganze wurde immer absurder.

»Wo ist das Geld?«, bellte Penelope. »Wo hast du es versteckt?«

»Wie bitte?«

»Durchsucht sie«, befahl Aaron.

Penelope und Lucy stürzten sich auf mich und zerrten so heftig an meinem Kleid, dass es an der Schulter zerriss. Peter stand kichernd im Hintergrund.

»Wo ist das Geld?«, fragte Lucy. Sie klang zutiefst enttäuscht.

»Das ist doch verrückt!«, rief ich. »Ich habe das Geld nicht, und den Schlüssel habe ich auch nicht gestohlen! Aaron, du hast ihn mir doch gegeben!«

Aarons Blick wurde noch finsterer.

»Nina, dir bleibt gar nichts anderes übrig, als es zuzugeben. Wo ist das Geld?«

Ich war sprachlos. Er wusste doch genau, dass ich nichts gestohlen hatte. Und Penelope und die anderen wussten es auch. Das Ganze war völlig absurd.

»Schafft sie in die Scheune«, sagte Aaron.

Die anderen – Lucy, Penelope, Tess, ja sogar Tristan – packten mich und schleppten mich hinaus, die Treppe hinunter. Wolf ging voran und öffnete ihnen die Haustür. Dann zerrten sie mich nach draußen in die eisige Kälte, stießen mich in die

Scheune, verriegelten das Tor und ließen mich allein in der Dunkelheit zurück.

»Lasst mich hier raus!«, schrie ich verzweifelt und hämmerte gegen das Tor. »Lasst mich hier raus!«

Dann brach ich auf dem kalten Betonboden zusammen und weinte.

Wenn alle sich so sicher waren, dass ich das Geld gestohlen hatte, war es vielleicht wirklich so gewesen.

Warum sonst hatten sie mich dort eingeschlossen? Ich konnte das alles nicht begreifen und reagierte schließlich so, wie ich immer reagierte, wenn ich nicht weiterwusste: Ich gab mir selbst die Schuld für alles.

Nach einer Weile rappelte ich mich wieder auf, weil ich fürchterlich fror. Ich war barfuß und hatte nur mein zerrissenes Kleid an. Es war stockfinster in der Scheune, doch ich wusste, dass es irgendwo einen Lichtschalter gab.

Vorsichtig streckte ich die Hände aus und bewegte mich langsam vorwärts, bis ich an die Wand stieß. Dann tastete ich mich behutsam daran entlang, vorbei an Spinnweben und scharfkantigen Gegenständen, bis zum Tor.

Durch den Torspalt konnte ich das Haus und die beleuchteten Fenster erkennen.

Endlich ertasteten meine Finger den Lichtschalter. Ich knipste ihn an, und die Scheune wurde in grelles Licht getaucht. An den Wänden lehnten Werkzeuge und Geräte aller Art.

Meine Füße waren inzwischen so kalt, dass sie wehtaten, die Schmerzen schossen bis in die Beine hoch. Ich versuchte, mich zu beruhigen, indem ich mir einredete, dass die anderen sicher bald einsahen, dass sie sich geirrt hatten, und mich dann wieder aus der Scheune ließen.

Aber bis dahin musste ich unbedingt irgendetwas finden, womit ich mich vor der Kälte schützen konnte.

Bibbernd schaute ich mich um. An den Wänden hingen verschiedene Gartengeräte und Schneidwerkzeuge, daneben stand ein größeres Gerät unter einer Plane. Mit zitternden Händen zog ich die Plane herunter, und ein Sitzrasenmäher kam zum Vorschein. Hastig wickelte ich mich in die Plane ein und nahm auf dem Sitz Platz.

Die Plane war natürlich eiskalt und obendrein dünn; ihr Zweck bestand schließlich nicht darin, eingesperrte und frierende Mädchen warm zu halten, sondern vor Staub und Feuchtigkeit zu schützen. Aber sie war besser als gar nichts. Und der Sitz des Rasenmähers war unbequem, aber so konnte ich wenigstens meine nackten Füße vom kalten Boden fernhalten. Sie taten jetzt kaum noch weh, sondern fühlten sich inzwischen taub an. Meine Hände auch.

Ich wartete. Jedes Mal, wenn ich ausatmete, erschien eine Dampfwolke vor meinem Mund.

Lange konnte es nicht mehr dauern. Sie würden mich bestimmt gleich holen.

»Hey! Bist du da drin?«

Ich zuckte zusammen. Das war Peters Stimme.

»Ich komme jetzt rein! Dann kannst du deine Schulden abarbeiten!«

Panik erfasste mich. Als ich auf das Tor starrte, fiel mir plötzlich auf, dass es auch auf der Innenseite einen Riegel hatte. Schnell stand ich auf, lief zum Tor und schob den Riegel zu.

Dann hörte ich, wie draußen am Tor eine Kette rasselte. Peter stocherte im Vorhängeschloss herum.

Woher hatte er den Schlüssel?

Er versuchte, das Tor aufzuschieben. Der Innenriegel schepperte. Mein Blick irrte über die Sägen, Äxte und Hämmer an den Wänden und blieb schließlich an einer Sichel hängen. Ich riss sie von der Wand und hielt sie schützend vor mich, während Peter weiter am Tor rüttelte.

Dann hörte er auf.

»Jetzt komm schon, Nina, mach auf. Dann können wir über alles reden.«

Aber er hatte natürlich etwas anderes im Sinn. Wenn ich ihn hereinließ, würde er mich vergewaltigen.

Plötzlich war mir, als träte ich aus meinem Körper heraus, und ich hörte, wie eine andere Nina mir langsam und deutlich ins Ohr sprach. Sie sagte, die anderen wollten, dass ich mich auf Sex mit Peter einließ. Sie hätten nicht genug Geld, um ihn für all die Drogen (Aarons Kokain und Wolfs Cannabis) zu bezahlen, und wenn er das Geld aus dem Tresor bekommen hätte, wäre nichts mehr übrig geblieben, denn Tristans Geld sei ja längst ausgegeben. Aaron sei das alles gar nicht klar gewesen, als er mir den Schlüssel gab, aber Penelope schon. Deshalb hätte sie ihn in seinem Schlafzimmer so angeschrien.

Und Aaron müsste Peter natürlich bei Laune halten, mit allen Mitteln.

Ich stand da wie gelähmt. Nein, das konnte nicht wahr sein. Das war völlig undenkbar. Etwas so Schreckliches würde Aaron niemals tun.

Oder doch?

»Scheiß drauf«, hörte ich Peter schließlich knurren.

»Dann erfrier doch, du blöde Fotze.«

Ich wich langsam vom Tor zurück und kauerte mich wieder auf den Rasenmäher.

Die Zeit verging.

Irgendwann hörte ich auf zu frieren und döste ein, schreckte aber immer wieder aus seltsamen Träumen hoch. Einmal war ich felsenfest davon überzeugt, einen lilafarbenen Beutel voller Goldmünzen gefunden zu haben, Aarons Geld, doch dann ließ ich ihn aus Versehen fallen, und die Münzen kullerten auf den Scheunenboden. Als ich sie aufheben wollte, wachte ich auf und erkannte, dass ich bloß geträumt hatte und statt des Beutels noch immer die Sichel in der Hand hielt.

Inzwischen war mir warm, fast schon heiß. Anscheinend hatte ich Fieber. Ich wickelte mich aus der Plane, warf sie beiseite und legte mich auf den Scheunenboden.

Er war gar nicht mehr kalt, was mich ein wenig wunderte. *Steh auf, sonst erfrierst du,* sagte die andere Nina. Doch ich war viel zu müde.

Und dann schlief ich ein.

KAPITEL 16

Als ich die Augen aufschlug, war ich wieder im Haus.

Ich lag auf einer Decke vor dem Kaminfeuer auf der Galerie. Jemand strich mir über die Stirn; es war mir unangenehm, aber ich konnte mich nicht rühren, meine Gliedmaßen waren ganz taub. Und das Feuer war mir zu heiß, obwohl ich fror.

»Sie ist aufgewacht«, hörte ich Wolf sagen. Er war derjenige, der mir über die Stirn strich. Seine Hand stank nach Tabak.

»Seht ihr? Ich habe euch doch gesagt, dass es ihr nichts ausmachen würde.« Lucy klang schnippisch, doch ihre Stimme zitterte leicht.

Ich verbrachte die Nacht bibbernd und benommen vor dem Kamin. Inzwischen hatten sie mich in eine Daunendecke eingewickelt und auf eine Chaiselongue gehoben, die eigens für mich dorthin getragen worden war. Mir war furchtbar kalt. Sie wechselten sich lächelnd ab, um mir heiße Getränke und Cognac (allerdings nicht den *Bisquit Dubouché*, davon war längst nichts mehr übrig) zu bringen und die Kissen für mich aufzuschütteln.

Das Feuer prasselte, die Flammen flackerten unaufhörlich vor meinen Augen, sogar wenn ich mich umdrehte. Sogar wenn ich döste.

Von dem Geld, das ich angeblich gestohlen hatte, war keine Rede mehr.

Aaron ließ sich jedoch die ganze Zeit nicht blicken.

* * *

Selbst jetzt, nach all den Jahren, frage ich mich, was damals eigentlich in Aarons Kopf vorging. Ich bin noch immer sehr wütend auf ihn. Natürlich kam mir der Gedanke, dass er das

Ganze von Anfang an geplant hatte, aber ehrlich gesagt, kann ich es mir nicht vorstellen. Nicht, weil ich ihm gegenüber noch loyal wäre, meine liebe Sophia – darüber bin ich längst hinaus –, sondern weil er kein Typ war, der Pläne schmiedete. Er war vielmehr ein begnadeter Opportunist. Er verstand sich meisterhaft darauf, Chancen sofort zu erkennen und zu seinem Vorteil zu nutzen. Aus den Ressourcen, die ihm zur Verfügung standen, gestaltete er sich die Welt nach seinen Vorstellungen und Wünschen neu, und wir alle waren wie Wachs in seinen Händen, begierig, nach seiner Pfeife zu tanzen.

Als Musiker und als Mensch wurde er vielleicht überschätzt, aber wenn tatsächlich jemand den Kreativen Funken besaß, dann er.

Später berichtete Wolf mir, was tatsächlich passiert war, soweit er es mitbekommen hatte. Penelope war in Aarons Zimmer gestürzt, vermutlich, nachdem sie gesehen hatte, wie ich in seinem Arbeitszimmer verschwunden war; es musste sie wahnsinnig enttäuscht und auch wütend gemacht haben, dass Aaron schon wieder eine ihrer Rivalinnen mit Privilegien ausgestattet hatte, die eigentlich nur ihr zukamen. Dabei hatte er ihr doch hoch und heilig versprochen, dass dies nach Lucy nie wieder passieren würde.

Als Penelope Aaron anschrie, hatte er ihr gegenüber wahrscheinlich nicht zugeben wollen, dass er mir den Tresorschlüssel anvertraut hatte.

Außerdem war ihm in diesem Moment wohl klar geworden, dass sich gerade die perfekte Chance bot, Peter die zweitausend Pfund, die er ihm schuldete, vorzuenthalten. Der angebliche Diebstahl konnte ja später noch aufgeklärt beziehungsweise als Irrtum hingestellt werden.

Aaron hatte wohl damit gerechnet, dass ich mitspielte.

Sie hatten das Scheunentor mithilfe eines Jeeps aufbrechen müssen, um mich herauszuholen.

Die anderen taten so, als hätte dieser Vorfall mich ihnen nähergebracht und einen vormals unsichtbaren Bruch in unserer Beziehung gekittet.

Mir dagegen kam es so vor, als hätte die schneidende Kälte einen tiefen Riss in mir erzeugt. Ich fühlte mich zwiegespalten. Auf der einen Seite stand die Nina, die Aaron bewunderte und sich nach Offenbarung sehnte, weil sie hoffte, dass ihre banale Existenz durch Liebe und spirituelle Erfahrungen endlich einen höheren Sinn erhielt. Und auf der anderen Seite stand die frühere Nina, die ehrgeizige Literaturstudentin, die davon geträumt hatte, selbst Schriftstellerin zu werden.

Diese verschollene, längst vergessene Nina tauchte plötzlich an die Oberfläche, schnappte nach Luft und staunte über ihre neu entdeckte Freiheit.

Und zum ersten Mal seit langer Zeit übernahm sie die Kontrolle.

Was hast du denn jetzt vor?, fragte die gehorsame, stille Nina, Aarons Geschöpf, als die anderen gegangen waren.

»Keine Ahnung«, flüsterte die frühere Nina. »Ich weiß nur eins: Hier bleibe ich auf keinen Fall.«

KAPITEL 17

Ich wartete bis zum Sonnenaufgang. Dann öffnete ich das große Erkerfenster, kletterte hinaus und schlitterte über den vereisten Grasstreifen am Rande des Wassergrabens. Die Haustür hatte ich nicht öffnen wollen, da sie zu laut gequietscht und alle aufgeweckt hätte. Die Schwäne am Ufer zischten mich an, als ich mit meinen beiden Taschen zur Zugbrücke trippelte, Atemwolken vorm Mund.

Wolf saß auf der Eingangstreppe und rauchte. Mit ihm hatte ich nicht gerechnet. Warum war er überhaupt schon wach?

Wahrscheinlich, weil er mich ihm Auge behalten sollte.

Mist.

»Nina!« sagte er. »Was machst du denn da?«

»Wonach sieht es denn aus? Ich haue ab«, sagte ich trotzig.

»Was?« Wolf starrte mich ungläubig an. »Wo willst du denn hin?«

Ich nahm mir eine der großen Wachsjacken, die draußen beim Eingang hingen, und zog sie mir über; sie war eiskalt und roch muffig. Dann streifte ich meine Schuhe ab, griff mir ein Paar Gummistiefel, schlüpfte hinein und verstaute meine Schuhe im Gepäck. »Weiß ich noch nicht. Hauptsache, ich komme weg von hier.«

»Warte …«

»Nein. Lass mich in Ruhe.« Mir war nicht danach, mit ihm zu reden. Er hatte die Haustür aufgehalten, als die anderen mich nach draußen zur Scheune zerren wollten. Ich knöpfte mir die Jacke zu. »Mach's gut.«

Ich stapfte los. Er rief mir nach, doch ich reagierte nicht. Nach einer Weile hörte er auf. Als ich mich umdrehte, war er nicht mehr da, und die Haustür stand sperrangelweit offen.

Ich versuchte, schneller zu laufen, aber der Schnee war rutschig, und außerdem waren die Gummistiefel zu groß; meine Füße fanden kaum Halt darin.

Die Sonne stieg allmählich höher. Es war ein herrlicher Morgen, trotz der Kälte.

Ich schaute mich abermals um. Niemand folgte mir, aber irgendwo hinter mir sprang ein Motor an.

Wolf hat den anderen verraten, dass ich weggelaufen bin, dachte ich. Wut stieg in mir hoch. Doch seltsamerweise bekam ich auch ein schlechtes Gewissen.

Die Bäume an der Auffahrt waren kahl, die umliegende Landschaft schneebedeckt. Es war unmöglich, sich zu verstecken. Die anderen konnten mich vom Haus aus bestimmt sehen.

Sie würden mich bald einholen.

Ich stapfte weiter durch den Schnee. Kurze Zeit später tauchte auch schon ein Jeep neben mir auf. Lucy saß am Steuer.

»Nina!«, rief sie. »Warte!«

Sie wollte mich natürlich zum Bleiben überreden. Ich lief unbeirrt weiter, den Blick nach vorn gerichtet.

»Nina!«, rief sie wieder.

»Was ist?«, rief ich.

»Wo willst du denn hin?«, rief sie. Ich schielte zu ihr hinüber. Sie war kreidebleich. Bestimmt hatte sie einen Kater.

»Nach Hause!«, antwortete ich und stapfte weiter.

»Bei dem Wetter?«, rief Lucy. »Bist du verrückt?«

»Hier bleibe ich jedenfalls nicht!«, gab ich zurück.

Lucy hielt den Jeep an, sprang heraus und rannte mir nach. »Nina, bitte!« Sie holte mich ein. »Ich weiß, letzte Nacht war schlimm. Aber so darfst du nicht gehen.«

»Schlimm nennst du das?«, rief ich. Mein Zorn war stärker als meine Schuldgefühle. »Das war das *Allerletzte!*«

»Ja, es war schrecklich, ich weiß. Du hast recht. Aber bevor du gehst, lass uns bitte wenigstens darüber reden. Wir können dich doch danach zum Bahnhof bringen. Und Geld für die Fahrkarte brauchst du doch auch.«

Ich blieb stehen und sah sie schweigend an. Trotz allem, was geschehen war, klang ihr Angebot sehr verlockend. Und ich würde Aaron noch einmal sehen können.

Du willst ihn doch nie wiedersehen, hast du das schon vergessen?!, rief die frühere Nina. *Genau deshalb willst du doch weg von hier! Außerdem: Wenn ihm wirklich etwas an dir läge, hätte er Lucy nicht vorgeschickt, sondern wäre selbst gekommen!*

Ich schüttelte den Kopf.

»Dann verabschiede dich doch wenigstens von Aaron und den anderen!«, drängte Lucy. »Aaron ist ganz verzweifelt, er würde wirklich wahnsinnig gern mit dir reden.« Sie blickte mich flehend an. Dann griff sie nach meiner Hand, so wie ganz am Anfang, und sagte: »Komm schon!«

Ich ließ mich erweichen.

***

Als ich die Tür zu Aarons Arbeitszimmer öffnete, kam ich mir ein weiteres Mal wie Blaubarts Frau vor; als täte ich etwas Verbotenes und riskierte eine schlimme Strafe. Ich musste mich zwingen, nicht zum Tresor hinüberzuschauen.

Aaron saß hinten in der Ecke in einem Sessel, aber seine Präsenz war im gesamten Raum zu spüren. Ich schluckte und versuchte, ihn anzuschauen, aber ich brachte es nicht fertig. Er hatte die übliche Wirkung auf mich: Ich spürte Angst, Bewunderung und grenzenlose Sehnsucht.

Er verkörperte alles, was ich über die Liebe zu wissen glaubte.

Er sah zerknirscht aus und trug sein Hemd bis oben zugeknöpft. Er versuchte wohl, seriös zu wirken.

Er spielt dir nur etwas vor, sagte die wiederauferstandene Nina. *Wann kriegst du das endlich in deinen Dickschädel? Das ist nur Show, nichts weiter.*

»Du wolltest uns verlassen«, sagte er mit todtrauriger Miene, als wäre er zutiefst enttäuscht.

»Ja«, antwortete ich mit bebender Stimme. »Ich dachte, du wolltest mich loswerden.«

»Nein, Nina«, sagte er leise. »Das war nie meine Absicht.«

»Hm«, sagte ich. Ich zitterte, weil es so schwer war, ihm zu widersprechen. Aber ich überwand meine Angst. »Gestern Abend hatte ich aber einen anderen Eindruck. Du hast mich beschuldigt, deinen Tresorschlüssel und dein Geld gestohlen zu haben.«

»Alle haben gestern Abend Dinge gesagt und getan, die sie bereuen«, erwiderte Aaron. Zum ersten Mal sagte er etwas, das einer Entschuldigung gleichkam, und es fiel ihm sichtlich schwer. »Dinge, die verletzen sollten, aber nicht wirklich ernst gemeint waren. Du weißt ja, dass ich unter gewaltigem Stress stehe, Nina. Du kannst dich wahrscheinlich nicht in meine Lage versetzen. Aber ich bin für alles hier verantwortlich. Und ich muss unbedingt den Solo-Deal bekommen. Das nimmt meine gesamte Energie in Anspruch. Und manchmal bricht diese Energie hervor, verstehst du? Das, was wir hier machen, setzt viel Gutes frei, aber manchmal eben auch Schlechtes.«

»Ja, das habe ich gemerkt«, sagte ich voller Bitterkeit.

»Jetzt sei nicht so«, sagte er. Es klang wie ein Befehl, und sofort kehrte die Angst zurück, ihm zu widersprechen. »Du brauchst mich doch. Und ich brauche dich auch. Das ist mir jetzt klar geworden. Ich brauche dich mehr denn je.«

»Du brauchst mich nicht«, entgegnete ich tapfer. »Ich bin doch nur als Ersatz für Sarah hier, wer auch immer das war. Sie muss ja richtig toll gewesen sein.«

Aaron erstarrte kurz. Damit, dass ich Sarah erwähnen würde, hatte er nicht gerechnet. Dann schnaubte er, als hätte ich etwas vollkommen Lächerliches gesagt. »Wer hat dich denn auf diesen Unsinn gebracht?«

Ich zuckte mit den Schultern. Ich wollte Tristan nicht in

Schwierigkeiten bringen. Der Ärmste hatte bestimmt schon genug Ärger, weil ihm der Geldhahn zugedreht worden war.

Aaron schüttelte fassungslos den Kopf. »Hast du denn gar nicht begriffen, wer ich bin? Und wer du bist? Und was du mir bedeutest?« Er stand auf und kam auf mich zu.

Das Tragische war, dass er recht hatte. Ich begriff damals tatsächlich nicht, wer er war. Und ich begriff nicht, dass in unserer Beziehung nur ihm das Privileg zustand, den anderen abzulehnen. Ich begriff nicht, dass seine Wertschätzung meiner Person von bestimmten Bedingungen abhing. Wenn er sich meiner sicher sein konnte, bedeutete ich ihm so gut wie gar nichts. Erst wenn ich ihm die kalte Schulter zeigte, wurde ich für ihn begehrenswert.

Im Kamin prasselte das Feuer. Die Uhr auf dem Sims tickte laut.

»Nina, du darfst nicht gehen«, sagte Aaron. »Ich brauche dich. Du bist ein Geschenk, das ich viel zu lange als selbstverständlich betrachtet habe. Letzte Nacht ist mir das endlich klar geworden. Du bist diejenige, die im Mittelpunkt stehen muss, nicht Lucy. Du bist die Stärkere. Du allein kennst den Weg.«

Mein Herz begann zu hämmern.

»Ich? Was meinst du damit?«

»Dass ich das Ritual mit dir zusammen durchführen muss.« Er nickte bekräftigend.

»Aber ich …«

»Ich weiß, ich weiß«, sagte er und legte seine Hände sanft auf meine Schultern. »Doch ich habe es endlich erkannt. *Du* bist dazu bestimmt, meine Empfängerin zu sein. *Du* bist das Gefäß, das die Offenbarung auffangen soll. Verstehst du? Die vergangene Nacht hat viele Erkenntnisse gebracht, über dich und über mich. *Du* hast das Licht in dir, das mir den Weg zeigen wird.«

»Ich … Ich weiß nicht …«, stammelte ich.

»Doch, so soll es sein«, sagte er. »Hab keine Angst. Es wird wunderbar werden. Absolut einzigartig. Komm her.«

»Aber wie wird das ablaufen? Was soll ich machen?«

»Ich werde dir zeigen, was zu tun ist. Der Kreative Funke wird dich leiten. Uns steht etwas Herrliches bevor. Wir werden in eine neue Sphäre vordringen.«

Ich war überwältigt. *Ich* würde im Mittelpunkt des Rituals stehen. All das Leid, das ich durchgemacht hatte, meine Angst, als ich in der Scheune eingesperrt war, und auch meine Flucht waren dazu bestimmt gewesen, dem höheren Ziel zu dienen. Ich war zu Tränen gerührt.

Findest du nicht, dass das alles zu schön klingt, um wahr zu sein?, fragte die frühere Nina.

»Ach, Nina.« Aaron küsste mich und nahm mich in seine Arme. »Alles wird gut.«

Ich nickte. Ich hatte keine Ahnung, was auf mich zukam, aber ich glaubte ihm.

KAPITEL 18

Wolf war über diese neue Entwicklung ganz und gar nicht erfreut.

Er war noch schlechter gelaunt als sonst und schien zu glauben, dass ich Aaron zu der Planänderung überredet hatte. Er wurde regelrecht wütend, als er erfuhr, dass statt Lucy nun ich das Ritual mit Aaron durchführen sollte.

Lucy dagegen schien keinerlei Groll gegen mich zu hegen; als Aaron die Änderung in der Runde verkündete, umarmte sie mich. Penelope wiederum stand das Missfallen wie üblich ins Gesicht geschrieben, aber sie hatte wohl noch immer nicht verdaut, dass Aaron mir Zugang zu seinem Arbeitszimmer gewährt, geschweige denn, mich überhaupt nach Morningstar eingeladen hatte. Doch da sie mir nichts mehr anhaben konnte, ließ sie ihren Frust an Tess aus.

Ich selbst war vor allem verunsichert, auch weil ich noch immer nicht wusste, was eigentlich von mir erwartet wurde. Lucy sagte nur: »Du wirst von göttlicher Eingebung gelenkt werden und Aarons Kreativer Funke sein.«

Aaron erzählte mir, dass wir eine symbolische Vermählungszeremonie halten würden. »Mach dir keine Sorgen, kleine Nina«, sagte er, schloss mich in seine Arme und gab mir einen Kuss auf die Stirn. »Folge mir einfach und tue nur das, womit du dich wohlfühlst.«

Mehr erfuhr ich nicht.

Ich wurde immer nervöser. Wenn das Ritual abermals fehlschlug und Aaron seinen Solo-Deal nicht bekam, würden alle mir die Schuld zuweisen, so ungerecht das auch sein mochte. Doch ich bemühte mich, alle negativen Gedanken zu verdrängen, und redete mir ein, dass der Heilige Trank sicher nur ein harmloser Kräutertee war.

Trotzdem ließ mir die Frage, warum Lucy mir bei dem Ritual so bereitwillig ihren Platz überlassen hatte, keine Ruhe.

Du kannst jederzeit gehen, sagte ich mir. Aber ich war mir nicht sicher, ob das stimmte, denn ich hatte ständig das Gefühl, beobachtet zu werden, weil Zweifel an meiner Loyalität bestanden. Und vertrauliche Gespräche mit Wolf, so wie früher, kamen für mich nicht mehr infrage.

Um mich abzulenken, konzentrierte ich mich voll und ganz darauf, zusammen mit den anderen das Ritual vorzubereiten. Wir trafen uns regelmäßig zu Gebeten und geführten Meditationen; wir saßen im Kreis mit Aaron in der Mitte und verbrachten die Tage mit spirituellem Stumpfsinn.

Die übrigen Aktivitäten in Morningstar blieben nach Geschlechtern aufgeteilt. Wir Frauen hatten die Aufgabe, zu kochen, zu putzen und Tee und Kaffee für die Männer zuzubereiten, die sich oben die Zeit mit Jamsessions und Kiffen vertrieben, während sie auf das Abendessen warteten.

Ein Gutes hatte das Ganze jedoch: Peter war wie vom Erdboden verschluckt. Anscheinend hatte er wegen mir die Flucht ergriffen.

***

»Du weißt aber schon, worauf das alles hinausläuft, oder?«, fragte Wolf. Er stand mit dem Rücken an die Hintertür gelehnt. Der Mond stand am Himmel, doch Wolfs Gesicht blieb im Dunkeln.

Er hatte gesagt, dass er mir helfen wollte, den Müll aus der Küche zum Komposthaufen zu tragen. Michelle, die Köchin, war einige Tage zuvor gegangen, nachdem sie sich mit Penelope über den Lohn gestritten hatte, der ihr noch zustand; sie hatte keine Lust mehr gehabt, sich weiter vertrösten zu lassen.

Wolfs Hilfsangebot überraschte mich. Wir hatten kaum noch miteinander geredet, seit er mich an dem Morgen, als ich weglaufen wollte, bei den anderen verpfiffen hatte. Meine neue Rolle bei dem Ritual schien ihm noch immer nicht zu passen.

Er machte es mir wirklich schwer, nicht mehr wütend auf ihn zu sein.

»Worauf was hinausläuft?«, fragte ich.

»Na, das Ritual.«

»Klar weiß ich das.«

»Und du hast kein Problem damit?«

»Womit soll ich denn ein Problem haben?«

»Damit, zusammen mit deinem großen Guru einen Porno zu drehen?«

»Was redest du da, Wolf?«, fragte ich genervt.

»Was glaubst du denn, was hinter dieser bescheuerten ›spirituellen Vermählung‹ steckt? Und was der ›Heilige Trank‹ soll?« Er verdrehte die Augen.

»Wolf, ich habe mit Aaron darüber gesprochen. Ich muss nichts machen, womit ich mich nicht wohlfühle. Das wird eine symbolische Vermählungszeremonie, kein Porno.«

Wolf sah mich schweigend an. Dann sagte er: »Klar wird das ein Porno. Mit dir als Hauptdarstellerin.«

»Jetzt hör endlich auf, Wolf«, erwiderte ich wütend. »Mir hat Aaron etwas anderes erzählt.«

»Ach, Nina«, sagte Wolf. »Hast du denn noch immer nicht geschnallt, wie das bei Aaron läuft? Zuerst setzt er dich unter Drogen, und dann macht er mit dir, was er will.«

»So ein Schwachsinn.«

»Die anderen haben ihre persönliche Sexorgie mit Aaron schon hinter sich. Das weiß ich, weil ich alles aufgenommen habe. Und du wirst die Nächste sein. Ob du willst oder nicht.«

»Du spinnst ja!«, rief ich empört. »Du bist doch bloß eifersüchtig, weil ich mit Aaron zusammen bin.«

Wolf schaute mich finster an.

»Hast du dich eigentlich noch nie gefragt, warum das Ritual gefilmt werden soll?«

»Doch, aber ich kenne den Grund. Aaron hat uns alles erklärt. Es geht darum, die Offenbarung zu dokumentieren.«

»Vergiss den Scheiß, den er euch erzählt hat. Der wahre Grund sieht anders aus.«

»Du lügst doch.« Ich wandte mich von Wolf ab, um die Mülltonne umzudrehen und den Inhalt auf den Komposthaufen zu kippen.

Doch Wolf schnappte sie mir weg, schüttete sie aus und bestand darauf, sie wieder zurück zum Haus zu tragen. Der Schnee knirschte unter unseren Sohlen, als wir zurückstiefelten.

»Hör zu, Nina«, sagte Wolf leise. »Mir ist natürlich klar, dass du das Ganze anders siehst als ich. Du hältst es für ein Experiment. Ich wette, du denkst: *Okay, selbst wenn sich später herausstellt, dass Aaron ein verdammter Mistkerl ist* – und ich bin sicher, dass du das in deinem tiefsten Innern längst weißt –, *habe ich mich zumindest getraut, das Risiko einzugehen. Und es wird bestimmt nichts passieren, was ich bereuen müsste.*«

»Ich käme nie auf die Idee, so über Aaron zu denken! Und natürlich wird nichts passieren, was ich bereuen müsste.«

»Das denkst du *jetzt*. Aber weißt du, was passiert, wenn du dich tatsächlich mit Aaron beim Sex filmen lässt?« Wolf schaute mich mit funkelnden Augen an. »Dann hat er dich in der Hand, Nina. Und zwar für immer und ewig. Genauso wie die anderen.«

»Das ist doch …«

»Für immer und ewig.«

Er zündete sich eine Zigarette an, ohne den Blick von mir abzuwenden. »Und eines Tages wird er dich daran erinnern.« Er lächelte bitter und ließ das Feuerzeug wieder in seiner Jackentasche verschwinden. »Irgendwann, wenn du längst nicht mehr hier bist.«

»Was soll das denn heißen?«

»In fünf oder zehn Jahren, wenn du mit einem fetten Managerfritzen oder Buchhaltungsfuzzi verheiratet bist und mit ihm und euren zwei süßen Kindern in einem idyllischen Dorf in den Cotswolds wohnst und ein sorgenfreies Leben führst – dann wird er dich daran erinnern.

Natürlich nicht er selbst, dazu ist er zu clever. Er wird irgendeinen Idioten schicken, der bei dir anklopft und dir den Film wieder ins Gedächtnis ruft – genau dann, wenn du überhaupt nicht damit rechnest. Und er wird dich damit erpressen. Und du wirst ihm Geld geben. Aber egal, wie viel du ihm zahlst, es wird niemals genug sein.«

»Du spinnst ja total!«

Wolf schüttelte den Kopf.

»Du bist Peter, dem Arschloch, ja immer aus dem Weg gegangen, aber eins kann ich dir sagen: Als er mit Tristan und mir oben saß, um den Rest von Tristans Kohle wegzusaufen und wegzukoksen, hat er uns ein paar hochinteressante Geschichten über deinen Guru erzählt. Wenn du ein bisschen netter zu Onkel Pete gewesen wärst, hättest du sie bestimmt auch zu hören bekommen.«

Ich zitterte. Wolfs Worte trafen mich bis ins Mark.

Er schien es nicht zu bemerken, und falls doch, überging er es geflissentlich.

»Wenn es je ein Typ verdient hat, dass man ihm in einer finsteren Gasse die Kehle aufschlitzt, dann Aaron Kessler, dieser Scheißkerl. Sein echter Name lautet übrigens Tim Littleton.« Wolf zuckte mit den Achseln und grinste schief. »Willst du immer noch, dass ich dich mit ihm filme?«

* * *

Am darauffolgenden Nachmittag trafen wir die letzten Vorbereitungen für das Ritual. Aaron wirkte nervös; immer wieder verließ er den Saal und ging vor die Haustür, als wartete er auf jemanden.

Ich bekam ein komisches Gefühl, fast wie ein Déjà-vu.

Jetzt könntest du unbemerkt verschwinden, sagte die frühere Nina. *Die anderen sind so abgelenkt, dass sie es bestimmt erst mitbekämen, wenn du schon fast in der Stadt wärest.*

Doch es war zu spät, draußen war es schon fast dunkel.

Außerdem hatte Aaron mir ja versichert, dass ich nichts tun musste, was ich nicht wollte. Wolf hatte bloß wieder herumgestänkert, weiter nichts.

Als ich nach unten lief, um Aaron zu suchen, ging die Haustür auf, und Aaron kam hereinspaziert. Er war in Begleitung.

»Hallo, Supertitte! Lange nicht gesehen. Komm, gib Onkel Pete einen Kuss.«

* * *

»Was hat der denn hier verloren?«

Ich stand mit Aaron im Saal und zitterte vor Wut.

»Jetzt werd nicht hysterisch«, sagte Aaron gereizt. Hinter ihm war Wolf gerade dabei, ein Kabel aufzurollen. »Wir brauchen Peter. Was glaubst du denn, was in den Heiligen Trank kommt? Dein Gekeife ist echt unsexy.«

Aaron wirkte fahrig und rieb sich ständig die Nase. Zuerst dachte ich, es wäre nur Einbildung, aber er war natürlich wieder high.

»Ich dachte, der Heilige Trank wird aus Kräutern und Heilpflanzen gebraut …«

»Jetzt stell dich nicht blöd«, schnaubte Aaron. »Wo sollen wir so was denn im Winter herkriegen? Hör zu, Nina. Entweder du machst jetzt mit oder nicht. Aber wenn du mich jetzt, nach den ganzen Vorbereitungen, im Stich lässt, ist es aus zwischen uns. Verstanden?«

Ich schluckte. Trotz allem, was geschehen war, erschien mir der Gedanke, mit Aaron zu brechen, unerträglich. »Ich will dich doch gar nicht im Stich lassen.«

»Fein.«

»Aber ich kann mich nicht entspannen, wenn Peter dabei ist. Ich traue ihm nicht.«

»Er wird nicht dabei sein«, sagte Aaron »Jetzt sei nicht albern. Glaubst du wirklich, ich würde zulassen, dass dir etwas zustößt?«

Ich wusste nicht mehr, was ich glauben sollte. Ich wusste nur, dass Aaron garantiert nach Koks schmeckte, wenn ich ihn küsste.

Also küsste ich ihn lieber nicht.

»Versprichst du mir das?«, fragte ich stattdessen.

»Ja«, sagte er. »Ich verspreche es.«

Doch meine Zweifel blieben. In diesem Moment hätte ich es mir noch anders überlegen und gehen können.

Das hätte den anderen zwar nicht gefallen.

Aber es hätte ihnen mit Sicherheit besser gefallen als das, was auf sie zukommen sollte.

»Also?« fragte er. »Bist du bereit?«

Entscheide dich, Nina.

Ich zwang mich zu einem Lächeln. »Ja. Ich bin bereit.«

Hinter ihm war Wolf noch immer mit der Kabelrolle zugange.

»Perfekt,« sagte Aaron und klatschte zufrieden in die Hände. Und dann zog er etwas aus seiner Tasche.

Eine Kette mit einem silbernen Amulett.

Er streifte mir die Kette über den Kopf. Das Amulett lag kühl und schwer auf meiner Brust. Dann küsste er mich. »Die Vorstellung kann beginnen.«

***

An das, was danach passierte, kann ich mich nur bruchstückhaft erinnern.

Ich weiß noch, dass wir einen Kreis um Aaron herum bildeten, uns an den Händen fassten und den ersten Gesang anstimmten. Die Worte fühlten sich klebrig an, zu groß für meinen trockenen Mund. Hinter mir hörte ich das störende Surren der Kamera. Wolf war da, aber ich konnte ihn nicht sehen.

Ich war so nervös, dass mir der Schweiß ausbrach, obwohl es kalt im Saal war. Ich trug einen Blütenkranz auf dem Kopf, der mir übers linke Ohr rutschte; die spitzen Spangen schürften mir die Kopfhaut auf. Doch ich konnte den Kranz nicht richten, weil Tristan und Lucy mich an den Händen hielten.

Lucys Fingernägel bohrten sich in meine Hand, wie kleine scharfe Halbmonde, als spürte sie mein Widerstreben, meine plötzliche Angst.

Und mit einem Mal wurde mir klar, dass ich auf keinen Fall mitmachen wollte. Aber es war zu spät, um aufzuhören. Ich hatte mich falsch entschieden.

KAPITEL 19

Das Nächste, woran ich mich erinnern kann, Sophia, ist, dass ich um mein Leben rannte.

Über mir schwankte der Himmel; die Sterne atmeten ein und aus, die Mondsichel taumelte wie eine Betrunkene, und am Horizont ragten Bäume auf und reckten bedrohlich ihre kahlen Äste, wie ein wütender Mob.

Mein langes dünnes Seidenkleid stank nach Holzfeuer und Räucherstäbchen. Abgebrochene Zweige und scharfkantige Steine im Schnee schnitten mir in die nackten Fußsohlen, aber ich verdrängte den Schmerz und rannte weiter.

Ich wusste nicht, wovor ich floh, ich konnte mich nicht erinnern, ich wusste nur, dass ich unbedingt entkommen musste. Es hatte einen furchtbaren Krach gegeben – Männer hatten sich angebrüllt und geprügelt, und dann war ein donnerndes, dumpfes Poltern gefolgt.

Meine Angst verlieh mir Flügel, doch dann verfingen sich meine Füße in dem flatternden Kleid, und ich stolperte und flog in hohem Bogen in den Schneematsch.

Keuchend blickte ich zum Himmel empor. Die Sterne fielen herab, fielen mir förmlich entgegen. Der Wind heulte, und aus der Ferne hörte ich schreiende Männer und Frauen, doch sie waren zu weit weg, um mir etwas anzuhaben.

Ich rieb mir die Augen.

Meine Hände waren ganz klebrig und warm, sie rochen nach Eisen und schmeckten salzig.

Ich hielt sie ins Mondlicht. Sie waren dunkel, dunkler als der Nachthimmel.

Aus der Ferne, vom Haus oder vom anderen Ende des Universums, drang entsetzliches Geheul zu mir. Irgendjemand schrie wie am Spieß, Tess vielleicht, und als ich wegdriftete, verfolgte mich das grauenerregende Geheul bis ins Land der Albträume.

»Er ist tot! Er ist tot! Jemand hat ihn umgebracht!«

KAPITEL 20

Hi«, sagte ich. »Mein Name ist Sophia Mackenzie. Ich möchte zu Max Clarke.«

Ich stand in einem sonderbaren kleinen Empfangsbereich in einem großen, umgebauten Doppelhaus in der Nähe von Clerkenwell Green. Durch die hohen Fenster zur Straßenseite hin sah ich den Dorfplatz, eine hübsche Kirche und einen Teeladen mit Werbung für handwerklich produzierte Kaffees.

Die Inneneinrichtung war von Vintage-Farben und asymmetrischen Bücherregalen geprägt, und der Typ, der vor mir an einem niedrigen Schreibtisch saß, sah mit seinem gestreiften Hemd und der ordentlich geknöpften Strickjacke aus wie ein Überbleibsel aus den 1950er-Jahren.

Er blinzelte mich an, ein wenig nervös, als wäre ich eine tickende Zeitbombe. »Max? Verstehe ... Haben Sie einen Termin?«

»Ja, er hat mir gesagt, ich solle vorbeikommen.«

In dem Moment hörte man oben Türen klappen, und dann knarrten Treppenstufen.

»Schon gut, Toby, ich kümmere mich um die Dame.« Ein Mann war die ausgetretenen Stufen hinuntergesprungen und auf dem Treppenabsatz erschienen. Ich erkannte zunächst nur ein Lächeln, ein weißes Gebiss und einen dichten Busch von rotbraunem Haar.

»Sie müssen Sophia sein.«

Ich zuckte mit den Achseln und lachte kurz auf. »Richtig geraten.«

Sein Lächeln wurde etwas weicher. »Jetzt, wo Sie persönlich hier sind, möchte ich Ihnen noch einmal sagen, wie furchtbar leid mir das mit Ihrer Mutter tut. Ich kannte sie nicht besonders gut, aber ich fand, sie war eine ganz reizende Frau.« Er drückte mir fest die Hand, eine etwas vertrauliche Geste, aber nicht ohne Charme. Ich versuchte, mich darauf zu konzentrieren und nicht auf das Gefühl, das in mir aufwallte, nachdem er das über meine Mutter gesagt hatte.

Sie *war* eine ganz reizende Frau.

»Danke«, sagte ich.

»Ich wollte eigentlich gerade zu einem späten Mittagessen aufbrechen. Könnte ich Sie vielleicht dazu überreden, mich zu begleiten?«

Ich lächelte. »Sehr gerne.«

* * *

Ich folgte ihm über den begrünten Platz, wo zahlreiche trendige Büroangestellte an den Geschäften vorbeieilten und attraktive Mütter mit Designer-Sonnenbrillen ihre Kinder in teuren Buggys über die schmalen Bürgersteige schoben.

Trotz des hellen Sonnenscheins konnte ich nicht anders, als hin und wieder über die Schulter zu blicken, und irgendwann musste Max das auch aufgefallen sein. Wir unterhielten uns über meine Reise, bis wir ein großes viktorianisches Pub erreichten. Ich schlüpfte vor Max hinein.

»Wann müssen Sie wieder fahren?«, fragte er, als wir uns der Bar näherten.

»Gar nicht. Jedenfalls nicht heute.«

Ich zwang mich bewusst, nicht an meinen bisherigen Vormittag zu denken. In der Nacht hatte ich kaum geschlafen und mich mit dem Gedanken daran gequält, was dieser Scheißkerl meiner Mutter angetan hatte und welch schlimme Folgen das für alle gehabt zu haben schien – einen von ihnen hatte es das Leben gekostet.

Mein Anruf bei Amity, in dem ich mitgeteilt hatte, dass ich wegen eines Arzttermins am Morgen noch in Suffolk bleiben müsse, war nicht gut angekommen, und bei dem Gedanken daran bekam ich Magenschmerzen. Ob ihre verschnupfte Reaktion bedeutete, dass sich Scottish Heritage gemeldet hatte?

Na schön, dachte ich, wenn die bei Amity sauer auf mich sind, kann ich den Tag genauso gut zu etwas nutzen, was mich weiterbringt. Max würde mir sagen können, wie die Geschichte meiner Mutter weiterging. Also rief ich bei Paracelsus an und verabredete mich mit ihm. Danach beschloss ich, mal im Café vorbeizuschauen und zu sehen, was Monica machte.

Rowan war nicht zu sehen, als ich den Hof überquerte. Nach unserer Auseinandersetzung am Abend zuvor hatte ich keine große Lust, mit ihm zu reden; andererseits wollte ich auch nicht, dass unser Streit sich länger hinzog als nötig. Ich brauchte Rowan. Ich brauchte jemanden, mit dem ich über all die bizarren Enthüllungen in den Notizbüchern sprechen konnte, jemanden, der meine Mutter gekannt hatte und sie nicht leichtfertig verurteilen würde, und so wütend ich auch auf ihn war, weil er mir nicht geglaubt hatte, dass die Fremden im Zug mich verfolgt hatten, ich musste einfach darüber hinwegkommen.

Ich stieß die Tür zum Café auf, und ein Duft nach frischem Gebäck – der alchemistische Zauber von Mehl, Butter, Eiern und Zucker – lag in der Luft.

Ich hielt auf der Stufe inne und atmete ihn tief ein. »Oh, Monica, das riecht ja köstlich hier!«

Sie trug eine hübsche Blumenschürze und steckte unsere Plastikspeisekarten in die kleinen Holzständer auf den ungleichen Tischen. Sie blickte auf und lächelte, als sie mich sah. »Sophia, mit dir hatte ich ja gar nicht gerechnet! Ich dachte, du wärst bei der Arbeit.«

Ich zuckte mit den Achseln. »Ich bin gerade auf dem Weg ins Krankenhaus. Wie kommst du zurecht? Ist Rowan nett zu dir? Hast du alles gefunden?«

Es überraschte mich, als sie sich aufrichtete, mich ohne Umschweife umarmte und kurz und sanft drückte. Ich dachte unwillkürlich an die Notizbücher meiner Mutter und wie verwundert sie über Lucys übertriebene Umarmung gewesen war, als sie das erste Mal in Morningstar ankam. Ich erstarrte fast.

»Alles wird gut«, murmelte Monica. Wieder dieser Hauch von einem Akzent, ursprünglich vielleicht schottisch. Sie lächelte mich traurig an. »Das muss im Moment alles sehr schwer für dich sein.«

Ich erkannte, dass nichts Unheimliches hinter ihrem Verhalten steckte. Ich hatte meine Mutter verloren. Ich muss einfach so ausgesehen haben, als bräuchte ich eine Umarmung.

Da hatte sie wahrscheinlich recht.

Ich seufzte, und nach dem kurzen Schrecken taute ich auf. »Ach, es gibt gute und schlechte Tage. Mehr schlechte als gute im Moment, aber trotzdem ...«

Ich konnte den Satz nicht beenden. Mehr brachte ich nicht heraus. Gut, dass ich meine Sonnenbrille trug.

»Hast du schon gefrühstückt?«, fragte sie und ging zum Tresen.

»Ich? Nein, nein. Ich bin auch gleich wieder weg.«

Sie schüttelte den Kopf. »Kommt gar nicht infrage. Das Frühstück darfst du nicht ausfallen lassen. Das ist die wichtigste Mahlzeit des Tages. Schau mal, ich habe frisch gebacken – ungarischen Sauerkirschkuchen. Eiweiß und Eigelb werden getrennt geschlagen und dann wieder gemischt.«

Sie nahm das große Messer meiner Mutter mit dem Elfenbeingriff, um den scharlachrot gepunkteten Kuchen zu schneiden, der auf dem Tresen stand.

»Vielen Dank, Monica, aber ich kann wirklich nicht, ich muss jetzt ins Krankenhaus.«

»Keine Widerrede«, antwortete sie und konzentrierte sich auf ihre Arbeit. »Du musst ihn ja nicht sofort essen.« Rasch packte sie ein großes Kuchenrechteck in eine beschichtete Papiertüte und drehte die Ecken geschickt zusammen. »Nimm einfach ein Stück mit.«

Dann legte sie mir das warme, duftende Päckchen mit einer Papierserviette und begleitet von einem Augenzwinkern in die Hände.

»Guten Appetit.«

***

Im Krankenhaus herrschte Hektik; man hinkte dem Ablauf hinterher. Die Ärztin, eine zierliche, eloquente Frau mit überdimensionaler Brille, war wesentlich zurückhaltender als die Krankenschwester am Abend zuvor. Sie schob mich in ein kleines Büro und schloss die Tür hinter uns. Es gebe eine »Verbesserung der Reaktionsfähigkeit«, aber mein Vater sei immer noch in einem sehr schlechten Zustand.

Ich solle mir keine großen Hoffnungen machen, hieß es.

Natürlich machte mir das sofort Hoffnung, und fast schon beschwingt eilte ich in sein Zimmer, wo ich seine welkenden Blumen durch einen Strauß Veilchen aus Eden Gardens ersetzte. Ich murmelte ihm einen optimistischen Fortschrittsbericht ins Ohr und teilte ihm mit, dass Rowan sich um alles in Eden Gardens kümmerte, doch er reagierte nicht, und ich versuchte, meine Enttäuschung nicht zu zeigen.

Als ich ging, fragte ich mich, ob er von der Vergangenheit meiner Mutter wusste. Die Notizbücher waren schließlich in seinem Schuppen versteckt gewesen. Ich wünschte keinem, unvorbereitet diese Notizbücher lesen zu müssen, all diese Dinge über meine Mutter zu erfahren; deshalb hoffte ich von ganzem Herzen, dass er bereits vorher davon gewusst hatte.

Ich schnallte mich gerade in meinem Auto auf dem Parkplatz des Krankenhauses an, da sah ich, dass jemand versucht hatte, mich anzurufen – eine unbekannte Nummer. Ich fühlte mich zu schwach, um zurückzurufen und mit irgendeinem neuen Drama umzugehen. Wer immer es war, hatte jedenfalls keine Nachricht hinterlassen.

Ich starrte auf die Nummer – es war ein Festnetzanschluss, aber ich erkannte die Vorwahl nicht. Ich war schon drauf und dran, die Meldung zu ignorieren – ich war einfach nicht in der Stimmung, mit Fremden zu reden.

Doch dann riss ich mich zusammen, rief an und lauschte dem Freizeichen, während ein Mann, einen Arm in der Schlinge, den Parkplatz vor mir überquerte.

Die Stimme, die sich meldete, war weiblich, älter und seltsam vertraut.

»Hallo«, sagte ich. »Hier spricht Sophia Mackenzie. Sie haben versucht, mich zu erreichen?« Draußen verschwand die Sonne kurz hinter ein paar Wolken.

»Sophia! Ja, das habe ich. Hier ist Estella, deine Großmutter. Ich wollte wissen, wie es Jared geht.«

Da erkannte ich ihre Stimme. Mir wurde ganz heiß vor Scham. In dem Hin und Her zwischen Büro und Krankenhaus, Bett und Bahnhof hatte ich völlig vergessen, sie anzurufen.

Mein Leben geriet außer Kontrolle.

»Ja, klar! Bitte entschuldige, ich hätte anrufen sollen, aber es war das reinste Chaos hier. Ich habe gerade mit der Ärztin im Krankenhaus gesprochen – sie sagt, meinem Vater ginge es besser und es könnte sein, dass er bald aufwacht.«

Sie sagte nichts.

»Wir dürfen die Hoffnung nicht aufgeben, nicht wahr?«, fuhr ich fort und lachte nervös, um das Schweigen zu durchbrechen.

»Verstehe«, sagte sie kühl, nach der vielleicht längsten Pause meines Lebens. »Danke jedenfalls, dass du mir Bescheid gesagt hast.«

»Es tut mir leid, dass ich mich nicht früher gemeldet habe«, sagte ich, in dem Glauben, sie womöglich beleidigt zu haben. »Ich musste wieder anfangen zu arbeiten und …«

»Es ist in Ordnung, Sophia, bitte mach dir keine Gedanken.« Sie klang nicht beleidigt. Wenn überhaupt, dann klang sie enttäuscht. »Ich kann mir denken, dass du viel zu tun hast. Ich rufe in ein paar Tagen noch einmal an und höre, wie es läuft. Mach's gut und …«

»Warte«, unterbrach ich sie. »Entschuldige, aber ich wollte dich noch etwas fragen. Ich habe ein paar Notizbücher von meiner Mutter gefunden. Über ihre Teenagerzeit.«

Ich wartete einen Augenblick, in der Hoffnung, dass sie von sich aus etwas sagen würde. Doch es kam nichts, also fuhr ich fort: »Über ihre Zeit an der Universität, und …«

»Sie war nicht an der Universität«, erwiderte Estella, mit einer Verachtung in der Stimme, die so tief verwurzelt wirkte, dass sie sich gar nicht mehr auf meine Mutter zu beziehen schien, sondern quasi zu Estellas zweiter Natur geworden war.

Meine Kehle schnürte sich zu, meine Wangen wurden heiß. Es war, als hätte sie mich geschlagen. »Ich bin mir aber ziemlich sicher, dass sie dort war.« Doch kaum hatte ich es ausgesprochen, fühlte ich einen Anflug von Zweifel. *War meine Mutter auf der Universität gewesen? Schließlich hatte sie es nie erwähnt, außer in den Notizbüchern.*

Raues Lachen war die Antwort. »Nein, dazu war sie leider nicht gut genug. Nina war … sie hatte keinen Mumm.«

Ich erkannte, mit einem leichten Anflug von Verwirrung und Wut, dass es meiner Großmutter Spaß machte, so über ihre Tochter zu urteilen. Alte Akkorde von Neid und Dominanz erklangen immer noch im Hintergrund, selbst nachdem ihr eigen Fleisch und Blut tot war.

Weißt du, dachte ich, *bei einem solchen Elternhaus ist es erstaunlich, dass meine Mutter sich überhaupt so gut entwickelt hat. Und dann auch noch nach dem Trauma mit Aaron Kessler.*

»Ich finde das ihr gegenüber nicht ganz fair«, entgegnete ich, so höflich ich konnte.

»Hmm«, machte Estella, mit einer Endgültigkeit, die besagte, dass ich ebenso dumm war wie meine Mutter. Und obwohl sie vielleicht recht hatte, war ich dennoch nicht so leicht zu schikanieren, deshalb fuhr ich fort.

»In den Notizbüchern habe ich Hinweise auf Leute gefunden, die sie damals gekannt hat. Ich hatte gehofft, mich mit ihnen in Verbindung setzen zu können, und da dachte ich, du hättest vielleicht …«

»Oh, nein, nein. Wir haben nie in Kontakt mit ihren Freunden gestanden, und ich bezweifle, dass Nina ihn gehalten hat. Ich wollte dich etwas fragen, Sophia – Nina besaß einen kleinen Smaragd-Jugendstilring von Thomas' Mutter. Hast du ihn zufällig irgendwo im Haus gefunden?«

»Nein«, log ich spontan. Ich wusste genau, welchen Ring sie meinte. Ich hatte ihn in einer braunen Papiertüte vom Büro des Gerichtsmediziners zurückerhalten, zusammen mit den abgetragenen Kleidern, in denen meine Mutter gestorben war. Es war etwas so Erbärmliches an ihrem ausgeleierten BH und ihren verwaschenen Jeans gewesen, dass ich eine Stunde lang geweint hatte. »Aber ich halte mal die Augen offen.«

»Ja, bitte tu das. Die Cousine deiner Mutter, Martina, hätte ihn gern als Erinnerungsstück.«

»Ich denke daran«, antwortete ich gleichmütig. Diese Martina hatte ich noch nie im Leben gesehen, ja, ich hatte nicht mal etwas von ihr gehört, und ich würde den Teufel tun und ihr das einzige richtige Schmuckstück meiner Mutter überlassen.

Wer sich an meine Mutter erinnern wollte, hätte in ihrem Leben erst einmal vorkommen müssen.

»Wunderbar. Also, halte mich bitte über Jareds Gesundheitszustand auf dem Laufenden. Jetzt muss ich Schluss machen, ich habe zu tun.«

Ich wurde entlassen. »Natürlich. Auf Wiedersehen.«
Ein hörbares Klicken, und sie hatte aufgelegt.

***

»Zwei Notizbücher habe ich gefunden«, sagte ich ohne Einleitung, während ich mit Max Clarke an der Bar wartete. »Aber wo das dritte ist, weiß ich nicht.«

»Ach, Sie haben sie tatsächlich gefunden?«

Er hatte graue Augen unter dunklen, fast buschigen Brauen, und er beobachtete mich aufmerksam, während ich meine Tasche von der Schulter nahm und sie öffnete. »Haben Sie sie gelesen? Warten Sie, wir holen uns jetzt erst einmal etwas zu trinken und setzen uns.«

Ich bestellte Weißwein und Fischstäbchen mit ein paar Scheiben Clerkenwell-Bäckerbrot, und dann gingen wir hinaus in den Biergarten hinter dem Pub.

Es war drückend schwül; ein Gewitter zog auf. Ich verschwand wieder hinter meiner Sonnenbrille, froh über den orangefarbenen Schirm, der den Tisch beschattete.

»Also«, begann er. »Sie haben sie gelesen.«

»Ja«, antwortete ich. »Es war … es war schon ziemlich schwer für mich. Ich hatte dauernd das ungute Gefühl, ihre Privatsphäre zu verletzen.« Ich sah ihn an, versuchte, ihn einzuschätzen.

Er nickte, während ich den Stiel meines Weinglases umklammerte. In der Nähe diskutierte ein Quartett junger Männer in Röhrenjeans und mit aufwendigen Bärten eingehend über eine geplante Reise nach Machu Picchu zu einem Fotoshooting, aber ansonsten waren wir allein. Der Mittagsandrang war längst vorbei.

»Ja, ich kann mir vorstellen, dass es schwierig für Sie war«, bemerkte er und sah mich verständnisvoll an.

Ich konnte eine ganze Weile nicht sprechen. Die Erinnerungen waren noch zu frisch, die Schilderungen meiner Mutter zu schockierend. Sie hatte mir ja vorausgesagt, dass ich nach dem Lesen fix und fertig sein würde. Diese Prophezeiung hatte sich bereits erfüllt.

»Was kann ich für Sie tun, Sophia?«, fragte Max schließlich.

Ich biss mir auf die Lippe und versuchte, mich zu beruhigen. »Ich muss wissen, was in dem dritten Notizbuch steht. Ich meine, eigentlich will ich es lieber nicht wissen, da bin ich mir ziemlich sicher, aber ich muss. Im zweiten Notizbuch wird angedeutet, dass jemand … dass es einen Zwischenfall in Morningstar gegeben hat und jemand gestorben ist.« Ich atmete tief durch. »Ich glaube, es hat etwas damit zu tun, was mit meiner Mutter passiert ist.«

»Wie das?«, fragte er vorsichtig.

Ich atmete nochmals tief durch und sammelte mich. »Ich … Ich hätte nie gedacht, dass meine Mutter sich umbringen würde. Ich weiß, was die Polizei glaubt. Aber ich kann nicht« – *Los, sag einfach, was du denkst!* – »Ich glaube, dass meine Mutter ermordet wurde und mein Vater beinahe ermordet wurde und dass irgendwie dieser … dieser Orden der Lichtträger die Hand im Spiel hat. Ich weiß nur nicht … Ich habe keine Ahnung, warum.«

»Das«, sagte er nach langem Schweigen, »ist ein ziemlich schwerer Vorwurf.«

Ich konnte nur hilflos mit den Achseln zucken. »Es ist das Einzige, was für mich einen Sinn ergibt. Erstens«, sagte ich, »sind meine Eltern zwar keine einfachen Menschen; meine Mutter war bedürftig, und mein Vater – na ja, mein Vater kann nicht gut mit Menschen umgehen. Aber keiner von beiden war je selbstmordgefährdet. Und durch dieses Buch«, sagte ich und umfasste mit den Händen meinen Kopf, »blickte meine Mutter meiner Meinung nach mehr denn je positiv nach vorn. Ich spüre … ich weiß nicht, eine solche Leidenschaft für das Leben, für die Gerechtigkeit, die aus diesen Notizbüchern spricht. Wenn sie sich darin an mich wendet, klingt sie nicht deprimiert, sondern … voller Energie. Als wäre sie bereit, ihr Leben weiterzuleben. Bereit, all das zu tun, was sie bisher nie getan hatte.«

Ich faltete meine Hände vor mir und versuchte, mich zusammenzureißen. »Ich höre ständig, meine Trauer würde mich dazu bringen, so zu denken, aber mir geht immerzu das letzte Telefongespräch mit meiner Mutter durch den Sinn. Ich habe das Gefühl, dass sie dabei unter Druck gestanden hat. Irgendetwas daran war … merkwürdig.«

Er hörte aufmerksam zu, sagte aber nichts. Ich war dankbar, mit jemandem zu reden, der mich nicht andauernd unterbrach und mir diktierte, was ich zu fühlen hatte, oder der mir nur bestimmte Gefühle zugestand.

»Es kommt aber noch etwas anderes hinzu.« Jetzt, wo ich einmal angefangen hatte zu reden, konnte ich nicht mehr aufhören. Ich fühlte mich entkorkt, wie geschüttelter Champagner, und alles sprudelte heraus. »Die Polizei sagt, dass bei meinen Eltern in letzter Zeit mehrmals eingebrochen wurde, aber auch das ergibt für mich keinen Sinn. Meine Eltern besitzen nicht viel. Sie wurden noch nie zuvor ausgeraubt. Wer würde bei ihnen einbrechen? Und dann gleich mehrmals hintereinander?

Die Einbrüche begannen vor etwa sechs Monaten, und als Sie am Telefon sagten, dass meine Mutter und Sie schon genauso lange über das Buch gesprochen hatten, machte es klick bei mir.« Ich verschränkte meine nervösen Hände wieder auf dem Tisch. »Warum fingen diese Belästigungen genau zu der Zeit an, als sie begann, mit einem Außenstehenden über ihre Vergangenheit zu reden?«

Sein Blick senkte sich auf mich und wurde nachdenklich. »Sie glauben, Nina und Jared wurden belästigt? Im Sinne von systematisch?«

»Könnte sein.« Ich zuckte hilflos mit den Achseln. »Ich weiß es nicht. Hatten Sie irgendwelche Probleme? Ich meine, bei Paracelsus? Hat Sie jemand aus dem Orden wegen des Kontakts zu meiner Mutter bedroht?«

Er lachte auf, kurz und verbittert. »Abgesehen von den üblichen Anwaltsschreiben?« Sein Lächeln wurde unsicher, als ich es nicht erwiderte. »Ich will ehrlich zu Ihnen sein, Sophia. Bei Paracelsus veröffentlichen wir okkulte und New-Age-Bücher, und wir haben es manchmal mit schwierigen Menschen zu tun. Letztes Jahr haben wir ein Buch über Maria Magdalena veröffentlicht, das einige fundamentalistische Christen in den Staaten sehr verärgert hat. Aber soweit ich weiß, hat keiner unserer Kritiker jemals etwas Gewalttätiges oder Verbrecherisches getan.« Er zuckte mit den Achseln. »Was veranlasst Sie zu der Annahme, dass Aaron Kesslers Gruppe Ihre Eltern im Visier hatte? Außer den Einbrüchen? Gab es noch andere Hinweise?«

»Ich denke nicht«, sagte ich und schüttelte den Kopf, obwohl ich den Gedanken nicht loswurde, dass Rowan mir noch mehr verschwieg, auch jetzt noch. »Aber sie waren so verängstigt, dass sie eine Waffe kauften. Warum hätten sie das tun sollen, wenn sie nicht glaubten, dass sie in Gefahr waren?«

Das schien Max zu beeindrucken, und er zog seine dichten Augenbrauen zusammen.

»Verstehe«, sagte er nach längerem Schweigen. »Also, was kann ich für Sie tun?«

Jetzt, wo ich hier war, erfasste mich plötzlicher Widerwille. Ich wollte nicht mehr schockiert oder verletzt werden.

Nur Mut, Sophia!

Ich trank einen großen Schluck Wein.

»Ich habe eine Frage an Sie. Eigentlich zwei Fragen«, fuhr ich fort. »Die erste lautet: Wer starb 1989 auf Morningstar und warum? Sie haben das dritte Notizbuch gelesen – wie ging es nach dem Ende des zweiten weiter?«

Ich spürte, dass ihm dieses Gespräch sehr unangenehm war. Sein Mund öffnete und schloss sich einmal, zweimal, und er lief tiefrosa an.

»Tja, wissen Sie, was das dritte Notizbuch angeht – da hatte das Verhältnis zwischen Nina und mir eine schwierige Phase erreicht.«

Plötzlich ging mir ein Licht auf.

»Sie haben es gar nicht gelesen, oder?«

»Nein, habe ich nicht«, gestand er mit einem kleinen Seufzer. »Als ich den Brief an Nina geschrieben habe, erwartete ich, dass sie mich anrufen würde, um ein Treffen zu vereinbaren, bei dem ich das Notizbuch hätte lesen können. So ging das auch mit den ersten beiden Notizbüchern, da sie keine Kopien machen wollte.«

Ich war zutiefst enttäuscht. »Sie wissen nicht, was drinsteht?«

»So ist es nun auch wieder nicht.« Er setzte sich aufrecht hin. »Ich habe es zwar nicht gelesen, aber ich weiß, was als Nächstes passiert ist. Wissen Sie, Nina hat damit ein, nun ja, ein historisches Ereignis beschrieben. Allerdings war sie die Einzige, die damit je an die Öffentlichkeit gehen wollte.«

Ein historisches Ereignis? Ich hatte nichts dergleichen in meinen Internetrecherchen gefunden. »Was meinen Sie damit? Wer ist gestorben?«

»Peter Clay.«

Peter war gestorben?

Aus irgendeinem Grund war ich fest davon ausgegangen, dass es Tristan gewesen sein musste. Ich hatte nachts wach gelegen und mir vorgestellt, was ich mit diesem widerlichen Peter tun und was ich ihm alles an den Kopf werfen würde, wenn ich ihm jemals begegnen sollte. Und jetzt erfuhr ich, dass er schon vor meiner Geburt gestorben war.

Ich fühlte mich betrogen.

»Wie ist es passiert?«

»Es war ein Schuss ins Gesicht.« Max zog die Schultern nach vorn. »Ziemlich grausig.«

»Ich … Was? Wie bitte?«

Max seufzte. »Die Polizei wurde eingeschaltet. Sie hielten es für einen Unfall – ein betrunkener Mann war mit einer geladenen Schrotflinte gestolpert. Es waren genug Waffen im Haus. Aber Nina hat mir etwas anderes erzählt. Damals war das Ritual in vollem Gange, und alle hatten eine Menge Drogen genommen, und mittendrin erschoss jemand Peter.«

»Wer?«

»Ich weiß es nicht. Nina behauptete, sie habe den Aufruhr gehört und sei losgerannt. Sie hatte keine Erinnerung daran, was in den Stunden davor geschehen war. Sie war … ganz und gar weggetreten. So wie alle.«

»Wie konnte sie so sicher sein, dass Peters Tod kein Unfall war?«

»Ich weiß es nicht; sie wollte es nicht näher erklären. Sie wurde mit der Zeit immer vorsichtiger.«

Ich ließ mir all das für einen Moment durch den Kopf gehen. Die Vorstellung, dass meine sanfte, nervöse, bedürftige Mutter an einem so abscheulichen Gewaltverbrechen beteiligt war …

Lügen. Alles Lügen. Niemand ist, was er vorgibt zu sein.

»Mehr hat sie nicht gesagt?«, fragte ich. »Nur, dass es ein Mord war? Hat sie Ihnen sonst nichts erzählt?«

Er schüttelte den Kopf.

»Aber«, sagte ich und merkte, dass ich zitterte, »warum hat sie nicht mit der Polizei darüber geredet?«

»Nina und ich haben überlegt, zur Polizei zu gehen, aber man darf nicht vergessen, dass Nina auch nach so vielen Jahren noch immer von ihrer Zeit bei Morningstar und ihren Erinnerungen an Aaron traumatisiert war. Sie wollte einfach nur alles aufschreiben.« Unsere Blicke begegneten sich. »Vielleicht hat sie auch jemanden geschützt. Einige dieser Leute betrachtete sie als ihre Freunde.«

Natürlich – auch wenn es noch kein drittes Notizbuch gab, so gab es doch immer noch die Leute, die damals dabei gewesen waren und die meine Mutter gekannt hatten.

»Das war die andere Sache, die ich fragen wollte«, sagte ich. »Ich würde gerne die anderen Ex-Mitglieder ausfindig machen. Wissen Sie, wo ich anfangen könnte, sie zu suchen? In den Notizbüchern benutzt Mum nur Vornamen. Ich weiß nicht mal, ob sie echt sind.«

»Die anderen Mitglieder, die mit ihr auf Morningstar waren? Ja, ich weiß, wer sie sind.«

»Wirklich?«

»Selbstverständlich. Auf jeden Fall kann ich Ihnen sagen, wer ihre Anwälte sind. Wir hatten vor, das Buch zu veröffentlichen, also mussten wir uns absichern. Kessler ist sehr prozessfreudig.«

Ich saß verblüfft auf der splittrigen Bierbank, während mir die Konsequenzen dämmerten.

»Ich würde es trotzdem gerne tun«, sagte ich. »Die alten Mitglieder kontaktieren. Ich würde einfach … Ich möchte mit jemandem reden, der meine Mutter gekannt hat. Sie hatte nicht viele Freunde, und ihre Eltern …« Ich biss mir auf die Lippe. »Sie wissen schon.« Mein Telefonat mit Estella heute Morgen lag mir immer noch schwer im Magen. »Ich erwarte nicht viel Unterstützung von dieser Seite.«

»Natürlich bin ich gerne bereit, sie zu kontaktieren.« Er trank sein restliches Bier aus. »Aber ich glaube nicht, dass sie bereit sind, mit Ihnen zu reden. Am liebsten würden sie vergessen, dass sie Aaron Kessler je gekannt haben.«

»Haben Sie ihnen gesagt, dass meine Mutter ein Buch schreibt?«

»Ich habe keine genauen Angaben gemacht. Ich habe nur gesagt, dass ein Ex-Mitglied eine Biografie verfasst, und sie gefragt, ob sie das Manuskript lesen wollten, wenn es fertig sei.« Wieder sahen wir uns an. »Im Nachhinein erscheint mir das naiv. Es war vermutlich nicht besonders schwer für sie, sich auszurechnen, dass ich Nina meinte.«

Ich dachte fieberhaft nach. »Wenn einer dieser ›Lichtträger‹ Peter ermordet hat, hätte derjenige gewusst, dass seine Tat vermutlich aufgedeckt werden würde, wenn meine Mutter ihr Vorhaben in die Tat umsetzte.« Die Folgen waren sonnenklar. Nicht nur der Mörder musste Angst haben, sondern auch die anderen. Sie hatten alle geholfen, das Verbrechen zu vertuschen.

»Oh, mein Gott«, stöhnte ich, als mich die ganze Wucht der Erkenntnis traf. »Sie hätte sie alle entlarvt. Deshalb haben sie sie getötet.«

KAPITEL 21

Ich ging direkt anschließend zur Polizei und fragte an der Rezeption nach Detective Inspector Rob Howarth.

»Hallo, Sophia.« Er trug ein weißes Hemd, zerknittert von der Hitze und mit leichten Schweißflecken unter den Armen. Er verhielt sich herzlich, aber distanziert, als erwartete er Ärger von mir.

Er brachte mich in ein Vernehmungszimmer, wo ich ihm die beiden Notizbücher übergab. Ich erzählte ihm von meinem Gespräch mit Max, vom Inhalt der Bücher und von dem Plan meiner Mutter, sie zu veröffentlichen.

Während ich sprach, suchte ich in seinem verschwitzten, zerfurchten Gesicht die ganze Zeit nach einem Hinweis darauf, wie er diese neue Information aufnahm, aber es verriet nichts.

»Sie haben also keine Ahnung, wo das dritte Notizbuch ist?«, fragte er und sah nicht mich an, sondern die beiden Bücher mit ihren leicht verblassten Umschlägen. Sehr vorsichtig zog er eines zu sich hin, schlug es auf und blätterte es durch.

»Nein.«

»Das ist schade.« Er studierte die handschriftlichen Aufzeichnungen meiner Mutter. »Ich werde mich mit der Polizei von Kent in Verbindung setzen und mich nach diesem Unfalltod erkundigen.« Er tippte auf die Notizbücher. »Das ist ein interessanter neuer Aspekt für die Ermittlungen. Lassen Sie mich das durchlesen; danach melde ich mich wieder.«

Als ich im Krankenhaus ankam, saß Rowan auf seinem üblichen Stuhl; er lächelte schwach, als ich hereinkam und meinen Vater auf die Stirn küsste.

Ich empfand ein unergründliches Schuldgefühl. »Hör mal, Ro, wegen neulich Abend …«

Er schüttelte den Kopf. »Schon okay, Soph. Ich sollte mich entschuldigen, nicht du. Du hast so viel Stress, und ich ... sorry. Ich bin einfach kaputt.« Er grinste und stand auf. »Friede!«

Das hatten wir als Kinder immer gesagt, wenn wir uns nach einem Streit versöhnten – normalerweise, wenn meine allgegenwärtige Eifersucht auf Rowan beim Buhlen um die Gunst meines Vaters mich dazu gebracht hatte, Dinge zu sagen und zu tun, die ich später bereute.

»Pax«, stimmte ich zu und ließ mich für eine Sekunde an seine Brust sinken, als er mich umarmte. »Und, wie geht es ihm?«

Er wies mit einem Nicken auf meinen Vater. »Unverändert. Ich habe ihm erzählt, dass ich die Herbstvorräte angepflanzt habe.«

»Irgendeine Reaktion?«

»Nein, heute nicht. Es könnte aber sein, dass er müde ist. Der Spezialist war da, also wurde von Kopf bis Fuß an ihm rumgefummelt und -gezogen, und ein MRT wurde auch gemacht.« Er hatte sich auf seinem Stuhl nach vorn gebeugt.

Ich warf ihm einen nachdenklichen Blick zu.

»Du, Rowan, ich hatte heute eine sehr seltsame Unterhaltung.«

»Ja?«

»Ja. Und zwar mit einem Mann, der ein Buch veröffentlichen wollte, das meine Mutter geschrieben hat.«

Seine Augen weiteten sich, trotz der dunklen Ringe darunter. »Deine Mutter hat ein Buch geschrieben?«

Ich setzte mich hin, erzählte ihm alles, was ich wusste, und schloss mit der Neuigkeit, dass das Buch meiner Mutter möglicherweise Informationen über einen Mord enthielt.

Rowan starrte mich nur an. »Verdammte Scheiße! Das ist ganz schön hart, Soph.« Er rieb sich das Kinn. »Glaubst du wirklich, dass es einer von denen war, von dieser Sekte, der deine Mutter ermordet und Jared abgestochen hat?«

»Ja«, sagte ich eindringlich. »Das glaube ich. Und das Ganze wurde so arrangiert, dass es nach einem Selbstmord aussah. Aber die Sache hat einen Haken – das dritte Notizbuch, das den Mord von damals beschreibt, ist verschwunden. Hast du irgendwann mal ein Notizbuch im Haus gesehen? A5, gebunden?«

Er sah mich jetzt misstrauisch und skeptisch an und fragte: »Bist du dir wirklich ganz sicher?«

Ich ignorierte seine Frage. »Rowan, das ist wichtig!«

»Ich weiß, ich weiß, aber ich habe nie ...« Er sah nachdenklich aus und beendete seinen Satz nicht.

»Rowan?«

Er sah zu mir auf. »Ich habe kein Notizbuch gesehen. Aber ich glaube, ich habe sie gehört. Nina, wie sie getippt hat. Vormittags. Ein paarmal, wenn ich durchs Haus ging, hat sie unten in dem kleinen Büro gesessen, bevor das Café geöffnet hat. Ich habe nicht weiter darüber nachgedacht, ich dachte, sie würde den Papierkram erledigen. Aber im Nachhinein fällt mir auf, dass sie sehr früh aufgestanden ist, dabei war Nina nie eine Frühaufsteherin.«

Er warf mir einen kurzen Blick zu.

Mir schwirrte der Kopf.

Ich war mir so sicher gewesen, dass das dritte Notizbuch ein handgeschriebenes, gebundenes Buch so wie die ersten beiden war, dass mir gar nicht in den Sinn gekommen war, sie könnte es auf dem Computer getippt und gespeichert haben.

Ich hatte mir nach ihrem Tod bereits den alten Desktop-Computer im Büro angesehen und nach einem Hinweis gesucht, der mir helfen könnte, diese Katastrophe zu verstehen. Es waren einige Bilder darauf – nichts Persönliches, nur Fotos von den Gärten und dem Gelände, die E-Mail-Korrespondenz der Firma und ein Ordner mit alten Rezepten und Speisekarten.

Ich hatte alles durchsucht und nichts Ungewöhnliches entdeckt.

Ich musste noch mal nachsehen, wenn ich heute Abend nach Hause kam.

»Und was hat die Polizei dazu gesagt?«, fragte Rowan.

»Sie hält es für einen ›interessanten neuen Aspekt für die Ermittlungen‹.«

Rowan runzelte die Stirn. »So kann man es auch nennen.« Er schüttelte den Kopf. »Verdammte Scheiße.« Er sah meinen Vater an. »Wenn das stimmt, musst du vorsichtig sein. Du schläfst auf keinen Fall mehr in diesem Haus, bis das alles geklärt ist.« Er stand auf und drohte mir mit dem Zeigefinger, liebenswert herrisch. »Und wir müssen die Überwachungskameras installieren.«

»Welche Überwachungskameras?«

»Wir haben irgendwann Überwachungskameras angeschafft, etwa einen Monat bevor … bevor es passiert ist. Jared hat nachgegeben und Geld dafür lockergemacht.«

Mein Vater musste verzweifelt gewesen sein. Er hasst Überwachungskameras.

»Sie sind in Kartons bei mir zu Hause. Wir haben vier Kameras inklusive Halterungen und ein Programm dazu gekauft, das die Bilder auf den PC überträgt. Aber wir sind nie dazu gekommen, sie anzubringen und einzurichten.«

Ich sah meinen Vater an, der still auf dem Krankenhausbett lag.

»Weißt du was, Rowan?«

»Was?«

»Es wäre toll, wenn du die Überwachungskameras anbringen könntest.«

* * *

»Am besten stellen wir den Bürocomputer hier rein«, sagte Rowan, als wir bei ihm zu Hause waren, »da ist er nicht so im Weg.«

Vorher waren wir im Haus meiner Eltern gewesen, um den verstaubten alten PC zu holen. Ich hatte darauf bestanden, von Zimmer zu Zimmer zu gehen und zu überprüfen, ob nichts durcheinandergebracht worden war, aber alles sah genauso aus, wie ich es verlassen hatte.

Rowan stellte den Computer im Zimmer seiner Tochter Brigit auf deren kleinem fliederfarbenem IKEA-Schreibtisch auf. Ich sollte heute Nacht hier schlafen, während sie im Bett ihres Bruders übernachtete.

»Danke«, sagte ich und setzte mich auf Brigits winzigen, wackligen Stuhl. Der PC meiner Eltern, dessen weißer Kunststoff mit dem Alter vergilbt war, nahm fast den ganzen Schreibtisch ein, und darauf stand der klobige Monitor. Die Geräte waren ganz schön schwer – Rowans Gesicht war immer noch gerötet von der Schlepperei die Treppe hinauf.

»Ich lass dich dann mal«, sagte er. »Ich bin dran, die Kinder ins Bett zu bringen.«

Ich nickte. »Danke, Ro.«

Er winkte, ging hinaus und zog die Tür hinter sich zu. »Schlaf gut.«

Dafür, dass er fast zwanzig Jahre auf dem Buckel hatte, war der PC immer noch ziemlich gut in Schuss, allerdings hätte man nach unten gehen, sich eine Tasse Tee und ein Sandwich machen und sogar noch eine Folge von »Coronation Street« schauen können, bis er endlich hochgefahren war.

Während ich wartete, schminkte ich mich ab und zog einen Schlafanzug an. Als ich meine Feuchtigkeitscreme auftrug, fragte mich der Bildschirm nach dem Passwort, von dem ich wusste, dass es »EDENGARDENS1« lautete, alles in Großbuchstaben.

Meine Eltern waren keine Profi-Computernerds.

Innerhalb weniger Augenblicke war ich drin, und der Desktop sah genauso aus wie beim letzten Mal, als ich mich eingeloggt hatte. Der Firmen-PC lief noch mit Windows XP, das von Microsoft seit Jahren nicht mehr unterstützt wurde. Wenn irgendetwas mit diesem Kasten passierte, wären alle unsere Finanzdaten futsch.

Ich schüttelte den Kopf und murmelte vor mich hin. Ich musste einen neuen Laptop für sie anschaffen.

Für *ihn* anschaffen, korrigierte ich mich schweigend, wobei mir ein schmerzlicher Stich durch die Brust fuhr.

Auf dem Bildschirm befanden sich in der Ecke ein einzelner Ordner namens »NINA«, Outlook Express mit einer Fülle an rein geschäftlichen E-Mails und eine vorsintflutliche Version des Internet-Explorers.

Ich klickte mich durch jede einzelne Datei in sämtlichen Ordnern, sogar die Steuerunterlagen und die Rezepte, während ich den Rest des ungarischen Sauerkirschkuchens aufaß, den mir Monica heute Morgen mitgegeben hatte. Ich las alles, bis zum Schluss, nur für den Fall, dass etwas anderes darin versteckt war. Nichts.

Auf einen Impuls hin öffnete ich den Internet-Explorer, der einen sehr kurzen Browserverlauf hatte; nicht mehr als ein Dutzend Seiten. Ich sah mir eine Weile lang das ein oder andere an, konnte aber nichts damit anfangen. Einige Anbieter-Websites, Google und BBC Weather.

Der Verlauf war so langweilig, so steril und fast geschäftlich, als wäre er eher konstruiert worden als natürlich entstanden. Kein Klatsch, keine Comedy, kein Online-Shopping, keine Bilder von Tierbabys – und schon gar keine sozialen Netzwerke. Nichts im Vergleich zu meinem Browser.

Irgendwie einsam, dachte ich. Einsam und karg.

Bedrückt schaltete ich den Computer aus und ging zu Bett.

***

Am nächsten Tag arbeitete ich vom Krankenzimmer meines Vaters aus, mit meinem Telefon auf seinem Nachttisch.

Um exakt acht Uhr morgens hatte ich eine E-Mail von Benjamin erhalten:

Sophia,
kann ich bitte Ihren Bericht über das Scottish-Heritage-Projekt haben? Ich habe in fünfzehn Minuten ein Projektmeeting mit James, und Sie haben es gestern versäumt, ein Update zu schicken.
Außerdem hat die Personalabteilung mir gegenüber erwähnt, dass Sie sich gestern nicht ordnungsgemäß abgemeldet haben. Ich fordere Sie auf, im Intranet Abschnitt 5.2 Ihrer Arbeitsbedingungen über das korrekte Prozedere in solchen Fällen zu lesen: www.amitynet/intra/Anweisungen-für-Angestellte.
Ich hoffe, dass Sie alle weiteren zusätzlichen Tage, die Sie in Anspruch nehmen, entsprechend beantragen.

Benjamin Velasquez
Leitender Architekt

Er hatte James, den geschäftsführenden Gesellschafter, auf CC gesetzt, denn wo wäre der Spaß geblieben, wenn er ihn außen vor gelassen hätte?

Beim Lesen der E-Mail schnürte sich mir die Kehle zu vor Schreck und Ärger zugleich. Zu keinem Zeitpunkt hatte mich Benjamin um ein Update zu Scottish Heritage gebeten – er hatte nicht einmal meine E-Mail bestätigt, mit der ich mir das Projekt wieder angeeignet hatte.

Ich hatte Lust, mich gegen das hartnäckige Firmen-Mobbing zu wehren, mit dem er sich nur für seinen sexuellen Frust rächte, aber in meinem aufgelösten und erschöpften Zustand fragte ich mich andererseits, ob er womöglich recht hatte. Vielleicht hätte ich einen Bericht für ihn schreiben sollen.

Letzten Endes hatte er mich in der Hand. Außerdem war er vor Ort und in der Lage, sich aktiv um Projekte zu kümmern, während ich wie ein schwacher Radiosender in der Arbeits- und Büropolitik mal durchdrang und dann wieder verstummte. Ich war verwundbar.

Ich beschloss, dass es klüger war, auf Nummer sicher zu gehen, und schrieb ein Update, während ich auf Max' Anruf wartete.

Als er sich meldete, hatte er gute und schlechte Nachrichten.

»Hi, Sophia. Tut mir leid, dass ich jetzt erst zurückrufe. Es war doch schwieriger als gedacht, und ich wollte abwarten, bis ich Ihnen etwas Konkretes sagen kann.«

»Ist okay«, antwortete ich. »Was haben Sie herausgefunden?«

»Also«, sagte er. »Letztendlich haben wir vier von den sechs Mitgliedern ausfindig gemacht. Wolf haben wir nicht gefunden – höchstwahrscheinlich ist Wolf nicht sein richtiger Name, aber das ist sowieso egal, denn da wir ihn nicht aufspüren konnten, hat er auch nie von dem Buch erfahren. Wie dem auch sei, alle außer Tristan sind noch am Leben, und wir haben ihre Kontaktdaten.«

»Tristan ist auch tot?«, fragte ich.

Max schwieg einen Moment.

»Max?« fragte ich. War die Verbindung abgebrochen?

»Ja. Ich bin noch da. Er, äh, er hat sich umgebracht. 1991.«

»Oh.« Ich wusste nicht, was ich sonst hätte sagen sollen.

Ich empfand entferntes, flüchtiges Mitleid für ihn, den reichen Tristan mit seinem Treuhandfonds. Ich hatte das Gefühl, dass meine Mutter sehr traurig gewesen wäre, wenn sie von seinem Tod erfahren hätte.

»Ja, es war eine üble Sache. Er hat sich irgendwo in

Deutschland vor einen Zug geworfen. Emily, seine Schwester, hat mir erzählt, dass es schon sein dritter Selbstmordversuch war. Sie meinte, nachdem er sich zwei Mal eine Überdosis gespritzt hatte, wählte er beim letzten Mal eine Methode, bei der man ihn nicht wiederbeleben konnte.«

Ich war sprachlos.

»Ich war damals auch fassungslos«, sagte Max mitfühlend. »Bei den anderen hatte ich mehr Glück. Lucy Trinder, inzwischen Lucy Dubois, lebt in Paris.«

»In Paris?«

»Ja, da hat Aaron Kessler sie ironischerweise auch kennengelernt. Nach Morningstar ist sie dorthin zurückgekehrt. Sie hat neu angefangen, einen älteren Mann geheiratet – einen berühmten Fotografen –, mehrere Kinder bekommen und wohnt jetzt in Faubourg Saint-Germain. Sie hat sich strikt geweigert, mit mir zu reden. Das wird wohl auch für Sie gelten.«

Das kann ich mir vorstellen, dachte ich grimmig.

»Penelope und Tess dagegen leben beide in London. Tess Hotchkiss ist jetzt Pfarrerin …«

»Wie bitte?«

»Pfarrerin. Sie betreibt eine Beratungsstelle für Sektenopfer, ob Sie es glauben oder nicht, und wohnt in Stockwell. Das ist doch gar nicht weit von Brixton entfernt, oder? Sie arbeitet bei einer kleinen evangelischen Gemeinde in Vauxhall. Ehrlich gesagt war sie nicht gerade begeistert von der Vorstellung, dass das Buch publiziert wird, aber sie hat weniger aufgebracht und hysterisch reagiert als die anderen.«

»Dann bleibt nur noch …«

»Penelope. Und Aaron natürlich. Die Hauptperson. Wir haben versucht, einige ehemalige Angestellte bei Morningstar aufzuspüren, etwa die Köchin, Michelle Lomax, und teilweise ist es uns auch gelungen, aber nach Peters Tod hat Aaron das gesamte Personal entlassen. Von da an mussten die Mitglieder die gesamte Hausarbeit übernehmen.«

»Und Penelope?«

»Sie heißt inzwischen Longman und praktiziert auch unter diesem Namen.«

»Praktiziert?«

»Genau. Sie ist nach London zurückgegangen und hat ihr Studium beendet. Inzwischen ist sie Anwältin.« Er hielt inne, als denke er darüber nach. »Und – jetzt kommt's – sie hat sich bereit erklärt, sich mit Ihnen zu treffen.«

»Ach, wirklich?« Ich berührte die Hand meines Vaters und verschränkte meine Finger mit seinen. Sein Gesicht war so reglos wie zuvor, wobei eine kleine Ader in der Nähe seines Haaransatzes pochte, ein schwaches Lebenszeichen. »Wann?«

»Wie wäre es mit morgen? So gegen fünfzehn Uhr?«

Mein Mund war trocken. Ich wollte diese Leute sehen, sie befragen, der Sache auf den Grund gehen, aber jetzt, da mir tatsächlich eine Begegnung bevorstand, fühlte ich mich ganz schwindlig und krank vor Angst.

»Gut. Sagen Sie ihr, ich bin einverstanden.«

Und da fühlte ich es zum ersten Mal – die rauen Finger meines Vaters drückten meine, einmal, zweimal, leicht und flüchtig.

Penelope, nicht Penny, auf keinen Fall Penny, war noch anhand der Beschreibungen meiner Mutter erkennbar. Der hellblonde Dutt war zu einem straffen, mit Strähnchen durchzogenen, aschblonden Helm geworden. Ihre schmächtige, präraffaelitische Gestalt war ziemlich aus der Form geraten, und ihr gut geschnittener Anzug konnte ihre fassförmige Wechseljahresfigur nur unzureichend verbergen. Sie hatte sehr kluge, kalte, grüne Augen, die von ihrem entgegenkommenden Lächeln unberührt blieben.

»Sophie, nicht wahr?«, fragte sie freundlich und schüttelte mir die Hand.

»Sophia.«

»Sophia. Aha. Setzen Sie sich. Was kann ich für Sie tun?«

Ihre Kanzlei befand sich im ehrwürdigen Inner Temple, und hinter ihr konnte ich den Innenhof und die runde Kuppel der Temple Church sowie das Bronzedenkmal zu Ehren des Ordens hoch oben auf einer Säule erkennen: zwei Tempelritter gemeinsam auf einem Pferd.

Es duftete nach dem frischen Blumenstrauß, der auf dem niedrigen Tisch zwischen uns stand. Penelopes Schreibtisch stand etwas seitlich davon, ein riesiger Glasaltar mit modernster Technik und voller zum Bersten gefüllter Ordner.

Da unser Treffen inoffiziell war, nahm sie auf dem niedrigen Sofa Platz. Besitzergreifend legte sie den Arm auf die rote Lederrückenlehne, und an ihrer molligen Hand glänzten ein weißgoldener Ehering und ein passender Verlobungsring mit einem beeindruckenden Solitärdiamanten.

Ich fragte mich, ob ihr Mann das wusste, was ich über sie wusste.

Ich setzte mich auf den Sessel ihr gegenüber und überlegte, wie ich vorgehen sollte. Ich hätte es locker angehen können, aber irgendetwas an ihr sagte mir: *Bring es auf den Punkt. Oder treib sie in die Enge. Red nicht um den heißen Brei herum.*

»Ich bin wegen Morningstar hier. Und wegen Aaron Kessler.«

Keine Reaktion. Mit ihren grünen Augen starrte sie mich unverwandt an. Sie wusste bereits, worum es hier ging.

»Wie Sie sicher wissen, ist meine Mutter vor Kurzem gestorben.«

Für einen Moment war ich abgelenkt, als mich die schreckliche Endgültigkeit dieser Worte traf. Sie war wirklich gestorben. Sie war fort. Dabei schien sie in der Flut der Erinnerung, die mich erfasste, lebendiger denn je zu sein, mir näher denn je – wie sie in unserem verwilderten Garten stand, kleine saure Äpfel vom Baum pflückte, mit nackten Füßen in ihrem

Zimmer zwischen Papierstapeln hindurchschritt, im Vorbeigehen Staubflocken aufwirbelnd.

Sie war weg. Aber sie war auch hier. Und ich war in ihrem Namen hier.

»Meine Mutter ist vor Kurzem gestorben«, setzte ich noch einmal an, »und ich bin ihre persönlichen Aufzeichnungen durchgegangen. Soweit ich weiß, waren Sie und meine Mutter beide Mitglieder einer … bestimmten Gruppierung.«

»Einer Gruppierung?«

»Sozusagen«, fuhr ich fort. *Genau genommen Mitglieder einer Sekte, wissen Sie noch? Sex mit Rockstars vor der Kamera? Erinnern Sie sich daran?*

Du suchst keine Vergeltung, ermahnte ich mich. Ich war hier, um herauszufinden, was mit meiner Mutter geschehen war. Ich zwang mich, ruhig zu bleiben, meine Hände nicht in den Schoß zu legen, mich nicht kleinzumachen. »Eine Art religiöser Gruppierung.«

Sie zuckte mit den Achseln, doch die Geste war so elegant, so geübt, dass sie wie ein Schauspielakt wirkte. »Es tut mir sehr leid, Sophia, aber ich habe im Lauf meines Lebens so viele Menschen kennengelernt. Und vielleicht war ich in meiner Jugend ein bisschen … wild, aber ich erinnere mich an niemanden namens Nina.«

Fast trotzig sah sie mir in die Augen.

Mit einer so dreisten Lüge hatte ich nicht gerechnet, und ich war völlig ratlos.

»Wirklich nicht?«, fragte ich, während ich versuchte, damit umzugehen. »Dann wundert es mich, dass Sie einem Treffen mit mir zugestimmt haben.«

»Tja«, sagte sie. »Der junge Mann vom Verlag erwähnte, dass Ihre Mutter gestorben sei – sie hatte offenbar psychische Probleme – und Sie unbedingt mit Leuten reden wollten, die sie kannten.« Sie richtete sich auf. »Er hat in dieser Angelegenheit schon einmal Kontakt mit unserer Kanzlei aufgenommen, bezüglich angeblicher ... Beziehungen zwischen mir und Aaron Kessler.« Ihre Stimme änderte sich weder im Timbre noch im Ton, und auch ihre Haltung veränderte sich nicht um ein Jota, und dennoch sah ich, wie sie sich durch und durch verhärtete, als verwandle sie sich in einen Diamanten. »Und ich werde Ihnen genau dasselbe antworten wie ihm. Ich erinnere mich nicht an alle Leute, die ich während meiner Studienzeit getroffen habe. Das muss ich auch nicht. Aber diese wiederholten Behauptungen über mich weise ich entschieden von mir.«

Ich schloss kurz die Augen.

»Vor allem«, fuhr sie fort – jetzt mit einem Hauch von Triumph in der Stimme, »da niemand je den geringsten Beweis dafür anführen konnte und können wird.«

»Aber ...«

»Daher, meine Liebe, dachte ich, es wäre das Beste, wenn wir persönlich miteinander reden, damit ich etwas ein für alle Mal klarstellen kann: Ich erinnere mich nicht an Ihre Mutter. Ich erinnere mich nicht an Aaron Kessler. Ich weiß nicht, wovon Sie reden, wenn Sie von dieser ›Gruppierung‹ sprechen. Und bitte richten Sie dem jungen Mann bei nächster Gelegenheit aus, dass ich, falls ich noch einmal zu einem solchen Gespräch gezwungen sein sollte, Rechtsmittel einlegen werde.«

Sie bedachte mich mit einem kleinen, fast mütterlichen Lächeln.

»Verleumdung und üble Nachrede gehören nicht zu meinen Fachgebieten, aber glücklicherweise verfüge ich über ausreichende Mittel und zahlreiche gute Freunde, die mit Freuden auf meine Anweisungen hin handeln würden.«

Es folgte ein beredtes Schweigen.

»So, und nun ist unser kleines Treffen beendet.« Sie lehnte sich auf dem Sofa zurück, den Blick unbewegt auf mich gerichtet. »Ich denke, Sie finden allein hinaus.«

***

Max ging nicht ans Telefon.

Ich saß auf der Bank vor der Temple Church und beobachtete die Tauben, die im Hof pickten. Ich fühlte mich ausgehöhlt, zutiefst gedemütigt, fast schwindlig vor Wut. Diese Schlampe! Diese Lügnerin!

Und jetzt nahm Max nicht ab. Dabei hatte er gesagt, ich solle ihn sofort anrufen, wenn ich von Penelope käme. Ich versuchte, meine Wut darüber, dass er mich dieser Konfrontation ausgesetzt hatte, im Zaum zu halten.

Es ist nicht seine Schuld. Und auch nicht deine. Und auch nicht die von Mum.

Ich stützte den Kopf in die Hände und seufzte, während vorbeieilende Anwälte mich geflissentlich ignorierten. Bestimmt sehen sie hier jeden Tag verzweifelte, seufzende Menschen, dachte ich, und bei dieser Überlegung straffte ich den Rücken, da ich ihnen diese Genugtuung nicht gönnte.

Ich musste zugeben, dass Penelope Longman nicht danach aussah, als hätte sie sich früher bei drogenbenebelten Ritualen auf der Suche nach ihrem »Kreativen Funken« filmen lassen.

Vielleicht hatte sie es wirklich nicht getan.

Schließlich war es genau wie mit dem Studium meiner Mutter: Es gab keine Indizien dafür, ich konnte es nicht beweisen.

Irgendwo in der Fleet Street läuteten Kirchenglocken.

Jetzt war es erst einmal an der Zeit, zum Krankenhaus zurückzukehren und nach meinem Vater zu sehen.

KAPITEL 22

»Dad?«

Ich stand in der Tür seines Krankenzimmers und traute meinen Augen nicht.

Mein Vater saß aufrecht da, mit Kissen gestützt, und trotz seiner Blässe und einer Art Zittern, das jeden Muskel in seinem Körper zu schütteln schien, war er unbestreitbar wach. Seine Augen erfassten mich und folgten mir, als ich das Zimmer betrat. Er bewegte die Lippen, aber es kam kein Laut aus seinem Mund.

»Dad!« Ich lief auf ihn zu, umarmte ihn, küsste ihn auf die bleiche, wächserne Stirn und begann, vor Erschöpfung und Erleichterung zu weinen, ja, unkontrolliert zu schluchzen.

»Oh, Gott! Dad! Wann bist du aufgewacht?« Ich fuhr mir mit dem Handrücken über die Augen. »Ich fasse es nicht!«

»Ungefähr vor einer Stunde«, hörte ich Rowans Stimme hinter mir. »Wir haben versucht, dich anzurufen. Wir haben eine Nachricht hinterlassen.«

Als mein Vater sprach, klang seine Stimme ganz dünn und leise. Es war kaum ein Flüstern; nicht lauter, so schien mir, als das Rauschen des Meeres in einer Muschel. »Ich habe Stimmen gehört.« Er hielt inne, ein wenig keuchend, als wären ihm schon diese Worte zu viel.

»Möchtest du irgendwas?«, fragte ich und fühlte mich wieder wie ein kleines Mädchen, aufgeregt plappernd vor Überraschung und Staunen. »Ein Glas Wasser, mehr Kissen oder Tee? Ich habe deine Pantoffeln mitgebracht, sie sind im Schrank neben deinem Bett. Rowan hat sich um die Gärtnerei gekümmert, während du krank warst. Er war eine große Stütze!«

Mich durchfuhr ein eiskalter Schreck, als mir klar wurde, dass er möglicherweise noch nicht wusste, dass Mum tot war.

Ich nahm seine Hand in meine, vorsichtig, um die mit Pflastern befestigte Kanüle nicht rauszuziehen.

Ich öffnete den Mund und schloss ihn wieder. Ich brachte es einfach nicht fertig. Ich wusste nicht einmal, wo ich anfangen sollte.

»Deine Mutter«, sagte er; und dieser heisere, fast lautlose Klang, mehr ein Hauch als eine Stimme, schien vom Meeresgrund zu kommen. »Ich weiß, Sophy.«

Ich hatte einen Kloß im Hals. Es war, als hätte er meine Gedanken gelesen.

»Dad, erinnerst du dich an das, was passiert ist?«

Er verstummte, dann hob er ganz langsam wieder den Kopf.

»Nina ...« Seine Augen wurden schmaler, die Stirn furchte sich. »Deine Mutter ... sie konnte es nicht ertragen.«

Das hatte ich nicht erwartet. Nicht im Geringsten. Plötzlich fühlte es sich an, als wäre da ein Loch in mir, aus dem all meine Gefühle, all meine Gedanken hinausflossen.

»Es ging ihr ... nicht gut.« Seine Stimme wurde leiser, langsamer, als ob selbst diese wenigen Worte ihn erschöpften. »Sie hat aufgehört ...« Er hielt inne, holte mühsam Luft, und ich dachte wieder daran, dass nicht nur sein Darm, sondern auch seine Lunge verletzt war. »Sie hat sich bemüht.«

»Ich verstehe das nicht, Dad«, sagte ich, aber zu meinem Entsetzen tat ich es doch. Ich wollte es einfach nicht glauben. »Sie hat sich erhängt? Absichtlich?«

Er nickte nur ein Mal, ganz zittrig. »Ich habe versucht ...« Sein Gesicht war blass, ob durch die Erinnerung oder die Mühsal des Sprechens, konnte ich nicht sagen.

»Dad ...«

Es war, als bekäme ich auch keine Luft mehr. Ich hatte so sehr mit einer anderen Antwort gerechnet; mir war gar nicht bewusst gewesen, in welchem Maße ich mich auf diesen Ausgang des Ganzen verlassen hatte.

»Ich …« Mir kamen die Tränen. Ich schlug die Hände vors Gesicht und versuchte, mich zusammenzureißen. »Ich dachte, es wäre diese Sekte gewesen.«

Er blinzelte mich an und runzelte die Stirn.

»Welche Sekte?« Keuchend holte er Luft. Er war erschöpft.

Kaum hatte er es ausgesprochen, als schon wieder dieser schreckliche Verdacht in mir aufkam. Der, der in mir aufgekeimt war, während ich auf der Parkbank im Inner Temple gesessen hatte.

Es war das Einzige, was ich mir nicht eingestehen konnte, auch wenn es bösartig in meinen Gedanken wucherte. Ich hatte es noch nicht in Worte gefasst, aber nachdem es mir in den Sinn gekommen war, war ich es nicht mehr losgeworden.

Angenommen, das waren alles nur Hirngespinste gewesen?

Andererseits wusste ich mit Sicherheit, dass der Orden der Lichtträger existierte. Max hatte es bestätigt. Aaron Kessler existierte. Die Leute im Buch meiner Mutter existierten.

Aber was wäre, wenn das, was sie erzählt hatte, so gar nicht geschehen war? Wenn sie sich das alles nur ausgedacht hatte?

Doch wie sollte sie darauf gekommen sein? Und, viel entscheidender, warum?

»Nicht so wichtig, Dad«, sagte ich, umarmte ihn und küsste ihn auf die warme, von grauen Bartstoppeln bedeckte Wange. »Nicht so wichtig. Du bist wieder bei uns, das ist alles, was zählt.« Meine Tränen sickerten in seine Haut. Egal, ob er eine Aversion gegen Dramen hatte oder nicht, sie würden weiterfließen. »Wir können später über alles reden. Du musst dich jetzt ausruhen.« Ich küsste seine bleiche Schläfe, wo diese winzige, pochende Ader das einzige Lebenszeichen gewesen war.

Ich wartete eine Weile, bis er wieder eingeschlafen war, und unterhielt mich zwischendurch mit Rowan über belanglose Dinge. Aber im Innern war ich aufgewühlt.

Als ich sicher war, dass Dad schlief, flüsterte ich Rowan zu, dass ich auf die Toilette müsse, und stürmte hinaus in den Krankenhausflur.

»Hey«, sagte Rowan. »Alles klar bei dir?«

Er war mir aus dem Zimmer gefolgt. »Schon gut, Soph, alles okay. Das ist doch jetzt erst mal etwas Gutes, auch wenn das, was dein Dad dir über deine Mutter erzählt hat, nicht das ist, was du hören wolltest. Es geht ihm besser.«

Ich brach in Tränen aus.

Er nahm mich in die Arme und wiegte mich sanft wie ein Kind. Ich lag schluchzend an seiner Schulter.

Er hatte natürlich recht. Ich hatte Glück. Ich hätte beide verlieren können.

»So, und jetzt komm«, sagte er. »Bringen wir dich erst mal ein bisschen in Ordnung, bevor du wieder zu deinem Vater reingehst. Er muss dich nicht unbedingt so sehen.« Er führte mich zu einem Stuhl im Aufenthaltsraum, wo es schwach nach Desinfektionsmittel roch. Seine Hände waren warm.

»Weißt du, Soph, ich habe das Gefühl … Ich weiß nicht …« Er sah weg. »Ich weiß, du hast nie geglaubt, dass Nina sich umbringen würde. Und du hast dich so sehr auf diese andere Theorie versteift, mit den Notizbüchern und dieser Sekte, dass ich auch angefangen habe, daran zu glauben.« Er seufzte. »Ich wollte es glauben.«

»Wovon redest du?«

»Soph, dieser Schock, unter dem du gerade stehst – irgendwie habe ich das Gefühl, dass es unsere Schuld ist.«

»Was meinst du damit?« Ich hatte mir ein Papiertuch geschnappt, krankenhausrau und rosa, und tupfte mir die Augen damit ab.

»Dein Vater und ich – wir hätten dir gleich zu Anfang von den Einbrüchen erzählen sollen, aber deine Eltern wollten dich nicht beunruhigen oder mit hineinziehen. Entsprechend konntest du auch nicht wissen, dass deine Mutter deprimiert war. Es war alles … Wir wollten dich schützen, aber … der Schuss ist wohl nach hinten losgegangen.« Er warf mir einen betrübten Blick zu. »Es tut mir so leid, Soph. Ehrlich.«

Ich hatte keine Ahnung, wie ich darauf reagieren sollte. Ich konnte auch gar nicht antworten, denn die Trauer um meine Mutter kam wieder in mir hoch und dazu noch die Reue, weil ich ihr nicht geholfen hatte. Ihr und auch meinem Vater.

Sie hatten mir nicht einmal von dieser schrecklichen Verbrechensserie erzählt.

Sophia, zu was taugst du überhaupt? Wieso lebst du noch?

»Soph … alles okay mit dir? Du machst mir Angst.«

Ich blickte zu Rowan auf, sah in sein freundliches Gesicht. »Es geht gleich wieder«, antwortete ich.

»Noch mal wegen der Überwachungskameras – ich habe sie inzwischen installiert. Morgen kannst du sie dir in Ruhe anschauen; aber ich glaube, es ist besser, wenn du heute noch einmal bei uns übernachtest.«

Ich nickte. Er hatte keinen Grund zur Sorge. Ich hatte nicht die Absicht, heute Nacht im Haus meiner Eltern zu schlafen. Meine Mutter hatte sich die Einbrüche schließlich nicht eingebildet, sodass die Überwachungskameras auf jeden Fall nützlich sein würden.

»Wir sollten auch Schlösser an den Fenstern anbringen und die Glasscheibe in der Tür reparieren«, fuhr Rowan fort. »Ich meine, bevor dein Vater nach Hause kommt.«

Ich atmete tief aus. »Gut. Ich kümmere mich darum.«

»Soph? Wir werden das durchstehen. Alles wird gut. Okay?«

Ich blickte zu ihm auf und nickte. »Ja.«

»Ich gehe deinem Vater eine Tasse Tee holen; er wird sich schon fragen, wo wir bleiben. Du kriegst dich jetzt erst mal ein und kommst dann wieder rein.«

»Mach ich. Danke, Rowan.«

»Ich hab doch gar nichts gemacht.«

»Stimmt nicht.« Mein Gesicht brannte, als ich mir die Wahrheit eingestand. »Du warst für sie da, als ich es nicht war. Danke.«

Sein Kuss war warm und weich auf meiner Wange.

»Ich hab dir doch gesagt, du sollst dir nicht so viele Gedanken darüber machen. Bis gleich.«

Er stand auf und ging, während ich mich mit geschlossenen Augen in einem der billigen Stühle ausstreckte.

Meine Mutter hat sich also wirklich umgebracht.

Niemals hätte ich gedacht, dass mein Vater das bestätigen würde, wenn er aufwachte, aber vielleicht hätte ich es erwarten sollen.

Es passte ins Bild.

Die ganze Zeit hatte ich behauptet, es könne nicht wahr sein, denn ich hätte sie schließlich gekannt, doch dann war mir auf tausend verschiedene Arten bewiesen worden, dass ich meine Mutter überhaupt nicht gekannt hatte.

Ich rutschte auf meinem Stuhl hin und her.

Aber diese Leute im Zug habe ich mir nicht eingebildet.

Und alles hat angefangen, als Mum das Manuskript an Paracelsus geschickt hat.

Ich saß aufrecht da, meine Tränen trockneten allmählich.

Vielleicht hatte der Orden der Lichtträger meine Mutter nicht erhängt, aber er hatte die Schlinge geknüpft.

Was auch immer passiert war, ich war entschlossen, das dritte Notizbuch zu finden.

***

Eines musste ich heute Abend noch erledigen.

»Hallo?« Ihre Stimme klang angespannt, und ich hatte das Gefühl, sie wollte mit ihrer Begrüßung vermitteln, dass ich, wer auch immer ich war, viel zu spät am Abend anrief.

»Ja, hallo. Estella? Hier ist Sophia Mackenzie.«

»Oh.«

Stille.

Ja, ich freue mich auch, deine Stimme zu hören.

»Ich wollte nur sagen, dass mein Vater heute aufgewacht ist. Das wolltest du doch gerne wissen. Die Ärzte glauben, dass er wieder gesund wird.«

Sie sagte immer noch nichts.

»Es heißt, er kann in einer Woche nach Hause«, fuhr ich fort, zunehmend entnervt von ihrer seltsamen Reaktion. »Das wird schon mal eine große Erleichterung.«

»Ja. Das kann ich mir vorstellen.«

»Ja«, sagte ich. »Es stand eine ganze Weile auf der Kippe.«

»So. Aha. Danke, dass du uns Bescheid gesagt hast, Sophia. Schönen Abend noch.«

»Ähm, ja. Danke. Dir auch. Augenblick, ich wollte noch fragen …«

Das Klicken, als sie den Hörer auflegte, kam mir sehr laut vor.

»Oh«, sagte ich und versuchte, mir weiszumachen, dass es ein Versehen gewesen war und Estella nicht mitten im Gespräch aufgelegt hatte. Als mein Telefon wieder klingelte, überlief mich ein Schauer der Erleichterung: Das war ihr Rückruf, um zu erklären, dass die Verbindung abgebrochen sei und ich mich umsonst so unbehaglich fühlte.

»Ja, Estella?«

Stille. Nein, keine vollkommene Stille. Ich hörte eine Art Umgebungsgeräusch, einen sehr leichten Atem – straff, kontrolliert, als kämpfe die Person am anderen Ende des Telefons mit einem starken Gefühl.

Ich überprüfte die Nummer. Es war nicht die von Estella. Die Nummer war unterdrückt worden.

»Hallo?«

Nichts.

»Hallo, ist da jemand? Ich kann Sie hören.«

Keine Antwort.

Die Härchen auf meinen Armen und in meinem Nacken sträubten sich.

»Ich werde jetzt auflegen«, sagte ich, mit mehr beleidigter Entschlossenheit, als ich tatsächlich empfand.

Nichts.

Und dann, als ich den Finger ausstreckte, um den Anruf zu beenden, ertönte ein Piepton, und es war vorbei.

KAPITEL 23

Rowan hatte Wort gehalten. Als wir auf dem Heimweg vom Krankenhaus an Eden Gardens vorbeifuhren, sah ich im Mondschein den rechteckigen Kasten der Überwachungskamera auf dem Tor, ausgerichtet auf den Haupteingang.

»Wie viele haben wir gleich noch?« Ich war so müde, dass ich mich kaum auf die Straße konzentrieren konnte; sich ein bisschen zu unterhalten konnte nicht schaden. Es hatte etwas in mir ausgelöst, den Apparat dort oben neben dem Torpfosten zu sehen – ein freundliches Auge, das mein Tun und Lassen beobachtete und mir gewissermaßen Rückendeckung gab; es hatte etwas Tröstliches.

Rowan schürzte die Lippen. »Vier sind draußen angebracht. Diese hier ist auf das Tor gerichtet, eine auf das Café, eine auf die Vorderseite des Hauses und eine auf die Rückseite.« Er zählte es an seinen kräftigen Fingern ab. »Und ich muss dir etwas gestehen.«

»Aha, was denn?«

»Na ja«, sagte er und grinste mich von der Seite an. »Ich war so verrückt und habe noch zwei Kameras für den Innenbereich angeschafft. Eine für das Café und die andere für den Schuppen. Die Indoor-Geräte sind billiger, weil sie nicht wetterfest sein müssen, deshalb habe ich nur hundert Pfund zusätzlich für beide ausgegeben.«

Ich nickte andeutungsweise.

»Die Daten werden alle in der Cloud gespeichert«, erklärte er. »Du brauchst also weder Monitore noch einen Videorekorder. Du loggst dich einfach in deinen Account ein und kannst von jedem Gerät aus, vom Handy oder vom Laptop, sehen, was die Kameras aufnehmen.« Er gähnte herzhaft. »Entschuldige«, sagte er und blinzelte vor Müdigkeit.

»Wie dem auch sei – das Material wird einen Monat lang gespeichert und dann gelöscht. Echt clever.«

»Erstaunlich, was heute alles möglich ist.« Ich war zu erschöpft, um mehr als Allgemeinplätze und Small Talk von mir zu geben. Die weißen Linien auf der Straße waren das Einzige, dem ich noch folgen konnte. Zu allen Seiten umgaben uns das dichte, grüne Unterholz und die dunklen Bäume, die das Mondlicht abschirmten.

»Ich hätte auch eine für das Haus geholt, aber ich dachte, ich frage dich lieber vorher.« Er sah mich mit einem breiten, frechen Grinsen an. »Wenn du auf meinem Laptop im Cottage gestreamt werden würdest, wüsstest du wahrscheinlich gerne vorher Bescheid, bevor du vor uns allen blankziehst.«

Und in meinem müden, fast traumartigen Zustand erinnerte mich das an irgendetwas.

Irgendwas mit Kameras und gefilmt werden.

»Sophia?«

Es war etwas Wichtiges, Wesentliches, was ich hier übersah.

»Soph? Habe ich etwas Falsches gesagt?«

Aber ich bekam es nicht zu fassen. Es flutschte mir immer wieder durch die Finger.

»SOPHIA!«

Rowan riss am Steuer. Ich kam wieder zu mir – ich hatte die weißen Linien überfahren, das grüne Unterholz schabte am Ford KA, Sand und Kies knirschten unter dem Vorderrad, und ich raste genau auf die Bäume in der letzten Kurve vor dem Cottage zu.

Ich trat auf die Bremse, sodass wir beide mit einem schmerzhaften Ruck in unsere Sicherheitsgurte gepresst wurden.

Es folgte eine Stille von mindestens drei Sekunden, während wir unserer Beinahe-Begegnung mit dem Tod nachspürten.

Ein paar Meter vor uns ragten hoch, kerzengerade und unversehrt die Bäume auf.

Das war alles meine Schuld.

»Oh Gott, Rowan, es tut mir so leid.«

»Schon in Ordnung«, sagte er, mit mühsam beherrschter Stimme, die mir deutlich sagte, dass es nicht so war. »Aber wenn es dir nichts ausmacht, fahre ich jetzt lieber weiter.«

»Ist nicht nötig. Entschuldige. Ich ... Mir ist gerade etwas eingefallen, ich hab's vergessen, ist jetzt auch egal, und ...«

»Sophia.«

»Nein, es ist okay. Sind ja nur noch zwei Minuten. Ich bin einfach müde. Ich muss ins Bett. Ich muss morgen wieder nach London und ...«

»Du bleibst jetzt sofort stehen. Du fährst nirgendwo hin. Das wäre verrückt, du wirst dich noch umbringen.« Er löste den Sicherheitsgurt mit einem Ruck und stieß die Beifahrertür auf.

»Aber was machst du ...?«

Er ging vorne um das Auto herum, grell beleuchtet von den Scheinwerfern.

»Rowan?«

Energisch öffnete er meine Tür.

»Schlüssel.«

»Rowan, ich ... sei doch nicht so. Es tut mir leid ...«

»Ich weiß, dass es dir leidtut. Das weiß ich. Aber du bist auch dickköpfig und vollkommen durchgedreht.« Mit einem Ruck deutete er auf die Straße hinter uns. »Sophia, niemand könnte so leben, Hunderte von Kilometern pendeln, arbeiten und sich um seinen Vater kümmern. Bei dem ganzen Drama, das du durchmachst, muss früher oder später etwas passieren – du bist eine verdammte Zeitbombe, die kurz davor ist, hochzugehen. Du gibst mir jetzt sofort den Schlüssel!«

Er streckte die Hand aus.

Ich schaltete den Motor aus und ließ den Schlüssel in seine Hand fallen.

Er brummelte. »Gut so. Raus mit dir.«

Verlegen rutschte ich von meinem Sitz auf den Beifahrersitz und schnallte mich an.

Er drehte den Schlüssel mit einer wütenden Bewegung, die meinen KA schmerzlich aufjaulen ließ.

Ich zuckte zusammen.

»Sei bitte etwas netter zu meinem Auto, alter Grobian.«

Er zog eine Augenbraue hoch und sah mich an. Dann gab er ruckartig Gas und fuhr los.

Ich grübelte und grübelte, kam aber nicht darauf, was mich beim Fahren abgelenkt hatte. Es war zu spät, es war zu vage, und es dauerte keine Minute, bis ich eingeschlafen war.

* * *

Irgendwie war ich geweckt und ins Haus geführt worden, und dann war Kayleigh da, in etwas gekleidet, was mein erschöpftes, halb im Traum versunkenes Gedächtnis als plüschigen, taubengrauen Morgenmantel interpretierte. Es fühlte sich weich an meinem Arm an, als sie mich nach oben in das kleine Schlafzimmer mit Pokémon- und »Eiskönigin«-Tapete führte.

»Danke, Kayleigh. Nacht.«

Sie küsste mich auf den Scheitel. »Schlaf gut, Sophia. Du musst dich ausruhen.«

Ich ließ mich auf das Kinderbett sinken und konnte kaum noch die Augen offen halten. Doch ich musste unbedingt noch mein Telefon stumm schalten, damit der Wecker die anderen am nächsten Morgen nicht aus dem Schlaf riss. Gerade, als ich das Handy zur Seite gelegt hatte, fing es zu meinem Schrecken an zu klingeln. Ich griff danach, schwindlig vor Erschöpfung. Es war eine Londoner Nummer, wie ich voller Erleichterung feststellte. »Max?«

»Ähm, nein.« Die Stimme war weiblich, zaghaft, mit einem leichten West-Country-Akzent. »Hier ist nicht Max. Spreche ich mit Sophia?«

Ich runzelte die Stirn. Welche fremde Frau sollte abends um

elf noch anrufen? »Ja«, sagte ich, mit einem Anflug von Angst. »Wer ist denn da?«

»Äh, also.« Ich hörte einen tiefen Atemzug, als bereite sich jemand auf eine schwierige oder unangenehme Aufgabe vor. »Du kennst mich nicht, aber ich kannte deine Mutter. Mein Name ist Tess Hotchkiss. Ich war im Orden der Lichtträger. Mit Nina zusammen.« Ich hörte sie schlucken, ihre Kehle trocken vor Nervosität. »Max Clarke hat mir eben deine Handynummer gegeben. Ich hoffe, das ist dir recht. Er sagte, du wolltest mich sprechen. Ich nehme an, du hast viele Fragen.«

Plötzlich war ich wieder hellwach.

»Ja«, sagte ich. »Sie ist nämlich tot, wie Sie vielleicht wissen.«

»Ja, ich weiß. Max hat es mir gesagt. Mein herzliches Beileid. Ich habe Nina damals als ganz besonderen Menschen kennengelernt. Sie war sanft und freundlich, aber zugleich sehr stark. Sie war mir die Liebste von allen im Orden.«

Ich blinzelte, und mir kamen die Tränen bei diesen freundlichen Worten über meine Mutter. Ich hatte sie auch so gesehen. »Ich danke Ihnen.«

»Es muss schlimm für dich sein.«

Ich biss mir auf die Lippe und versuchte, die Fassung zu bewahren. »Die Art, wie sie gestorben ist, belastet mich am meisten, und dass mein Vater …«

»Ach ja, es hat mich überrascht, als ich hörte, dass sie verheiratet war.« Ich hatte nicht den Mumm, sie zu korrigieren. »Weißt du, nachdem der Orden auseinandergebrochen war, wollte ich zu niemandem mehr Kontakt.« Sie schwieg einen Moment. »Es war eine … sehr unschöne Zeit in meinem Leben.«

»Ich …« Ich saß aufrecht auf Brigits kleinem Bett und versuchte, das alles zu verarbeiten.

Ich sprach mit *Tess*.

»Ich – äh, ich habe mich mit Penelope Longman getroffen, und sie hat behauptet, Mum hätte das alles erfunden ... und da dachte ich für einen Moment ...«

»Ich kann mir denken, dass sie das gesagt hat«, erwiderte Tess leicht sarkastisch. »Tja, Penelope. Sie hat sich nicht verändert.«

»Es ist also alles wirklich passiert?«, fragte ich mit wachsender Aufregung. »Auf Morningstar? So wie meine Mutter es beschrieben hat?«

»Ich habe die Notizbücher nicht gelesen, von denen ständig die Rede ist«, erwiderte Tess, »aber das, was Max mir davon erzählt hat, ist im Großen und Ganzen wahr.«

Ich empfand tiefe Erleichterung und zugleich Dankbarkeit gegenüber Tess. Meine Mutter war keine Spinnerin oder Lügnerin gewesen.

»Ich bin ... Ich bin so froh, dass Sie angerufen haben. Ich – ich hätte da noch ein paar Fragen ...« Ich hatte eine Milliarde Fragen, aber jetzt, wo ich die Gelegenheit hatte, sie zu stellen, waren die meisten zu persönlich, um sie auszusprechen. Wie war es für dich, Aaron mit meiner Mutter und den anderen zu teilen? Wie hast du dich gefühlt, als du einem Drogendealer zu Diensten sein musstest? Und wer hat Peter ermordet?

Ich hatte keine Ahnung, wo ich anfangen sollte.

»Ich wusste übrigens gar nichts davon«, sagte ich. »Mein Vater auch nicht. In den Notizbüchern schreibt meine Mutter, sie hätte Aaron und Lucy auf einer Party kennengelernt, und schon nach einer Woche landete sie in seinem Bett, brach ihr Studium ab und lebte auf Morningstar.« Ich hörte, wie meine Stimme anstieg und einen leicht hysterischen Klang annahm.

»Stimmt«, sagte Tess mit unerschütterlicher Ruhe. »Das könnte in etwa hinkommen.«

»Okay.« Ich rieb mir die Schläfe. »Ich verstehe nur nicht, warum. Oder auch wie ...«

»Tja, die große Frage nach dem Warum und dem Wie.« Es lag hörbar Mitgefühl in ihrer Stimme. »Das Wie ist leicht zu beantworten. Lucy war nach Cambridge geschickt worden, um potenzielle neue Mitglieder zu finden. Zu der Zeit, als ich beitrat, wohnten wir alle in einem großen Haus in Chiddingfold, unten in Surrey, das Aaron von seinen Tantiemen gekauft hatte – es war auch ganz schön, aber nichts gegen Morningstar. Die meisten Lichtträger lebten nicht dort, sondern in Wohngemeinschaften in der Nähe. Wir waren ungefähr dreißig Personen. Einige hatten Aaron durch die Band oder auf Festivals kennengelernt, so wie ich, andere fanden durch Mundpropaganda zu ihm. Es war eine unsichere Existenz; wir lebten von der Hand in den Mund. Geld kam durch Tantiemen und Spenden von Mitgliedern herein, die Arbeit hatten.« Sie seufzte. »Aber ich glaube, es war eine authentische Sache, zumindest damals. Wir bildeten eine Gemeinschaft.«

»Also, was ist passiert?«

»Tristan kam dazu«, sagte Tess mit einem Anflug von Traurigkeit. »Er war das Warum, mit seinem weichen Herzen. Er war in einem sehr, sehr verletzlichen Zustand und lief Lucy geradewegs in die Arme, anschließend dann Aaron. Er verliebte sich unsterblich. Er gab ihnen alles, auch Morningstar.

Ich glaube, dass Aaron, der im Herzen ein geborener Snob ist, erkannt hat, dass es gut wäre, weitere Tristans zu uns zu locken. Die eher randständigen Mitglieder, die nichts zum Orden beitrugen – abgesehen von ihrer Liebe und ihrer Zeit –, sollten ausgegrenzt und ersetzt oder zumindest ausgenutzt werden. Das war Lucys Aufgabe. Bessere Leute zu finden. Reichere Leute.«

Ich lachte. »Aber meine Mutter war nicht reich.«

»Nein?«, fragte Tess milde. »Auf dem Papier sah sie wohlhabend aus, wie ich hörte. Sie überprüften sie und ihre Herkunft nach dem ersten Treffen. Ihr Vater besaß eine gut gehende Firma für Doppelglasfenster, und Nina war Einzelkind.«

»Äh ... Wie bitte? Der Orden hat sich im Voraus über meine Mutter informiert?« Ein kalter Schauder des Grauens und des Mitleids durchlief mich. »Ich hatte keine Ahnung, dass das alles derart ... durchorganisiert war.«

»Oh, doch. Es gab eine Reihe von Kriterien, die die Mitglieder erfüllen mussten. Es hatte keinen Sinn, so viel Zeit und Energie in sie zu investieren, wenn sie diese nicht erfüllten.«

»Die Kriterien?«

»Ja. Deine Mutter war potenziell reich und besaß eine nachgiebige, unterwürfige Persönlichkeit – das war wichtig nach der Katastrophe mit Sarah Lowe, die die Polizei eingeschaltet hatte, nachdem sie gegangen war, und behauptete, sie sei gegen ihren Willen festgehalten worden.«

»War das denn so?«, fragte ich entsetzt.

»Ja, im Grunde schon«, antwortete Tess, als sei die Sache keiner näheren Betrachtung wert, »und obwohl die Polizei die Anzeige nicht weiter verfolgte – sie war der Meinung, es ginge um eine häusliche Auseinandersetzung; es war eine andere Zeit damals –, war Aaron daran interessiert, den gleichen Fehler nicht noch einmal zu machen. Negative Publicity scheute er, während er von der anderen Sorte nicht genug bekommen konnte.«

Ich wusste nicht, was ich dazu sagen sollte. Die Kaltblütigkeit dieser Leute schockierte mich.

Meine arme Mutter. Sie war zu dieser Party eingeladen worden, weil sie dort einen Rockstar kennenlernen konnte – ihr Leben hatte ja gerade erst angefangen –, und schon war sie zur Beute geworden. Sogar ihre Herkunft hatte man ausgekundschaftet.

Tausend kleine Details aus den Notizbüchern kamen mir in den Sinn. Lucy, die Nina Wolf und Tristan präsentierte, als wäre sie ein Neuerwerb. Und wie sie von vornherein davon ausgegangen waren, dass sie bleiben würde – wussten, dass sie bleiben würde.

»Und natürlich war Nina hübsch, sodass Aaron gerne mit ihr schlafen würde. Das war auch wichtig.« Tess seufzte. »Entschuldige bitte. Ich nehme an, solche Details sind schwer für dich zu verkraften.«

Ja, das waren sie.

»Aber so ganz verstehe ich es immer noch nicht«, sagte ich, und das stimmte. »Auch sein Charme, seine Berühmtheit und sein schönes Haus sind für mich keine Erklärung dafür, warum Sie alle sich darauf eingelassen haben. Irgendetwas muss dieser Kerl an sich gehabt haben. Wie war er denn so? Ich meine, Aaron?«

Sie hielt inne, in Gedanken versunken. Im Hintergrund hörte ich aus weiter Ferne das Heulen einer Polizeisirene.

»Diese Frage ist erstaunlich schwierig zu beantworten«, antwortete Tess. »Ich glaube, er war ... er war sehr gut darin, einem genau das vorzuspiegeln, was man sehen wollte – er verkörperte das, was man brauchte.

Zum Beispiel brauchte ich jemanden, der mich liebte, und auch, da ich sehr jung war, jemanden, der mich erzog. Der die Führung übernahm. Meine Eltern waren – sind – im Rückblick betrachtet liebe Menschen, aber sie hatten große Probleme, die ich damals nicht durchschaute. Und plötzlich war da dieser ältere Mann, sehr charmant, ganz auf mich fixiert und bereit, mir Grenzen zu setzen.« Sie trank einen Schluck. »Es dauerte eine Weile, bis ich ihn nicht mehr so idealisierte. Und wenn man einmal seine negative Seite kennengelernt hatte ...«

Sie überließ den Rest meiner Fantasie.

»Seine negative Seite? Was meinen Sie damit? Hat er Sie jemals bedroht? Oder versucht, Sie einzuschüchtern, damit Sie schweigen?«

»Was, mir drohen?« Tess lachte; ein hohles, brüchiges Geräusch. Es wollte mir nicht gelingen, dieses düstere, zynische Lachen mit der kindlichen, sonnigen Tess aus den Notizbüchern in Verbindung zu bringen. »Oh, nein, nein. Aaron ist nicht im Entferntesten an mir interessiert. Aus dem gleichen Grund würde er sich wahrscheinlich auch nicht für deine Mutter interessieren, vor allem nicht, falls ihre Eltern sie fallen gelassen hätten. Für jemanden, der unaufhörlich über die Scheinhaftigkeit materieller Besitztümer salbadert hat, war er überraschend käuflich. Er würde uns beide als Versagerinnen betrachten.« Sie schnaubte. »Wir konnten nicht einmal erpresst werden, weil wir nichts zu verlieren hatten.«

»Erpresst? Was meinen Sie damit?«

»Das, was ich sage. Ich wette tausend Pfund, dass Aaron bis heute in Kontakt mit Lucy und Penelope steht, wenn auch nur indirekt. Sie sind hochkarätige Leute mit Familien und Geschäftspartnern, die nichts über ihre Vergangenheit wissen, und sie sind bestrebt, es dabei zu belassen.«

»Aber wie kann er …«

»Tja, ganz einfach. Er verwaltet einen karitativen Fonds, durch den andere mithilfe ihrer Spenden zu seiner ›bedeutenden Arbeit‹ beitragen können.« Ich konnte förmlich hören, wie sie Anführungszeichen in die Luft schrieb. »Die ›Gesellschaft für Spirituelle Erneuerung‹. Vor ein paar Jahren ist einer seiner kleinen Kriecher bei mir aufgekreuzt und wollte mich mit unverhüllten Drohungen dazu bringen, ebenfalls zu ›spenden‹, aber ich habe ihn abblitzen lassen. Was hätte mir unser Guru schon tun können? Die Nachricht verbreiten, dass ich in seiner spirituellen Orgien-Sekte war?« Wieder dieses freudlose Kichern. »Weißt du, Sophia, das erzähle ich den Leuten jeden Tag. Es steht ganz vorne im Infoblatt zu unserer Sekten-Aufklärungsarbeit.« Sie hielt inne. »Bitte missversteh mich nicht. Ich würde niemals die anderen outen und damit bloßstellen, aber meine Beteiligung daran habe ich nie geleugnet.«

»Sie glauben also, er erpresst die anderen? Wirklich?« Ich versuchte mir vorzustellen, dass die Ehrfurcht gebietende Kronanwältin Penelope Longman sich auf eine solche Masche einließ, aber es gelang mir nicht.

»Allerdings. Aaron hat als Musiker nicht so viel verdient, wie man glauben könnte, denn nach seinen ersten Hits hat er nie wieder eine erfolgreiche Platte rausgebracht. Hättest du dir eines seiner langweiligen Soloprojekte anhören müssen, wüsstest du, warum.

Da ich durch meine Arbeit gute Verbindungen zur Sektenszene habe, weiß ich, dass er auch das Vermögen der jetzigen Mitglieder anzapft – er ist nun mal ein Mann mit kostspieligem Geschmack, ohne Gewissen und mit ausgezeichnetem Gedächtnis.« Seufzend fuhr sie fort: »Oh ja, er erpresst die alte Garde. Da bin ich mir sicher. Und ich weiß nicht, ob du es weißt, aber vieles von dem, was damals passiert ist, wurde gefilmt.«

Natürlich hatte er alles auf Film gebannt. Und das, wie Wolf damals meiner Mutter prophezeit hatte, mit weitreichenden Konsequenzen.

»Ja, das habe ich gelesen. Was ist eigentlich aus Wolf geworden?«, fragte ich. »Max konnte ihn nicht ausfindig machen. Wissen Sie, wo er ist?«

Sie sog verächtlich die Luft durch die Zähne. »Nein, und ich habe auch kein Interesse daran, es herauszufinden. Er war genau wie Peter, auch so ein Blutsauger. Er war unser ›Kameramann‹. Ich kann mich bis heute nicht daran erinnern, wie Aaron uns dazu gebracht hat, dass wir uns filmen ließen.« Wieder dieses Kichern, diesmal etwas milder. »Aber wir haben es getan. Wir haben alles mit uns machen lassen.«

Ich wunderte mich über ihre Haltung. »Wie können Sie nur so gelassen sein? Nach all dem, was diese Leute Ihnen angetan haben …«

»Ach, wirke ich gelassen auf dich?« Sie schien ehrlich überrascht zu sein. »Tja, dann ist das wohl so. Vermutlich liegt es daran, dass ich jahrzehntelang meinen Schmerz und meine Wut analysiert habe. Ich hatte eine solche Wut in mir, Sophia! Nachdem ich Morningstar verlassen hatte, bin ich ziemlich tief gesunken.« Ich hatte das Gefühl, dass sie im Geiste in einen Brunnen unangenehmer Erinnerungen eintauchte. »Manchmal muss man wohl erst absolute Dunkelheit durchleben, bevor man die Sonne wieder aufgehen sieht. Ich habe mich dadurch weiterentwickelt und meine Berufung gefunden. Ich habe Gott gefunden.«

»Das ist also Ihre Berufung? Die Arbeit in der Sektenopfer-Beratung?«

»Ja.« Jetzt, wo es um ihre Arbeit ging, klang sie wieder lebhaft. »Wir betreiben eine Anlaufstelle namens Free Minds Shelter.«

»Und Sie helfen den Leuten dabei, sich aus den Fängen von Sekten zu befreien?«

Sie seufzte, als müsse sie kurz überlegen. »›Sekte‹ ist ein so vorbelastetes Wort, dabei ist nicht jede religiöse Bewegung abseits vom Mainstream eine Sekte, wie du und ich sie beschreiben würden. Bei unserer Beratungsarbeit bezeichnen wir Gruppierungen, die wir für gefährlich erachten, als ›Sekte‹, während wir harmlosere Bewegungen als ›NRB‹, Neue Religiöse Bewegung, einordnen.

Alle unsere Mitarbeiter haben ihr eigenes Spezialgebiet; besondere Bewegungen, mit denen sie sich gut auskennen und die sie im Auge behalten. Ebele zum Beispiel kümmert sich hauptsächlich um christliche und charismatische Sekten – das ist ein großes Problem hier in London, daher hat sie immer viel zu tun. Meine Fachgebiete sind Selbsttherapie und Lebensstil sowie fernöstliche Mystik – in letzter Zeit entstehen zahlreiche Sekten rund um das Thema Achtsamkeit. Alex beschäftigt sich mit Drückerbanden und kommerziellen Betrugsmaschen – verdiene viel Geld in kurzer Zeit, Schneeballverkaufssysteme und so weiter. Er ist Anwalt, dadurch kann er Betroffene auch juristisch beraten.«

»Schneeballverkaufssysteme? Das gilt als Sekte?«

»Aber hallo!« Sie war jetzt eindeutig in ihrem Element. »Es ist die reinste Epidemie.«

»So habe ich das noch nie betrachtet«, sagte ich nachdenklich. »Ich dachte, eine Sekte wäre grundsätzlich in irgendeiner Weise religiös.«

»Keineswegs, das Ganze muss nicht im Entferntesten spirituell sein, um als Sekte zu gelten. Voraussetzung ist, dass die Mitglieder in eine Lage gebracht werden, in der sie die Kontrolle abgeben. Nimmt man diese Definition genau, kämpfen wir alle ständig gegen Sektenverhalten an. Hattest du schon einmal einen Job, bei dem die Unternehmenskultur vorsah, dass du rund um die Uhr arbeitest, dir dabei aber keine Überstunden gutgeschrieben wurden? Hattest du mal einen Chef, der dich ständig durch Präsentationen dazu antrieb, noch mehr zu arbeiten? Wurdest du gedrängt, dauernd an außerbetrieblichen Veranstaltungen teilzunehmen, die eigentlich keine Pflicht waren? Hattest du schon mal Schuldgefühle, weil du vor acht, neun oder zehn Uhr abends nach Hause gegangen bist? Oder auch später?«

Hatte ich schon mal. Sie beschrieb Amity. »Ich … ja. Ja, das kenne ich alles nur zu gut.«

»Aha. Und genauso läuft es in missbrauchenden Beziehungen. Hattest du schon mal eine Freundin, von der du wusstest, dass ihre Beziehung ihr massiv schadet? Und wenn du sie dann gefragt hast, warum sie nicht geht, hat sie dir erklärt, du würdest das nicht verstehen, ihr Partner wäre doch manchmal auch sehr aufmerksam und nett? Und sie würden sich lieben?«

Schweigend dachte ich nach.

»Dabei«, fuhr sie fort und redete sich immer mehr in Schwung, »erkennst du deutlich, dass die missbrauchende Person ihr Opfer von Freunden und Familie abschneidet, sie in der Öffentlichkeit ständig herabwürdigt und ihre Unabhängigkeit untergräbt. Und du denkst: Warum beendet sie diese Beziehung nicht? Wie ist ein Zusammenleben unter diesen Umständen möglich? Vielleicht regst du dich sogar über deine Freundin auf, machst sie für die Situation selbst verantwortlich und fragst dich, ob sie blöd oder vielleicht sogar psychisch gestört ist.«

»Ich …«

»Aber mit Logik kommt man bei diesem Phänomen nicht weiter, Sophia. Es geht um den Mechanismus – nicht um Glaube, Politik, Liebe, Arbeit, Geld oder Selbstoptimierung. Diese Faktoren sind alle nebensächlich. Sobald man den Willen eines anderen als seinen eigenen verinnerlicht hat, funktioniert der Mechanismus wie eine Falle – man gerät leicht hinein, kommt aber nur schwer wieder raus.«

Ich seufzte. Mir wurde klar, dass ich es einfach zugeben musste. »Ich kann das nicht richtig nachvollziehen. Ich verstehe einfach nicht, wie jemand in so etwas reingeraten kann, so wie es meiner Mutter ergangen ist.«

Wie es dir ergangen ist.

Wieder dieses raue Kichern. »Das ist auch schwer zu verstehen. Denn oft verschweigen die Betroffenen, dass es zu Anfang das Schönste und Angenehmste auf der Welt ist, so einer Sekte beizutreten. Alle sind so glücklich. Jeder ist dein Freund. Du hast so vieles mit den anderen gemeinsam. Du fühlst dich, als hättest du deine wahre Familie gefunden. Und wenn es dann kippt, ist es zu spät, um zu gehen. Du bist verraten und verkauft, mit Haut und Haar.«

Ich gähnte und rieb mir mit der freien Hand die trüben Augen. Ich war entsetzlich müde, und doch wollte ich nicht, dass dieses Gespräch endete. Es tat so gut, mit jemandem zu reden, der Verständnis hatte. »Das muss alles eine solche Belastung für meine Mutter gewesen sein. Sie hat meinem Vater nie erzählt, dass sie damals dabei gewesen ist.«

»Ach, Sophia, ich weiß, es ist schwer zu verstehen. Ich weiß das. Du brauchst deswegen keine Gewissensbisse zu haben. Und du musst auch nicht befürchten, dass deine Mutter irgendwie psychisch krank war.«

»Das wäre schön.« Einen Moment lang verlor ich mich in meinen Gedanken. Ich war mehr als erschöpft. Bestimmt würde ich noch einmal mit Tess reden können, und es war schon spät. Auch sie würde jetzt ins Bett gehen wollen.

»Ich habe nur noch eine Frage«, sagte ich. »Eigentlich ist es die wichtigste. Was, glauben Sie, ist am Ende mit Peter Clay passiert? Meine Mutter ist anscheinend davon ausgegangen, dass er ermordet wurde.«

Es war eine dumme Frage, unsensibel formuliert. Wenn ich nicht so müde gewesen wäre, hätte ich sie nie gestellt. Und natürlich war es undenkbar, dass diese reizende Frau, diese Pastorin, die mich kontaktiert hatte, etwas damit zu tun gehabt hatte.

Oder?

Der Stimmungswandel war sogar durch das Telefon spürbar.

Einen Augenblick lang schwieg Tess. »Ich weiß es nicht«, sagte sie, aber ihre Stimme klang plötzlich abgehackt, als wollte sie nicht darüber reden. »Ich bin aufgewacht, als Lucy mir am nächsten Morgen sagte, ich solle meine Sachen packen.« Sie schnaubte. »Ich habe weder Aaron noch Peter je wieder gesehen. Zumindest nicht persönlich.«

»Oh«, sagte ich, »ich sehe gerade, dass es schon spät ist; ich halte Sie vom Schlafen ab – wären Sie einverstanden, wenn wir uns ein andermal noch einmal unterhalten würden? Ich glaube, Rowan und Kayleigh würden einschreiten, wenn ich versuchen würde, morgen zur Arbeit zu gehen, also bin ich vermutlich die ganze Zeit hier erreichbar, falls Sie dann auch irgendwann Zeit hätten.«

»Habe ich«, sagte sie und klang jetzt wieder so herzlich wie zuvor. »Bestimmt hast du noch viele Fragen. Ruf mich an, wenn du reden möchtest. Jederzeit, Sophia, ja?«

»Mach ich«, sagte ich. »Gute Nacht, Tess. Und vielen Dank!«

»Schlaf gut.« Sie war weg, und ich blieb allein auf Brigits rosa Bett zurück.

Tess war mir wirklich sympathisch.

Es gefiel mir, was sie aus ihrer Erfahrung der Ausbeutung und der seelischen Qualen auf Morningstar für sich gemacht hatte: Sie teilte ihre Erlebnisse mit anderen, und dadurch half sie ihnen. Sie hatte sozusagen aus Stroh Gold gesponnen. Es beeindruckte mich, wie sie ihre mädchenhaften Allüren abgelegt und sich in eine furchtlose Kämpferin verwandelt hatte.

Doch ich hatte auch die Notizbücher gelesen, in denen meine Mutter berichtete, es sei Tess gewesen, die Peters Leiche entdeckt hatte – »Er ist tot, er ist tot! Jemand hat ihn umgebracht!« –, und so wusste ich, dass ich Tess bei einer glatten Lüge ertappt hatte.

KAPITEL 24

Ich wachte auf, das Tageslicht fiel durch die Fenster, und ein kleines Wesen kroch mit zielstrebigen Bewegungen über meinen Rücken, als hätte jemand irgendwo einen Zehner fallen gelassen und es würde danach suchen.

»Sophia!«, sagte eine helle Stimme, sehr eindringlich und direkt neben meinem Kopf.

Ich reagierte nicht.

»Sophia!«

Ich hielt die Augen fest geschlossen.

»SOPHIA! BIST DU SCHON WACH?«

»Guten Morgen, Riley«, brummelte ich. »Was machst du da?«

»Nichts.« Das war ganz klar gelogen, denn er krabbelte bis zum Kopfende des Bettes, und seine kleinen Füße und Hände hinterließen feine Kratzer auf meinem Rücken und meinem Arm. Doch es war unmöglich, ihm das zu verübeln – Riley ist einfach zu bezaubernd.

»Warum schläfst du wieder in Brigits Bett?« Er parkte seinen windelbepackten Allerwertesten mit einem leichten Quietschen von Plastik und Stoff auf dem Kissen neben meinem Kopf. Dem Geruch nach musste er mal gewickelt werden.

»Weil ich heute Morgen in aller Herrgottsfrühe durchs Fenster geklettert bin und deine Schwester aufgegessen habe.«

Er kniff seine großen blauen Augen zusammen und starrte mich an. »Du hast Brigit nicht gegessen. Sie ist unten bei Mummy.«

»Dann muss ich stattdessen eben dich fressen.«

Ich griff nach einem seiner molligen Füßchen und tat, als wollte ich es in den Mund stecken, wobei er fröhlich kreischte – das war eines seiner Lieblingsspiele. Ich prustete gegen die rosafarbene, weiche Fußsohle, und er konnte gar nicht mehr aufhören zu lachen.

»Sophia?«, rief Kayleigh. »Alles okay bei dir? Stört er dich?«

»Kein bisschen!«, rief ich zurück.

»Du kannst ihn jederzeit runterschicken, sein Frühstück ist fertig.«

»Alles klar!« Ich wandte mich an mein kleines zappelndes Opfer, das vergnügt gluckste. »So, und jetzt geh mal runter frühstücken, Riley. Ich muss mich fertig machen.«

Als er loswackelte, griff ich rüber nach meinem Telefon und schaltete es wieder auf laut. An einer Ecke war es schleimignass, und ich fragte mich, ob Riley die verführerisch bonbonrosa Hülle irgendwann zwischendurch in den Mund gesteckt hatte.

Ich hatte eine SMS von Tess: »Du kannst mich jederzeit anrufen, wenn du mich brauchst. Jederzeit! Tx«

Ich hatte auch zwei neue Sprachnachrichten – eine von Max, in der er sich entschuldigte, dass er den ganzen Tag nicht erreichbar gewesen war. Er hoffe aber, Tess habe sich bei mir gemeldet. Die andere Nachricht stammte von einer Handynummer, die mir irgendwie bekannt vorkam, bis mir klar wurde, dass es die Handynummer war, von der aus Tess mir eben gesimst hatte.

Sie hatte heute Morgen um 7:38 Uhr versucht, mich noch einmal anzurufen.

Ich hörte die Sprachnachricht ab.

»Sophia? Ich bin's, Tess.« Ihre Stimme klang hoch und nervös; nicht so, wie ich sie von gestern Abend in Erinnerung hatte. Irgendetwas musste sie verunsichert haben. »Sophia, ich habe gestern Abend noch angefangen, meine Fühler auszustrecken, und ich glaube, ich habe Wolf gefunden. Wir müssen so schnell wie möglich miteinander reden. Könntest du mich bitte zurückrufen?«

Sie hielt inne, und im Hintergrund hörte ich das Mahlen, Brüllen und Rauschen von London; fast bekam ich Heimweh. Aus Tess' Seufzen hörte ich die Enttäuschung und Frustration darüber heraus, dass ich nicht persönlich ans Telefon ging.

»Pass auf dich auf«, sagte sie. »Gott segne dich.«

Ich starrte das Telefon an. *Wie bitte?*

Die Nachricht war zu Ende, und mein Handy fragte mich, ob ich die Nummer zurückrufen wolle – natürlich wollte ich.

Es klingelte und klingelte und klingelte. Ich wollte eine Nachricht hinterlassen, aber es meldete sich keine Mailbox.

Tess hatte Wolf gefunden.

Es klang nicht so, als wäre sie darüber besonders glücklich. Und sie hatte mich gewarnt, vorsichtig zu sein.

Mir war kalt, und ich hatte Angst.

Und ich hatte wieder dieses Gefühl, genau wie im Auto gestern Abend, als ich von der Straße abgekommen war – dieses Gefühl, dass mir etwas ganz Offensichtliches, Eindeutiges entging. Ich kam nur nicht darauf, was es war.

***

Olympia bei Amity klang seltsam fröhlich, als ich anrief. Ja, natürlich würde sie allen Bescheid sagen, dass ich heute von zu Hause aus arbeitete. Wie schön, dass es meinem Vater besser ginge, was für eine große Erleichterung! Natürlich käme ich nicht ins Büro. Sie würden ja sehen, wenn ich wieder da wäre. Alles Gute.

Als ich auflegte, war ich verwirrter als in den ganzen letzten Monaten. Hatten sie jetzt die Samthandschuhe ausgepackt, um mich loszuwerden, ganz zuckersüß und die Höflichkeit selbst, um auch nur den Anschein von Fehlverhalten zu vermeiden, obwohl meine Akte längst in der Personalabteilung durchgehechelt wurde?

Benjamin war schließlich ein leitender Architekt. Einer aus James' engstem Kreis. Ich hingegen war vollkommen entbehrlich.

Ich kehrte zurück in die genial chaotische Küche, wo die Kinder vor halb vollen Schüsseln mit Cornflakes saßen. Brigit grinste mich strahlend an; einer ihrer Vorderzähne fehlte. Er war zwei Tage zuvor ausgefallen, und ich hatte gehört, dass die Zahnfee besonders großzügig gewesen war.

»Wie ist es gelaufen?«, fragte Kayleigh. Sie schlug die Eier, die sie heute Morgen von den Hühnern gesammelt hatten, und dies und der appetitliche Duft von Toastbrot und schmelzender Butter ließen mir das Wasser im Mund zusammenlaufen. »Waren sie nett zu dir?«

»Ja, waren sie. Verdächtig nett, ehrlich gesagt.«

»Wie meinst du das?« Kayleigh schaltete den Wasserkocher ein, kam an den Tisch und wischte sich die Hände mit einem karierten Geschirrtuch ab. Hinter ihr lief Riley in kleinen Kreisen mit ausgestreckten Armen umher, noch immer nur in Unterwäsche; sie drehte sich halb um und beruhigte ihn, indem sie ihm die Hand sanft auf den Kopf legte und ihm damit den Schwung nahm.

Ich seufzte und zuckte mit den Achseln. »Ich weiß nicht. Normalerweise stellen sie sich an, als würde ich wochenlang krankfeiern, wenn ich meine Situation hier erkläre, aber heute waren sie ungewöhnlich freundlich.«

Kayleigh behielt Riley über die Schulter im Auge. »Es lässt sich nicht ändern, Sophia. Es ist so viel passiert. Du brauchst eine Pause. Du hast Rowan letzte Nacht einen Heidenschreck eingejagt.«

»Ich weiß, es tut mir so leid!«

»Nichts passiert, er hat's verkraftet. Aber wir machen uns beide Sorgen um dich. Versprich uns, dass du wenigstens heute mal richtig freimachst.«

Ich öffnete den Mund, um zu erwidern, das ginge auf gar

keinen Fall, aber der Ausdruck in ihrem blassen, ehrlichen Gesicht hielt mich davon ab. Sie war immer so lieb zu mir, obwohl ich am Abend zuvor fast ihren Mann umgebracht hatte!

Vielleicht hatten Rowan und sie recht, und ich musste wirklich mal kürzertreten.

»Ich kann nicht versprechen, heute gar nicht zu arbeiten«, erwiderte ich. »Aber ich bleibe praktisch den ganzen Tag hier, außer dass ich nachher wahrscheinlich noch ins Krankenhaus fahre.«

Kayleigh zuckte mit den Schultern. »Zu mehr können wir dich wohl nicht überreden. Gott sei Dank ist morgen Wochenende. Wisst ihr schon, wann Jared nach Hause kommt?«

Ich schüttelte den Kopf. »Nein. Hoffentlich bald. Das ist auch so eine Sache. Das Haus muss vorher in Ordnung gebracht und sauber gemacht werden. Kennst du vielleicht jemanden im Dorf, der Arbeit braucht?«

»Klar. Ich hör mich mal um. Ach, Sophia, was ich dich noch fragen wollte: Hast du eigentlich das gefunden, wonach du gesucht hast …?« Sie tat so, als legte sie ein Gewehr an und drücke den Abzug.

Ich brauchte einen Moment, um zu begreifen, dass sie die fehlende Schrotflinte meinte.

»Ob ich was? Ach, das. Nein. Nein, habe ich nicht. Ich habe den Schrank gefunden, aber er war leer.«

»Mummy«, sagte Brigit plötzlich, »hast du Sophia das mit Daddys Zettel gesagt?«

»Nein, ich …«

Brigit nutzte ihre Chance, sich in eine Erwachsenenangelegenheit einzumischen, als Überbringerin bedeutender Neuigkeiten, als die, die den Stein ins Rollen bringt.

»Sophia! Daddy hat eine Nachricht für dich auf deinem Laptop hinterlassen! Er hat gesagt, es ist wichtig und wir sollten dir Bescheid sagen, falls du sie nicht siehst.«

»Eine Nachricht? Wo?«

»Brigit, jetzt lass Sophia doch erst mal frühstücken ...«

Aber Brigit war in Fahrt. Sie ließ ihren Löffel laut klappernd in die Schüssel fallen, wodurch ein kleiner Milchregen auf ihren Bruder niederging, und zeigte zu meinem Laptop, der neben der Mikrowelle auf der Frühstückstheke stand und am Ladekabel hing.

»Da liegt der Zettel, da, schau!«

»Ich sag's dir nicht noch einmal, iss dein Frühstück, junge Dame«, mahnte Kayleigh und deutete mit dem Daumen auf meinen Laptop. »Rowan hat dir aufgeschrieben, wie du dich in die Überwachungskameras bei der Gärtnerei einloggst.«

Natürlich. Ich sprang auf und sah auf dem Deckel des Laptops einen kleinen gelben Klebezettel mit Rowans krakeliger Schrift:

https://www.goldstarsurveillance.co.uk/securecloud/
3D82A84B
Benutzername: smackenzie@theamitystudio.co.uk
Passwort: j3h9ddgf1

»Ah!«, sagte ich, zog den Zettel vom Laptop und trug den Rechner an meinen Platz. »Genial!«

Dann stellte mir Kayleigh einen Teller Rührei auf Toast hin, und ich vergaß die Kameras vollkommen, zumindest für eine kleine Weile.

* * *

Die Website war ein wenig verwirrend, aber schließlich gelang es mir, mich einzuloggen, und ich fand sechs Quadrate auf meiner persönlichen Seite, jedes mit einem kleinen wirbelnden Symbol.

Ich wartete ein paar Minuten, während neben mir eine Tasse frischer Kaffee abkühlte. Gerade als ich aufgeben wollte, öffnete sich ein Dialogfenster: »Wenn Sie sich zum ersten Mal in Ihrem Konto einloggen, kann es zu einer 5- bis 10-minütigen Verzögerung kommen, um eine Verbindung zu Ihrem Feed herzustellen. Bitte haben Sie etwas Geduld!«

Ich seufzte. Ich war alles andere als in einer geduldigen Stimmung, aber es gab wohl keine Möglichkeit, dies meinem Laptop mitzuteilen, es sei denn, ich schlug mit einem Hammer drauf.

Kayleigh war um zehn Uhr mit den Kindern losgezogen. Sie wollten die Sommersonne ausnutzen und erst im Beccles Lido schwimmen gehen und danach bei McDonald's anhalten. Mein Vater hatte Untersuchungen bis eins; danach wollte ich zu ihm fahren.

Irgendwann würde ich ihm alles erzählen müssen, was ich über meine Mutter und die Sekte erfahren hatte.

Mir war schon mulmig bei dem Gedanken daran.

Ich hatte es dreimal bei Tess versucht, sie aber immer noch nicht erreicht. Ich sagte mir, sie sei zweifellos eine viel beschäftigte Frau, aber das beruhigte mich auch nicht.

Ich konnte es nicht ertragen, mich so nutzlos zu fühlen, also beschloss ich, heute Morgen am SH-Projekt zu basteln, während ich darauf wartete, dass mein Vater fertig war. Ich öffnete mein VPN, meinen Link zu Amity.

Es sah sehr voll aus da drin.

Bei diesem Anblick verschlug es mir fast den Atem.

Alle meine fehlenden Dateien waren wieder aufgetaucht. Als ich die Hintergrundinformationen aufrief, erkannte ich, dass ich sie nicht einfach falsch abgespeichert und nicht mehr wiedergefunden hatte – sie waren alle erst gestern Abend wiederhergestellt oder besser: rekonstruiert worden. Es war definitiv meine Arbeit, zurück von einer mysteriösen elektronischen Reise, deren Verlauf wohl immer ein Geheimnis bleiben würde.

Vielleicht war alles nur ein einfacher IT-Fehler gewesen, obwohl ich das Gefühl nicht loswurde, dass man sie mir zurückgesendet hatte, um zu verhindern, dass ich mich über ihr Verschwinden beschwerte.

Olympia war heute Morgen am Telefon sehr nett gewesen.

Ich vergrub den Kopf in den Armen.

Plötzlich dachte ich an mein Gespräch mit Tess am Abend zuvor: »Du musst nur in eine Lage gebracht werden, in der du die Kontrolle abgibst.«

Ich konnte verstehen, dass Amity über meine unregelmäßige Anwesenheit und häufige Abwesenheit in letzter Zeit verschnupft war, doch ich hatte mir diese Situation weder ausgesucht, noch konnte ich etwas daran ändern, weshalb wir vorübergehend alle damit leben mussten.

Aber eines war klar – ich hatte die Nase gestrichen voll davon, denen die Kontrolle über mich zu überlassen.

Ich öffnete erneut meinen Browser, und wie von Geisterhand öffneten sich sechs verschiedene Standbilder von Eden Gardens. Auf keinem davon passierte viel. Personen sah ich nicht.

Ich klickte auf CAM 1. Dies schien den Feed für die Kamera zu aktivieren – es musste die oben auf dem Tor sein, die ich letzte Nacht gesehen hatte. Sie zeigte mir körnige Aufnahmen von Asphalt, die geschwungene Einfahrt zur Gärtnerei und einen kleinen Teil des Cafés mit seinen schmutzigen Picknickbänken unter der Markise. Sie waren leer. Plötzlich erschien Rowan mit dem Truck. Er fuhr auf die Kamera zu, und ich konnte sogar sein Gesicht hinter der Windschutzscheibe für ein paar Sekunden erkennen – er sah abgelenkt und bedrückt aus, als machte er sich Sorgen. Hinten auf der Ladefläche türmten sich kaputte, alte Geräte und Werkzeuge, von denen er gestern erzählt hatte, dass er sie auf die Müllkippe bringen wollte.

Dann verschwand er am unteren Bildrand und war weg.

Alles lief so, wie es sollte. Ich sagte mir, dass ich mir umsonst so viele Gedanken machte.

Ich klickte auf CAM 2, und wie Rowan gesagt hatte, zeigte sie das Café. Die Tür war genau in der Mitte des Bildschirms zu sehen. Ich wollte gerade eine andere Kamera ausprobieren, als die Tür aufging und Monica erschien.

Vielleicht schaute sie nur mal raus, um sich die Sonne ins Gesicht scheinen zu lassen, aber ich sah fasziniert hin. Sie war aus dieser Perspektive zu weit weg und die Qualität des Videostreams zu schlecht, um ihren Gesichtsausdruck erkennen zu können, aber ihr Kopf schien sich zu bewegen, als halte sie nach jemandem Ausschau.

Ich erkannte, dass es ein Gefühl indirekter Macht verlieh, Menschen zu beobachten, die nichts davon wussten – es war ein Nervenkitzel, der etwas Niederträchtiges, Verwerfliches hatte. Ich war mir nicht sicher, ob es mir gefiel und was das über mich aussagte.

Ich wollte gerade auf CAM 3 klicken, doch dann hielt ich inne.

Monica hatte sich umgedreht und die Türen des Cafés geschlossen; sie beugte sich über den Griff, ihre Arme bewegten sich. In Höhe ihrer Hände blitzte ein helles Pixel auf, etwas Metallisches reflektierte die Sonne, dann war es weg.

Sie hatte die Türen abgeschlossen. Mit einer letzten Geste drehte sie das Schild an der Tür von OFFEN auf GESCHLOSSEN.

Es war nur noch eine Stunde bis zum Mittag, unserer Hauptgeschäftszeit.

Sie richtete sich auf und bewegte sich schnell nach links, dann verschwand sie aus dem Bildausschnitt der Kamera.

Was sollte das denn?

CAM 3 zeigte das Innere des Cafés, leer und ausgestorben. Eine volle Kanne Kaffee stand auf der Heizplatte. CAM 4 zeigte die Rückseite des Hauses, wo Vögel, als dunkle Schatten zu sehen, in der Hecke umherhüpften. Sonst nichts.

CAM 5 war ein Volltreffer.

Sie zeigte die Vorderseite des Hauses meiner Eltern, und ich erkannte, dass die Kamera auf dem Gartenschuppen meines Vaters montiert war, nicht weit von der Stelle, an der sich meine Mutter erhängt hatte. Man sah die langen, schmalen Gemüsebeete und das kleine Rasengeviert, doch im Fokus stand die Vordertür.

Monica erschien von der Seite auf dem Bildschirm. Sie ging durch das Gartentor und durch die Tür, von der ich wusste, dass sie als PRIVAT gekennzeichnet war. Obwohl das Bild noch körnig war, sah ich, wie sie ihre Hand in die Tasche steckte, und stellte mit einem Anflug von Empörung fest, dass sie irgendwie eine Nachbildung des Schlüssels ergattert hatte.

Nur meine Eltern und ich besaßen den Schlüssel zu diesem Tor.

Nein, nicht ganz. Ich hatte Rowan den Schlüssel meiner Mutter gegeben, als er nach ihrem Tod aushalf.

Warum sollte Rowan Monica den Schlüssel geben?

Sie überquerte schnell den Rasen, und ich wartete ab, was sie tun würde – hatte sie auch seinen Schlüssel zum Haus?

Doch sie ging nicht auf das Haus zu. Stattdessen drehte sie sich um, und mit klopfendem Herzen erkannte ich, dass sie mit raschen, energischen Schritten auf den Schuppen meines Vaters zusteuerte. Auf dem Bildschirm wurde sie größer, und ich sah ihr Gesicht – nichts war mehr übrig von dem offenen, freundlichen Ausdruck, den sie mir zeigte, wenn ich im Café vorbeikam. Ihr Mund war zu einem straffen, weißen Strich zusammengekniffen, und sie drehte ständig nervös den Kopf hin und her, um zu prüfen, ob sie beobachtet wurde.

Es war etwas Furchterregendes an diesem Anblick, denn obwohl ich drei Kilometer entfernt war, schien sie geradewegs auf mich zuzukommen, während ich auf der Schwelle des Schuppens stand und der Baum, der der Galgen meiner Mutter gewesen war, uns beide mit seinen Zweigen beschattete. Mein Mund war trocken, mein Herz klopfte. Ich erkannte die Person auf dem Bildschirm nicht wieder.

Abrupt blieb sie stehen, und ihr Mund verzerrte sich vor Schreck zu einem hässlichen Grinsen. Ich zuckte zusammen – es war, als hätte sie mich gesehen.

Ihre Lippen bewegten sich, und sie stieß etwas hervor, vielleicht einen Fluch, obwohl ich die Worte nicht hören konnte, da die Kamera keine Tonaufnahmen machte. Reglos stand sie da, wie betäubt. Mir wurde klar, dass sie die Kamera entdeckt hatte. Sie konnte nicht gewusst haben, dass die Anlage installiert worden war.

So schnell wie sie gekommen war, drehte sie sich auf dem Absatz um, durchquerte den Garten und ging zum Tor hinaus. Ich verfolgte über die Kameras ihren Weg zurück zum Café; ich sah, wie sie am Schloss fummelte, den Schlüssel fallen ließ und ihn schnell wieder aufhob und wie sie beim Hineingehen vergaß, das Schild an der Tür wieder von GESCHLOSSEN auf OFFEN zu drehen, es sei denn, sie tat es absichtlich nicht.

Ich klickte CAM 3 an.

Jetzt war ich mit ihr im Café. Sie trat schnell hinter die Theke, streifte sich die Schürze über, band sie hinten zu, wobei sich ihre Finger in den Bändern verfingen, und zog sich nach hinten in die Küche zurück. Dann sah ich sie nicht mehr.

Was sollte das alles?

Rasch rief ich Rowan an.

»Heya, kann gerade nicht ans Telefon gehen.« (Ich fluchte leise – in den letzten Wochen war seine Ansage zu einem Ohrwurm geworden, so oft hatte ich sie gehört. Er fuhr wohl gerade.) »Aber hinterlassen Sie eine Nachricht, und ich rufe zurück. Peace.«

»Rowan, ich bin's. Ich habe gerade etwas wirklich Seltsames auf den Überwachungskameras gesehen. Bitte ruf mich sofort an, wenn du das hörst, und sprich mit niemandem darüber. Besonders nicht mit Monica, okay? Melde dich, so schnell du kannst.«

Ich legte auf.

Es war eine halbe Stunde Fahrt zum Recyclinghof, aber selbst wenn er schon dort war, hörte er sein Handy womöglich nicht oder hatte es stumm geschaltet.

Ich richtete den Blick wieder auf den Bildschirm. Monica tauchte auf; sie trug einen ihrer Kuchen. Sorgfältig schnitt sie ihn in gleich große Stücke, legte diese auf die Tortenplatte und stülpte die Glasglocke darüber.

Ich hätte vielleicht die Polizei rufen sollen. Aber was hätte ich sagen sollen? Rowan konnte ihr den Schlüssel gegeben haben, das wusste ich schließlich nicht.

Andererseits – warum hätte er das tun sollen?

Und selbst wenn – mein Verstand suchte noch nach einer vernünftigen Erklärung für das, was ich gesehen hatte. Ich konnte mich einfach nicht damit zufriedengeben.

Vielleicht sollte ich rübergehen.

Der Gedanke ließ mich nicht mehr los. In den letzten Wochen hatten mich Tod und Dunkelheit verfolgt, und ich hatte es satt – satt bis obenhin.

Es war Wahnsinn, da rüberzugehen und ihr allein gegenüberzutreten – andererseits hatte ich nicht unbedingt vor, sie mit meinen Beobachtungen zu konfrontieren. Ich konnte unter einem Vorwand auftauchen und mich einfach ins Café setzen. Ich würde sagen, es sei so ein schöner Tag und ich wolle nur noch ein wenig arbeiten, bevor ich ins Krankenhaus fuhr, um meinen Vater zu besuchen. Damit konnte ich jedenfalls verhindern, dass sie weitere Abstecher an Orte machte, an denen sie nichts zu suchen hatte, zumindest bis Rowan kam und wir gemeinsam überlegen konnten, was wir tun sollten. Wenn nötig, würden wir sie zusammen zur Rede stellen.

Es war jetzt Viertel nach elf. Das Café würde sich schon bald mit Gästen füllen – es wäre ein öffentlicher Ort.

Vielleicht sicherer als dieses Haus.

Ich schnappte mir meinen Autoschlüssel, und schon war ich aus der Tür.

KAPITEL 25

Schon als ich auf das Tor zufuhr, kamen mir Zweifel an meinem überstürzten Plan. Monicas leuchtend roter Toyota Yaris mit seinem »Baby an Bord«-Aufkleber und der Sammlung von Kuscheltieren auf der hinteren Ablage war am Zaun von Eden Gardens geparkt.

Vielleicht hatte ich mir das alles nur eingebildet.

Sie war in den Garten meiner Eltern gegangen, mit einem Schlüssel, den sie nicht hätte haben sollen, und hatte sich dem Schuppen genähert, bis sie die neu installierte Kamera entdeckt hatte und umgekehrt war.

Sie hatte sich nichts zuschulden kommen lassen außer Hausfriedensbruch, wenn überhaupt.

Aber tief im Innern wusste ich Bescheid. Was sie getan hatte, war im Grunde harmlos; unlauter, aber nicht unheimlich, leicht zu erklären. Das war nicht das Problem. Es war ihr Gesicht, ihr wahres Gesicht, das ich gesehen hatte, als sie in die Kamera geblickt hatte. Etwas beinahe Wildes, Wahnsinniges hatte darin gelegen.

Monica war nicht die, die sie vorgab zu sein.

Ich blieb im Auto sitzen und brach in Tränen aus. Ich hatte sie gemocht. Die Enttäuschung über diesen Verrat schlug über mir zusammen wie stürmische Wogen. Doch darunter lag noch etwas anderes – Angst.

Wer war sie wirklich? Was wollte sie?

Was wollten sie alle?

Du weißt, was sie will. Sie ist eine von ihnen. Sie ist hinter den Notizbüchern her.

Reiß dich zusammen, Sophia. Die Polizei hat jetzt die ersten beiden Notizbücher. Du gehst da rein, passt auf sie auf und wartest auf Rowan. Sie weiß nicht, dass du sie beobach-

test – sie wird glauben, du arbeitest. Alles wird gut. Und später kannst du sie zusammen mit Rowan auf ihr Verhalten ansprechen oder die Polizei rufen.

Los!

***

»Hallo Sophia«, begrüßte mich Monica, als ich das Café betrat und versuchte, gute Miene zum bösen Spiel zu machen, obwohl mir absolut nicht danach war.

Nie, niemals hätte man gedacht, dass irgendetwas nicht stimmte. Ich bekam dauernd zu hören, ich sei gestresst, und nun glaubte ich beinahe selbst, ich hätte mir alles nur eingebildet. Monicas hübsches blondes Haar war auf dem Kopf zu einem Dutt gebunden, ihre Schürze mit einem Muster aus kleinen gelben Primeln gesprenkelt.

Das einzig Merkwürdige war das Schild – das an der Tür, das immer noch GESCHLOSSEN verkündete. Im Vorbeigehen drehte ich es auf OFFEN, und ich ließ die Tür weit auf, sodass das Sonnenlicht hereinfiel, obwohl meine Mutter das immer missbilligt und gesagt hatte: »Die Fliegen kommen rein.«

»Wie geht es dir?«, fragte Monica.

»Besser«, sagte ich. »Ich habe zum ersten Mal seit Ewigkeiten gut geschlafen.« Ich betrachtete das Café, seine Ordnung und Sauberkeit und vor allem seine Leere.

Mir wurde flau.

»Wieder mal nichts los, wie ich sehe.«

Sie zuckte mit den Achseln. »Es ist doch erst halb zwölf.« Was die gute Miene anging, hatte sie mich locker geschlagen. »Das kommt schon noch.« Sie kehrte in die Küche zurück. »Kann ich dir etwas zu essen bringen?«, rief sie mir über die Schulter hinweg zu.

»Nein danke, ich habe heute Morgen gut gefrühstückt.« Ich setzte mich an den Tisch neben der Tür und holte meinen

Laptop heraus. »Ich wollte mir nur eine Tasse Kaffee nehmen und ein bisschen arbeiten.«

»Komm, ich mach das schon.«

»Musst du nicht.«

»Nein, ich bestehe darauf. Deshalb bin ich doch hier, oder?« Ihr Lächeln war breit und strahlend, aber dennoch ... irgendetwas stimmte nicht daran. Es war zu breit, zu fröhlich, und dahinter ahnte ich das wilde Zähneblecken, das ich durch die Kamera gesehen hatte.

Mir wurde klar, dass nicht nur ich verunsichert war.

Ich erwiderte ihr Lächeln und wusste, dass wir beide in diesem Gebäude, in dem meine Mutter die letzten fünfundzwanzig Jahre ihres Lebens verbracht hatte, nur mühsam den Schein wahrten.

Als ich den Laptop öffnete, stellte sie mir den Kaffee hin. »Willst du wirklich keinen Kuchen dazu haben?«, fragte sie. »Die Zitronenschnitten sind köstlich.«

»Vielen Dank«, sagte ich und schüttelte den Kopf. »Ich muss kürzertreten. Ich habe ordentlich zugelegt.«

»Ach, was nutzt es denn, wenn du dich kasteist. Komm, nur ein kleines Stück.«

»Nein!«, erwiderte ich heftig, regelrecht aggressiv.

Sie wurde still und sah mich mit großen Augen verwirrt an. Ich war zu weit gegangen.

»Tut mir leid, Monica, ich wollte nicht ... Weißt du was, Kuchen wäre schön.« Ich schenkte ihr ein schwaches Lächeln. »Mit der Diät kann ich morgen anfangen.«

Sie lächelte ebenfalls. »Fängt man nicht immer morgen damit an?«

Als sie ging, rieb ich mir mit beiden Händen über das Gesicht. Im Hintergrund hörte ich ein leises Summen – den elektrischen Fliegenfänger.

Dieses Geräusch hatte mich in meiner Kindheit verfolgt. Ich hatte immer ein bisschen Angst davor. Ich dachte an die

Fliegen, die vom Essen angelockt wurden, danach den hübschen Lichtern, und die dann mit Strom getötet wurden. Das alles erschien mir wie ein Verstoß gegen die Gastfreundschaft. Meine Mutter hasste das Ding ebenfalls.

Verdammter Mist, wann kommt endlich mal jemand in dieses Café? Und wenn niemand kommt? Ich tippte schnell mein Passwort für den Laptop ein, da ich wusste, dass Monica sich von hinten mit dem Kuchen näherte, und ich nicht wollte, dass sie das Passwort mitbekam.

Der Sperrbildschirm verschwand, und wir wurden beide mit dem Anblick der Website von www.goldstarsurveillance.co.uk begrüßt, einschließlich sechs Ansichten der Gebäude und der Gärtnerei.

Ich hatte vergessen, die Seite zu schließen, als ich aus dem Haus geeilt war.

Wie um mich zu verspotten, erwachte das müde WLAN-Signal des Cafés sprühend zum Leben, wobei das Bild von CAM 3 praktisch sofort die kleine Szene in endloser Reihe zeigte: das Café, ich mit Laptop am Tisch, Monica hinter meiner Schulter, auf den Bildschirm blickend, Kuchenteller in der Hand. Ein sich endlos fortsetzender Loop, bei dem wir uns beide auf einem Computerbildschirm beobachteten.

Ich erstarrte und fühlte sie hinter mir, wie sie sanft, langsam, den Kuchen auf den Tisch neben den Kaffee stellte.

Panikartig schloss ich den Browser, aber zu spät, viel zu spät, und als ich mich umdrehte, um ihr für den Kuchen zu danken, antwortete sie nicht einmal, sondern ging zurück in die Küche.

Ich zitterte.

Ich konnte versuchen, so zu tun, als sei der Vorfall mit dem Bildschirm ohne Bedeutung – schließlich wusste sie, dass wir jetzt Kameras installiert hatten, mehr war's nicht. Ich hatte jedoch gesehen, wie Monica auf sie reagiert hatte. Vielleicht konnte ich bluffen.

Oder, und das war die Möglichkeit, die ich bevorzugte, als ich hörte, wie sie sich in der Küche bewegte, ich konnte meine Tasche, mein Handy und meine Schlüssel nehmen und loslaufen. Rennen und nicht anhalten, bis ich mein Auto erreicht hatte.

Zu meiner Linken befand sich die Tür des Cafés, und das Sonnenlicht zeichnete einen goldenen Pfad über den abgenutzten Fliesenboden. Der Ausgang war nur fünf Schritte entfernt, wenn überhaupt.

Meine Autoschlüssel lagen auf dem billigen Resopaltisch. Mein Handy war in meiner Handtasche. Ich musste nur meine Hand geräuschlos um den Schlüssel legen, den Riemen meiner Tasche über die Schulter schieben und durch die offene Tür verschwinden.

»Es war ein Unfall.«

Wieder stand sie hinter meiner Schulter. Ich hatte sie nicht kommen hören.

»Was war ein Unfall?« Ich drehte mich um und versuchte, normal zu klingen.

Doch das war schwieriger als erwartet, denn sie hielt ein Messer in der Hand.

Es war das große Kochmesser aus der Küche, das Lieblingsmesser meiner Mutter, das sie immer zum Schneiden von Gemüse für Salate und Suppen verwendet hatte, mit dem beinernen Griff und rostenden Nieten, die seit jeher unmöglich zu reinigen schienen – und doch hatte sie es nie übers Herz gebracht, es wegzuwerfen oder zu ersetzen.

Monicas Finger umklammerten so fest den Griff, dass ihre Knöchel weiß hervortraten.

Ich musste heftig schlucken. Das Ganze erschien mir unwirklich, als würde ich die Welt durch Gaze sehen.

Sie lächelte nicht mehr.

»Du verstehst das nicht«, stieß sie durch die zusammengebissenen Zähne hervor. Es klang wie ein Grollen. »Du weißt nicht, wie das mit dem Loslassen geht. Du weißt nicht, wie man leben muss, um den Kreativen Funken zu spüren. Du schwimmst gedankenlos an der Oberfläche herum, genau wie der Rest des menschlichen Abschaums. Du verrätst dein Erbe!«

In der Stille, die folgte, hörte ich die beruhigenden Geräusche des leeren Cafés – die Kaffeemaschine blubberte, die Fliegenfalle summte.

Sie ragte über mir auf und trieb mich auf meinem Stuhl zwischen Wand und Tisch in die Enge. Sie wurde immer erregter.

Ich sah sie an.

Ich durfte nicht zulassen, dass sie mich derart überragte. Daran musste ich etwas ändern. Wenn sie jetzt mit dem Messer auf mich losginge, gäbe es keinen Ausweg für mich.

Aber genau das war ihre Absicht. Sie zitterte heftiger, die Knöchel wurden weißer.

»Was war ein Unfall?«, fragte ich schneidend.

Das schien sie aus ihren Gedanken zu reißen. Sie blinzelte, als käme sie wieder zu sich, und für eine Sekunde wirkte sie ausgelaugt und blass, als wäre eine schreckliche Erinnerung in ihr aufgestiegen.

»Du musst sie mir geben, Sophia. Du musst sie mir geben, oder ich werde dir wehtun, obwohl ich es nicht will, obwohl es verboten ist. Hast du verstanden?«

Ich nickte kurz und knapp.

»Ich gebe sie dir, versprochen«, sagte ich. Mein Mund war trocken, ich konnte kaum sprechen. »Tu mir nicht weh! Ich habe sie hier …«

Sie musste die Morningstar-Notizbücher meinen, das Buch meiner Mutter – was sonst? –, doch als ich meinen Laptop in die Hand nahm, blitzte ein Ausdruck der Verwirrung und Wut in ihrem Gesicht auf, als hätte sie etwas anderes erwartet.

»Sie sind digitalisiert, sie sind hier drin.«

Sie streckte die Hand aus, um den Laptop zu nehmen, und ließ das Messer sinken, nur für einen Moment.

Ich schlug ihr die scharfe Kante des Laptops ins Gesicht. Ich hatte auf die Schläfe gezielt, verfehlte sie aber und schrammte über ihre Stirn. Sofort trat helles Blut aus der Schnittwunde, schockierend in seiner scharlachroten Unmittelbarkeit.

Ich stieß sie kräftig weg.

Ich wollte zur Tür, um den Tisch herum, aber sie hatte das Gleichgewicht wiedergefunden, nahm sofort die Verfolgung auf, und ich spürte, wie das Messer dicht an meinem Hinterkopf über mein Haar fuhr.

Ich fiel über den Tisch und auf die Steinplatten, ohne den Aufprall richtig zu spüren, und schon rannte sie um den Tisch herum, das Messer drohend auf mich gerichtet.

Ich drehte mich um, sprang auf die Füße, vergaß meine Tasche und den Schlüssel und hechtete durch die offene Tür, hinaus ins blendende Tageslicht.

Sie war direkt hinter mir, und ich wusste, sie würde mich kriegen. Ich schrie, als sie mich an den Haaren packte, zurückriss und auf mich einstach. Das Messer erwischte meine Jacke und verfehlte nur knapp meinen Rücken.

Plötzlich ein röhrender Motor und ein Schatten – Rowan, mit dem Truck. Ich sah sein erstauntes Gesicht durch die Windschutzscheibe, als er anhielt und heraussprang. Wieder stach Monica auf mich ein. Das Messer verhakte sich in meiner Jacke, dann fuhr es an meinem Rücken herunter. Ich wand mich, Büschel meiner Haare blieben in ihren Fingern zurück, aber ich spürte, dass das Messer mir trotzdem die Haut aufschlitzte. Rowan rannte auf mich zu, Augen und Mund weit aufgerissen. Er rief meinen Namen.

Das Messer war plötzlich unter meinem Kinn.

Das war's, begriff ich. Sie wird mir die Kehle aufschlitzen, und ich werde sterben.

Ich packte die Klinge mit beiden Händen und spürte, wie sie mir in die Haut schnitt. Rowan stürzte sich auf meine Angreiferin.

Sie schrie auf vor Wut und Schreck, und plötzlich ließ sie mich los. Das Messer fuhr über meine Handflächen, als sie es mit sich riss.

»Soph!« Rowan lag auf dem Boden, meine Hände in seinen. »Verdammte Scheiße! Bleib hier!«

Keine Ahnung, wo ich seiner Meinung nach hingehen sollte, aber ich blieb bei ihm, während er die 999 anrief und etwas mit einer Messerstecherei schrie, ja, Polizei, Krankenwagen, ja, schicken sie alle her, und er wickelte meine Hände in meine aufgeschnittene Jacke und redete mir zu, dass alles gut werden würde, das wären nur Kratzer, alles wird gut.

»Wo ist sie hin?«, fragte ich.

»Keine Ahnung. Vergiss sie ... Was zum Teufel ...«

»Sie ist zum Schuppen meines Vaters gegangen. Die suchen etwas.« Meine Zähne klapperten. »Die suchen immer noch nach den Notizbüchern meiner Mutter. Das müssen die sein. Sie wollte wissen, wo sie sind ...«

»Beruhige dich, beruhige dich, Soph.« Er stand auf, beschattete mit einer Hand die Augen und sah zur Einfahrt. »Der Krankenwagen kommt in einer Minute.«

»Quatsch«, widersprach ich. »So weit draußen, wie wir hier sind.«

Er tat so, als hätte er das nicht gehört.

»Hilf mir hoch«, bat ich.

»Ich glaube nicht ...«

»Geht schon, sind nur Schnitte. Der Schock macht mir mehr zu schaffen. Hat sie mich hinten erwischt?«

Er betrachtete meinen Rücken. »Ganz leicht. Ist nur ein Kratzer.«

»Hilf mir hoch.«

Er zögerte, aber er half mir auf die Beine und hielt mich

fest, während ich versuchte, mich zu orientieren. Alles erschien mir unwirklich, und mir war kalt, aber ich erzählte ihm von meinem Vormittag – von den Überwachungskameras und was sie mir gezeigt hatten, wie ich ins Café gegangen war, von Monicas seltsamen Worten und ihrer gewalttätigen Reaktion.

»Warum zum Teufel bist du hergekommen und hast dich zu der Verrückten ins Café gesetzt?« Er schüttelte den Kopf. »Ich wundere mich über dich, Soph. Wirklich.«

»Ich dachte, es würden Gäste kommen, sodass es quasi ein öffentlicher Ort gewesen wäre. Ich dachte, so könnte ich sie im Auge behalten, und vor Zeugen würde sie schon nichts unternehmen. Ich habe nicht damit gerechnet …«

Als ich daran dachte, wie ich den Laptop geöffnet hatte und die Überwachungskameras darauf erschienen, brannte ich vor Scham. Wie dumm kann man sein?

Alles war still, bis auf das Vogelgezwitscher und die fernen Verkehrsgeräusche. Eine Brise bewegte sanft die Blätter an den Bäumen. Schweigend betrachteten wir für einen Moment die Szenerie.

»Wo ist sie wohl hin?«, fragte ich.

»Keine Ahnung. Gehen wir zurück zum Truck, und wenn sie wieder auftaucht, fahren wir. Ich habe echt keine Lust auf eine zweite Runde.«

Ich nickte. Aber im Innern wusste ich, dass sie weg war. Vielleicht hatte sie es noch einmal im Schuppen meines Vaters versucht, aber dort war nichts.

Rowan stützte mich, als ich zum Truck stolperte. Der Motor lief noch im Leerlauf, und Rowan bugsierte mich auf den Beifahrersitz.

»Sie hatte einen Schlüssel«, sagte ich. »Einen Schlüssel zum Garten.«

»Was?« Rowan war abgelenkt, sein Gesicht verriet seine Anspannung.

»Monica hatte einen Schlüssel zu unserem Garten.«

»Ich habe ihr keinen gegeben«, antwortete er, beunruhigt und zugleich verletzt – mein Gesichtsausdruck musste einen Hauch meines Verdachts verraten haben. »Meiner ist …«, begann er und suchte in seinen Taschen. »Nein, da ist er nicht … Ach, Scheiße. Scheiße! Ich habe meinen nicht. Ich glaube, ich habe ihn heute Morgen auf der Theke im Café vergessen. Scheiße, Soph. Es tut mir leid. Es tut mir so leid!«

»Schon okay«, sagte ich, müde und mit Übelkeit im Magen. »Sie hat nicht bekommen, was sie wollte.«

»Sie hat ihr Auto stehen lassen«, sagte Rowan und deutete darauf.

Ich blinzelte. Tatsächlich. Der sportliche rote Yaris stand noch immer am Zaun.

Plötzlich kam mir ein beunruhigender Gedanke.

»Rowan, was ist, wenn sie auf meinen Vater losgeht?«

Er schüttelte den Kopf. »Warum sollte sie?«

»Warum sollte sie auf mich losgehen?«

»Weil du sie durchschaut hast. Und selbst wenn sie hinter Jared her ist, erreicht sie nicht vor uns das Krankenhaus, nicht ohne Auto oder Geld. Ich mache mir mehr Sorgen, dass sie zum Cottage läuft. Was, wenn sie sich in den Kopf gesetzt hat, dass du die Notizbücher dort versteckt haben musst, und da weitermacht? Kayleigh und die Kinder dürfen nicht nach Hause und ihr womöglich in die Arme laufen – wer weiß, was dann passiert! Wir müssen hier auf die Bullen warten. Die wissen schon, was zu tun ist.«

Ich nickte durch den Schleier meines Schocks.

Rowan rief erneut die Polizei an und verlangte ausdrücklich nach Rob Howarth. Ich hörte ihm zu, wie er alles erklärte, was an diesem Morgen passiert war, während ich auf dem staubigen Vinylsitz saß, erschöpft durch das Fenster starrte und einige unbenutzte Fast-Food-Servietten aus dem Truck in meinen blutigen Handflächen zerknüllte.

Tess.

Der Gedanke traf mich wie ein Blitzschlag.

Ich muss Tess davon erzählen.

Rowan hatte meine Tasche aus dem Café geholt, und mit meinen blutbefleckten, tauben Fingern suchte und fand ich mein iPhone, tippte Tess' Nummer ein und hielt mir das Telefon ans Ohr.

Ich stieg aus dem Truck aus, da ich Rowan nicht beim Telefonieren stören wollte. Er hatte Kayleigh erreicht, und ich sah, wie erregt er war. Ich setzte die Füße auf den Asphalt und hob beruhigend die Hand, als er mich überrascht ansah und die Stirn runzelte. Ich hatte nicht vor, mich weit zu entfernen.

Nervös blickte ich mich nach allen Seiten um. Immer noch keine Spur von Monica.

Tess' Telefon klingelte und klingelte, so wie heute Morgen. Aber irgendetwas war anders. Es gab eine Art seltsames Echo, ein atmosphärisches Trillern …

Ihr Telefon klingelte.

Ihr Telefon klingelte in der Nähe.

Ich ließ den Hörer vom Ohr sinken und lauschte den Vögeln und den Geräuschen von Eden Gardens.

Es war definitiv ein klingelndes Telefon.

Mein Magen zog sich vor Entsetzen zusammen, als mir klar wurde, dass es aus dem Kofferraum von Monicas Auto kam.

»Rowan.«

»Liebes, würdest du bitte die Kinder zu deiner Mutter bringen, während wir …«

»Rowan…«, wiederholte ich.

»Ich weiß, und es tut mir leid, aber Sophia muss in die Notaufnahme … nein, nein, nein, ihr geht es gut, aber ihre Hände sind verletzt.«

»Rowan!«

»Einen Moment, Schatz ... verdammt, Soph, was ist denn?«

Ich antwortete nicht, sondern ließ das Klingeln für sich sprechen.

Er wurde blass, als er erkannte, woher das Geräusch kam.

»Kayleigh, ich muss Schluss machen. Ich ruf dich gleich zurück.« Er sah mich an. »Wen rufst du an?«

»Tess«, sagte ich, unfähig, den Blick von dem roten Yaris abzuwenden. »Eine Frau, die die Sekte meiner Mutter vor Jahren verlassen hat. Sie hat sich gestern Abend gemeldet und mich gewarnt.«

Rowan hatte verschiedene Werkzeuge im Kofferraum, aber schließlich riskierte er es, zurück ins Café zu gehen, wo er Monicas beigefarbene Jacke fand. Ich blieb an der Tür des Cafés stehen und sah angespannt zu. Ihr Autoschlüssel war in der Jackentasche.

»Mach schon!«, sagte ich. »Vielleicht ist Tess da drin, im Kofferraum! Womöglich ist sie verletzt.«

»Vielleicht ist sie da drin«, antwortete er tonlos, das Gesicht leichenblass. »Und vielleicht ...«

Ich wusste genau, was er dachte, während wir nervös zum Yaris gingen, denn ich dachte dasselbe.

Er drückte auf den Schlüssel, um den Kofferraum zu entriegeln, während ich voller Unruhe zusah und das ferne Heulen der Polizeisirenen immer näher kam. Sofort erkannte ich, mit vor Schreck aussetzendem Herzen, dass wir beide recht hatten.

KAPITEL 26

Am Ende waren es die Reporter, die den Stein ins Rollen brachten. Sie enthüllten, was Jahrzehnte lang verborgen geblieben war.

Als die Polizei mit Sirenengeheul in Eden Gardens eintraf, wurden wir beiseitegenommen und separat befragt – Rowan auf dem Revier, ich während der Versorgung meiner Wunden in der Notaufnahme des Krankenhauses, wo auch mein Vater lag. Meine Verletzungen sahen viel schlimmer aus, als sie waren, aber meine Hände brauchten dicke Verbände, mit denen ich kaum etwas machen konnte.

Bedenkenlos gab ich der Polizei die Zugangsdaten für die Kameras. Während der Befragung zeigten die Beamten, ein Mann und eine Frau, Interesse für das, was ich über Morningstar zu sagen hatte, und ich erzählte es ihnen ausführlich, wobei ich mehrfach auf Inspector Rob Howarth deutete, der schweigend im Hintergrund stand. Ich fasste zusammen, was in den Notizbüchern meiner Mutter beschrieben war, die ich bereits ausgehändigt hatte.

»Ist das andere Notizbuch jemals aufgetaucht, Sophia?«, fragte Howarth geduldig.

Ich schüttelte den Kopf. »Nein.«

Ich berichtete von Tess' letztem Anruf und der Warnung vor Wolf.

Als sie mit mir fertig waren, rief ich sofort Max an und erzählte ihm alles. Eine treue Morningstar-Anhängerin habe sich als Angestellte eingeschlichen, Tess Hotchkiss ermordet und versucht, mich umzubringen.

»Das ist nicht Ihr Ernst!«

Nein, dachte ich mit einem Anflug purer Frustration, *ich erzähl Ihnen das alles nur zum Scherz.*

Ich schluckte und versuchte, mich zusammenzureißen. Es war nicht seine Schuld, dass die ganze Geschichte so unrealistisch klang.

Ich stand vor der Notaufnahme des Royal Suffolk und versuchte, mein Handy in den bandagierten Händen zu halten. »Doch, das ist mein voller Ernst.«

»Geht es Ihnen gut?«

»Ja, mir geht's gut. Ich habe einen Verband bekommen und …«

»Verband? Sind Sie verletzt?« Er klang entsetzt.

»Ja … aber nicht ernsthaft. Nur Schnitte, ein paar Abwehrverletzungen; was ist das schon unter Freunden? Und Rowan geht es gut.«

»Hat man die Frau erwischt?«

»Nein. Das ist das Problem. Wir wissen nicht, wo sie steckt. Aber sie hat kein Auto mehr.« Ich wischte mir mit dem Rücken einer verbundenen Hand über die Stirn. »Es stand … Tess war drin.«

Ich dachte zurück an das, was uns im Kofferraum erwartet hatte, als Rowan ihn geöffnet hatte. Tess zusammengerollt auf der Seite liegend, grau meliertes Haar strähnig und dunkelrot, das Gesicht entstellt durch die Gewalt der Schläge, fast wie geschmolzenes Kerzenwachs; eine schneeweiße Hand mit einem schlichten Goldring am Ringfinger ruhte auf ihrer Brust.

Rowan hatte sich weggedreht und sich vor dem Auto übergeben.

Ich hatte reglos dagestanden, den Kofferraumdeckel wie eine Markise über mir, und den Blick nicht von ihr abwenden können.

Das zweite tote Ex-Mitglied der Morningstar-Lichtträger innerhalb eines Monats.

»Tess Hotchkiss ist tot?«

»Ja.« Ich hielt den Atem an und fragte mich, wie ich es ihm

beibringen sollte. »Vielleicht wird es Zeit, dass Sie an Ihre persönliche Sicherheit denken. Diese Frau läuft immer noch frei herum, und ich glaube, Sie und wahrscheinlich alle anderen bei Paracelsus sind derzeit in Gefahr.« Ich zuckte zusammen, als mir Schweiß in die Wunden lief. »Diese Leute gehen über Leichen.«

Das reichte Max. Er verlangte, dass ich umgehend nach London kam. Dort wollte er mich in einem Hotel unterbringen, damit wir darüber reden konnten, was wir als Nächstes im Zusammenhang mit Ninas Buch unternehmen wollten, aber für mich kam es nicht infrage, jetzt hier wegzugehen. Hier spielte sich augenblicklich mein Leben ab, nirgendwo sonst.

Ich versprach ihm, mich bald zu melden.

Trotz seines Protests legte ich auf und ging zurück ins Krankenhaus.

***

Als ich mich zu meinem Vater setzte, während er in seinem Krankenzimmer zögerlich versuchte, das einfache, fade Abendessen zu bewältigen, waren Rowan, Tess und ich die Sensation in den Nachrichten – eine Tote und eine Verletzte in einer Gärtnerei in Pulverton. Karen Ince, die sich manchmal Monica Hardy oder Antonia Lister nenne, sei bewaffnet und potenziell gefährlich, wurde gemeldet, und man solle sich von ihr fernhalten.

Die Nachricht wurde sogar von einem Clip begleitet, und es brach mir das Herz, als ich ihn sah. Er zeigte Monica im Café, gegen zehn Uhr an jenem Morgen. Sie wusste noch nichts von der Überwachungskamera und wusch sich nichts ahnend Tess' Blut von den Händen. Auch den Grund, warum sie sich eine neue Schürze umgebunden hatte, als ich ins Café kam, erfuhr ich: die blutige hatte sie vorher in den Müll geworfen.

Als ich in den landesweiten Nachrichten sah, wie sie den Stoff zusammenknüllte und in den Treteimer stopfte, fühlte ich mich auf extreme, fast obszöne Weise zwischen zwei Welten gefangen. Bis dato war ich die verrückte Tochter gewesen, die nicht wahrhaben wollte, dass ihre Mutter suizidal und psychisch krank gewesen war; die eine Sekte verdächtigte, an allem schuld zu sein, ständig die Arbeit schwänzte und wie eine Verschwörungstheoretikerin durch die Büros der Großen und Guten schnüffelte – die einsame, isolierte Sophia in ihrer eigenen paranoiden, zornigen Welt. Und jetzt, urplötzlich, wurde meine persönliche Tragödie von Millionen Menschen konsumiert, während sie Spiegelei mit Fritten aßen und darauf warteten, dass ihre Serie oder ihre Kochsendung anfing.

»Sowohl Theresa Hotchkiss als auch Karen Ince waren ehemalige Mitglieder einer okkulten Gemeinschaft, die sich heute Gesellschaft für Spirituelle Erneuerung nennt, eine Organisation, die als ›gefährliche Sekte‹ gilt, von einem ehemaligen Musiker namens Aaron Kessler geleitet wird und in dessen Villa in Kent beheimatet ist …«

Die Augen der Nachrichtensprecher der verschiedenen Sender funkelten – *Sekten! Rockstars! Mord! Wir sind heute Abend auf Gold gestoßen, Leute!*

Man hätte meinen können, dass ich mich dadurch glaubwürdiger gefühlt und den Rückhalt in der Realität wiedergefunden hätte, aber seltsamerweise geschah genau das Gegenteil. Ich fühlte mich exponierter und einsamer als je zuvor, noch mehr als Außenseiterin, und das einzig Gute, das dabei herauskommen konnte, war, dass diese Frau möglicherweise schon bald gestellt werden würde, bevor sie noch jemandem etwas antun konnte.

So schrecklich der Mord an Tess auch war – ich sah ihren blutbespritzten Kopf jedes Mal, wenn ich die Augen schloss –, es war nicht das Beunruhigendste, was mir in diesem Moment durch den Sinn ging.

Am meisten beschäftigte mich die Frage, wie die Medien von Morningstar erfahren hatten. Ich hatte es garantiert keinem der Reporter gegenüber erwähnt, die mir schon den ganzen Tag lang nachstellten. Ich hatte mich an die von der Polizei empfohlene Aussage gehalten, ebenso wie Tess' Kollegen bei der Sektenberatungsstelle. Als ich mit Ebele, einer von Tess' Kolleginnen, gesprochen hatte, hatte ich das unangenehme Gefühl, dass sie mich für die undichte Stelle hielt.

Irgendjemand redete über Morningstar und meine Mutter.

Mein Vater sah sich die TV-Aufbereitung der Ereignisse schweigend an und stocherte in seiner Rindfleischpastete herum.

Das Handy in meiner Tasche klingelte. Es hatte schon den ganzen Nachmittag über geklingelt, daher schaltete ich es auf Vibration um. Bitte nicht stören.

Wenn ich jetzt aufgestanden wäre und die Station verlassen hätte, hätte ich es nicht bis zum Flur geschafft, ohne von einem Reporter belästigt zu werden. Nur der Polizist, der auf einem der Stühle draußen saß, hielt die Paparazzi von Dads Zimmer fern.

Ich fragte mich, ob sie meine Sprachnachrichten schon gehackt hatten. Wie lange würde es dauern, bis sie mit Amity Kontakt aufnahmen? Bis sie anfingen, in meinem Liebesleben herumzustöbern?

»Was für ein Chaos, Sophy, wirklich.«

Mein Vater blickte hoch zu dem an der Wand montierten Fernseher und kaute langsam.

»Ja, das ist es«, sagte ich matt.

Er sah aus, als wollte er noch etwas hinzufügen, ließ es aber, seufzte nur und schüttelte den Kopf.

»Dad, Kayleigh hat zwar jemanden gefunden, der das Haus sauber macht, bevor du entlassen wirst, aber ich finde ehrlich gesagt …«

»Ich weiß«, erwiderte er. »Aber glaub mir, alles wird besser, wenn ich nach Hause komme. Diese Frau wird nie wieder bei uns auftauchen.« Er schnaubte. »Mehr Schaden kann sie nicht mehr anrichten.«

»Ich wünschte, ich wäre genauso überzeugt wie du.«

Er zuckte mit den Achseln.

»Was glaubst du, was sie wollte?«, fragte ich.

»Du weißt, was sie wollte«, erwiderte mein Vater. »Sie ist eine von dieser Sekte. Die, von der du mir erzählt hast. Sie wollte deine Mutter einschüchtern.« Er leckte sich die Lippen und deutete auf den Fernseher. »Wahrscheinlich war sie es, die immer wieder bei uns eingebrochen ist. Sie oder ein anderer von denen.«

»Dad, Mum war schon nicht mehr da, als ich Monica eingestellt habe.«

»Na schön. In Ordnung. Aber sie ist nicht allein. Da sind auch noch die anderen.« Er wischte sich Speichel aus dem Mundwinkel und runzelte die Stirn vor Ungeduld. »Die wollen verhindern, dass dieses Buch von deiner Mutter erscheint, was auch immer das bedeutet.« Er blickte finster.

Ich antwortete nicht. Ich dachte daran, wie schlecht es meiner Mutter gegangen sein musste, wie verzweifelt sie wohl gewesen war, dass sie einen so schrecklichen Tod in Betracht gezogen und meinen Vater angegriffen hatte.

»Ich weiß, dass du das nicht hören willst, aber deine Mutter war … Mein Gott, sie war …«

Ich wartete schweigend. Ich verstand seine Wut, ich wollte mich nur nicht darauf einlassen. Vielleicht war ich auch ein wenig wütend, oder es tat einfach zu sehr weh. Schweigen war alles, was ich tun konnte.

Gereizt warf er die Gabel auf den Teller. »Ach, vergiss es.« Er lehnte sich zurück. »Ich will einfach nur nach Hause.«

»Wir haben es nicht eilig. Außerdem musst du bis Dienstag im Krankenhaus bleiben, ob es dir gefällt oder nicht.«

Er schien noch etwas sagen zu wollen, aber mein Gesichtsausdruck hinderte ihn irgendwie daran. Stattdessen aß er jetzt an seinem Becher Wackelpudding weiter, und die Nachrichten gingen zum Wetter von morgen über – wieder heiß mit Aussicht auf Sommergewitter am Wochenende.

»Guten Morgen, Sophia.«

Es war Inspector Rob Howarth, der leise an Dads Zimmertür klopfte.

Ich regte mich auf meinem Stuhl und rieb mir die Augen. Mir tat jeder Knochen weh. Ich hatte die Nacht im Zimmer meines Vaters verbracht, auf dem Stuhl neben seinem Bett, und die Schwestern hatten mir eine Decke und ein Kissen gegeben.

»Entschuldigung, ich wollte Sie nicht wecken.« Howarth schien es aufrichtig leidzutun, dass er uns gestört hatte.

Allmählich wurde er mir sympathischer, jetzt, wo er mich ernst zu nehmen schien.

»Schon okay«, flüsterte ich und gähnte ausgiebig.

Ich sah zu meinem Vater hinüber. Er schlief fest, aber ich erkannte, wie viel besser es ihm ging, zumindest im Vergleich zu vorher. Seine Wangen waren rosig, die Überreste seiner flaumigen Haare irgendwie vitaler.

Ich neigte mich zu ihm und küsste seine kahle Stirn.

Dann stand ich auf, barfuß, noch immer in den Klamotten von gestern, die Hände mit den Schnittwunden in sauberen weißen Verbänden.

»Gehen wir raus auf den Flur«, sagte ich leise und zwängte die Füße in Sandalen. »Ich will ihn nicht stören.«

Howarth nickte. »Gut. Ich muss Ihnen etwas Wichtiges erzählen.«

***

Auf dem Flur kamen wir an dem Polizisten vorbei, der über Nacht Wache gehalten hatte. Er nickte uns freundlich zu.

»Wollen wir einen Kaffee trinken gehen?«

Ich stimmte zu und gähnte wieder. »Haben Sie sie gefasst?«

»Leider nein, aber wir glauben nicht, dass sie noch hier in der Gegend ist. Wir haben sie gestern Abend über eine Überwachungskamera auf einer Autobahnraststätte an der M6 gesehen. Sie muss getrampt sein.«

»Kann sein«, sagte ich. »Oder sie hat einen Komplizen. Vielleicht hat dieser Wolf sie mitgenommen, wer weiß? Tess hat mich gewarnt, dass er in der Nähe ist. Oder vielleicht haben Penelope oder Lucy sie irgendwo hingebracht, um ihren eigenen Ruf zu retten. Vielleicht stecken sie alle unter einer Decke.«

Er zuckte mit den Achseln. »Auf den Bildern der Kamera war sie allein. Wie auch immer, sie hat Verwandte in Schottland. Wir glauben, dass sie dorthin unterwegs ist.«

Um uns herum erwachte das Krankenhaus zum Leben. Die Frühschicht kam nach der Übergabe aus den Büros, die Betten wurden gemacht. Wenn ich mich recht erinnerte, würden sie meinen Vater nach der Medikamentengabe erst noch waschen, also konnten wir genauso gut runter in die Cafeteria gehen.

Mein Vater mochte es nicht, hilflos zu sein. Und er wollte nicht, dass ich ihn so sehe.

In der Cafeteria fanden wir Plätze an einem kleinen Tisch zwischen einer keuchenden Patientin im Bademantel und mit Schlauch in der Nase und einem jungen Paar. Die Frau war hochschwanger und streichelte ständig durch ein dünnes kariertes Nachthemd ihren hervorstehenden Bauch.

»Wann ist Tess gestorben?«, fragte ich, als Rob Howarth mit einem Milchkaffee und einem Mandelcroissant für mich und einer Tasse Tee für sich zurückkehrte.

»Gestern Morgen, nehmen wir an – ein paar Stunden bevor

Sie sie gefunden haben; die Autopsie findet allerdings erst später heute statt.« Er riss ein Tütchen Zucker auf und gab den Inhalt in den Tee. »Wir glauben, dass Tess Hotchkiss raus nach Eden Gardens gekommen ist, weil sie zu Ihnen wollte. Sie ist mit dem Zug bis Lowestoft gefahren und hat von dort aus ein Taxi nach Eden Gardens genommen. Sie ist ins Café gegangen und hat nach dem Weg zum Haus gefragt, und wir glauben, dass ›Monica‹ oder, besser, die Person, die sich Monica nennt, sie als Feindin ihrer religiösen Gruppe erkannte. Sie hat sie mit demselben Messer getötet, mit dem sie Sie angegriffen hat. Die Überwachungskamera hat es aufgezeichnet.« Unsere Blicke trafen sich über den Rand seiner Tasse hinweg. »Sie können sich die Aufnahmen von diesem Morgen ansehen. Ich würde es Ihnen aber nicht empfehlen.«

»Keine Angst«, sagte ich schaudernd. »Das habe ich auch nicht vor.«

»Das Messer wurde Tess Hotchkiss mit solcher Wucht gegen den Kopf gestoßen, dass es den Schädel teilweise durchbohrte.« Nachdenklich schlürfte er seinen Tee. »Es war ein außergewöhnlich gewalttätiger Angriff. Sie haben großes Glück, dass Sie noch am Leben sind, Sophia. Sie wären fast ihr nächstes Opfer geworden.«

»Ich habe nicht das Gefühl, Glück gehabt zu haben.« Sonst fiel mir nichts dazu ein. »Haben Tess' Kollegen gesagt, warum sie den ganzen Weg hier rausgefahren ist, um mich zu sehen?«

»Nein.« Er stellte die Tasse ab. »Vermutlich hatte es irgendetwas mit diesem ›Wolf‹ zu tun.«

»Werden Sie Aaron Kessler vernehmen?«, fragte ich.

Er sagte lange nichts.

»Was ist?«, hakte ich nach. »Habe ich etwas Falsches gesagt? Ich meine, schließlich ist er das Einzige, was diese Leute miteinander verbindet.« Plötzlich erfasste mich eine brennende Wut.

»Sophia …« Er errötete leicht und presste die Lippen zusammen, als wollte er mir sagen, ich solle mich beruhigen.

»Moment!«, fauchte ich. »Wagen Sie es nicht, in diesem Ton ›Sophia‹ zu mir zu sagen! Ich verstehe nicht, wo das Problem liegt. Ich habe das alles vom ersten Tag an gesagt – es ist ganz einfach. Und gestern haben wir alles noch mal durchgekaut, nachdem mir diese Wahnsinnige beinahe die Kehle aufgeschlitzt hätte …«

»Sophia …«

»Meine Mutter war vor Jahren in einer Sekte und schreibt ein Buch darüber, stimmt's?« Ich zählte die Fakten wütend an meinen bandagierten Fingern ab. »Ein Buch, das den Ruf mehrerer Leute in hohen Positionen schädigen würde. Ein Verleger wendet sich an die Betreffenden und informiert sie darüber. Praktisch unmittelbar darauf werden meine Eltern Opfer einer sechsmonatigen Einschüchterungskampagne und krimineller Akte.

Das alles belastet meine Mutter so sehr, dass sie sich erhängt und meinen Vater angreift, als er versucht, sie davon abzuhalten. Stimmt's? Und dann, kaum ist sie tot, fangen seltsame Leute an, mir nachzustellen. Eine von Aaron Kesslers Anhängerinnen erschleicht sich sogar einen Job in meinem Café, um das Haus noch besser durchsuchen zu können. Und dann, als eine Person auf der Bildfläche erscheint, die die Machenschaften der Sekte in der Vergangenheit angeprangert hat, sticht sie ihr ein Messer in den Kopf und versteckt sie im Kofferraum ihres verdammten Autos!

Diese Leute – Penelope, Lucy und Aaron Arschloch Kessler –, sie alle wollen verhindern, dass dieses Buch veröffentlicht wird, weil meine Mutter etwas darin enthüllt. Alles, was bisher passiert ist, deutet darauf hin, dass das so ist, und zwei Leute mussten schon deswegen sterben! Also sagen Sie jetzt bloß nicht in diesem Ton ›Sophia‹ zu mir, *Rob!* Werden Sie Aaron Kessler befragen?«

Die gesamte Cafeteria war erstarrt. Die schwangere Frau, die offensichtlich Probleme hatte, atmete noch immer flach und rieb sich den Bauch, aber ihr Partner starrte mich an. Die anderen Kunden starrten mich an. Sogar das Mädchen an der Theke mit der grünen Schürze und dem Namensschild »Hi, ich bin Valentina« starrte mich über die Kuchentheke hinweg an.

Stur verschränkte ich die Arme und ignorierte sie allesamt, ich war einzig und allein auf Rob konzentriert.

Von allen Anwesenden schien DI Rob Howarth derjenige zu sein, der von meinem Ausbruch am wenigsten überrascht war.

»Sophia, ich verstehe, dass Sie sehr verärgert sind.« Er sprach ruhig, fast entschuldigend.

»Ach, wirklich?«, grollte ich.

»Vielleicht glauben Sie mir nicht, und das ist natürlich Ihr gutes Recht, aber ich stehe vor folgendem Problem. All diese Dinge, die Sie beschrieben haben, klingen aus Ihrem Mund tatsächlich wie eine Geschichte. Ein logischer Ablauf von Ereignissen, wenn Sie so wollen.« Er stellte seinen Tee auf den Tisch. »Aber in dieser Sekte, von der Sie reden, kann sich jeder eine beliebige Menge Details herausgreifen, sie zusammenwerfen und daraus eine Geschichte stricken. Jeder kann sich eine Geschichte zusammenbauen, aber deswegen muss sie noch lange nicht der Wahrheit entsprechen.« Er zuckte mit den Achseln. »Ich brauche mehr als eine Story. Ich brauche handfeste Beweise.«

»Wie viele Beweise wollen Sie denn noch?«, zischte ich.

»Diese Verbindungen, Sophia – die sind dreißig Jahre alt! Es gibt keinen Beweis, dass Lucy Dubois oder Penelope Longman irgendeine Verbindung zu Aaron Kessler haben, die nicht rein historisch ist. Keine Beweise, dass die Frau, die Sie ›Monica‹ nannten, jemals in das Haus Ihrer Eltern eingebrochen ist. Sie hat erst vor einer Woche angefangen, in der Gärtnerei zu arbeiten.«

Ich stöhnte laut auf. Er hatte es einfach nicht verstanden. »Schauen Sie …«

»Sie haben die Leute, die Sie angeblich im Zug verfolgt haben, nie wieder gesehen. Wir werden natürlich weiter ermitteln, aber es gibt keinen Beweis dafür, dass dies mehr war als das Werk einer einzelnen, psychisch kranken Person. Eine Frau, die vor Wut außer sich geriet, als sie erfuhr, dass ihre religiöse Gruppe in der Presse wegen eines Buches angegriffen wurde, das veröffentlicht werden sollte, und die allein handelte, bei Ihren Eltern einbrach, sich als Angestellte einschlich und schließlich Pastorin Hotchkiss tötete.«

»Allein handelte?« Ich stieß ein zynisches Lachen aus. »Wirklich? Also habe ich mir das Paar im Zug nur eingebildet?«

Ein längeres Schweigen trat ein.

»Um Ihre ursprüngliche Frage zu beantworten: Ja, wir haben Aaron Kessler befragt. Ich habe gestern mit ihm gesprochen. Er hat uns bereitwillig alle Fragen beantwortet. Er hat uns den Namen dieser Frau – ihren richtigen Namen – genannt sowie ihre Adresse und uns einen Hinweis auf die Schwester in Schottland gegeben.«

»Aber Tess …«

»Warum sollte er am Tod von Pastorin Hotchkiss interessiert sein? Wie er betonte, hat sie seine Religion in den letzten fünfundzwanzig Jahren ›verleumdet‹. Warum sollte er sie plötzlich töten wollen? Warum sollte es irgendjemand wollen? Es gibt keinen logischen Grund dafür.«

Ich hätte ihn am liebsten gepackt und durchgeschüttelt. »Wegen des Buches, das Mum geschrieben hat! Wegen dem, was in den Notizbüchern steht!«

»Aber Sie haben das dritte Notizbuch bisher nicht gefunden, das all diese Enthüllungen enthalten soll«, erwiderte er, immer noch aufreizend ruhig und mitfühlend. »Oder?«

»Nein«, gestand ich. »Aber …«

»Hat Ihnen Max Clarke jemals explizit gesagt, worum es in diesen Enthüllungen geht?«, fragte er mit einem Blick auf seine Uhr.

Er sprach »Max Clarke« leicht verächtlich aus, gerade so, dass sich sein Tonfall von der stoischen Milde, mit der er mich behandelte, nur geringfügig unterschied.

»Soweit ich weiß, hat er den anderen nur erzählt, dass ein ehemaliges Mitglied seine Memoiren über die gemeinsame Zeit in den Achtzigerjahren verfasst hat. Dass er damit meine Mutter meinte, haben sie sich wohl denken können.« Seine Miene änderte sich nicht, was mich nervte. »Ich glaube immer noch, dass das reicht, um weiterzumachen.«

»Vielleicht. Aber ich habe die Akten zu Peter Clay durchgesehen, und obwohl ich sie nicht in allen Einzelheiten untersucht habe, kann ich nichts Ungewöhnliches darin erkennen. Was das Übrige angeht, so könnte man sagen, dass Penelope Longman und Lucy Dubois manchmal ein fragwürdiges Urteilsvermögen an den Tag gelegt haben, aber obwohl ihr Verhalten für sie persönlich jetzt vielleicht peinlich ist, war es doch nie illegal.«

»Worauf wollen Sie hinaus?«

»Überlegen Sie doch mal, Sophia. Warum sollte jemand Tess Hotchkiss töten wollen? Wer hat etwas davon – außer einer psychisch instabilen Frau, die Tess bei Ihnen zu Hause auftauchen sah und sie als Feindin einer Sekte identifizierte, deren Mitglied sie ist?«

Ich saß da, sprachlos, doch schließlich stieß ich hervor: »Wenn niemand ihren Tod wollte, warum ist sie dann tot? Warum passiert das alles?«

»Mr. Kessler glaubt …«

»Mr. Kessler!«, fauchte ich. »Ach, auf einmal ist er Mr. Kessler. Na, wunderbar!«

»Sophia, ich weiß, es ist nicht leicht, aber Sie müssen sich das anhören. Mr. Kessler wurde vor Monaten wegen dieses

Buches angesprochen und instruierte seine … Anhänger, oder was auch immer sie sind, mit niemandem von der Presse über die Enthüllungen darin zu reden. Diese Frau, die schon immer als ›instabil‹ bekannt war, verließ kurz darauf das Anwesen. Sie haben sie vor Monaten bei der Polizei in Kent als vermisst gemeldet.« Er zuckte mit den Achseln. »Sie können ihn vielleicht nicht leiden, aber Tatsache ist, dass dieser Mann und seine Anhänger alles richtig gemacht haben.«

Er trank seinen Tee und wirkte dabei vollkommen gleichmütig.

»Ich verstehe nicht, warum alle das so auf die leichte Schulter nehmen!«

»Das tun wir nicht, Sophia. Aber auch wenn wir nicht genau wissen, wer bei Ihren Eltern eingebrochen hat und warum die Einbrecher sich so und nicht anders verhalten haben, beschreiten wir jetzt andere Wege bei den Ermittlungen.« Er neigte den Kopf zur Seite.

Ich seufzte nur.

Er streckte die Hand aus und berührte sanft meine. »Es war eine furchtbare Tragödie«, sagte er. »Karen Ince ist eine gefährliche Person, und wir werden nicht ruhen, bis wir sie gefasst haben. Aber wir haben nun zumindest eine Ahnung, wo sie wahrscheinlich auftauchen wird.«

»Haben Sie auch eine Ahnung, ob sie die Schrotflinte meiner Mutter hat?«, fragte ich verbittert.

»Nein«, sagte er. »Aber zu Ihrer Information: Wir glauben nicht, dass sie sie hat. Es könnte eine ganz normale Erklärung für das Fehlen der Waffe geben.«

Ich sah ihn verständnislos an. »Ach, tatsächlich?«

»Ihr Vater hat uns gesagt, dass Ihre Mutter gerade dabei war, sie zu verkaufen.«

»Das hat er gesagt? Wann? Zu wem?«

»Er hat es uns gestern gesagt. Er meint, die Waffe im Haus hätte Ihre Mutter am Ende nur noch ängstlicher gemacht.

Wir haben bisher keine Unterlagen über den Verkauf gefunden, aber es könnte sein, dass der Käufer seine noch nicht eingereicht hat.«

Ach, wirklich?

Ich war hin- und hergerissen zwischen Erleichterung und dem Verdacht, dass diese Erklärung etwas zu einfach war. Ich hätte gerne gewusst, wer der Käufer war. In den E-Mails von Eden Gardens fanden sich keine Informationen über einen Verkauf.

»Wir beobachten das Haus von Karen Inces Schwester. Ein ganzes Team von bewaffneten Einsatzkräften wird auf sie warten.« Er lächelte ansatzweise. »Wir glauben, dass es damit vorbei ist, Sophia.«

Ich biss mir auf die Lippe. »Ja?«

»Ja. Sie können jetzt nach Hause fahren.«

***

Mein Vater war wach, als ich ins Zimmer zurückkam, und zu meiner Überraschung saß er aufrecht auf dem Stuhl, auf dem ich die Nacht verbracht hatte.

»Dad!«, sagte ich. »Meinst du wirklich, dass das gut für dich ist?«

»Was?«, fragte er. Seine Stimme klang schwach, aber wieder viel mehr nach ihm selbst. »Ein Mann kann nicht den ganzen Tag im Bett sitzen.« Er leckte sich über die trockenen Lippen. »Und es gibt so viel zu tun. Rowan ist ein guter Junge, aber ich weiß, dass in der Gärtnerei ein einziges Durcheinander herrscht.«

Ich setzte mich auf das Bett. »Ich glaube, er hat seine Sache wirklich gut gemacht.«

»Woher willst du das wissen?«, fragte mein Vater leicht gereizt. »Du hast dich doch nie für das Geschäft interessiert.«

»Du hast dich nie dafür interessiert, was ich über das Geschäft denke, also habe ich aufgehört, darüber zu reden.«

Er lehnte sich im Stuhl zurück. »Touché.«

Wir schwiegen beide. Die Stille wurde so schwer, so bedrückend, dass ich sie irgendwann nicht mehr aushielt.

»Dad?«

»Was?«

»Wegen Mum.«

Er schwieg so lange, dass ich schon nicht mehr mit einer Antwort rechnete. Als ich ihn von der Seite ansah, stellte ich voller Entsetzen und Kummer fest, dass seine Augen nass waren.

Mein Vater weinte nie. Niemals.

»Dad?«

»Mir geht's gut. Was ist mit deiner Mutter?« Er drehte sich um und sah mich an; sein Blick war fast herausfordernd.

»Wusstest du wirklich nicht, dass sie in dieser Sekte war, bevor du sie kennengelernt hast?«

»Natürlich nicht«, sagte er. Er schien fast beleidigt, dass ich etwas so Dummes fragen konnte.

Er schaute weg, und ich wusste, wenn ich ihm ins Gesicht blickte, würde ich wieder Tränen sehen.

Aus Respekt vor ihm tat ich so, als bemerkte ich es nicht.

»Also«, sagte ich und schluckte. »Sie hat sich wirklich umgebracht?« Ich versuchte, mich zu beherrschen. »Weißt du genau, dass es so war? Ich hätte nie geglaubt …«

Er nickte mir nur zu, sein Blick kalt und schrecklich. »Natürlich weiß ich es genau.«

Ich hätte ihn nicht in diesem Moment danach fragen sollen, das war mir klar. Vielleicht überhaupt nie.

»Sie hat aber ihr Buch vorher zu Ende geschrieben?«, fragte ich.

»Ja.« Seine Stimme klang brüchig. Er rieb über die Verbände auf seinem geschwollenen Bauch, was mich an die schwangere Frau unten in der Cafeteria erinnerte. »Das hat sie. War 'ne ziemliche Überraschung.« Er verzog verbittert den Mund. »Ich fasse es einfach nicht, dass sie mir das angetan hat. Ich …«

Die Tränen liefen ihm übers Gesicht, und er biss die Zähne mit solcher Gewalt zusammen, dass sie knirschten.

»Dad«, sagte ich leise. Ganz erschüttert streckte ich ihm die Hand hin.

»Lass es!«, fuhr er mich an. »Lass es einfach!«

Ich sagte nichts mehr.

KAPITEL 27

Es dauerte das ganze Wochenende, das Haus von oben bis unten zu säubern. Es würde gerade rechtzeitig zur Rückkehr meines Vaters fertig werden. Die drei Mädchen aus dem Dorf, Lena, Jenny und Agneta, arbeiteten gut gelaunt und gründlich, und es war ein gutes Gefühl, dass wieder Leben im Haus herrschte, wenn auch nur für ein paar Stunden. Sie fanden immer wieder Dinge – Schmuckstücke und Reste von zerbrochenen Gegenständen unter Tischen und Betten –, die sie mir zur Begutachtung vorlegten, wie eine Katze, die einen Vogel oder eine Maus gefangen hat. Sie fanden weder ein Gewehr noch ein Notizbuch, aber man kann nicht alles haben.

Das Badezimmer im Erdgeschoss wurde für meinen Vater hergerichtet, indem wir eine Zinkbadewanne, die wir im Obergeschoss gefunden hatten, sowie einen niedrigen Hocker hineinstellten. Schlafen würde er im Esszimmer. Ich rechnete mit ziemlich viel Widerstand von seiner Seite, aber seine Operation war erst zwei Wochen her, und es war unsinnig zu erwarten, dass er jetzt schon Treppen steigen oder zu seinem kleinen Schuppen im Garten hinübertapern könnte.

Ich ahnte, dass ich in diesem Punkt würde hart sein müssen.

Am Sonntagnachmittag überwachte ich gerade den Aufbau seines Bettes im Esszimmer, als mein Handy klingelte.

Die Nummer kannte ich nicht – wahrscheinlich wieder irgendein Journalist. Ich hatte das Telefon so eingestellt, dass unbekannte Anrufer direkt an die Mailbox weitergeleitet wurden; ich würde sie zurückrufen, wenn sie es verdienten. Es war daher keine Überraschung, als mir ein oder zwei Sekunden später das Telefon mit einem Klingeln den Eingang einer Nachricht verkündete.

Ich hatte es nicht eilig, dem scheinheiligen Gesülze weiterer

Reporter zu lauschen, gewürzt mit gelegentlichen Drohungen – »Wenn Sie nicht bald mit uns reden, Sophia, damit wir Ihre Geschichte veröffentlichen können, hat das möglicherweise unangenehme Folgen für Sie«, hatte ein besonders schmieriger Idiot gesagt –, und so wartete ich mindestens eine weitere Dreiviertelstunde, bevor ich die Nachricht abhörte.

Zunächst trat eine längere Pause ein, als müsse jemand erst seine Gedanken sammeln.

»Sophia, hier ist Emily Corben, die Sprecherin von Morningstar. Ich rufe im Namen von Aaron Kessler an. Er möchte Sie gerne persönlich kennenlernen.«

Ihre Stimme war vollkommen gleichmäßig und kontrolliert. Bei einer Gegenüberstellung wäre es schwierig gewesen, sie von einer elektronischen, computergesteuerten Stimme zu unterscheiden. Erst als irgendwo im Hintergrund knarrend eine Tür geöffnet wurde, schwankte die Lautstärke kurz, als hätte sie sich umgedreht, um jemanden über die Schulter anzublicken.

Ich fragte mich, ob Aaron Kessler im Zimmer war, während mir diese Nachricht übermittelt wurde.

»Mr. Kessler reist nicht gern, daher müssen Sie hierherkommen. Wir stellen Ihnen dafür einen Wagen zur Verfügung. Lassen Sie mich wissen, wann und wo Sie abgeholt werden möchten. Sie können als Begleitung mitbringen, wen Sie wollen, aber Sie müssen kommen. Vielen Dank.«

* * *

Eine Minute später rief ich Max an.

»Was soll ich tun?«

Diese befehlsartige »Einladung« war geradezu atemberaubend in ihrer Anmaßung – nicht nur, aber auch, weil der große Guru seine Assistentin vorschickte, da er vermutlich lieber bis mittags im Bett lag.

Sie gingen wie selbstverständlich davon aus, dass ich kommen würde. Das erinnerte mich an die Notizbücher meiner Mutter und die Briefe, die sie erhalten hatte. Sie hatte mit dem Gedanken gespielt, nicht hinzufahren, es dann aber trotzdem getan.

Ich jedoch war nicht so gefügig.

»Was soll das heißen: ›Was soll ich tun?‹?«, fragte Max zurück. »Sie fahren doch wohl hin, oder?«

Es dauerte einen Moment, bis ich begriff, dass dies seine Antwort war, und ich flippte aus.

»Wie bitte? Was? Sind Sie verrückt geworden? Wer sagt, dass ich jemals wieder lebendig aus der Bude rauskomme?«

In der Küche verstummten Agneta und Jenny, die gerade kichernd das abgeplatzte Emailspülbecken schrubbten.

»Woher weiß ich, dass diese durchgeknallte Verrückte, Monica oder Karen oder wie sie auch heißen mag, sich nicht da versteckt?«

»Sophia …«

»Nein. Nein, danke.«

Max seufzte. »Jetzt hören Sie mir mal zu, Sophia. Aaron Kessler ist viel zu eigennützig, um Ihnen schaden zu wollen. Das ist eine Charmeoffensive. Das Buch wird erscheinen, und das weiß er, also will er wahrscheinlich seine Rolle …«

Ich blinzelte. Hatte ich irgendein Meeting verpasst?

»Was meinen Sie damit, dass das Buch erscheinen wird? Wir haben nur die ersten beiden Bände.«

Er schwieg kurz, bevor er antwortete.

»Aber Sophia, das ist doch kein Grund, das ganze Projekt abzublasen. Wir haben die ersten beiden Notizbücher und … ich dachte … wir könnten vielleicht … Hilfsautoren gewinnen, die das Buch fertigstellen. Ich meine, das Timing ist jetzt einfach absolut perfekt.«

»›Hilfsautoren‹?« Ich blinzelte erneut. Nicht nur sein Vorschlag, sondern alles, was darin mitschwang, überraschte mich. »Das Buch handelt von der Zeit meiner Mutter bei Morningstar. Also, wenn nicht einer der anderen Lichtträger, oder wie auch immer die hießen, es zu Ende schreiben möchte, was ich bezweifle, was sollen andere Autoren dann bitte zustande bringen?« Je mehr ich darüber nachdachte, desto mehr ärgerte es mich. »Und was soll das überhaupt sein, ein ›Hilfsautor‹?«

»Na ja, anstatt einer Autobiografie könnten wir unter diesen Umständen vielleicht eine Art Enthüllungsbuch über Aaron Kessler und die Sekte rausbringen. Wir könnten Sie mit jemandem in Kontakt bringen, einem Journalisten, dem wir vertrauen und der …«

Einem Journalisten?

»Ich kann im Moment nicht mal daran denken, Max, ehrlich. Hier ist einfach zu viel los.«

»Natürlich nicht«, stimmte er rasch zu. »Aber versprechen Sie mir, wenigstens darüber nachzudenken. Außerdem müssten Sie nicht alleine nach Morningstar fahren. Ich würde Sie gerne begleiten.«

»Ich …«

»Okay, also, denken Sie noch mal in Ruhe darüber nach. Sind Sie denn kein bisschen neugierig?«

***

Ich dachte immer noch an dieses Gespräch, als ich am Sonntagabend in meinem Bett in Eden Gardens lag.

Wenn ich ehrlich war, befürchtete ich hauptsächlich, die Gruppe noch mehr aufzuwiegeln, und das, obwohl mein Vater nach der OP noch schwach war und wir beide allein im Haus wohnten. Jedes Mal, wenn ich die Augen schloss, sah ich den für alles andere blinden, starren Blick der Frau im Zug vor mir, den gleichen wie in Monicas Augen, als sie sich im Café mit dem Messer über mich gebeugt hatte.

Die Polizei mochte uns regelmäßige Streifengänge und Alarmknöpfe versprochen haben, solange Monica noch auf freiem Fuß war, aber ich machte mir keine Illusionen. Diesen Schutz würden wir nicht für immer genießen. In der Zeit danach waren mein Vater und ich auf uns allein gestellt.

Ich lag auf dem Rücken und starrte an die Decke, auf die der Mond in einer Art Schattenspiel die Silhouetten von Ästen warf. Ich hörte keine Geräusche in der heißen, ruhigen Nacht, nur gelegentliches Rascheln und Flügelschlagen oder das ferne Dröhnen eines einsamen Autos auf der Hauptstraße.

War das jetzt mein Leben, jede Nacht wach zu liegen, auf gebrochene Zweige und quietschende Scharniere zu horchen, starr vor Schreck, wenn der Bewegungsmelder aufleuchtete oder das Telefon klingelte?

Wenn ich doch nur das letzte Notizbuch gefunden hätte! Dann hätte diese ständige Angst vielleicht wenigstens einen konkreten Anlass.

Sie habe ständig getippt, hatte Rowan gesagt. Morgens früh.

Der klobige alte Computer stand wieder im Büro. Ich ging die Treppe hinunter, schaltete ihn ein und wartete ungeduldig, bis er hochgefahren war. Wieder der E-Mail-Account und der Ordner NINA mit vier Unterordnern – GESCHÄFT, REZEPTE, STEUER und HAUS. Ich hatte sie bereits mehrfach gründlich durchforstet, aber ich ging sie trotzdem noch einmal durch und versuchte, mich nicht zu sehr mit dem Inhalt zu beschäftigen – Bilder von ihr, wie sie vor dem Café stand; ihr Haar bedeckt von dem blauen, mit Schwalben bedruckten Tuch, das ich ihr zu Weihnachten geschenkt hatte, ihr ängstliches, zaghaftes Lächeln.

Ich wischte mir die Augen mit dem Ärmel meines Pyjamas ab. Ich sollte damit aufhören und ins Bett gehen.

Okay, beschloss ich, eines würde ich noch versuchen, und dann war Schluss.

Ich gab »Morningstar« in das Suchfeld des PCs ein und drückte ENTER.

Das Symbol wirbelte ein paar Sekunden lang herum, und der Computer surrte und tickte. Ich rieb mir gähnend die Augen.

Als ich sie wieder öffnete, sah ich genau ein Ergebnis:

C:\Dokumente und Einstellungen\Nina\NINA\Rezepte\
MORNINGSTAR3.DOC

Die letzten Änderungen waren fünf Tage vor dem Tod meiner Mutter vorgenommen worden.

Aber warum hatte ich das nicht …? Ah. *Ah!*

Ich klickte auf NINA, dann auf REZEPTE und dann mit der rechten Maustaste, um die Option »Versteckte Dateien anzeigen« zu aktivieren.

Und da war sie: MORNINGSTAR3.DOC.

Das fehlende dritte Notizbuch. Was hätte es sonst sein können, unter diesem Namen?

Mir war ganz schwindlig, als ich es anklickte und darauf wartete, dass sich die Uralt-Version von Word öffnete. Mir schlug das Herz bis zum Hals. *Oh, mein Gott,* dachte ich, *das ist es! Was steht da drin?*

Dann erschien die Meldung: »Passwort zum Öffnen der Datei MORNINGSTAR3.DOC« eingeben.

»Oh nein, du machst wohl Witze«, flüsterte ich. »Mum, was tust du mir an?«

KAPITEL 28

Erst kurz vor Tagesanbruch gab ich die Suche nach dem Passwort für MORNINGSTAR3.doc auf.

Natürlich probierte ich EDENGARDENS1. Ich versuchte MORNINGSTAR1 und A4RONK3SSLER sowie jede Variation und jedes Fragment des Wortschatzes, der irgendetwas mit mir, ihr, den Lichtträgern und meinem Vater zu tun hatte. Ich versuchte alles, was mir einfiel, in Kleinbuchstaben und Großbuchstaben sowie in Zahlen. Ich versuchte es mit Daten, Kosenamen und Adressen. Mit Buch- und Filmtiteln.

Nichts funktionierte. Wie auch immer das Passwort lautete, es war nicht offensichtlich.

Ich brauchte fachkundige Hilfe, erkannte ich, als ich mit müden Augen auf den Bildschirm starrte, um die Datei zu öffnen, ohne sie zu beschädigen. Vielleicht die Polizei oder sogar Max – doch je mehr ich darüber nachdachte, desto mehr widerstrebte es mir, ihn an diesem Fund teilhaben zu lassen.

Stattdessen schickte ich das Dokument per E-Mail an mich selbst und speicherte die Kopie auf meinem iPhone.

Ich seufzte und entspannte mich ein wenig, müde und euphorisch zugleich.

Ich habe dich gefunden, dachte ich, während ich mein Handy an die Brust drückte. *Ich habe dich gefunden.*

Als ich wieder im Bett lag, konnte ich die Augen nicht schließen, obwohl meine Lider dick und schwer waren. Die aufgehende Sonne erhellte mein Zimmer mit jeder Minute mehr.

Ich dachte über Aaron nach, den finsteren Gott aus den Notizbüchern meiner Mutter, und sein tödliches Charisma, das mehrere Menschen in den Tod getrieben hatte.

Und wenn ich ganz ehrlich bin, kam mir die Idee, meine

Widerstandskraft gegen ihn zu testen. Ich wollte spüren, wie er seine Pfeile auf mich abschoss und sie an mir abprallten.

Ich wollte mit eigenen Augen sehen, warum so ein Aufhebens um ihn gemacht wurde.

Aber das war Wahnsinn. Schlimmer noch, es war Arroganz.

Stundenlang lag ich wach und grübelte, und am Ende wusste ich, wie meine Antwort lauten würde.

Ich würde nach Morningstar fahren. Ich würde in das Auto steigen (mit Max als Anstandswauwau – er schien sich um diese zweifelhafte Ehre zu reißen) und zu diesem Haus fahren, an diesen finsteren Ort, den Albtraum meiner Mutter, und der Spinne in der Mitte des Netzes gegenübertreten.

Ich wollte diesem Dreckskerl in die Augen sehen und ihm klipp und klar sagen, was ich von ihm hielt.

So viel war ich meiner Mutter schuldig. Und auch Tess.

Es war, als wäre mir ein Stein vom Herzen gefallen. Innerhalb weniger Minuten schlief ich fest ein.

***

Nachdem ich Kopien der Datei an Rob Howarth und meine Freundin Orla geschickt hatte, die die IT-Abteilung ihres Unternehmens leitete (»Es könnte bis morgen dauern, bis ich jemanden finde, ist das okay, Soph?«), rief ich Max an und teilte ihm meine Entscheidung mit.

»Kommen Sie mit?«, fragte ich ihn.

»Na klar!«, antwortete er. Ich konnte förmlich am Telefon hören, wie er strahlte. »Sehr gerne!«

»Danke. Irgendwie glaube ich, ich sollte tatsächlich lieber früher als später zu ihm …«, begann ich.

»Das glaube ich auch!«, fiel er mir ins Wort. »Ich kann jederzeit, Sophia. Schreiben Sie mir einfach die Uhrzeit, und ich stehe bereit.«

»Wunderbar«, sagte ich, ein wenig erstaunt und, um ehrlich zu sein, ein wenig beunruhigt über seinen Enthusiasmus. »Ich sage Ihnen Bescheid.«

***

Als Nächstes rief ich Emily Corben an, aber erst nach einer Tasse Kaffee und einer Scheibe Toast. Ich hatte das Gefühl, mich vorher stärken zu müssen.

Ich war im Cottage – ich hatte Kayleigh ihren Staubsauger zurückgeben wollen – und rief die Nummer vom Sofa aus an, während Riley wieder auf mir herumkletterte und wissen wollte, mit wem ich telefonierte.

»Pst, leise sein!«, ermahnte ich ihn und hielt mir das Telefon ans Ohr.

Es klingelte.

»Hallo?«

»Oh, hi, ist da …? Emily?«

»Wer ist am Apparat?« Wieder diese kontrollierte, fast roboterhafte Stimme.

»Hier spricht Sophia Mackenzie. Sie hatten mich angerufen.«

Schweigen.

»Ich bin bereit, mit Mr. Kessler zu reden«, sagte ich, und die Worte fühlten sich seltsam an, während ich sie aussprach.

»Gut. Ginge es morgen?«

Ich blinzelte. Morgen kam mein Vater nach Hause. Ich streichelte Rileys Kopf, als er auf dem Sofa neben mich plumpste. »Ich … ja, gut. Ich denke schon. Aber nur vormittags. Nachmittags muss ich wieder hier sein.«

»Der Wagen kann Sie morgen früh um zehn Uhr abholen.«

»Oh. Na ja, um ehrlich zu sein, würde ich lieber selbst fahren und Max Clarke mitnehmen, wenn Sie mir also die Adresse geben würden …«

»Das ist leider nicht möglich.«

Wieder klang sie wie eine computergenerierte Stimme.

»Aha«, erwiderte ich; ich war aus dem Konzept. »Aber ich müsste vorher noch einiges erledigen.«

»Der Fahrer kann Sie überall hinbringen, wohin Sie wollen.«

»Mit wem telefonierst du?«, fragte Riley unüberhörbar, während er versuchte, auf meinen Schoß zu klettern.

»Mit niemand Besonderem, Riley. – Tut mir leid,« sagte ich ins Telefon. »Ich …«

»Haben Sie *Kinder?*«, fragte sie wie aus der Pistole geschossen. Zum ersten Mal klang sie irritiert. Nein, irritiert war das falsche Wort. Vielleicht eher entsetzt. Besorgt, möglicherweise.

Aber warum?

»Wer, ich? Nein. Ich habe keine Kinder. Das ist nur der Sohn eines Freundes.«

»Ich befürchte, wir müssen auf dem Wagen bestehen«, sagte sie. »Mr. Kessler und wir als Gemeinschaft schätzen unsere Privatsphäre hier. Wir erlauben keine Fahrzeuge von außerhalb auf dem Gelände.«

»Oh, ich …«

»Wenn Sie mit Ihrem eigenen Pkw nach Kent kommen möchten, schlage ich vor, dass unser Wagen Sie von der Lullingstone Roman Villa abholt. Mr. Kessler freut sich auf Sie. Auf Wiedersehen.«

Dann kam nur noch das Tuten des Besetztzeichens.

Am nächsten Tag fuhr ich nach Dartford; ich hatte Max vorgeschlagen, ihn dort vor dem Bahnhof abzuholen, anstatt mich stromaufwärts wie ein Lachs durch die Londoner Rushhour zu kämpfen. Von dort aus ging es weiter nach Lullingstone, wo wir uns mit Aaron Kesslers Fahrer treffen wollten.

Als ich am Morgen die M25 entlanggerast war, hatte ich weiterhin über mögliche Passwörter für Mums Morningstar3-Dokument nachgegrübelt, was meine Stimmung nicht gerade verbessert hatte. Rowan hatte versprochen, meinen Vater nachmittags aus dem Krankenhaus abzuholen, wenn er nach der Visite offiziell vom Arzt entlassen worden war. Insgeheim hoffte ich, dass der Arzt es sich noch einmal anders überlegen würde. Dad war dort, wo er war, sicherer.

Soweit ich wusste, war Karen Ince immer noch auf der Flucht, obwohl sie offenbar in der Nähe von Lockerbie gesehen worden war. Unsere Überwachungskameras waren inzwischen auf das Haus gerichtet, und man hatte uns eingeschärft, wir sollten uns melden, sobald wir auch nur den geringsten Anlass zur Sorge hätten.

Ich wünschte, ich hätte behaupten können, dass ich mich dadurch sicherer fühlte.

* * *

Als ich in Dartford ankam, stand Max draußen vor dem neuen Bahnhof und sprach lebhaft in sein Handy. Irgendwann sah er mich, und es geschah etwas Seltsames: Seine Augen weiteten sich, und er umklammerte das Telefon fester, als hätte ich ihn bei etwas Peinlichem ertappt. Gleich darauf beendete er das Gespräch.

Obwohl er sich ein Lächeln abrang, als er ins Auto stieg, war ich immer noch verunsichert, ohne genau zu wissen, warum.

»Sie können ruhig weitertelefonieren«, sagte ich gespielt gleichmütig, als wir wieder auf die Hauptstraße einbogen. Es war viel los, und der Verkehr strapazierte meine Nerven noch zusätzlich. Der Himmel war bedeckt und von dem typischen metallischen Blaugrau, das einem Sommergewitter vorausgeht.

»Nein, nicht nötig, war nur Bürokram«, erwiderte Max

und ließ seinen Rucksack in den Fußraum zwischen seine Füße fallen. »Wie geht's Ihnen?«

»Es ging mir schon mal besser.«

»Klar, kann ich verstehen«, sagte er mit einem Blick auf meine verbundenen Hände am Lenkrad. Der Verband bestand inzwischen nur noch aus ein paar dünnen Mullbinden. »Wow. Das muss echt gruselig gewesen sein. Gibt es was Neues von der Frau, die Sie angegriffen hat?«

Er schien vor Aufregung schier zu platzen, was mich unheimlich reizte. Ich wusste beim besten Willen nicht, worüber ich mich hätte freuen sollen.

Ich schüttelte den Kopf. »Nein, sie ist wohl immer noch auf der Flucht. Zuletzt wurde sie bei Lockerbie gesichtet. Die Polizei glaubt, dass sie zu ihrer Schwester in der Nähe von Glencoe will.«

»Das muss wirklich eine beängstigende Erfahrung gewesen sein«, sagte er voller Mitgefühl.

»Ja. Ich dachte, ich würde sterben.«

Ich stellte fest, dass meine Stimme tonlos und unfreundlich klang. Es war nicht zu überhören.

In mir reifte eine Überzeugung, und zwar schon seit dem Wochenende, als immer mehr Einzelheiten über Morningstar, den Selbstmord meiner Mutter und das Buch herausgekommen waren. Details wie zum Beispiel, wie viele Lichtträger 1989 dort gewesen waren; Bilder eines hübschen jungen, blonden Mannes mit zaghaftem Lächeln – Tristan – und Hintergründe seines grausamen Selbstmords im Ausland; Bilder von Tess, einer attraktiven, kräftigen Frau mittleren Alters mit grau meliertem Haar, die in die Kamera lächelte. Lauter Informationen, die nicht unbedingt miteinander zusammenhingen, wie Rob Howarth hätte einwenden können, und es doch irgendwie taten.

Ich bog ab und fuhr zurück in Richtung M25. Wir waren etwa zwanzig Minuten vom Treffpunkt entfernt.

Als ob Max meine veränderte Haltung ihm gegenüber spürte, drehte er sich zu mir und lächelte mich an. »Sie brauchen nicht nervös zu sein. Aaron Kessler ist bestimmt sehr charmant. Das ist er immer, wenn er etwas will.«

Ich nickte geistesabwesend. Hinter uns erhoben sich die Streben der Queen Elizabeth Bridge wie eine Fata Morgana in der Ferne, die Umrisse vom Sonnenlicht umrahmt, nur für einen Augenblick, bevor sich der graue Schatten der Wolken darüberschob.

Durch den kleinen Spalt des Fensters auf der Fahrerseite wehte der Geruch nach Regen und Asphalt herein und riss mich aus meinem übernächtigten, überreizten Zustand.

»Was meinen Sie, wie es weitergeht, wenn wir das dritte Notizbuch nie finden?«, fragte ich.

Ich hatte Max nichts von der Entdeckung erzählt, die ich gestern Abend auf dem alten PC meiner Mutter gemacht hatte, und all meine Instinkte während dieser Fahrt sagten mir, dass dies die richtige Entscheidung gewesen war, zumindest vorerst. Zumindest, bis ich es gelesen hatte.

»Was?«, fragte er. Er schien abgelenkt – sein Handy vibrierte ständig, und er leitete Anrufe um. Vielleicht war er sehr beschäftigt, aber ich erinnerte mich nicht daran, dass er so gefragt gewesen war, als wir letzte Woche gemeinsam zu Mittag gegessen hatten.

»Was wohl passiert, wenn wir das Notizbuch nie finden?«, fuhr ich fort. »Wenn es für immer verschwunden bleibt?«

»Na ja, wie gesagt, das Material, das wir haben, ist an sich schon interessant. Wir können es auf jeden Fall verwenden – in der einen oder anderen Form. Jetzt ist der perfekte Zeitpunkt für ein Enthüllungsbuch über Aaron Kessler und seine Gruppe, bei dem Wirbel, den dieser Fall in der Öffentlichkeit ausgelöst hat.«

»Kann schon sein.« Wir erreichten die Autobahn. Mir war flau im Magen. »Kann schon sein.«

Schweigend fuhren wir bis nach Lullingstone und bogen schließlich auf den Parkplatz ein, den Emily Corben vorgeschlagen hatte. Er war von großen Bäumen mit ausladenden Ästen umgeben, und als ich ausstieg, schlug mir drückende Schwüle entgegen. Ich trug das leichteste Businesskostüm, das ich besaß, und trotzdem sammelten sich bereits Schweißperlen im Nacken und liefen mir in den Ausschnitt. Ich war froh, dass ich kein Make-up aufgelegt hatte.

Max sprang aus dem Auto, und abermals wunderte ich mich über seinen Enthusiasmus, während ich ihm folgte und das Auto hinter mir abschloss, meine Tasche über der Schulter. Der Parkplatz war so gut wie leer, und ich entdeckte nichts, was nach einer Luxuslimousine mit Chauffeur aussah, es sei denn, Kessler wäre inzwischen gezwungenermaßen auf einen VW Polo mit verbeultem Kotflügel umgestiegen.

»Was meinen Sie, wie es laufen wird?«, fragte ich und schlang trotz der Hitze die Arme um den Oberkörper.

»Keine Ahnung. Wir können ihn wegen Peter Clay unter Druck setzen – er weiß nicht, dass wir das dritte Notizbuch noch nicht haben.«

»Kann sein.«

»Die Berichte in den Medien und die Publicity haben ihn bestimmt verunsichert. Wenn wir jetzt ein Exklusivinterview bekommen …«

Ich warf ihm einen Seitenblick zu und legte schützend die Hand auf mein Handy.

»Was soll das denn heißen? Was für ein Exklusivinterview?«, fragte ich entgeistert.

In diesem Moment traf der Wagen ein, und es konnte keinen Zweifel daran geben, dass es der richtige war, obwohl es sich nicht um den Bentley aus den Notizbüchern handelte, sondern um einen glänzenden, silbergrauen Mercedes-Benz, gefahren von einem Mann in anthrazitfarbener Uniform mit Schirmmütze.

Als der Wagen auf uns zurollte, sah ich Max an, mit seiner Hipster-Frisur, den spitzen Schuhen und dem begierigen Blick. Seine Aufregung war so offensichtlich. Sie brachte seine Augen zum Leuchten.

Und plötzlich wusste ich, dass es stimmte, was ich den ganzen Weg hierher gedacht hatte.

»Sie haben das arrangiert«, hauchte ich. »Sie haben das alles arrangiert.«

Er lächelte unverändert weiter; nur blinzelte er mehr als zuvor.

»Was wollen Sie damit sagen?«

»Sie haben den Reportern von Morningstar erzählt, davon, dass meine Mutter bei der Sekte war, und von den Verbindungen zu Tess und den anderen!«, stieß ich hervor. »Die haben das alles von Ihnen!« Ich musste meinen aufsteigenden Zorn und das Gefühl, verraten worden zu sein, unterdrücken, damit all das, einmal entfesselt, nicht überkochte. »Ich konnte mir nicht erklären, wo die Medien so schnell alle Informationen ausgegraben hatten, wie sie auf das alles gekommen waren, wie sie die einzelnen Fakten miteinander verknüpft hatten.« Ich schäumte vor Wut. »Sie hatten das alles von Ihnen!«

»Sophia, das ist wirklich …«

»Wahr!«, fauchte ich. »Es ist wirklich wahr, stimmt's, Max? Sie wollten Interesse für das Buch wecken. Und nur deshalb haben Sie mich und meinen kranken Vater in eine unerträgliche Lage gebracht – die Reporter haben uns im Krankenhaus gejagt wie Tiere. Mein Gott, haben Sie auch dieses Treffen mit Aaron Kessler eingefädelt? War das Ihre Idee? Haben Sie ihm eingeflüstert, dass er sich mit mir in Verbindung setzen soll?«

»Sophia, jetzt beruhigen Sie sich doch! Das ist eine einmalige Gelegenheit für uns alle – auch für Ihren Vater. Und außerdem tun wir das schließlich für Nina …«

»Wagen Sie es bloß nicht, mir zu sagen, ich soll mich beruhigen! Wagen Sie es nicht, den Namen meiner Mutter auszusprechen! Wann hatten Sie vor, mich einzuweihen? Sie skrupelloser Mistkerl!«

»Jetzt warten Sie doch mal«, sagte er, und seine Stimme klang eine Oktave höher und ein wenig verzweifelt. »So ist es doch gar nicht.«

Aber so war es. So war es tatsächlich. Es war die einzig plausible Erklärung.

Ich wusste auf einmal, was ich als Nächstes tun würde, aber ich würde es nur schaffen, wenn ich über den Wahnsinn dieser Entscheidung nicht lange nachdachte.

Er war absolut darauf angewiesen, bei dem Treffen mit Aaron Kessler dabei zu sein, um sein »Exklusivinterview« zu ergattern.

Ich zwang mich, nach außen hin ruhiger zu werden, und sah ihn nur traurig und kopfschüttelnd an, als akzeptierte ich meine Niederlage. Ich öffnete die hintere Tür und schlüpfte rasch in den Fond von Kesslers Limousine.

Dadurch war Max gezwungen, außenherum zur anderen Tür zu gehen, was mir alle Zeit der Welt ließ, mich hinüberzulehnen und sie zu verriegeln.

»Fahren Sie los«, sagte ich zu dem Chauffeur, während Max ein paar Mal versuchte, die Tür zu öffnen, da er es wohl noch nicht richtig kapiert hatte. »Sie sind nur meinetwegen hier, oder?«

Der Fahrer sah mich über die Schulter hinweg an, als Max an das Fenster klopfte und immer noch glaubte, es sei ein Versehen. Der Fahrer war jung, sein Kopf unter der Mütze rasiert, und blumige Tattoos rankten sich von der Brust aus hoch bis zum Hals.

Er nickte.

»Dann fahren Sie los. Ohne ihn. Nur mit mir.«

Max klopfte jetzt an die Tür und sagte: »Sophia? Sophia!«

Obwohl seine Stimme von den getönten Scheiben gedämpft wurde, war die Panik deutlich zu hören.

»Fahren Sie los«, sagte ich noch einmal. »Bringen Sie mich nach Morningstar.«

KAPITEL 29

Der bedeckte Himmel klarte während der Fahrt zu Aaron Kessler nicht auf – dunkelgraue Wolken ballten sich am Horizont zusammen. Durch die Lücken fielen jedoch hier und da Sonnenstrahlen, die Raps- und Maisfelder in mattem Gold aufleuchten ließen, als wäre ein dünner Streifen Sommer zwischen Himmel und Erde gefangen.

Ich hielt mein Smartphone in der Hand und tat so, als wäre ich damit beschäftigt, Textnachrichten zu beantworten. Ich wollte den Eindruck erwecken, mit der Außenwelt verbunden zu sein – als ob man mich vermissen würde, wenn mir etwas zustieße.

Die meiste Zeit jedoch versuchte ich weiterhin, das Passwort zu erraten.

kreativerfunke1?

Nein. Mist!

Als meine Wut und Empörung allmählich nachließen, fragte ich mich, ob ich überreagiert hatte. Max war ein hinterfotziger Scheißkerl, das schon, aber jetzt wäre es mir doch lieber gewesen, er säße neben mir.

Schrittweise wuchs meine Angst. Ich hatte kein Bedürfnis mehr, Aaron Kessler kennenzulernen – ich wollte nur noch nach Hause, mich unter die Bettdecke verkriechen oder vielleicht noch in Ruhe etwas zu essen für meinen Vater vorbereiten.

Hör auf, Sophia. Sei kein Feigling. Stell dich diesem Mann. Du schuldest es deiner Mutter. Du schuldest es Tess.

Mein Handy meldete sich. Ich hatte eine E-Mail erhalten.

Sophia,
wir müssen über Scottish Heritage reden. Wir sehen uns morgen Mittag.
James

Ich seufzte. Amity. Die Firma war das Letzte, woran ich gerade dachte. Ich hatte es satt, mir deswegen ständig Sorgen zu machen und mich in der Defensive zu fühlen. Entweder gefiel ihnen der Entwurf für Scottish Heritage oder nicht. Entweder sie gestanden mir zu, mit diesen außergewöhnlichen Ereignissen fertigzuwerden oder nicht. Aber ich würde ihnen nicht noch mehr von meiner Kraft opfern. Ihnen nicht und schon gar nicht Benjamin.

Sollten sie mich doch feuern, wenn sie wollten. Letztendlich war es nur ein blöder Job.

Ich sah den Fahrer an.

»Entschuldigung, wie lange dauert es denn noch?«

Er tat, als hörte er mich nicht.

»Entschuldigung«, wiederholte ich lauter. »Wie lange noch?«

»Vierzig Minuten«, antwortete er. Aber er ruckte mit dem Kopf, als sei er nervös, und unter den Tätowierungen, die unter seinem Kragen hervorschauten, entdeckte ich es – ein Kreuz in einem Kreis.

»Sie sind einer von ihnen.«

Er antwortete mir nicht.

»Sie gehören zum Orden – Sie sind ein Lichtträger. Ich erkenne das Tattoo.«

Er schaute weiterhin stur durch die Windschutzscheibe.

»Wie lange sind Sie schon bei Morningstar?«, fragte ich.

Immer noch keine Antwort.

»Sie dürfen nicht mit mir reden, oder?«

Nach ein paar weiteren Sekunden Stille seufzte ich und wandte mich wieder meinem Handy zu, eine Gleichgültigkeit vortäuschend, die ich nicht empfand. Ich fragte mich, ob er sah, wie meine Finger zitterten, als sie den Bildschirm berührten.

Lichttraeger …

Nein. Hast du gestern Abend schon versucht.

»Wie Sie wollen«, murmelte ich.

***

Nach einer halben Stunde Fahrt auf schmalen Straßen durch den Wald waren wir plötzlich da – der Wagen bog ab und hielt vor einem Tor aus Holz und Schmiedeeisen, eingelassen in eine hohe Mauer. Der Fahrer lehnte sich aus dem Fenster und gab einen Code in einen Metallkasten ein, der an einem Pfahl befestigt war.

Ich rutschte auf dem Rücksitz hoch, schluckte heftig und legte das Handy weg.

Wir rumpelten über die Einfahrt, die in den Notizbüchern beschrieben wurde. Der gepflegte Kiesweg zog sich in einem Bogen in Richtung Haus, das von sauber geschnittenen Hecken und Solarlampen gesäumt war.

Das Haus war genau dasselbe und doch auch ganz anders, als ich es mir vorgestellt hatte. Es war eine Art befestigtes Tudor-Herrenhaus, umgeben von einem Wassergraben und mit Bleiglasfenstern. Mir wurde klar, warum es für meine Mutter wie ein Schloss ausgesehen haben musste, doch in Wirklichkeit war es nicht sehr groß, und die Zugbrücke sah aus wie eine Rekonstruktion aus viktorianischer Zeit – es war hauptsächlich eine Spielerei, der Auswuchs eines historischen Gebäudes, bemalt und aufgemotzt zu etwas, das es gar nicht war.

Was mir sofort auffiel, war der Komplex auf dem hinteren

Teil des Grundstücks. Nüchterne neue Wohnblocks waren dort gebaut worden, etwa drei Stockwerke hoch, die vermutlich alle noch nicht existiert hatten, als meine Mutter zum letzten Mal hier gewesen war. Es waren insgesamt vier, die sich um ein niedriges Flachdachgebäude gruppierten. Es schien entweder ein Speisesaal oder ein Versammlungsort zu sein.

Die Geschäfte schienen gut zu laufen.

Ich wurde an Apfelbäumen und Bienenstöcken vorbeigefahren, einem akkurat gestutzten Heckenlabyrinth – es musste das Eibenlabyrinth sein, von dem ich gelesen hatte – und drei glänzenden, gepflegten Range Rovern, die auf der Seite die Aufschrift »Gesellschaft für Spirituelle Erneuerung« und das Kreuz-Kreis-Logo trugen.

Es war gespenstisch, diesen Ort zu sehen, den meine Mutter als eine Art Paradies empfunden hatte, und ihn hübsch und blühend, aber dennoch außerordentlich geschäftsmäßig zu finden. Seelenlos, konnte man sagen.

Ich fühlte mich stellvertretend für sie seltsam betrogen.

Eine Frau wartete an der Tür – um die dreißig und gut aussehend, in einem schicken grauen Anzug; ihr Haar mit exquisiten blonden Strähnchen, die einen guten Koloristen verrieten. Sie betrachtete mich, ohne zu lächeln, als der Wagen vorfuhr. Von der Art, wie sie angezogen war, bis hin zu der Art, wie sie mich beobachtete, wirkte sie wie jemand, der zwar das Verhalten eines normalen Menschen nachahmte, aber wenig bis gar keine Beziehung zur realen Welt hatte.

Hinter den oberen Fenstern bemerkte ich eine Bewegung. Ein Gesicht war erschienen, dann noch eines, aber sie verschwanden schnell, als sie mich aufblicken sahen.

Mir wurde klar, dass ich bis zu diesem Moment keine Angst gehabt hatte – keine richtige Angst.

Die Wagentür wurde mir geöffnet, und ich trat in die Stille vor dem Sturm. Trotz unserer Businessoutfits war mir, als besuchte ich einen von der Außenwelt abgeschnittenen Stamm am Amazonas, der jeden Moment auf unvorhersehbare Weise reagieren konnte, Vorschriften und Ansichten folgend, die ich nur erahnen konnte.

Das Amulett der Frau hing an einer dünnen Goldkette um ihren Hals. Sollte sie meinen Blick registriert haben, so ließ sie sich nichts anmerken.

»Sophia Mackenzie? Ich bin Emily. Bitte folgen Sie mir.«

Sie reichte mir nicht die Hand und erkundigte sich nicht nach meiner Fahrt. Stattdessen drehte sie sich auf dem Absatz um, und ich hielt mich in ihrem Kielwasser, meine Handtasche unter dem Arm, und folgte ihr über die kleine Zugbrücke und durch die große Tür.

Mir wurde einiges klar.

Durch meine Arbeit weiß ich, dass ein Gebäude wie dieses immense Instandhaltungskosten produziert. Selbst ein kleines befestigtes Herrenhaus mit großzügigem, aber nicht weitläufigem Grundstück wie dieses würde zwischen fünfzig- und siebzigtausend Pfund pro Jahr kosten. Die Wohnblocks auf der Rückseite mit ihrer Fassadengestaltung sowie die Landschaftsarchitektur sahen locker nach einer Million Pfund aus.

Aaron Kessler hatte offensichtlich kein Problem, so viel Geld zu beschaffen. Selbst ohne seine Anhänger wäre er mit solch einer Finanzkraft im Rücken ein schwieriger, hartnäckiger Feind.

Mein Guide schwieg. Fast schien sie vor mir herzugleiten.

Als wir ein großes Wandbild passierten, erkannte ich, dass es das Symbol des Ordens war, geschmiedet in Eisen und Gold, vor einer bunten Seidenkulisse. Davor stand ein Altar mit frischen Blumen. Das Ensemble strahlte vor Leben.

Im Vorbeigehen machte Emily eine kleine Geste der Ehrerbietung.

Ich war erstaunt über den völligen Gegensatz zwischen Schein und Glauben – und voller Fragen. Was genau verehrten sie hier? Wie konnte eine kleine Gruppe von Gläubigen, die sich um einen verwöhnten und launischen großen Jungen scharten, zu diesem … diesem … was auch immer es war werden?

Ich erkannte, dass ich hinauf auf die lange Galerie geführt wurde. An ihrem Ende befand sich offensichtlich Aarons Arbeitszimmer, in dem meine Mutter damals den Safe hatte öffnen sollen. Daraufhin war sie in der Scheune gelandet und fast erfroren.

Ich drückte meine Tasche enger an mich.

Es gab keine Anzeichen von anderen Leuten, aber ich wusste, dass sie da waren. Was wie Stimmen geklungen hatte, verstummte hinter verschlossenen Türen, als unsere Schritte hörbar wurden. Über uns knarrten Balken, und irgendwo unten erklang schwach das Klappern von Töpfen.

Dann stand ich plötzlich vor der Tür, und Emily klopfte an, so demütig und ehrerbietig, als störe sie den Papst persönlich.

»Ja?«, ertönte eine tiefe Männerstimme. »Was ist?«

»Sophia ist gekommen.«

Was für eine seltsame Wortwahl.

Schweigen. Dann: »Schicken Sie sie rein.«

Sie öffnete die Tür, und da dies der Grund für mein Kommen war, trat ich ein, obwohl meine Knie zitterten.

***

Der Raum war kleiner, als ich ihn mir vorgestellt hatte. Er erinnerte mich in seiner ausgesuchten Unordnung an den Schuppen meines Vaters – nur dass der Schuppen meines Vaters keinen Fellteppich und keinen offenen Kamin hatte, der jetzt, im Sommer, dunkel und leer war.

Eine Uhr auf dem Kaminsims tickte vernehmlich.

Aaron Kessler selbst saß auf einem kunstvollen Schreibtischstuhl aus Holz. Die Teppiche waren dick und federnd, die Möbel makellos abgestaubt, aber vollgestellt mit kleinen Bildern, Ornamenten und Kunstgegenständen; frische Blumen standen in einer Vase auf dem Kaminsims. Meine Mutter hatte damals Goldene Schallplatten und Bandfotos erwähnt, aber davon war jetzt keine Spur mehr zu sehen. Seine Identität als Sänger der *Boarhounds* hatte Aaron Kessler wie eine Schlangenhaut abgestreift.

Inzwischen war er seine eigene Schöpfung.

Und anders als das Haus war er fast genau so, wie ich ihn mir vorgestellt hatte. Langes dunkles, seidig glänzendes Haar umrahmte sein Gesicht. Ich fragte mich, ob er es gefärbt hatte. Seine Augen waren braun – so dunkel, dass sie bei bestimmten Lichtverhältnissen pupillenlos aussahen.

Es schien keinen anderen Stuhl in dem Raum zu geben als den, den er besetzt hatte. Mir wurde klar, dass von den Leuten, die hierherkamen, erwartet wurde, dass sie standen, während sie mit ihm sprachen.

»Wollen Sie mir keinen Sitzplatz anbieten?«, fragte ich.

Er betrachtete mich lange und intensiv; dann stand er auf und bot mir schweigend, mit einem trägen Wink, seinen Stuhl an.

Überraschend behände für sein Alter schwang er sich auf den Schreibtisch vor dem Bürostuhl.

»Danke.« Ich setzte mich, fühlte mich aber unbehaglich, weil ich die Wärme seines Körpers noch spüren konnte.

Ich hatte falsch gelegen. Er war weder unheilvoll noch mystisch, was ich als absurd empfunden hätte, noch fröhlich und freundlich, was mir unaufrichtig erschienen wäre, noch distanziert, was mich befremdet hätte.

Aber du hast es doch vorher gehört. Er ist immer der, den du in ihm sehen willst.

Er trug ein weißes Hemd, das heute zum Glück zugeknöpft war, und eine dunkelgraue Hose – keinen Businessanzug wie Emily. Er trug kein Amulett und keinen Schmuck.

»Ah, da bist du ja endlich, Sophia.« Er lächelte leicht und neigte den Kopf zur Seite. »Du hast mich warten lassen.«

»Ich bin pünktlich.«

Er lachte. »Ja, vielleicht bist du das.« Seine Augen verengten sich. »Warum bist du gekommen?«

»Sie haben mich eingeladen.«

»Ja, ich weiß. Meine eigentliche Frage ist: Warum hast du die Einladung angenommen?«

»Ich bin wegen meiner Mutter hier. Ich weiß nicht, ob Sie sich an sie erinnern.«

»Natürlich erinnere ich mich an Nina.« Er verschränkte die Arme vor der Brust. Durch das Hemd waren seine Muskeln zu sehen, die noch immer erstaunlich definiert waren. Er sah sehr gut aus, und das lenkte mich ab.

»Na schön. Ich glaube nämlich, dass hier viele Mädchen durchgewandert sind und Sie sich nicht an alle erinnern.« Ich verschränkte ebenfalls die Arme. War das richtig? Spiegelte ich sein Verhalten? Ich löste sie wieder.

»Möchtest du etwas trinken?«

»In Anbetracht der Tatsache, dass ich die Notizbücher meiner Mutter gelesen habe, kann ich Ihre Frage bedenkenlos mit ›Nein‹ beantworten.«

Sein Lachen war so ungezwungen und heiter, als hätte ich einen kleinen Witz über das Wetter gemacht, nicht über Drogen und sein grässliches Ritual. Er hatte weiße Zähne. Genau wie der Wagen war er zumindest gut gewartet.

»Das ist lange her. Und so viel Angst kannst du nicht vor mir haben, Sophia, sonst wärst du nicht alleine hergekommen. Nachdem ich mit Max Clarke gesprochen habe, weiß ich, dass du ihn auf der Fahrt an die Luft gesetzt hast und nicht er dich im Stich gelassen hat.«

Ich wusste nicht, was ich dazu sagen sollte, also zuckte ich einfach mit den Achseln. »Hier geht es um eine Familienangelegenheit.«

»Da hast du vollkommen recht.«

Er war sofort ernst geworden, und seine dunklen Augen sahen mich an. »Du hast Fragen an mich.« Er breitete die Arme aus, als mache er sich bereit, ein Orchester zu dirigieren. »Und du bist von weit her gekommen. Was möchtest du von mir wissen?«

»Haben Sie meine Mutter getötet?«

»Soweit ich weiß, hat Nina sich umgebracht.«

»Sie wurde in den Selbstmord getrieben – durch die Einbrüche, die Schikanen. Mein Vater sagt, sie konnte es nicht mehr ertragen. War das Ihre Schuld? Ich frage Sie noch einmal: Haben Sie meine Mutter getötet?«

Wieder sah er mich kopfschüttelnd an, als hätte ich ihn enttäuscht.

»Nein. Aber das weißt du ja bereits.«

»Woher sollte ich das wissen?«

»Weil du alles weißt, Sophia, wenn du nur in dich hineinschauen würdest. Du bist die Weltseele. Du bist die Verkörperung der göttlichen Weisheit.«

Kurze Pause.

»Das bin ich keinesfalls«, erwiderte ich. »Und ich fürchte, ich werde darauf bestehen müssen, dass wir dieses Gespräch auf die reale Welt beschränken. Ich teile Ihren Glauben nicht.«

»Du hast keine Ahnung, was du bist, also woher willst du das wissen?«

»Mr. Kessler …«

Wieder dieses Lachen, tief und voll. »Mr. Kessler! Warum so förmlich? Du hast mir doch schon erlaubt, dich Sophia zu nennen.«

Mich beschlich ein ganz merkwürdiges Gefühl – als begutachtete mich dieses Raubtier auf meine Raubtiereigenschaften, stellte fest, dass sie mir fehlten, und wäre darüber irgendwie persönlich enttäuscht.

Ich starrte ihn einfach nur an. *Gib jetzt nicht nach.*

»In Ordnung, wenn du es so willst.« Er lächelte und schüttelte den Kopf, als ließe er einem Kind seinen Willen. »Dann machen wir es eben auf die langweilige, ineffiziente Art. Du weißt, dass ich Nina nicht getötet habe, weil ich keine Gelegenheit, keine Mittel und kein Motiv hatte.« Er lächelte wieder. »Habe ich etwas ausgelassen?«

»Ich glaube, Sie hatten alle drei.«

»Wie meinst du das?«

»Sie haben Leute geschickt, um meine Mutter zu belästigen. Als Paracelsus Ihnen mitteilte, dass sie ihre Notizbücher veröffentlichen wollte, haben Sie sie aufgespürt, und Ihre Lichtträger haben meinen Eltern das Leben zur Hölle gemacht, bis meine Mutter …«

»Du hast keine Ahnung, warum du hier bist, oder?« Er lächelte mich vage und ein wenig mitleidig an. »Warum ich dich eingeladen habe? Ich frage mich, ob du Ninas Notizbücher überhaupt gelesen hast.«

Diese Bemerkung hatte etwas so Orakelndes, dass ich aufmerkte.

»Also, warum bist du den ganzen Weg hierhergekommen, ohne zu wissen, warum? Hmm. Jetzt fühle ich mich schlecht. Als hättest du mir gegenüber einen Nachteil.«

»Ich hätte gedacht, so etwas gefällt Ihnen«, erwiderte ich ruhig.

»Keineswegs!« Er ließ die Fersen gegen den Schreibtisch baumeln. »Ich merke dir an, dass du glaubst, ich hätte etwas gegen dich und ich hätte auch etwas gegen Nina gehabt, dabei will ich nur das Beste für dich, Sophia. Ich wollte auch nur das Beste für Nina, aber letzten Endes war sie wie alle anderen …« Sein Blick huschte an die Decke, dann zurück zu mir. »Sie hatten zu viel negative Energie.«

Sein Egozentrismus war atemberaubend.

»Was ist mit Tess?«, fragte ich. »Musste sie deshalb sterben? Weil sie nicht positiv genug war?«

Er warf die Hände in die Luft, als sei das vollkommener Unsinn. »Das war ein Unfall. Karen ist schon seit Jahren psychisch krank. Aber was sollten wir tun? Sie rauswerfen? Unsere Lebensweise hier ist inzwischen anspruchsvoller als zu Zeiten deiner Mutter – wir haben aufgehört mit den Drogen und dem dekadenten Leben.« Er seufzte. »Es war eine Tragödie und eine Lehre für uns alle.«

»Vor allem eine Lehre für Tess.« Ich hielt meine bandagierten Hände hoch. »Und für mich.«

»Tess hätte nicht sterben müssen. Ihr Tod nutzt niemandem. Jahrelang haben wir uns gegenseitig beharkt, nachdem sie den Kreativen Funken gegen ihren Herrn und Erlöser Jesus Christus eingetauscht hatte«, sagte er, Letzteres in spöttischem Tonfall. »Ihr Tod hat uns nichts als negative Publicity beschert.« Er schnaubte. »Das ist ihr zu ihren Lebzeiten nie gelungen.«

Wieder sah er mich mit leicht zusammengekniffenen Augen an. »Und was dich angeht, Karen hätte dir nie ein Haar gekrümmt. Sie wusste, wer du bist.« Mit einer raumgreifenden Geste schien er das ganze Gebäude anzudeuten. »Sie alle wissen, wer du bist.«

Ich?

»Und wer genau bin ich?« fragte ich.

»Ich habe es dir gesagt, Sophia. Du bist die Weltseele. Du bist göttliche Weisheit, hineingezwängt in einen sterblichen Traumzustand, eine Art Dornröschenschlaf. Am Ende wird dein Prinz kommen, um dich zu küssen, du wirst erwachen, und die Welt, wie wir sie kennen, wird untergehen.«

Während dieser Ansprache veränderte sich sein Gesichtsausdruck kein bisschen.

»Wirklich?« Ich seufzte. »Ich habe das wohl geradezu herausgefordert, oder? Sie scheinen wirklich eine Menge über mich zu wissen.«

»Natürlich tue ich das.« Er hob die Augenbrauen und legte den Kopf schief. »Ich habe dich schließlich erschaffen.«

»Wie bitte?«

Er spitzte die Lippen, als dächte er nach. »Na ja, Nina war auch daran beteiligt.«

Ich verstand ihn sofort, obwohl ich es nicht wollte. Ich öffnete den Mund und schloss ihn wieder.

»Was wollen Sie damit andeuten?«, fragte ich. Meine Kehle war staubtrocken.

»Jetzt stell dich doch nicht dumm, Sophia. Das steht dir nicht. Das war eine Feststellung, keine Andeutung. Du bist anders. Du gehörst mir. Wir alle haben das Ritual durchgeführt, um den Kreativen Funken herabzurufen, und es hat funktioniert. Nina hat den Heiligen Trank getrunken. Ich habe mich in sie ergossen, und sie trug Früchte. Diese Frucht bist du.«

Ein tiefes Schweigen folgte auf diese Aussage, das nur durch das träge Ticken der Kaminuhr durchbrochen wurde.

Deshalb war ich hierher eingeladen worden. Er hatte damit gerechnet, dass ich ihn damit konfrontieren würde.

Und deswegen ging er davon aus, dass ich noch nicht alle Notizbücher gelesen hatte.

Oh, mein Gott, was stand da sonst noch drin?

»Sie sind nicht mein Vater. Ich habe einen Vater. Jared Boothroyd.« Meine Stimme klang piepsig wie die eines kleinen Mädchens.

»Jared?« Seine Augen weiteten sich, und sein Mund verzog sich, als hätte er auf etwas Bitteres gebissen. »Jared, was? Du glaubst also wirklich, dieser Typ sei dein Vater? Nicht einmal er glaubt es, das garantiere ich dir. Warum solltest du seine Tochter sein?«

In dem Moment, als er es aussprach, wusste ich, dass es stimmte. Es ergab absolut Sinn.

Warum war ich nicht darauf gekommen, als ich über meine Mutter und ihre intensive sexuelle Beziehung – oder besser: Obsession – mit Aaron in den Monaten vor meiner Empfängnis gelesen hatte?

Doch diese Möglichkeit in Betracht zu ziehen, bedeutete, meine beiden Eltern noch einmal zu verlieren. Vor allem, meinen Vater erneut zu verlieren, oder zumindest meine biologische Verbindung zu ihm, nachdem ich ihn gerade erst zurückbekommen hatte.

Und trotz dieser perfiden Zweifel war mein Vater im Moment derjenige, nach dem ich mich am meisten sehnte.

»Ich will nach Hause!« Ich wusste, dass ich gleich anfangen würde zu weinen, und hätte mir lieber in den Hintern gebissen, als ihm diesen Anblick zu gönnen.

»Ich finde nicht, dass du dorthin zurückkehren solltest. Wir sollten reden, Sophia. Das wird vieles verändern.«

»Ich will nach Hause!«, rief ich. »Ich will jetzt sofort nach Hause!«

»Sophia«, sagte er im Befehlston eines Mannes, dem nur selten widersprochen wurde. »Bitte beruhige dich. Wir müssen uns ernsthaft über die Zukunft unterhalten.« Er stand auf und kam auf mich zu.

Ich hatte panische Angst, dass er mich berühren würde.

Ich würde keine Sekunde länger hierbleiben.

Ich sprang vom Stuhl auf und hechtete an ihm vorbei zur Tür. Es dauerte einen Moment, bis ich den mittelalterlichen Riegel aufgeschoben hatte, und Aaron hatte mich schon fast erreicht, als er endlich aufging. Schon war ich draußen auf der langen Galerie und rannte zur Treppe.

»HALTET SIE AUF!«, brüllte er und tauchte hinter mir im Korridor auf. Das Haus schien lebendig zu werden. Türen öffneten sich, und unten schienen irgendwie Hunderte von Sektenanhängern zu sein, die sich in den Fluren versammelten und durch die Spalte in kaum geöffneten Türen miteinander flüsterten, obwohl nicht mehr als zwanzig Personen im Haus gewesen sein konnten.

Als ich die Treppe hinunterstürzte, stand da die blonde Frau, Emily, und streckte ihre Arme aus, als wollte sie mich abfangen. Ich schlug einen Haken um sie, sie fluchte, ich lief zur Vordertür und schob sie auf.

Ich rannte über die Zugbrücke, dass die Holzbohlen unter meinen hämmernden Füßen wippten, sprang in den Wagen und schlug die Tür hinter mir zu.

»Fahren Sie los!«, schrie ich den Fahrer an, aber er tat es nicht.

Ich war nicht seine Chefin.

Sein Boss war Aaron, der eine Minute nach mir die Zugbrücke überquerte, sorgfältig darauf bedacht, nicht zu rennen. Aus der riesigen Eichentür sahen mich blasse Gesichter an. Sie waren alt, jung – es waren sogar ein paar Kinder darunter.

Eine der Gestalten, mit einer Art Pixie Cut und spitzem Kinn, meinte ich wiederzuerkennen.

Aaron lehnte sich über mich und sprach durchs Fenster mit mir.

»Sophia, bitte beruhige dich und komm wieder rein.«

»Nein! Auf gar keinen Fall! Lassen Sie mich jetzt gefälligst hier raus, und zwar sofort!«

»Es gibt so viel zu erzählen, so vieles, das du nicht verstehst.«

»Wenn Sie mich nicht hier rauslassen«, schrie ich in meiner Hysterie, »rufe ich die Polizei, haben Sie mich verstanden?« Ich fuchtelte mit meinem Handy.

Ich hatte genug Offenbarungen für einen Tag gehört. Ich musste nach Hause, meine Wunden lecken und nachdenken.

Die Drohung mit der Polizei schien ihn umzustimmen.

»Wenn du dich beruhigt hast und wieder zur Vernunft gekommen bist«, sagte er, »reden wir noch einmal miteinander. Du musst das jetzt erst mal verarbeiten. Das verstehe ich.« Lächelnd trat er einen Schritt zurück. »Wir unterhalten uns bald wieder.«

Er schlug auf das Dach, und der Fahrer fuhr los. Ich schluchzte.

Ich hatte keine Ahnung, wohin er mich bringen würde. Durch meine Tränen hindurch erkannte ich, dass wir den gleichen Weg zurück nach Lullingstone fuhren, den wir gekommen waren.

Ein paarmal bemerkte ich, wie mich der Fahrer im Rückspiegel musterte. Ich sah nur seine Augen, doch sein Gesicht musste angespannt sein, so wie die Muskeln in seinem rasierten Nacken arbeiteten.

Er fuhr auf den Parkplatz neben meinen Ford KA. Ich fragte mich, woher er wusste, dass ausgerechnet dieses Auto meines war.

Er stieg aus, öffnete die Tür und hielt sie mir auf.

»Kommen Sie allein zurecht?«, fragte er. »Soll ich jemanden benachrichtigen? Oder möchten Sie wieder mit zurückfahren?«

Es war das erste Mal, dass ich ihn richtig sah. Er wirkte noch sehr jung und sehr nervös, als wäre selbst dieses kleine bisschen Interaktion mit mir verboten.

»Machen Sie sich keine Sorgen um mich«, murmelte ich. »Mir geht's gut.«

»Ich muss mir aber Sorgen machen«, erwiderte er.

In dem Moment war ich dankbar, dass zumindest ein Mensch Mitgefühl mit mir zeigte.

Dann sagte er: »Du bist die Heilige Frau. Die Weltseele.«

Ich stieg aus dem Wagen aus, ohne ein weiteres Wort zu sagen oder mich noch einmal umzublicken.

KAPITEL 30

»Und, wie ist es gelaufen?«, fragte Rowan.

Ich war wieder in meinem Auto.

Ich hatte seit zwei Stunden dort gesessen, vielleicht etwas weniger. Der Mercedes war davongeglitten und hatte mich allein und verzweifelt zurückgelassen. Alles erschien mir unwirklich.

Von Max keine Spur. Ich fragte mich, wie er zurück nach London gekommen war. Hauptsächlich war ich jedoch erleichtert, dass er nicht bei mir war.

Was soll das? Max weiß natürlich, dass Aaron Kessler dein Vater ist.

Der Gedanke kam mir sofort. Er wusste es, natürlich wusste er es. Schon bei meinem ersten Anruf, bei dem ich ihm vom Tod meiner Mutter erzählt hatte, hatte er in einem so merkwürdigen Tonfall gefragt: »Spreche ich mit *Sophia?*«

Er wusste es. Meine Mutter musste es ihm gesagt haben.

»Du, Rowan, ich … ich weiß wirklich nicht …«

»Soph?«

»Ich …«

Und dann brach ich wieder in Tränen aus.

»Soph? Sophia! Haben sie dir wehgetan?«

»Nicht körperlich.«

»Ich komme dich holen.«

»Nein«, widersprach ich und riss mich zusammen. »Brauchst du nicht. Mit ist nichts passiert, es geht mir so weit gut. Es ist nur … na ja, ich habe so einiges erfahren. Weiß Dad, wo ich heute hingefahren bin?«

»Nein, ich glaube nicht.«

»Gut. Rowan, du musst mir versprechen, es ihm auf keinen Fall zu sagen.«

»Warum nicht?«

»Weil … weil die ein paar Dinge über Mum gesagt haben … Dinge, die er niemals erfahren darf, okay?«

Er schwieg. »In Ordnung. Ich weiß Bescheid. Aber ich habe auch wegen deines Vaters angerufen.«

»Was ist denn mit ihm?«

Rowan zögerte. »Er ist nicht er selbst. Ich mache mir Sorgen um ihn.« Er atmete aus. »Er sagt so merkwürdige Sachen. Er ist sehr aufgebracht wegen deiner Mutter.«

»Ich weiß, Ro, ich weiß.« Ich starrte aus dem Fenster hinaus auf die Bäume. Das Gewitter hatte noch nicht eingesetzt, würde aber nicht mehr lange auf sich warten lassen; die Luft war heiß, und es war windstill. »Ich weiß. Er ist wirklich wütend auf sie.«

Und wenn er je erfahren würde, was ich gerade erfahren habe … Oh, mein Gott, woher sollte er wissen, dass Aaron mein Vater war? Er hatte nicht einmal gewusst, dass meine Mutter in der Sekte gewesen war!

Er durfte es niemals erfahren.

»Ich bin auf dem Rückweg. Wir sehen uns nachher.«

»Okay, Soph. Fahr vorsichtig.«

Er legte auf.

Ich blieb noch eine ganze Weile sitzen und starrte auf mein Handy. Das dritte Notizbuch war wieder zum Greifen nah, dieses leere Feld mit der Frage nach einem Passwort. Ich musste Dutzende eingegeben haben, seitdem ich gestern Abend das Dokument gefunden hatte. Meine zerschnittenen Handflächen schmerzten von der Anstrengung.

Aaron hatte mich »die Weltseele« genannt.

Und der Fahrer auch.

Aus einem Impuls heraus gab ich »Weltseele« ein.

Dann »WeltSeele«.

Dann »DieWeltSeele«.

Und daraufhin öffnete sich das Dokument.

DAS DRITTE NOTIZBUCH

KAPITEL 31

An den Morgen nach dem Ritual habe ich nur noch wenige Erinnerungen, Sophia. Ich weiß noch, dass mir unerträglich übel war und ich überall blaue Flecken hatte. Außerdem hatte ich einen bitteren, chemischen Geschmack im Mund. Sie hatten mich auf dem Rasen in der Nähe des Eibenlabyrinths aufgelesen, als die Sonne über den zerzausten Wipfeln der Büsche aufging. Undeutlich nahm ich Lucy und Tristan wahr, die sich beide eine Jacke über ihr Gewand geworfen und Gummistiefel angezogen hatten. Sie drängten: »Aufstehen, los, steh auf, du musst aufstehen«, und erschöpft, wie ich war, reagierte ich am Ende auf die nackte Angst in ihrer Stimme und ließ zu, dass sie mich zurück zum Haus führten.

Das Gefühl kehrte in meine Füße zurück, und meine Zehen brannten vor Schmerz. Ich zitterte, aber hauptsächlich wollte ich schlafen.

»Wo ist Aaron?«, fragte ich. Die Morgendämmerung leuchtete rosarot, der Himmel sah aus wie Blut in Badewasser.

»Oben«, antwortete Tristan und bemühte sich, sorglos zu klingen, aber in seiner Stimme lag etwas Brüchiges.

»Ich hatte einen Albtraum. Tess hat geschrien, dass jemand tot wäre. Ist etwas passiert?«

»Nein, alles in Ordnung, Nina, hab keine Angst – alles wird gut«, beruhigte mich Tristan. »Aber wir müssen jetzt zurück zum Haus.« Er ging schnell, beide beeilten sich, aber ich hatte Schmerzen. Ich wollte, dass sie langsamer gingen. Ich griff nach Tristans Jacke, und als sich meine Hand um den Stoff schloss, sah ich, dass meine Finger mit etwas bedeckt waren, dunkelrote Schuppen von getrocknetem Blut, die sich von der Haut lösten, als ich die Hand bewegte.

Ich keuchte auf und blieb stehen.

Lucy drängte mich sanft, aber bestimmt weiter.

»Du musst in die Badewanne. Wir müssen uns alle waschen und anziehen, Nina.« Sie schob mich vorwärts. »Bevor die Polizei kommt.«

***

Ich stand unter der Dusche, und ich merkte mit einem kurzen Schrecken, dass Lucy mit mir unter der Dusche stand und immer noch BH und Slip trug, was seltsam war, aber nicht seltsamer als alles andere, was in den letzten Stunden passiert war. Unsere Gewänder lagen in einem Haufen auf dem Badezimmerboden, und irgendwann kam Tristan rein, hob sie auf und nahm sie mit.

Lucy wusch mir grob und rücksichtslos die Haare und schrubbte mir die Fingernägel. »Steh auf, Nina!«, befahl sie, als ich mich unter der Dusche ein wenig hinsetzen wollte, weil ich müde war.

Was auch immer der Heilige Trank enthalten hatte, es war stark gewesen, und es tat noch immer seine Wirkung in rhythmischen Schüben wie Wellen auf See. Manchmal war ich wach und erkannte, dass ich mit Blut bedeckt war und mich an nichts von dem Ritual erinnern konnte. Dann, wenige Minuten darauf, schmolz ich unter dem Wasser, und es schien mir, dass Lucy sang, als sich ihre Hände durch meine Haare bewegten, und wir jetzt Meerjungfrauen waren. Ich fragte sie immer wieder, was das für ein Lied sei.

»Verdammt, Nina, zum tausendsten Mal, ich singe nicht! Sei nicht albern und versuch, dich zu konzentrieren. Wir sind in Schwierigkeiten.«

Ich muss sie verrückt gemacht haben. Ich hatte eine größere Dosis erhalten. Der bittere, medizinische Geschmack war das Letzte, woran ich mich bewusst erinnerte. Wir hatten mit den anderen im Speisesaal gestanden, und Aaron hatte mir den halb vollen Becher mit blauroter Flüssigkeit gereicht, Wein, der mit Gott weiß was gemischt war, und ich hatte ihn auf seinen Befehl hin ganz ausgetrunken, nachdem die anderen nur ein paar Schlucke genommen hatten.

Lucy war jetzt natürlich nüchtern.

»Geht es Aaron gut?«, fragte ich. Zu meiner Schande muss ich zugeben, dass das alles war, was mich interessierte.

»Aaron geht es gut, Schätzchen.«

»Was ist mit den anderen?«

»Alles in Ordnung«, antwortete sie, aber ihre Stimme klang angespannt. »Wir werden das klären.«

Dann rubbelte sie mich grob ab, attackierte mein Haar mit Kamm und Föhn, und ich bekam mit, dass Tristan das Badezimmer gründlich mit Lappen und einem Zeug reinigte, das nach Bleichmittel roch.

Warum so pingelig? Außerdem hatte ich Tristan noch nie mit einem Putzlappen in der Hand gesehen.

»Gibt es keine Möglichkeit, sie irgendwie runterzuholen?«, fragte Tristan. »Sollen wir ihr vielleicht schwarzen Kaffee einflößen oder so?«

»Nein. Sie muss sich ausschlafen.«

Ich wurde die Treppe hinaufgeführt, die sich endlos hinzuziehen schien. Das Feuer in der langen Galerie war zu kalter Asche heruntergebrannt. Wir passierten die offene Tür zum Speisesaal.

Alle Spuren des Rituals waren getilgt, die Kerzen verschwunden. Der Saal sah seltsam leer aus, obwohl die Instrumente an ihrer üblichen Stelle standen.

Dann fiel mir fast nebenbei auf, was diese Leere verursachte. Das Filmequipment war verschwunden.

»Wo ist Aaron?«, fragte ich erneut. Ich war schläfrig. Ich hatte plötzlich das Gefühl, noch nie in meinem Leben so müde gewesen zu sein.

»Oben. Aber er schläft. Alle schlafen. Komm mit.«

»Du hast gesagt, die Polizei kommt.«

»Ja, es hat einen Unfall gegeben«, sagte Lucy. »Aber alles wird gut. Wir kümmern uns darum. Wir müssen einfach zusammenhalten, okay?«

Ihre Worte erfüllten mich mit so namenloser Angst, dass ich nur nicken konnte. Ich hatte einen kurzen Flashback, wie ich an Tristans Mantel gezerrt und das Blut an meinen Händen entdeckt hatte.

Hatte ich das geträumt? Das Blut? Ich konnte meinen Sinnen und Erinnerungen nicht trauen.

»Ich will aber schlafen.«

»Ja«, sagte Lucy. »Und das kannst du auch, Schätzchen.«

»Ist Aaron etwas passiert?«, fragte ich, endlich in der Lage, meine schlimmste Angst zu äußern. »Du würdest es mir doch sagen, oder?«

»Natürlich, Liebling.« Lucys Augen füllten sich mit Tränen. »Aaron geht es gut. Aber Peter … Peter hatte einen Unfall.«

Ich brauchte nicht weiterzufragen. Im tiefsten Innern wusste ich den Rest.

Ich blickte auf meine geschrubbte, inzwischen rosa angelaufene Hand und die wunde, empfindliche Haut unter meinen Fingernägeln.

Nichts würde je wieder so sein wie zuvor.

***

»Also, Miss Mackenzie, Sie wissen, dass wir nur eine Aussage von Ihnen brauchen.« Pause. »Sind Sie damit einverstanden?«

Ich war im Morgenzimmer. Vor mir saß ein großer Mann in einem grauen Mantel und mit dunkelblauer Krawatte, die ein Emblem ähnlich wie ein Dartsliga-Abzeichen trug. Er hatte einen winzigen Schnurrbart, fast, aber nicht ganz wie Hitler, Tränensäcke und lockiges Haar, durch das stellenweise seine rosa Kopfhaut schimmerte.

Sein Name, hatte er mir gesagt, sei Detective Inspector Derek Holmes, und er schrieb etwas auf einen großen Block.

Neben ihm saß ein kleinerer, dünnerer Mann, ebenfalls in einem schäbigen Anzug. Er wurde mir vorgestellt, aber ich erinnere mich nicht an seinen Namen. Er sagte nichts, sondern starrte mich nur an.

Ich hatte große Angst.

Ich war noch nie zuvor mit der Polizei in Kontakt gekommen, außer wenn ich mal nach dem Weg gefragt hatte. Und jetzt stand ich kurz davor, sie anzulügen.

Penelopes Verachtung für mich war völlig verschwunden gewesen, als sie mir die Geschichte, die sie sich ausgedacht hatte, und die Rolle, die ich darin spielen sollte, erklärt hatte; ihre Lippen waren ebenso weiß gewesen wie ihre Haut.

Wir müssten alles richtig machen, hatte sie mich beschworen. Jedes Detail musste passen. Wir stecken da jetzt alle zusammen drin. Verstehst du, Nina?

Also ging ich davon aus, dass wir alle zusammen drinsteckten. Ich hatte Aaron immer noch nicht gesehen – nicht seit dem Ritual. Er war nicht bei Penelopes Besprechung gewesen.

Ich nickte Detective Inspector Derek Holmes steif zu und schniefte. Die Hände lagen auf meinem Schoß, und ich zerknüllte ein schon tränennasses Taschentuch.

Die Polizei war genau in dem Moment eingetroffen, als die Sanitäter Peters Leiche aus dem Haus trugen. Guter Bulle, böser Bulle.

»Was haben Sie letzte Nacht gemacht?«, fragte der Detective.

»Nicht viel«, antwortete ich mit leiser, trauriger Stimme, so wie Penelope mich instruiert hatte. »Wir haben zu Abend gegessen und danach etwas getrunken.«

»Also, Nina – darf ich Sie Nina nennen? Was ist passiert? Bitte erzählen Sie mir alles, woran Sie sich erinnern können.«

»Wir haben zusammen gekocht.« Ich drückte mir das Taschentuch ins Gesicht, und es wurde noch nasser. Dass ich weinte, erstaunte mich selbst – weinte ich aus Angst? Oder wegen Peter?

Aus Selbstmitleid?

»Wer war bei dem Essen alles anwesend?

»Aaron, Penelope, Lucy, Tristan, Peter, Wolf und ich.« Ich dachte einem Augenblick lang nach. »Und Tess.«

»Also saß Peter mit am Tisch? Wann ist er gekommen?«

»Gegen halb fünf, fünf, glaube ich. Ich weiß es nicht mehr genau. Wir hatten schon mit dem Kochen angefangen.«

»Was ist dann passiert?«

»Wir haben uns alle zum Essen hingesetzt. Aaron hat einen Toast ausgebracht, glaube ich.« Spontan fügte ich dieses kleine fiktive Detail hinzu. Natürlich hatte es kein Essen gegeben. Aber wie Penelope betont hatte, durften wir der Polizei nicht sagen, was wir wirklich vorgehabt hatten. Wir mussten als normale, unauffällige Menschen erscheinen, und was die Polizei anging, kochten normale, unauffällige Menschen Abendessen und prosteten sich zu. Sie zogen keine Gewänder an und führten keine geheimen Rituale durch. Aaron habe Lucy und Penelope sehr genau klargemacht, was er wollte, war mir gesagt worden. Wir mussten die Polizei davon überzeugen, dass das, was mit Peter passiert war, ein schrecklicher Unfall war, und als normale, unauffällige Menschen waren wir natürlich bestürzt darüber.

»Und dann?«, fragte der Inspector.

»Sind wir alle nach oben gegangen.«

»Nach oben. Wohin?«

»In den Speisesaal – dort essen wir aber nicht. Dort stehen die Instrumente. Aaron und die Jungs haben Musik gemacht.«

»Und Sie haben noch mehr getrunken?« Er leckte sich über die Lippen.

»Ja.«

»Und wann sind Sie ungefähr raufgegangen, Ihrer Meinung nach?«

»Ich … Ich weiß nicht. Vielleicht gegen Viertel nach acht?«

»Sie sind also alle zusammen hinaufgegangen und haben weitergetrunken.«

»Ja, wir waren alle da.« Ich schluchzte leise. »Und hatten Spaß.«

Natürlich war nichts davon tatsächlich geschehen, aber das würde für die Polizei schwer zu beweisen sein. Penelope hatte heute Morgen überaus klug und geistesgegenwärtig gehandelt. Sie hatte Gläser mit diversen alkoholischen Getränken und Wein gefüllt und wieder ausgeleert, uns aufgefordert, unsere Lippen an die Ränder zu drücken, und die Gläser anschließend im Speisesaal verteilt, damit der Eindruck entstand, dass dort eine Party stattgefunden hatte. Vielleicht kamen ihr dabei ihre paar Semester Jura zugute, die sie absolviert hatte, bevor sie alles hinschmiss, um Aaron zu folgen. Oder, dachte ich mit einem Anflug von Abneigung, vielleicht war es auch nur ein Zeichen ihrer angeborenen, erschreckenden Heimtücke.

Ich schluchzte wieder, nicht vor Kummer, sondern überwältigt und erschrocken von meiner Kühnheit.

»Ganz ruhig. Haben Sie auf dieser Party noch etwas anderes konsumiert als Alkohol?«

»Was denn?«, fragte ich, obwohl ich genau wusste, was er meinte.

»Irgendwelche Drogen?«

Damit hatte zum ersten Mal der andere Mann das Wort ergriffen. Er hatte eine tiefe Stimme, die irgendwie nicht zu seinem Aussehen passte. Ich blinzelte ihn entsetzt an.

»Nein«, sagte ich schnell. »Nein, ich habe nichts …« Ich beendete meinen Satz nicht.

»Wie viel haben Sie denn insgesamt getrunken?«, fragte Derek Holmes.

»Ich weiß es nicht mehr genau. Drei Gläser Wein, vielleicht vier? Und etwas Brandy?«

»Wann sind Sie ins Bett gegangen?«

»Früh. Ich fühlte mich ein bisschen krank. So um halb elf, zwanzig vor elf. Genau weiß ich es wirklich nicht mehr. Jedenfalls war es früh. Für unsere Verhältnisse. Die anderen sind noch aufgeblieben.«

»Und dann ...«

»Dann bin ich sofort eingeschlafen«, sagte ich. Das Taschentuch bestand mehr oder weniger nur noch aus nassen Fetzen.

»Haben Sie danach noch irgendetwas gehört?«

»Nein«, log ich. »Ich habe nichts mehr gehört. Bis der Schuss fiel. Ich war im Bett. Ich rannte die Treppe hinunter ... Ich rief nach den anderen, aber niemand antwortete. Sie waren rausgegangen. Es gibt hier kein Telefon, deshalb wusste ich nicht, wie ich jemanden anrufen sollte. Im Flur war überall Blut! Ich hatte es an den Füßen! Und sein Kopf ...«

Ich brach erneut in Tränen aus, und ich konnte fast spüren, wie die beiden Männer über meinen Kopf hinweg wortlos kommunizierten.

Was das bedeutete und wie es gelaufen war, konnte ich nicht einschätzen, aber als der Detective mir vorsichtig auf die Füße half und seine Hand etwas zu lange auf meinem Rücken liegen ließ, hatte ich eine gewisse Ahnung.

* * *

Wir hatten uns auf folgende Geschichte geeinigt:

Die anderen erzählten der Polizei, dass ich mich krank gefühlt hätte und früh zu Bett gegangen sei und dass sie alle dicke Mäntel und Stiefel angezogen, zwei Fackeln genommen und gemeinsam die Sterne beobachtet hätten. Es war eine schöne, klare Vollmondnacht.

Nach einer Weile hatte sich Peter über die Kälte beklagt – er hatte nur eine dünne Jacke angezogen. Er hatte einen Hirsch zwischen den Bäumen in der Nähe des Geländes gesehen und sagte immer wieder, er würde ihn gerne erlegen. Peter war ein begeisterter Schütze, wenn auch kein sehr guter. Aaron besaß mehrere Waffen mit Waffenschein. Überhaupt hatte Aaron eine Menge teures Spielzeug im Haus herumliegen.

Die anderen sagten zu Peter, er solle das sein lassen, er sei zu betrunken, um mit einer Waffe umzugehen, und was wollten sie überhaupt mit einem toten Hirsch mitten in der Nacht? Er schien das zu akzeptieren, lamentierte aber immer noch wegen der Kälte.

Sie hatten ihm eine der Fackeln gegeben, und er war zurück ins Haus gegangen. Sie dachten, er wollte sich einen Mantel holen.

Als sie den Schuss hörten, nahmen sie einfach an, dass er den Hirsch gesehen und näher am Haus aufs Geratewohl auf ihn geschossen hatte.

Doch es stellte sich heraus, dass er die Waffe mit hinausnehmen wollte und auf einer der unebenen Steinplatten von Morningstar gestolpert sein musste. Er hatte den Finger schon am Abzug, die Waffe war hochgeschlagen, und der Schuss hatte sich gelöst. Niemand kümmerte sich um ihn. Ich jedoch sprang auf den Knall hin aus dem Bett, rannte im Nachthemd hinaus und fand ihn in der Eingangshalle, mit halb weggeschossenem Gesicht. Ich war mit nackten Füßen in seinem Blut gewatet und hatte mir auch die Hände damit beschmiert, als ich versuchte, ihn im Nebel meines Schockzustands wach zu rütteln.

Auf mein Geschrei hin waren die anderen zurück zum Haus gelaufen.

Ein tragischer, tragischer Unfall.

Die Geschichte war so gut wie jede andere. Und was wusste ich schon? Es hätte sogar die Wahrheit sein können.

Ich hatte Peter gehasst und gefürchtet. Hätte ich zum Beispiel gehört, dass er bei einem seiner vielen dubiosen Trips nach London bei einem Autounfall ums Leben gekommen sei, hätte ich mit immenser Erleichterung reagiert. Aber hier, unter diesen Umständen, erfüllte mich sein Tod mit kaltem Schrecken und einer lähmenden Angst.

Ich erinnerte mich an so gut wie nichts mehr von dieser Nacht – nur an Kleinigkeiten. Ich erinnerte mich an einen kalten Steinboden und dass ich mich nackt darauf gelegt hatte und dass mir der Blütenkranz vom Haar heruntergerutscht war, aber das war auch schon alles, was mir von dem Ritual noch präsent war. Im nächsten Erinnerungsfragment stand ich auf der Treppe, und jemand schrie mich an – männliche Stimmen, sehr wütend, seltsam verzerrt, wie eine Tonaufnahme, die verlangsamt abgespielt wurde. Nur Wut und schiere Panik waren unverkennbar herauszuhören.

Dann dieses rollende Bumm, wie Donner.

Ich hatte mich wahnsinnig erschreckt, und daraufhin war ich rausgelaufen.

Das war alles, woran ich mich erinnern konnte.

Die anderen erzählten mir immer wieder, es sei ein Unfall gewesen, ein schrecklicher Unfall. Peter sei total zugedröhnt gewesen; er sei ausgeflippt, habe nach der Waffe gegriffen – wir hätten nichts Falsches getan. Es war ja nicht so, als würden wir lügen, um ein Verbrechen zu vertuschen. Es war ein Unfall gewesen.

Wir schützten uns einfach nur vor einer materialistischen Außenwelt voller Vorurteile, die uns ohnehin nicht verstehen würde.

Am wichtigsten war, dass wir Aaron beschützten, seinen guten Namen verteidigten und seine bevorstehende Solokarriere nicht gefährdeten, die jetzt, nach Abschluss des Rituals, jeden Tag losgehen konnte.

Es war ein Unfall gewesen.

Und ich?

Ich war mir nicht so sicher.

* * *

Während dieses langen Tages habe ich Aaron nicht ein Mal gesehen, zumindest nicht bis zum Abend.

Ich ging an den Fenstern der langen Galerie vorbei, als ich ihn mit den beiden Polizisten auf der Zugbrücke erblickte, wo er ihnen nacheinander die Hand schüttelte. Sie waren im Gehen begriffen.

Mein Herz schlug schneller, und mein Mund war trocken. Ich musste ihn sehen! Ich brauchte seine Umarmung, er musste mir sagen, dass alles in Ordnung war, dass ich sowohl bei der Geschichte für die Polizei als auch bei dem Ritual, das jetzt nur noch ein Traum zu sein schien, meine Sache gut gemacht hatte.

Während ich unruhig darauf wartete, dass die Polizisten endlich wegfuhren, bürstete ich mir die wilde Mähne, die zu seltsamen Locken und Knoten getrocknet war, schlüpfte in engere Jeans und trug ein wenig Lippenstift auf, um etwas Farbe in mein bleiches Gesicht zu bringen, das nach den Abenteuern der letzten Nacht immer noch abgekämpft aussah.

Worüber auch immer Aaron und die Polizei sprachen, es schien lange zu dauern.

Doch endlich drehten sich die Beamten um und gingen; ihre billigen Schuhe polterten über die Holzbohlen der Zugbrücke. Ich strich meine Kleidung glatt und ging die Treppe hinunter, auf der Suche nach Aaron.

Ich kam gerade rechtzeitig unten an, um ihn auf der anderen Seite die Treppe hinaufsteigen und die lange Galerie gegenüber betreten zu sehen.

»Aaron!«, rief ich.

Und da geschah etwas sehr Seltsames. Es war, als wäre ich unsichtbar oder ein Geist. Er drehte sich nicht um, ja, er schien meine Anwesenheit nicht einmal zu bemerken. Sein kantiges Gesicht war so unbewegt wie das eines Marmorengels. Er muss in Gedanken versunken sein, dachte ich mir, aber irgendetwas an der entschlossenen Haltung seiner Schultern sagte mir überdeutlich, dass er sich meiner bewusst war.

Er wollte mich nicht bemerken.

Ich lehnte mich über die hölzerne Balustrade und umklammerte das alte Geländer. »Aaron!«

Er öffnete die Tür zum Schlafzimmer und ging hinein.

Ich blieb kurz stehen, ganz atemlos, und fragte mich, was das bedeuten konnte. Mir lief es kalt den Rücken hinunter, und meine Kehle schnürte sich zu.

Ich überquerte den Treppenabsatz, die Hand am Geländer; der Holzboden knarrte unter meinen hämmernden Schritten, als ich die lange Galerie hinunterraste. Ich ignorierte Wolf, der vor dem kalten Kamin kauerte, sein Gesicht aschfahl.

»Nina«, rief er mir nach.

Ich beachtete ihn nicht. Ich war vor Aarons Tür angekommen, aber unsicher, was ich als Nächstes tun sollte.

Zaghaft klopfte ich an. Keine Antwort.

»Aaron?«

Ich versuchte, die Tür zu öffnen.

Sie war abgeschlossen.

Ich versuchte ein paarmal, den Griff zu drehen, nur um sicherzugehen. Noch nie hatte ich erlebt, dass Aarons Tür verschlossen war. Normalerweise reichte schon die Kraft seiner Persönlichkeit aus, um ungebetene Besucher davon abzuhalten, bei ihm einzudringen.

»Aaron! Aaron! Lass mich rein!«

Ich bemerkte, dass jemand hinter mir auftauchte und mit groben Händen nach mir griff, die nach Zigarettenrauch und Gras rochen. Ich wurde gegen seine Brust gepresst, als er mich nach hinten zog.

»Komm schon, Lucy, hilf mir!«

Sowohl Wolf als auch Lucy zogen mich von der Tür weg, die lange Galerie entlang. Ich verstand nicht, was das sollte, und wehrte mich.

»Lasst mich los! Lasst los! Aaron? AARON!«

Sie schleiften mich weg, und obwohl ich mich wand und

zappelte, war ich in meinem geschwächten Zustand hilflos wie ein Kätzchen.

Ich wurde zurück auf die lange Galerie geschleppt und in einen der Stühle vor dem Kamin gedrückt.

»Er will dich nicht sehen«, sagte Lucy. »Er will niemanden sehen.« Sie verschränkte die Arme und mied meinen Blick.

Ich blinzelte sie an; Tränen liefen mir über das Gesicht. Was Lucy sagte, ergab keinen Sinn. Warum war Aaron sauer auf mich?

»Warum nicht?« Ich schüttelte widerwillig Wolfs Hand ab. »Was ist los?«

Penelope war in der Tür erschienen, wie von dem Tumult angezogen.

»Jetzt komm schon, Nina. Es war ein langer Tag für uns alle. Vielleicht hat er sich morgen wieder gefangen«, sagte sie sanft.

Ich war todunglücklich und brach in Schluchzen aus. Wolf legte den Arm um mich und murmelte in mein Haar, ich solle alles rauslassen. Das regte mich auf, und dazu sein abstoßender Geruch … Ich wollte ihn gerade abschütteln, als mir klar wurde, wie egoistisch ich war. Natürlich war Aaron verzweifelt über den Verlust von Peter, und niemand hatte daran gedacht, ihn zu trösten. Aaron, der uns allen so großzügig gab, obwohl wir ihm nichts zurückgaben.

Und jetzt hatte ich ihm noch mehr Ärger gemacht.

»Bestimmt trauert er«, sagte ich und wischte mir über die Augen. »Bestimmt vermisst er Peter.«

Penelope und Lucy wechselten einen Blick.

»Es war ein sehr langer Tag«, wiederholte Penelope mit einer Endgültigkeit, die keinen Widerspruch duldete. Ihr normalerweise perfekt frisiertes Haar war unordentlich, und Strähnen hatten sich aus ihrem geflochtenen Dutt gelöst. »Lasst uns etwas essen und früh ins Bett gehen.«

* * *

Als ich am nächsten Morgen aufwachte, war die Sonne noch nicht aufgegangen. Ich lag da, ganz desorientiert, und merkte auf einmal, dass ich nicht allein war – jemand bewegte sich in meinem Zimmer, und ich hörte Rascheln sowie das Geräusch von Schubladen, die leise geöffnet wurden.

»Sie ist wach.«

Ich rieb mir die verklebten Augen und blinzelte. Im kalten Halbdunkel huschten Penelope und Lucy umher.

Ich brauchte ein paar Sekunden, um zu erkennen, dass sie meine wenigen Habseligkeiten in einen blassblauen Rucksack packten.

»Was … was macht ihr da?« Ich setzte mich im Bett auf, plötzlich hellwach.

»Nina«, sagte Penelope fest, als redete sie mit einem widerspenstigen Kind. »Aaron hat sich überlegt, dass es nach der Sache mit Peter das Beste wäre, wenn wir alle für eine Weile darüber nachdenken würden, wie es mit dem Orden weitergehen soll, und so lange alle unsere eigenen Wege gingen. Der Fahrer ist hier, er bringt dich, wohin du möchtest.«

»Was? Aber ich kann nirgendwo hin!«

»Es ist ja nicht für lange. Nur, bis wir die Sache mit Peter geklärt haben«, beschwichtigte mich Lucy mit einem schwachen Lächeln.

Penelopes Ausdruck änderte sich kaum merklich, und der Schatten des Triumphes war wieder da, seine Umrisse akzentuiert vom Licht der frühen Morgendämmerung.

Guter Bulle, böser Bulle.

Sofort wurde mir alles klar.

»Ihr schmeißt mich raus?« Ich hatte plötzlich ein Ziehen im Magen, als würde ich fallen. Penelopes nächste Worte klangen, als kämen sie von einem sehr schwachen Radiosender aus weiter Ferne.

»Nina, es hat absolut keinen Sinn, sich aufzuregen. Aaron hat sich entschieden.« Sie strich sich das helle Haar aus dem

Gesicht, und aus der Trägheit dieser Geste und ihrer unübersehbaren Wirkung schloss ich, wie sehr sie es genoss. »Du musst dich zusammen mit den anderen auf den Weg machen. Jetzt gleich.«

»Ich will zuerst mit Aaron sprechen!«, schrie ich mit zitternder Unterlippe.

»Aaron ist nicht da, Schätzchen«, erwiderte Lucy. »Er ist heute Morgen weggefahren. Er braucht auch seinen Freiraum.« Ihre Augen wirkten riesig im Halbdunkel. Sie war bereits voll geschminkt.

»Aber wo soll ich denn hin?«, fragte ich verwirrt. »Ich hab nichts mehr, wo ich hinkönnte.«

»Warum gehst du nicht einfach zurück aufs College?«, erwiderte Penelope gedehnt, als ob das Thema sie langweilte.

Ich krabbelte von ihnen weg über das Bett. Ich war wie betäubt. »Das geht nicht mehr, man hat mich inzwischen garantiert exmatrikuliert – Aaron hat gesagt …«

»Dann geh zurück zu deinen Eltern, aber du kannst nicht hierbleiben. Wir schließen das Haus. Wir gehen alle.«

»Ich kann nicht zu meinen Eltern zurück!« Ich schaute wild zwischen den beiden hin und her, als hätten sie den Verstand verloren. »Ihr wisst, dass ich das nicht kann!«

»Dann sieh zu, wie du zurechtkommst«, fauchte Penelope, die jetzt die Beherrschung verlor. Ihre grünen Augen verengten sich vor Bosheit. »Oder wir rufen die Polizei und lassen dich rauswerfen, so wie du es verdient hast, du kleines Flittchen!«

***

Tristan und Wolf warteten schon im Auto, als ich schluchzend zu ihnen geführt wurde, als wäre es der Gang zum Galgen. Tristan war blass und zitterte, und die Adern zeichneten sich blau in seinem Gesicht ab; Wolf dagegen war von einer Art morbider Fröhlichkeit erfüllt, die er krampfhaft zu unterdrücken versuchte.

»Geht es dir gut, Liebes?«, fragte er, als ich ins Auto stieg. Er rutschte näher und legte seinen Arm um mich. Der Geruch von kaltem Zigarettenrauch war penetrant, und doch tröstete mich dieser freundliche menschliche Kontakt. »Kopf hoch, Liebes. Es ist besser so.«

Das war so bescheuert, dass es keine Reaktion verdiente. Ich ließ mich nur aus dem einen Grund von den anderen rauswerfen, weil ich Angst hatte, Aaron noch mehr zu verärgern. Ich hatte mir eingeredet, dass das alles nur ein Witz war – es war ein Test, und im letzten Moment würde er auftauchen, mich zurückrufen, und ich würde mich ihm zu Füßen werfen und meine Arme um seine Knie schlingen. Gemeinsam würden wir diesen schrecklichen Sturm des Todes und der Angst überstehen.

Ich wartete auf die Erlösung.

Ich wartete umsonst.

Unser Fahrer war jedoch wieder aufgetaucht. Wir verdienten keine Uniform mehr, so schien es; er trug eine alte Hose und ein hellblaues Hemd. Doch er sah uns immer noch nicht an und sprach nicht mit uns.

Trotz meines elenden Zustands fragte ich mich, wie man ihn benachrichtigt hatte, in Anbetracht der Tatsache, dass es im Haus angeblich keine Telefone gab.

Doch plötzlich wurde ich durch ein schreckliches, markerschütterndes Wehklagen aus meinen Gedanken gerissen.

Es kam von Tess.

»NEIN! NEIN! NEIN! AARON! AARON, HILFE!«

Penelope und Lucy bugsierten Tess mit Gewalt zur Tür hinaus. Sie trug noch dieselbe Kleidung wie am Vorabend. Ihr Gesicht war knallrot und tränenüberströmt, ihr Mund ein scharlachroter, nasser Schlund. Sie ließ sich mit ihrem ganzen Gewicht in Lucys und Penelopes Armen hängen und stieß ein hohes Wimmern aus, vielleicht Worte oder einfach nur willkürliche Silben, eine vergessene Sprache der Trauer.

Penelope war wütend, und je mehr Tess Widerstand leistete, desto aggressiver wurde sie. Sie trat Tess' dünnes Bein beiseite, mit dem diese sich gegen das Weggeschleiftwerden zu stemmen versuchte. Als Tess den Kopf auf die Brust sinken ließ, riss Penelope ihn an den Haaren hoch. Lucy schob lediglich, das Gesicht leicht weggedreht, als hätte sie es aufgegeben, Tess zu trösten, und wollte sie nur noch ins Auto verfrachten.

Die Szene flößte mir ein abgrundtief pochendes Gefühl von Schrecken und Verlust ein. Ich empfand genau dasselbe wie Tess, nur dass sie es körperlich ausdrückte.

Das war's. Es war vorbei.

Ich würde Aaron nie wiedersehen.

Wolf öffnete den Anschnallgurt mit abrupten, nervösen Bewegungen, die Gesichtszüge völlig verhärtet. Er stieß die Tür auf, und ein kalter Luftzug streifte mich, als er hinaussprang.

»Lass die Finger von ihr, verdammt noch mal!« Er stieß Penelope mit rücksichtsloser Verachtung beiseite. »Sie ist doch noch ein Kind!«

Er nahm Tess in die Arme. Lucy ließ sie los. »Komm her, Liebes. Komm her. Alles gut. Alles gut.«

Tess jammerte immer noch und schlug schwach auf ihn ein. »Ich will nicht weg! Ich will hierbleiben ...«

»Nein, das geht nicht. Glaub mir, es ist besser so.«

»Doch! Ich will aber hierbleiben!« Tess verzog das Gesicht und gab ihren Widerstand auf. Sie ließ die Arme sinken. »Ich will bei Aaron bleiben.«

»Das geht aber leider nicht, Baby. Und er ist zu feige, es dir ins Gesicht zu sagen.«

»Nein, nein, so was darfst du nicht sagen ...« Sie riss die Augen weit auf, als sei das eine unerträgliche Blasphemie, und raufte sich mit beiden Händen das dicke, honigblonde Haar.

»Schon gut. Wie du willst.« Er streichelte ihr über den Kopf, als wäre sie ein panisches Kätzchen, nahm ihr die Hände aus den Haaren, strich ihre verkrampften Finger, sodass sie sich lösten, und murmelte beruhigend auf sie ein. Sie schwankte, von Schluchzern geschüttelt. »Komm schon. Jetzt komm schon. Komm mit uns.«

Tristan war inzwischen aus dem Wagen gestiegen und nahm Tess' kleinen Koffer von Lucy entgegen, denn es war klar, dass der Fahrer das nicht tun würde.

Tristan öffnete den Kofferraum, und für einen Moment waren die anderen hinter der Klappe verborgen. Ich hörte nur Tess, ihr Weinen und die fernen Rufe der Fasane irgendwo auf dem Gelände.

»Wo möchtest du hin?«

Es dauerte eine Weile, bis ich heraushatte, woher die Stimme kam, und dann wurde mir klar, dass der Fahrer gesprochen hatte. Er sah mich im Rückspiegel an.

»Hast du Eltern? Soll ich dich dorthin bringen?«

Er wandte mir über die Schulter das Gesicht zu – seine Haut war pockennarbig, und er hatte eine große, dicke Nase, die mit feinen violetten Äderchen durchzogen war. In seinen kleinen grauen Augen und seinen zusammengepressten Lippen las ich widerstreitende Gefühle – einerseits zurückhaltendes Mitleid und andererseits den Wunsch, absolut nichts mit mir oder einem von uns zu tun haben zu wollen. Wir bedeuteten Ärger.

Ich schüttelte den Kopf.

»Ich kann nicht zu meinen Eltern.«

»Bist du sicher?« Er drehte sein pockennarbiges Gesicht wieder nach vorne. »Ich glaube aber trotzdem, dass du zu ihnen fahren solltest.« Seine Stimme klang ganz ruhig. »Bestimmt machen sie sich Sorgen.«

»Das bezweifle ich«, murmelte ich verbittert.

Ich hatte den Eindruck, dass er noch etwas hinzufügen

wollte, aber stattdessen stieß er nur einen kleinen Seufzer aus. »Wohin willst du dann?«

»Mill Road, Cambridge.«

»Hast du dort Verwandte?«

»Freunde«, erwiderte ich. »Aber ich glaube, zuerst sollten Sie Tess dort hinfahren, wo sie hinmöchte.«

Zur Antwort nickte er nur.

***

Unser Fahrer kam meiner Bitte nach und brachte Tess zuerst nach Hause. Sie weinte bis nach Reading, so bitterlich, dass ich befürchtete, sie müsse sich irgendwann übergeben. Fast beneidete ich sie um diesen Ausdruck ihrer tiefen Verzweiflung.

Ich selbst fühlte nichts – es war, als wäre die Welt aus Watte. Oder besser: Sie war untergegangen, und ich durchlebte den Sekundenbruchteil zwischen der Zündung und der Explosion, und dieser Moment sollte für den Rest meines Lebens andauern.

Wolf sprach mit Tristan.

»Machst du Witze? Er könnte gar nicht ins Ausland abhauen, selbst wenn er wollte. Er hat das nur gesagt, um uns aus dem Haus zu treiben. Peter Clay wurde in seiner verdammten Eingangshalle erschossen. Die Kripo ermittelt.« Mit finsterem Gesicht legte Wolf den Kopf an das regennasse Fenster und stieß einen Seufzer aus. »Wahrscheinlich ist er begeistert von der Publicity, das Arschloch.«

»Glaubst du, er bleibt auf Morningstar?« Tristan rieb sich die geröteten Augen. »Mit den Mädchen?«

Wolfs raues Lachen ging mir durch Mark und Bein. »Ja, eines von beidem auf jeden Fall.« Er lehnte sich nach vorne und klopfte mit der flachen Hand gegen den Fahrersitz. »Hey, Kumpel, darf ich hier drin rauchen?«

»Machen Sie, was Sie wollen«, knurrte der Fahrer. »Ist nicht meine Karre.«

Tess schluchzte weiter und schmiegte sich gegen das Fenster. Ihr Top und ihre Jeans waren ganz durchnässt von ihren Tränen. Mich erfasste plötzlich die Furcht, Tess könnte sich zu Tode weinen, ja, tatsächlich an gebrochenem Herzen sterben.

Ich habe die Polizei angelogen.

Wie ein Donnerschlag traf mich diese Erkenntnis, als die Zündschnur heruntergebrannt war und die Explosion schließlich kam.

Ich habe die Polizei angelogen.

In der realitätsfernen Umgebung von Morningstar, wo wir einander gehabt hatten, war mir das akzeptabel erschienen, aber jetzt, da alles zerbrochen war, hing die entsetzliche Schwere meiner Schuld wie ein Damoklesschwert über mir und allen anderen.

Innerlich hörte ich wieder die wütenden, lauten Männerstimmen in der Nacht des Rituals, unterbrochen von diesem rollenden Donnerschlag.

Ich habe die Polizei angelogen, und ich glaube, ich habe damit einen Mord vertuscht.

KAPITEL 32

Wolf blieb bei mir im Auto sitzen. Tess war weg; Tristan hatte sich in Oxford absetzen lassen und sich mit einem schüchternen kleinen Wink von uns verabschiedet.

Er fährt jetzt auf direktem Weg zurück nach Morningstar und bettelt darum, wieder aufgenommen zu werden, dachte ich mit der Hellsichtigkeit oder auch Paranoia einer eifersüchtigen Geliebten, und plötzlich stieg eine unstillbare Sehnsucht in mir auf, ihn zu begleiten und es noch einmal zu versuchen. Vielleicht hatte Aaron in der Zwischenzeit seine Meinung geändert und gemerkt, dass er voreilig gehandelt hatte.

Wie konnte Aaron ohne uns auskommen? Er würde so allein sein.

»Und, welche Hausnummer haben denn deine Freunde, Schätzchen?«, fragte unser Fahrer plötzlich.

»Ich weiß nicht«, antwortete ich, »aber ich glaube, sie hat mit einer Eins angefangen.«

Er seufzte, aber das war mir egal. Ich war erschöpft bis auf die Knochen, und wenn ich an jede Tür in der Straße hätte anklopfen müssen, um Rosie zu finden, hätte ich es getan.

Schließlich hatte ich nichts anderes zu tun.

Und vielleicht konnte ich nach ein, zwei Tagen allmählich wieder über Aaron nachdenken und mir Mittel und Wege einfallen lassen, um ihm klarzumachen, dass er mich nicht wegschicken musste, egal, wie traurig er wegen Peter war. Ich würde für ihn da sein, für immer und ewig.

Ich liebte ihn.

Ich würde meinen Weg zurück zu ihm finden. Irgendwie.

***

Rosie wohnte in Haus Nummer 137, und als sie die Tür aufriss und mich heruntergekommen und ermattet auf ihrer Schwelle stehen sah (ich musste an zwanzig Türen geklopft haben, bevor ich die richtige fand), schrie sie auf und nahm mich fest in die Arme.

»Wir haben uns solche Sorgen um dich gemacht!«, stieß sie hervor und drückte meine Hände. »Und wer ist das?«

Wolf stand hinter mir und rauchte eine dünne Selbstgedrehte; über der Schulter trug er seinen Rucksack, in der Hand die große schwarze Tasche, die er von Morningstar mitgebracht hatte.

Ich hatte ihn im Auto gefragt: »Ist das Aarons Videokamera?«

»Was denkst du denn?« Die anderen waren weg, und er schien in eine selbstgefällige Heiterkeit verfallen zu sein.

»Du hast sie gestohlen.«

»Nicht wirklich.« Seine Augen glitzerten vor boshaftem Amüsement. »Das ist nur ein kleiner Ausgleich für meine entgangenen Honorare.«

Mir fiel nichts ein, was ich darauf hätte antworten können.

»Das ist ein Freund von mir«, sagte ich zu Rosie. »Aus … dem Haus.«

Als ich Wolf im Auto gefragt hatte, wohin er wollte, hatte er mit den Achseln gezuckt. Irgendwie, ohne dass ich hätte sagen können, wie es dazu kam, war er mir aus dem Wagen gefolgt, sodass ich jetzt Rosie bitten musste, ihn ebenfalls unterzubringen.

Ich schaffte es nicht, ihn wegzuschicken. Wäre Wolf erst einmal weg, auch wenn er keine zentrale Rolle gespielt hatte und noch dazu zynisch gewesen war, wäre auch meine letzte Verbindung zu Aaron und Morningstar gekappt.

Rosie nickte. »Herzlich willkommen«, sagte sie, öffnete weit die Tür und ließ uns beide ein. »Kommt rein.«

***

Rosies gemütliche kleine Wohnung war nett über einem Wettbüro und neben einem indischen Restaurant gelegen. Durch das offene Fenster zur Straße hin wehten immer wieder köstliche Gerüche herein. Ich fühlte mich jedoch zu elend, um an Essen zu denken.

Meine erste Überraschung wartete am Küchentisch.

»Hallo, meine Schöne!« Es war Piers, wie immer guter Laune. Er hatte ein Sisters-of-Mercy-T-Shirt an, eine Dose Bitter in der Hand und vor sich einen Stapel Bücher und Notizen. Sein Haar war kurz geschnitten, eigentlich eher rasiert.

Er sprang auf, packte mich und wirbelte mich durchs Zimmer, und trotz meines Kummers freute ich mich, ihn zu sehen.

»Piers! Was machst du denn hier?«

»Ich wohne hier. Bei Rosamund – wir sind jetzt zusammen.« Er trat neben Rosie und legte schüchtern den Arm um sie. »Ich bin erst am Wochenende eingezogen. Bewegte Zeiten, was?« Sein Blick fiel auf Wolf. »Hi, ich bin Piers.«

»Wolf«, antwortete dieser kühl, ergriff jedoch Piers' angebotene Hand und schüttelte sie.

»Also, was ist passiert?«, fragte Piers, als wir uns an den Tisch setzten und Rosie den Wasserkocher einschaltete. Piers nahm seine Bücher und schob sie beiseite.

»Seid ihr zu Besuch?«, fragte Rosie irgendwie nervös. »Oder seid ihr …«

»Wir sind abgehauen«, unterbrach sie Wolf. »Einer von diesen Idioten hat zugedröhnt mit einer Waffe rumgespielt und sich den Kopf weggeschossen, und danach wurde der Umgangston irgendwie rauer.« Er zuckte mit den Achseln. »Es wurde sowieso allmählich langweilig.«

Die anderen beiden schwiegen. Ich fühlte mich verpflichtet, etwas hinzuzufügen und die Situation klarzustellen, da Wolfs Erklärung unsere Gastgeber einigermaßen verblüfft zu haben schien.

Ich öffnete den Mund. »Ich …«

»Daraufhin haben wir eine Mitfahrgelegenheit bis nach Cambridge ergattert«, ergänzte Wolf, als hätte ich nichts gesagt. »Lust auf einen Joint?«

***

Wolf und ich übernachteten im winzigen, vollgestopften Wohnzimmer, inmitten von Rosies und Piers' gemeinsamem Bücherchaos. Ich nahm die Couch, lag da und starrte hinauf zu dem Sonnensystem aus Plastikleuchtsternen an der Decke.

Dicht neben mir lag Wolf leise schnarchend auf dem Boden; ein paar Sofakissen dienten ihm als Unterlage. Es war ein schwieriger Abend gewesen. Piers hatte Wolf eindeutig als einschüchternd empfunden, aber trotzdem versucht, mit ihm warm zu werden. Irgendwie hatte Wolf Piers' Unbehagen gespürt und es ausgenutzt, indem er herablassend vertraulich mit ihm redete und nur pro forma fragte, ob er rauchen oder das Klo benutzen könne, während er bereits im Begriff war, genau das zu tun.

Rosie, die er kaum zur Kenntnis nahm, behandelte er wie eines der Morningstar-Mädchen, als Randfigur, die Gläser und Essen brachte und als Staffage diente, während die Männer redeten.

Rosie war ihm gegenüber kühl geworden, und es schien unwahrscheinlich, dass sich dies wieder änderte.

Meine Gedanken wanderten umher wie in einem Irrgarten, wie im Eibenlabyrinth von Morningstar. Manchmal sah ich Aaron vor mir, mit großen, tragisch blickenden Augen. Ich hatte ihn verraten. Wir hatten versagt. Wir hatten zu viel negative Energie und damit den Tod ins Haus gebracht.

Dann wieder glühte ich bei der Erinnerung an Morningstar vor Scham, als würde ich mit kochendem Wasser aus einem Kessel übergossen – *er hat dich benutzt, er hat dich benutzt wie einen Gegenstand, und als es hart auf hart kam, hat er dich weggeworfen wie einen alten Lappen!*

Manchmal dachte ich auch an Detective Inspector Derek Holmes mit seiner Dartsliga-Krawatte und dem Hitler-Schnurrbart, und dann setzte mein Herz vor Schreck einen Schlag aus.

* * *

Die ersten Tage lebte ich in der Angst, dass die Polizei bei Rosie und Piers an die Tür klopfen könnte, um mich zum Verhör mitzunehmen. Was würde wohl geschehen, wenn sie Aussagen zu Peters Tod brauchten und uns nicht finden konnten? Würde uns das nicht verdächtig machen? Vielleicht sollten wir nach Morningstar zurückkehren und Penelope oder Lucy darauf hinweisen, damit sie wiederum mit Aaron redeten.

Eines Morgens, nachdem Rosie und Piers aus dem Haus gegangen waren, erwähnte ich das gegenüber Wolf.

Er schüttelte den Kopf. »Ich habe mich darum gekümmert. Ich war gestern auf der Polizeiwache. Schließlich bin ich nicht blöd.«

»Ich dachte nur, wenn wir es Penelope oder Lucy sagen würden …«

»Was dann? Was könnten sie ausrichten?«

Mein Mund war trocken, und ich schluckte. »Sie könnten mit Aaron reden.«

Seine Augenbrauen zogen sich zusammen, und dann schien ihm ein Licht aufzugehen. »Ach, du denkst, die beiden sind noch da. In Morningstar.«

»Was meinst du damit?«

Er stieß ein bitteres kurzes Lachen aus. »Glaubst du, er hätte uns andere rausgeschmissen und sie bleiben lassen? In echt jetzt?«

»Ich verstehe dich nicht.«

»Nina, sobald er sie dazu gebracht hat, die Drecksarbeit für ihn zu erledigen, hat er ihnen ebenfalls gezeigt, wo die Tür ist.« Wolf saß mit einer Tasse Instantkaffee am Küchentisch. Ich hatte bemerkt, dass Rosie sein ständiges Kettenrauchen allmählich auf die Nerven ging, und zwischen ihm und Piers herrschte eine deutlich spürbare Spannung. Es war jedoch schwer, mit ihnen darüber zu sprechen, da ich nie mit Rosie allein war. Wolf war irgendwie immer da.

Er stellte unsere Zeit in Morningstar ganz anders dar, als wir anderen sie erlebt hatten – er kritisierte die nachlässige Darstellung von Peters Unfalltod, das armselige Scheitern des ganzen Experiments und die Leichtgläubigkeit und Dummheit von Aarons Anhängern.

Aller Anhänger, ihn ausgenommen.

»Meinst du, er hat sie auch rausgeworfen?«, fragte ich. Ich konnte mir das kaum vorstellen.

Er lachte rau auf. »Aber Schätzchen, da bin ich mir ganz sicher.« Er schlürfte seinen Kaffee. »Er wäre gar nicht auf die Idee gekommen, sie dazubehalten. Er brauchte sie nur, um euch zuerst rauszuwerfen. Teile und herrsche.«

»Woher weißt du das?«

Wolf grinste. »Ihr hättet ihn reden hören sollen, wenn ihr Mädchen und Tristan nicht im Raum wart.« Seine Stimme wurde eine Oktave tiefer, als er Aarons heiseres Gemurmel nachahmte. »Ich glaube, es funktioniert nicht, weil die anderen zu nichts nutze sind, Mann. Sie sind so schwach und negativ, Mann, ich muss sie alle loswerden und neu anfangen, aber du würdest doch weitermachen, oder, Wolf? Ich brauche weiterhin einen Kameramann.« Er rollte verächtlich mit den Augen. »Mann.«

Ich starrte ihn einfach nur an.

»Ich glaube nicht …«

»Warum überrascht dich das? Er ist ein selbstsüchtiges, narzisstisches Arschloch.«

»Also«, sagte ich, während plötzlich Zorn in mir aufflammte, weil ich Aaron noch immer beschützen wollte, »wenn er so schrecklich ist, warum bist du dann so lange bei ihm geblieben?«

Und dann geschah etwas Seltsames. Ein düsterer, verletzlicher Ausdruck huschte über sein Gesicht. »Ich hatte meine Gründe.«

Wir schwiegen. Er sah mich an, seine übliche Aura von defensivem Zynismus war verschwunden. Mir wurde bewusst, dass ich gar nicht hören wollte, was als Nächstes kommen musste. Ich brauchte ihn. Ich konnte diese Welt nach Morningstar nicht alleine bewältigen, aber ich wollte nicht von ihm vereinnahmt werden.

»Ich gehe raus«, sagte ich. »Ich muss mir mal die Beine vertreten und in Ruhe nachdenken.«

»Ich komme mit dir.«

»Nein, ich gehe alleine. Ich muss mal für mich sein.« Ein Hauch von aufkommender Hysterie lag in meiner Stimme. »Ich bin nie allein!«

»Du verpisst dich zurück nach Morningstar, stimmt's?« In diesem Moment sah er mehr denn je aus wie sein Namensvetter aus dem Tierreich; als sträubte sich ihm das Nackenfell. Ich befürchtete schon, er würde knurren.

Oder beißen.

»Nein.« Schnell schnappte ich mir mit zitternden Fingern meinen Mantel. »Ich bin um die Mittagszeit zurück. Ich muss nur mal raus.«

* * *

»Du hast ein Problem.« Rosie legte die Hand ans Kinn und musterte mich mit ihren blassblauen Augen.

»Was meinst du damit?«

Ich war nicht zur Mittagszeit in die Wohnung zurückgekehrt. Stattdessen hatte ich drei Stunden in der Kantine im Institut für Astronomie verbracht und eine Tasse Tee nach der anderen mit Rosie getrunken, während ernsthafte junge Studierende in Pullover und Jeans mit Stapeln von Notizen und Büchern auf dem Arm gekommen und gegangen waren.

Zuerst hatte ich schreckliche Gewissensbisse gehabt. Ich nahm Rosies Gastfreundschaft in Anspruch, drang in ihre Privatsphäre zu Hause ein, und jetzt störte ich sie auch noch im Institut.

Aber ich musste mit jemandem reden.

Ich hatte mir vorher eine Entschuldigung zurechtgelegt, weil ich sie am Lernen hinderte, mich in ihrer Wohnung breitmachte und nie auf ihren Brief, den sie mir nach Morningstar geschickt hatte, geantwortet hatte. Doch als sie mich sah und sich kurz vergewissert hatte, dass ich allein war, sprang sie einfach auf, umarmte mich, als hätte sie die ganze Zeit auf mich gewartet, und sagte: »Komm, lass uns eine Tasse Tee trinken.«

Ich redete wie ein Wasserfall, bis ich heiser war und meine Augen vom Weinen gerötet waren. Ich erzählte ihr von Aaron, von Morningstar, davon, wie sehr ich ihn vermisste und dass mir meine Besessenheit durchaus bewusst war, ich mir aber kein anderes Leben mehr vorstellen konnte.

Rosie hörte mir einfach nur zu, nickte ein paar Mal und sagte nichts.

»Ich sehe da noch ein Problem: Wolf.«

Ich zuckte mit den Achseln. »Ach, ich weiß nicht.« Dabei wusste ich es natürlich doch.

»Doch, er ist eins.« Rosie sah mich über den Rand ihrer Brille hinweg an. Ihr Haar, das inzwischen schwarz gefärbt war, trug sie in einem straffen, hohen Pferdeschwanz mit einem Stück Spitze als Schleife. An ihrer Jeansjacke hatte sie Sticker von Bands, von denen ich noch nie gehört hatte – wer waren »Fields of the Nephilim«? »Er glaubt, ihr wärt zusammen – das ist dir noch gar nicht aufgefallen, oder? Deshalb benimmt er sich auch so schräg, weil er meint, Piers wäre hinter dir her.« Rosie verdrehte die Augen und trank einen Schluck Tee. »Hast du dir mal überlegt, was du als Nächstes machst?«

»Ich kann bisher nicht weiter denken als bis zu dieser Ermittlung.«

»Das kann sich noch Monate hinziehen. Ich sag dir was, Nina, wenn die Polizei der Meinung wäre, du hättest irgendetwas mit der Sache zu tun, hättest du längst was gehört.«

»Ich weiß nicht …«

»Was mit diesem Peter passiert ist, ist wirklich tragisch, aber warum solltest du dir Sorgen machen, wenn du gar nichts damit zu tun hast?«

»Ich weiß ja auch nicht.«

»Ich muss dir was sagen. Piers und ich haben mit deinem Dozenten gesprochen. In St Edith's.«

Ich erstarrte. »Ihr habt mit Dr. Eddingley über mich gesprochen?«

Rosie seufzte. »Ich kann mir vorstellen, dass du das als Einmischung empfindest. Aber ich habe mir solche Sorgen gemacht! Schon in dem Moment, als wir ihm begegnet sind, war mir klar, dass Aaron Kessler ein übler Typ ist, aber ich wollte nicht als die Uncoole dastehen und deswegen Stress machen. Außerdem war Piers ganz begeistert von ihm. Ach, ich habe mir halt Vorwürfe gemacht, denn ich hätte ganz anders reagieren sollen.« Sie schniefte und warf den Kopf zurück. »Ich habe eben hauptsächlich an mich gedacht. So, jetzt weißt du's.«

»Aber Rosie, du bist doch nicht für meine Fehler verantwortlich!«, erwiderte ich beschämt. »Nichts von alldem ist deine Schuld.«

Sie zuckte mit den Achseln. »Wie dem auch sei, jedenfalls haben wir mit deinem Tutor gesprochen.«

Ich starrte sie einfach nur an.

»Er meinte, du hättest ja nur ein Trimester verpasst. Wenn du also eine Eingabe machen und erklären würdest, dass du, sagen wir mal, emotionale Probleme hattest, wäre es möglich, dass du zum neuen Studienjahr im Oktober weitermachen kannst. Bisher bist du noch nicht offiziell exmatrikuliert worden.«

Ich wusste nicht, was ich sagen sollte. Ich hätte niemals geglaubt, jemals wieder an die Universität zurückkehren zu können, nachdem ich sie so überstürzt verlassen hatte. Plötzlich war ich ganz atemlos vor Hoffnung.

»Oh, Rosie, wie lieb von dir, so an mich zu denken, aber selbst wenn sie mich wieder aufnehmen würden, wovon sollte ich denn bis dahin leben?«

»Du kannst jobben. Als Studentin findest du immer etwas. In ein paar Monaten fängt die Touristensaison wieder an. Du kannst kellnern, an der Theke bedienen oder auf der Straße Karten für Bootstouren verkaufen. Es gibt so viele Möglichkeiten.«

Ich dachte einen Augenblick nach. »Aber wie soll ich davon meine Miete und alles andere bezahlen? Meine Eltern kann ich nicht um Geld bitten. Mein Vater würde mir wahrscheinlich den Hals umdrehen, wenn er mich das nächste Mal sieht.«

»Erstens halte ich das für unwahrscheinlich, und zweitens kannst du bis dahin bei uns wohnen.«

Rosie wandte den Blick ab, und ein langes Schweigen trat ein. Es bestand keinerlei Zweifel daran, dass sie ausschließlich mich meinte.

»Und was ist mit Wolf?«

Rosie zuckte mit den Schultern. »Ich finde es schlimm, jemanden rausschmeißen zu müssen. Aber du hast es selbst gesagt: Er ist ein übellauniger, reizbarer, kettenrauchender Schatten. Er folgt dir auf Schritt und Tritt, spricht für dich, versucht zu kontrollieren, wohin du gehst und was du tust. Er hat Geld für Tabak, aber er hat uns nie einen Penny als Beitrag für Wohnen und Essen angeboten.«

»Hab ich auch nicht«, sagte ich tief beschämt.

»Das ist etwas ganz anderes, Nina. Du bist unsere Freundin – was wir haben, gehört auch dir. Aber wir wissen nichts über diesen Kerl, außer dass er irgendwie mit Aaron Kessler zu tun hatte. Und wenn du ehrlich bist, weißt du auch nicht mehr über ihn.«

Ich rutschte nervös auf meinem Stuhl herum. Wolf ging Rosie

und Piers auf die Nerven, das war mir klar. Aber er war der einzige Mensch, der mich noch mit meinen Erlebnissen in Morningstar verband und sie nachvollziehen konnte.

Ihn loszulassen wäre gewesen, wie Aaron loszulassen.

Ich gestand es Rosie.

Rosie warf einen raschen Blick über beide Schultern, als wollte sie sichergehen, dass niemand lauschte, und beugte sich dann nach vorne. Sie tippte mit dem Finger auf den Tisch, wie um jedes Wort zu betonen, und sagte im Flüsterton: »Nina, du warst eine Haremsdame für diesen Mann. Du warst eine Sklavin – eine Dienerin, die benutzt und ausgeliehen wurde, wenn es nötig war. Die haben dich über Nacht in einer Scheune eingesperrt und dich fast erfrieren lassen, nur weil du *ungehorsam* warst!

Die haben dich so gründlich und umfassend manipuliert, dass du nicht mal zur Polizei gehen willst, sondern jeden Tag am Telefon sitzt, wartest und hoffst, dass man dich wieder dorthin zurückholt. Das ist eine Sekte, Nina, die kontrollieren dein Bewusstsein!«

»Aber ... das verstehst du nicht ...«

»Nein, ich verstehe es nicht. Ich war nicht dabei. Aber ich bin der Überzeugung, dass du eine furchtbare Erfahrung gemacht hast und jetzt sehr empfindlich und schutzlos bist.«

Sie nahm sanft mein Handgelenk. »Und das Schlimme ist, dass dieser Wolf das ganz genau weiß. Er kann uns deshalb nicht leiden, weil wir wollen, dass du gesund wirst, frei und glücklich, und dass du wieder Verantwortung für dich selbst übernehmen kannst. Er will, dass du so bleibst, wie du jetzt bist, weil ihm das ermöglicht, dich zu behalten.«

Sie ließ meine Hand los.

»Du darfst auf keinen Fall mit ihm schlafen, okay?« Sie nahm meine Tasse. »Einen solchen Typen wirst du nie wieder los.« Sie schüttelte die Tasse. »Noch einen für unterwegs, die Dame?«

KAPITEL 33

Als ich auf dem Heimweg von Morningstar die Autobahn entlangraste, das dritte Notizbuch und seinen Inhalt noch frisch im Sinn, war es dreimal ganz knapp für mich. Ich scherte direkt vor Lkws ein und wechselte, ohne mich umzusehen, die Spur, sodass andere Fahrer mich wütend anhupten. Es fiel mir sehr schwer, mich auf irgendetwas außerhalb meines eigenen Kopfes zu konzentrieren.

Meine Zeit hatte nur für das erste Dutzend Seiten gereicht, denn ich war schon sehr spät dran – ich musste nach Hause und mich um Dad kümmern.

Ich würde den Rest später lesen, sobald er im Bett lag und ich wieder in meinem kleinen Zimmer oben war, wo keine Gefahr bestand, dass er dieses Dokument fand und mir Fragen dazu stellte.

Ich schüttelte den Kopf und versuchte, all diese Gedanken zu verdrängen und mich auf die Straße zu konzentrieren.

Aaron Kessler konnte nicht mein Vater sein. Das war obszön, lächerlich – mein Gott, und ich hatte mich zu ihm hingezogen gefühlt. Die Erinnerung daran ließ mich erschaudern, als wäre mir etwas Ekliges vorne in den Ausschnitt meines Kleides gefallen und ich bräuchte eine lange Dusche und eine Wurzelbürste, um es wieder loszuwerden.

Tief im Innern wusste ich jedoch, dass es keineswegs absurd war. Der Schwangerschaftsbeginn lag verdächtig nahe an dem Zeitpunkt, als meine Mutter den Orden verlassen hatte. Mein Vater musste später hinzugekommen sein und mich angenommen haben, ohne die ganze Geschichte zu kennen, und gemeinsam mussten sie beschlossen haben, mir gegenüber das Thema meiner Abstammung nie zu erwähnen.

Es lag auf der Hand, warum sie es für das Beste hielten.

Vielleicht, dachte ich mit wachsendem Unbehagen, hatte Mum Dad aber auch weisgemacht, ich sei sein Kind. Meine Mutter war konfliktscheu und hatte immer gern alles vor sich hergeschoben. Wie ich sie kannte, war es durchaus möglich, dass sie Aaron und seine Rolle bei meiner Entstehung ein Vierteljahrhundert lang verdrängt hatte.

Ich wusste nicht, was ich davon halten sollte. Ich war sauer auf sie, weil sie es mir nicht gesagt hatte, doch das Wissen machte mich auch nicht glücklicher.

Aber ich wollte jetzt nicht darüber nachdenken. Ich war unterwegs nach Eden Gardens zu Dad, und ich wollte ihm das Blumenkohl-Curry kochen, das ich geplant hatte. Wir würden einen ruhigen Abend zusammen verbringen. Ich wollte nicht erwähnen, dass ich den Mann besucht hatte, der mich möglicherweise gezeugt hatte, sondern stattdessen die Aufgabe meiner Mutter übernehmen, ihm Tee zu kochen und ihm dabei zuzuhören, wie er über Einwanderer und die Regierung motzte.

Wir würden das gemeinsam durchstehen.

Verdammt, dachte ich mit einem wütenden Kopfschütteln. Ich hatte vergessen, diesen Mistkerl von Aaron nach Peter Clay und Wolf zu fragen.

Morgen. Morgen würde ich über all das nachdenken.

Morgen war ein neuer Tag.

***

Ich hielt vor Eden Gardens an, physisch und psychisch erschöpft. Die Tore waren geschlossen und mit einem Vorhängeschloss versehen.

Ein handgemaltes Schild auf einem quadratischen Stück Sperrholz besagte: »BiS auf WeiTeReS GeSCHLOSSEN«. Ich erkannte die eigentümliche Typografie meines Vaters. Normalerweise hatte meine Mutter die Schilder geschrieben.

Es war erst vier Uhr nachmittags.

Ich stieg aus und schloss die Tore auf, fragte mich, was das alles bedeutete, und ahnte, dass es nichts Gutes sein konnte.

* * *

»Dad?«

Der Schuppen war so, wie ich ihn in Erinnerung hatte. Ich war nicht mehr drin gewesen, seitdem ich dort die Notizbücher gefunden hatte.

Er saß auf dem Stuhl an seinem Schreibtisch und atmete schwer, als hätte er sich angestrengt.

»Dad! Geht es dir gut?«

Er reagierte nicht, wehrte sich aber auch nicht, als ich hereinkam und die schmutzige Kaffeetasse wegräumte, die die Polizisten stehen gelassen hatten.

»Ich habe im ganzen Haus nach dir gerufen, und du hast nicht geantwortet. Ich hab mir Sorgen gemacht«, sagte ich, ging zu ihm und küsste ihn. Er war sehr angespannt, seine Haut kühl, und ich spürte, dass er mir am liebsten ausgewichen wäre. Er war wahrscheinlich sauer, weil ich ihn nicht vom Krankenhaus abgeholt hatte.

In diesem Moment war es mir egal, wie schrullig er war. Ich war so froh, hier bei ihm zu sein, weit weg von Aaron Kessler und seinen schrecklichen Behauptungen. »Rowan hat dich nach Hause gebracht, oder?

»Ja«, sagte er, als wäre alles ganz normal und als hätten wir diese tief greifenden Erfahrungen von Nahtod, Trauer und Schrecken gar nicht gemeinsam durchlebt. Aber seine Stimme klang rau und schwach.

»Es tut mir leid, dass ich nicht hier sein konnte, aber ich musste mit jemandem wegen Mum reden.« Ich stand neben ihm, reckte den Rücken nach der langen Fahrt und bemerkte auf einmal etwas Seltsames.

Die Leiter war ausgeklappt. Unwillkürlich hob ich den Blick. In der Deckenverkleidung war ein Brett beiseitegeschoben worden – es war eindeutig so gestaltet, dass es sich nahtlos und unauffällig zwischen die anderen Paneele einfügte. Durch den Spalt erkannte ich die Ecke eines schwarzen Koffers.

»Das ist ja raffiniert! Ich wusste gar nicht, dass es hier eine Zwischendecke gibt.«

Er grunzte.

»Wie clever ist das denn? Aber du konntest ja immer gut mit Holz umgehen.« Stirnrunzelnd sah ich hinauf zu dem Koffer. »Was ist das da oben?«

»Meine Versicherung.«

»Versicherung? Gegen was?«

Er grunzte wieder.

»Weißt du, Dad«, sagte ich, »ich könnte jetzt laut losschimpfen, dass du sehr krank bist und nicht auf eine Leiter klettern und dich mit heimlichen Schreinerarbeiten beschäftigen solltest, aber das wäre Zeitverschwendung, stimmt's?«

Er antwortete nicht. Ich spürte, dass er sich verausgabt hatte, und fragte mich verärgert, wie lange es dauern würde, bis er sich wieder erholt hatte.

Dad würde ein unangenehmer, ungeduldiger Patient werden, wie immer. So viel war klar.

Ich sah ihn an, mit seiner zitternden Hand und seinem blassen Gesicht, und wurde plötzlich von einer Welle der Zuneigung für ihn erfasst. Was auch immer Aaron gesagt hatte, es war dieser Mann hier, der in meinem Leben zuverlässig für uns da gewesen war und sich um alles gekümmert hatte.

Und jetzt war es an mir, dasselbe für ihn zu tun.

»Ich wollte Curry zum Abendessen machen. Ich habe Wein da und dein Bier besorgt. Meinst du, das reicht?«

Er nickte.

»Möchtest du eine Tasse Tee?«

Er nickte wieder. »Aber bevor du gehst, hol mir den da oben runter«, bat er. »Er ist zu schwer für mich.« Er hustete. »Ich bin zu schwach.«

»Den Koffer?« Widerwillig betrachtete ich das verschobene Holzbrett und die Leiter. »Na gut.«

Ich raffte mich auf, kletterte die Leiter hoch und steckte meinen Kopf durch das Loch. An manchen Stellen war kein Staub – hier oben waren bis vor Kurzem noch andere Sachen gewesen; er musste sie heruntergeholt haben.

Warum ausgerechnet jetzt?

»Ich habe das Schild am Tor gesehen«, rief ich hinunter. »Meinst du nicht, ›bis auf Weiteres‹ wäre ein bisschen lange? Die Leute könnten meinen, dass wir für immer schließen. Das schreckt die Gäste ab.«

»Sollen sie denken, was sie wollen«, erwiderte er, was wenig hilfreich war, seine Stimme kaum mehr als ein Flüstern.

Das wird ein Problem, dachte ich mit dumpfer Angst. Mein Vater war kein geselliger Mensch. Meine Mutter hatte sich immer um alles gekümmert, was den Umgang mit Leuten betraf, und es war mir schleierhaft, wie er ohne sie auskommen sollte.

Wir mussten schleunigst Ersatz für Monica finden.

Der Koffer war schwer – er enthielt etwas Massives, und ich hörte Plastik klappern, als ich ihn bewegte.

»Mensch, Dad, hast du da eine Leiche drin?«

Seine Antwort war eine Art keuchendes Schnauben, das ein Lachen gewesen sein konnte. Fast, aber nicht ganz. »Stell ihn auf den Tisch.«

Ich trug das Ding vorsichtig die Leiter hinunter und legte es auf die Arbeitsplatte. Es war nicht besonders groß und schien eine Art Ausrüstung zu enthalten, ungefähr so groß wie eine Nähmaschine.

Das Gehäuse bestand aus schwarzem Kunststoff, angefertigt speziell für das, was es enthielt. Es hatte seltsame Ausbuchtungen und war leicht asymmetrisch. Es war mit Staub und verkrustetem Insektenkot bedeckt, und ich klopfte mir angewidert die schmutzigen Hände an der Hose ab, nachdem ich es vorsichtig abgestellt hatte.

Ich trat zurück. »Was ist das?«

»Kümmer dich nicht drum. Wolltest du nicht Tee kochen?«

»Wie du willst.« Ich war nicht in der Stimmung, mich mit ihm zu streiten, besonders heute Abend nicht. »Ich bin gleich wieder da.«

***

Ich stellte den schmutzigen Becher in die Spüle, füllte den Wasserkocher und sah mich in der frisch geputzten Küche um. Ich würde kochen, genau. Das würde mich beruhigen. Und all diese weltbewegenden Dinge, diese Offenbarungen, konnten bis morgen warten. An heute Abend würden sie nichts ändern.

Ich ging rüber zum Schrank neben dem alten Aga-Ofen und suchte nach der Lieblingstasse meines Vaters, die nicht auf dem Abtropfbrett stand.

Auf dem Tresen lag ein offener Brief mit einem irgendwie finsteren, bedrohlichen Briefkopf. Seit dem Tod meiner Mutter erhielten wir andauernd offizielle Schreiben, und ich hatte gelernt, ihnen keine Beachtung zu schenken. Irgendwann würden sie alle beantwortet werden. Aber es war seltsam, dass dieser Brief offen in der Küche lag. Vielleicht stammte er vom Krankenhaus.

Ich las ihn, dann las ich ihn noch einmal, insgesamt dreimal, während mir das Blut in den Adern gefror.

Re: Räumungsaufforderung

Sehr geehrter Mr. Boothroyd,

hiermit informieren wir Sie darüber, dass Sie innerhalb der nächsten dreißig Tage mitsamt Ihrem Eigentum das ehemals als The Old Mill, Pulverton, Suffolk bekannte Gebäude und Grundstück zu verlassen haben.
Die Eigentümer haben das Recht, die sofortige Räumung von Ihnen zu verlangen. In Anbetracht Ihrer kürzlichen Erkrankung werden Ihnen jedoch insgesamt dreißig Tage ab Datum dieses Schreibens gewährt, um eine alternative Unterkunft zu finden.
Bitte verlassen Sie das Anwesen in gutem Zustand und gründlich gereinigt und hinterlegen Sie die Schlüssel bei Newmarket Estates, Undley Road, Beccles.
Beachten Sie, dass wir bei Nichtbefolgen dieser Aufforderung gezwungen sind, ein gerichtliches Räumungsverfahren einzuleiten.

Mit freundlichen Grüßen
Daniel Babcock

Das Schreiben stammte von einer Kanzlei namens Daniel Babcock and Associates und war im Auftrag von Thomas und Estella Mackenzie versandt worden.

Estella.

Deshalb hatte sie sich nach Dads Zustand erkundigt.

Damit sie ihn baldmöglichst auf die Straße setzen konnte. Ich dachte daran, wie sie auf der Beerdigung gesagt hatte, sie wolle über dieses Haus reden.

Ihre Schamlosigkeit verschlug mir den Atem, ich war fassungslos. Es war mir nie in den Sinn gekommen, dass meinen Eltern dieses Haus nicht gehörte.

»Was zum Teufel ist nur in diese Leute gefahren?«, murmelte ich vor mich hin, während das Wasser kochte.

Ich bereitete meinem Vater den Tee so zu, wie er ihn mochte, stark und mit zwei Stückchen Zucker, und dazu legte ich ihm eines der kleinen Bakewell-Törtchen auf einen Teller, die er so gern aß.

Ich musste ruhig, zuversichtlich und stark bleiben. Dad brauchte Pflege, keinen Stress.

Als ich hinausging, um Tee und Kuchen zum Schuppen zu bringen, merkte ich, dass es im Garten bereits kühl war, während die Sonne allmählich unterging. Der Hochsommer war vorbei, und bald würde sich Eden Gardens rot und golden färben und die Luft erdig und feucht nach herabgefallenen Blättern riechen.

Nur, dass wir nicht hier sein werden, um den Herbst mitzuerleben.

Und was sollen wir Rowan sagen?

Bei dem Gedanken wurde mir schwindlig und übel. Rowan war auf Eden Gardens angewiesen, um seine Frau und seine Kinder zu ernähren.

Als ich an den Kürbissen vorbeikam, die wir in der Nähe des Zauns angepflanzt hatten, hörte ich ein Knarren hinter mir, als hätte sich das Gartentor ein ganz klein wenig geöffnet.

Ich erstarrte.

»Hallo?«

Keine Antwort.

Ich drehte mich um, meine Absätze versanken im Mulch, aber niemand schien da zu sein.

Ich wollte gerade zum Tor gehen und das Schloss überprüfen – so durcheinander und verzweifelt, wie ich war, hatte ich vielleicht vergessen, es hinter mir zu schließen, und jetzt schwangen die Flügel im Wind …

»Sophia!«, rief mein Vater aus dem Schuppen. »Sophia, komm her, schnell!«

Seine Stimme klang drängend, alarmiert.

Ich schaute hinüber zum Gartentor, trug dann vorsichtig Tee und Kuchen in den Schuppen und sah dabei die ganze Zeit über die Schulter.

»Dad, ich glaube, da ist jemand.«

Ich brauchte ein, zwei Minuten, bis ich die Situation erfasst hatte.

»Dad«, sagte ich, so ruhig und gleichmäßig, wie ich nur konnte, »was machst du denn da?«

Er stand auf und sah mich an. Der schwarze Koffer lag offen auf dem Tisch. Darin sah ich etwas Klobiges mit einem Objektiv und einem Griff – eine Art Kamera. Danebengepackt waren Dutzende alter Videokassetten, die mit Datum und gelegentlich einem Namen versehen waren: »2.10.88 – SARAH«, »3.2.85 23:47«, »Tristan – 4.6.87«.

Aber das war es nicht, was mich zutiefst schockierte.

Sondern die Schrotflinte, mit der er auf mein Gesicht zielte.

»Dad?«

»Ich bin nicht dein Vater, das weißt du genau! Du warst heute in Morningstar, oder? Hast du da nicht deinen richtigen Vater kennengelernt?«

Rowan, dachte ich. Rowan hatte am Telefon zugeknöpft reagiert, als ich ihn gebeten hatte, meinem Vater nichts zu erzählen. Wahrscheinlich hatte er es ihm doch gesteckt und sich gescheut, es zuzugeben.

»Dad«, sagte ich und bemühte mich, ruhig zu bleiben. »Lass das. Nimm die Waffe runter, sofort! Du bist durcheinander. Traurig und durcheinander.«

»Traurig?« Seine Augen glänzten tränenfeucht. »Du hast keine Ahnung, Sophia. Keine Ahnung, was das bedeutet. Weißt du, als Ninas monströse Eltern uns nach dem Tod deines Urgroßvaters hier wohnen ließen, weil sie sich die Steuer beim Verkauf sparen wollten, war hier alles völlig heruntergekommen. Es stank nach Leichen. Es stank buchstäblich nach Tod, weil der alte Mann hier gestorben war. Und da diese herzlosen Missgeburten ihn nie besuchten, war er schon halb verwest, als er gefunden wurde.«

Er kam einen Schritt näher, der Lauf der Waffe zitterte. Es wäre ein Leichtes gewesen, sie ihm aus der Hand zu schlagen, aber ich war zu weit weg.

»Kein Wasser, keine Heizung, kein Strom, und deine Mutter stand kurz vor der Niederkunft.«

Ich stand da wie angewurzelt, durchdrungen von seiner Wut und Verzweiflung.

»Ich habe Eden Gardens aus dem Nichts aufgebaut, alles für sie, auch wenn sie mir nie eine klare Antwort geben wollte. ›Ich weiß nicht, ob Sophia dein Kind ist.‹ ›Ich weiß nicht, ob ich Aaron noch liebe.‹ Sie hat mich hingehalten, hingehalten und *hingehalten* …«

»Dad …«

»Hör auf, mich so zu nennen!«, schrie er, sichtlich gepeinigt. So verängstigt ich auch war, sein Schmerz war schrecklich anzusehen, eine unerträgliche Qual. »Du siehst ihm sogar ähnlich! Sollst du Eden Gardens erben, ist das der Plan? Sobald mich deine Großeltern den Wölfen zum Fraß vorgeworfen haben?«

Wölfe.

Ungläubig starrte ich auf die Kassetten und die Kamera, und allmählich dämmerte es mir.

Mein Vater ist nicht mein Vater.

Plötzlich fügte sich alles zusammen. *Natürlich. Er ist Wolf.*

Das war es, was Tess mir hatte sagen wollen, bevor sie starb. Das erklärte ihre Dringlichkeit – sie wollte es tun, während Dad noch im Krankenhaus war und sie ihm nicht begegnen würde. Und sie wollte es mir persönlich beibringen, so schonend wie möglich.

»D…« Ich trat einen Schritt zurück: mein Herz klopfte. Es war, als würde ich fallen, und meine Beine zitterten, als würden sie jeden Moment nachgeben. »Bitte tu das nicht. Wir können doch über alles reden …«

»Nina ist an allem schuld, Sophy«, knurrte er. »Sie wollte mich verlassen, hat sie gesagt, sie habe genug, sie würde alles riskieren, auch, dass die Sache mit Peter rauskommt. Sie würde zu dir ziehen, hat sie gesagt …« Er fuhr sich mit dem Handrücken über sein nasses Gesicht. »Diese herzlose, eiskalte Schlampe! Ich hätte mein Leben für diese Frau gegeben!« Seine Augen waren weit aufgerissen. »Habt ihr das gemeinsam geplant?«

Sie habe genug, sie würde alles riskieren, auch, dass die Sache mit Peter rauskommt – er hatte von dem Buch gewusst, das Mum veröffentlichen wollte …

Das konnte nur eines bedeuten. Etwas Schreckliches, Unausweichliches; das Einzige, was einen Sinn ergab.

»Dad«, ich konnte es immer noch nicht begreifen. »Du hast Mum umgebracht?«

Selbst jetzt, wo er völlig außer sich war, schien die Tat zu ungeheuerlich, um sie zugeben zu können. Es tat, als hätte ich nichts gesagt. »Wir werden alle zusammen gehen, so wie es hätte sein sollen, wenn du an diesem Abend nach Hause gekommen wärst.«

»Dad, du willst das doch gar nicht tun.«

»Nein«, sagte er, und eine seltsame Ruhe schien ihn zu überkommen. »Ich will nicht, aber das wird mich nicht aufhalten.«

Sein Gesichtsausdruck wurde starr, gefühllos, und in diesem Moment wusste ich, dass er mich töten würde und dass weder Worte noch Bitten mich retten konnten.

»Ich baue das alles hier doch nicht aus dem Nichts heraus auf, dich und sie mit eingeschlossen, nur damit mir alles genommen wird.« Tränen liefen ihm über das Gesicht, aber es war, als hätten sie nichts mehr mit ihm zu tun, mit irgendeiner menschlichen Emotion, die ich kannte.

»Auf Wiedersehen, Sophia.« Er hob die Waffe und stabilisierte sie. »Bald sind wir beide bei deiner Mutter.«

Ich schüttete ihm den heißen Tee ins Gesicht.

Er stieß ein rasendes Gebrüll aus, und ich drehte mich auf dem Absatz um, lief los, stolperte wie eine Verrückte in Richtung Gartentor, strauchelte über die Ranken der Kürbisse und Zucchini und verhedderte mich im Netz über den Kohlköpfen. Ich fiel vornüber auf den Bauch, rutschte mit der Wange über den feuchten Boden und atmete seinen erdigen Duft tief ein.

Als ich mich aufrappelte, hatte er mich schon fast erreicht.

»Bleib stehen …«

Ich fiel rücklings um, weil sich ein Fuß hoffnungslos verfangen hatte.

Oh, bitte, lass es schnell gehen!

Er blieb direkt vor meinen Füßen stehen, die Waffe auf meine Brust gerichtet. Er atmete schwer, sehr schwer, obwohl ich nicht sagen konnte, ob vor Wut, Verzweiflung oder postoperativer Anstrengung.

Ich öffnete den Mund, um ihn anzuflehen, mich zu verschonen, doch meine Kehle war staubtrocken, und meine Stimme klang erstickt.

»Es ist wirklich eine Ironie des Schicksals«, sagte er. »Aber so kam ich an deine Mutter. Ich habe den Dreckskerl Peter Clay direkt vor ihren Augen erschossen, um ihn von ihr fernzuhalten, aber sie war zu stoned, um sich danach daran zu erinnern.« Er keuchte und fand die Kraft, die Waffe zu heben.

»Eine Schrotflinte«, fuhr mein Vater fort und atmete röchelnd ein und aus. »Wie lustig. So hat es angefangen, und so wird es enden.«

»Dad, bitte, nein, bitte nicht … bitte, ich flehe dich an, bitte tu das nicht …«

Und dann kam jemand aus der Hecke am Zaun. Ein Schatten erschien hinter meinem Vater, mit langen dunklen Haaren, hohen Wangenknochen und stechenden schwarzen Augen.

Aaron Kessler.

Ich konnte mich nicht bewegen. Für einen albtraumhaften Moment glaubte ich, er wäre ein Geist.

Er hielt etwas Langes, Dünnes in den Händen, und ich erkannte, dass es ein Reifenheber war.

»Hallo, Wolf«, sagte Aaron.

Und dann zog er meinem Vater das Eisen über den Kopf.

Er ließ die Waffe fallen.

Mein Vater – Jared – hielt einen Augenblick lang zitternd inne, bevor er im weichen Mulch von Eden Gardens auf die Knie sank und dann wie ein gefällter Baum nach vorne kippte.

***

»Warum sind Sie gekommen?«

Die Polizei war dabei, den Tatort zu räumen. Die Kripo hatte ihre Fragen gestellt und mich gehen lassen, und mein Vater war mit einer schweren Gehirnerschütterung abtransportiert worden.

Irgendwie hatte ich trotz allem das Gefühl, ich hätte ihn begleiten sollen, doch alle – die Polizei, die Sanitäter und Rob Howarth – hielten das für keine gute Idee. Vielleicht hatten sie recht.

Aber schließlich dauert es eine Weile, bis das Herz erfasst, was der Verstand weiß – Dad hatte Mum getötet.

Er war nicht mein Freund.

Aaron hatte sich geweigert, die Fragen der Polizei zu beantworten, sehr höflich, aber unnachgiebig, mit dem Argument, er spreche nie ohne seinen Anwalt mit Gesetzesvertretern, schon aus Prinzip nicht. Mehrmals drohte man ihm, ihn in Beugehaft zu nehmen, aber er wies die Einschüchterungsversuche mit verächtlichem Schweigen von sich.

Ich hatte auch nicht geglaubt, dass er mir antworten würde, als wir uns nebeneinandersetzten und an den Gartenzaun lehnten. Im Schuppen meines Vaters sah ich die Spurensicherung bei der Arbeit.

Aaron seufzte. »Ich hätte nie gedacht, dass der Mann, der hier mit Nina lebte, Wolf war.« Er lehnte sich zurück und hob den Blick zu den Sternen. »Ich sehe mir nicht oft die Nachrichten an. Das ist nicht gut für den Geist, weißt du – für die spirituelle Entwicklung –; ich habe meine Leute dafür.«

Falls er meinen neugierigen Blick wahrnahm, ließ er es sich nicht anmerken.

»Jared Boothroyd. Lange her, dass ich diesen Namen gehört habe.« Er schloss die Augen. »Sehr lange.«

Ich wartete zittrig. Aaron erschien mir wie ein Traum, so wie der ganze übrige Abend.

Lässig lehnte er an den Holzbrettern. »Als mir klar wurde, dass er es war, ergab alles einen Sinn. Nina war in Morningstar nie besonders an Wolf interessiert gewesen, während er geradezu besessen von ihr war.« Er lächelte, wie bei einer glücklichen Erinnerung. »Nina war eine schöne Frau – so zerbrechlich, so unschuldig und doch seltsam stark. Sie konnte einen hier erwischen.« Aaron richtete sich auf und schlug sich mit der Faust in Höhe des Herzens gegen die Brust. »Es ergibt einen Sinn, dass er ihr gefolgt ist. Aber ich war hinter Wolf her, weil er mir etwas sehr Wertvolles gestohlen hatte.«

»Die Morningstar-Aufnahmen«, sagte ich und hörte, wie meine Stimme bebte. »Sie sind ihretwegen gekommen. Allein. Weil die anderen alle glauben, dass Sie sie die ganze Zeit hatten. Deswegen konnte Sie sie melken. Wenn herauskäme, dass sie in den letzten zwanzig Jahren irgendwo in Suffolk in einem Gartenhaus versteckt waren …«

»Davon weiß ich nichts«, winkte er meine Behauptung beiseite. »Aber nachdem mir klar war, dass es Wolf war, der hier draußen lebte, musste ich ihn damit konfrontieren. Ich dachte, es wäre an der Zeit, dass es jemand tut. Wie auch immer, wie kommst du darauf, ich wäre allein hier?«

Ich war so dumm! Natürlich war er nicht allein. Sein Fahrer hielt sich garantiert in der Nähe auf, und dazu alle möglichen anderen Leute, die er rekrutiert hatte.

Ich spähte zwischen die umgebenden Bäume.

Dann zuckte ich mit den Achseln. »Danke, dass Sie mir das Leben gerettet haben.«

»Dafür musst du dich nicht bedanken. Dankbarkeit ist nur da angebracht, wo es Handlungsalternativen gibt, Sophia. Du bist viel mehr wert als die Filme.« Er stand auf. »Wir sollten sie gut aufbewahren. Du würdest sie rituell lehrreich finden. Deine Zeugung ist auf einem von ihnen zu sehen.«

»Danke, ich verzichte.«

Ein langes, kühles Schweigen trat ein. Dann sagte er: »Ich rufe jetzt meinen Anwalt an.«

Ich fühlte mich seltsam ruhig in Anbetracht der Tatsache, was alles passiert war. Man sollte meinen, ich wäre am Boden zerstört gewesen. Aber das war ich eigentlich gar nicht. Ich fühlte mich bestätigt, als hätte sich eine geheime, unbewusste Überzeugung tief in mir bewahrheitet.

Meine Mutter hatte sich nicht umgebracht. Meine Mutter hatte gekämpft, weil sie leben wollte, weil sie ihre Geschichte von Flucht, Rebellion und Liebe erzählen wollte, die in Sklaverei endete. Sie hatte gekämpft, um diesem verrückten Eden mit seinem Gefängniswärter von Adam zu entkommen, der sie zu sehr und zugleich gar nicht geliebt hatte.

Sie war letztendlich nicht gerettet worden, aber jetzt erfuhr sie zumindest posthum Gerechtigkeit.

KAPITEL 34

Es war fast drei Wochen her, dass wir aus Morningstar rausgeworfen worden waren.

Ich nahm zumindest einige von Rosies Ratschlägen an, und nach der ersten Woche schrieb ich an das College. Zwei Wochen später bekam ich Antwort. Ich öffnete den Brief mit zitternden Händen, an der Küchenzeile in der kleinen Wohnung stehend, während Wolf fernsah und rauchte.

Das College unterstützte meinen Antrag. Ich sollte meinen Fall bis zum 21. März schriftlich darlegen.

Ich las das Schreiben erneut, konnte das Blatt Papier aber vor lauter Nervosität kaum richtig halten.

Ich hatte das Gefühl, dass es bereits zu spät war.

»Hast du irgendwas?«, blaffte Wolf.

Es war, als hätte er einen sechsten Sinn, wenn mich etwas bewegte – er hätte es von der anderen Seite der Stadt aus gespürt. Ich musste zugeben, dass mich das beeindruckte.

»Nein, gar nichts, alles gut!«

***

In dieser Nacht konnte ich nicht schlafen. Ich lag auf dem Rücken, starrte an die Decke mit dem grün leuchtenden Sonnensystem und konnte die Tränen nicht zurückhalten.

Morningstar, ob gut oder böse, war für mich verloren. Ich trieb in einer kosmischen Dunkelheit und hatte als Leitsterne nur leuchtende Plastikplaneten.

Ich versuchte, ein leises Schluchzen zu unterdrücken.

Auf dem Boden, in seine Decken eingewickelt, regte sich Wolf.

»Alles in Ordnung mit dir?«

Im schwachen Licht reflektierten seine Augen winzige Lichtpunkte.

»Mir geht's gut«, erwiderte ich, aber meine Stimme brach in der Anstrengung, die Tränen zu verbergen.

Ehe ich michs versah, war er neben mir, warm wie ein Tier, und nahm mich in die Arme.

»Nina … Nina, alles wird gut.«

Ich hätte ihn nicht weiter ermuntern dürfen, das wusste ich, aber in meiner Einsamkeit und meinem Elend war jeder Kontakt ein Trost. Ich erlaubte mir einen Moment lang, mich an ihn zu klammern.

Seine Lippen strichen über meine Wange und meinen Hals, seine ewigen Bartstoppeln kratzten über meine Haut.

»Nein …«

Ich versuchte, mich loszumachen und ihn wegzudrängen, aber sein Griff wurde fester. »Psst, psst, ganz ruhig.«

»Wolf, hör auf, ich will nicht …«

Sein Mund war auf meinem, erstickte meinen Widerspruch, und er fuhr mit den Händen über meinen Körper, schob mein T-Shirt hoch und knetete meine Brüste. Kühl fuhr seine Zunge über meine Brustwarze, und dann schloss sich warm sein Mund darum, er saugte daran und liebkoste sie, und obwohl ich ihn so fest wegstieß, wie ich nur wagte, gelang es mir nicht, ihn von mir zu lösen.

Ich wusste auch nicht mehr so recht, ob ich ihn wirklich loswerden wollte. Ich war so unglücklich, so allein, so verängstigt, dass das animalische Aufflammen von Sex, jeder Art von Sex, ein wenig Ablenkung, ein wenig Vergessen bot.

Ich wehrte mich nicht länger, als er mir grob den Slip runterzog und sich tief in mir vergrub. In seiner drängenden Gier und Erregung war er ein Fremder für mich, als er fest gegen mich und in mich hineinstieß. Der Mond badete ihn in blassem Licht, seine Schultern weiß, seine Lippen nass und dunkel. Die anderen konnten uns bestimmt hören, und ich dachte, dass er es vielleicht sogar absichtlich so wollte oder sich einfach nicht darum scherte.

Irgendwann kam ich wie nebenbei zum Höhepunkt, und er daraufhin ebenfalls, mit einem Schaudern und einem langen lauten Stöhnen, bevor er auf mir zusammensank.

Dann war alles ruhig, abgesehen von unserer Atmung und den gelegentlichen Schreien einiger betrunkener Studenten, die zurück zu ihren Wohnungen weiter die Straße hinuntertorkelten.

»Wow!«, sagte Wolf. »Das wollte ich schon mit dir machen, seitdem ich dich zum ersten Mal gesehen habe.«

Darauf konnte ich nichts erwidern.

Er küsste mich und drapierte uns beide nebeneinander zum Schlafen, meinen Kopf auf seiner nackten Brust. Mir schwante, dass er das deshalb tat, damit Piers und Rosie uns morgens so fanden.

Rosie, die gesagt hatte: »Du darfst nicht mit ihm schlafen! Einen solchen Typen wirst du nie wieder los.«

»Geht es dir gut?«, fragte er.

Nein, tat es nicht. Jetzt, nachdem es vorbei war, war ich verzweifelter und einsamer denn je. Ich hatte alles nur noch schlimmer gemacht. Mir war schon wieder zum Weinen zumute, aus demselben Grund wie eben, aber nun kam auch noch Scham hinzu.

»Hey, hey, warum weinst du denn?«

»Du hast kein Kondom benutzt«, sagte ich, weil mir so schnell kein anderer Grund für meine Verzweiflung einfiel.

»Du hast aber auch nichts gesagt.« Er grinste, und als ich nicht antwortete, küsste er mich. »Keine Sorge, Schatz. Du kannst die Pille danach nehmen. Alles wird gut.«

Ich antwortete immer noch nicht. Es hatte ja doch keinen Sinn.

Und es spielte keine Rolle, dass er kein Kondom benutzt hatte, denn ich war mir aufgrund des Ausbleibens meiner sonst absolut pünktlichen Periode ziemlich sicher, dass ich schon schwanger war.

***

»Verdammte Scheiße«, stieß mein Vater hervor, als ich mit Wolf zu Hause ankam.

Mummy war sprachlos. Es war das erste Mal, dass ich sie weinen sah.

Ich war im sechsten Monat mit dir schwanger und fühlte mich schon unförmig und schwerfällig, wie ein dickes Weidetier mit hin und her schaukelndem Bauch.

Du hast wie wild in mir gestrampelt, als hättest du mein pseudogeorgianisches Elternhaus mit seinem überdimensionalen Wintergarten, den Chintz-Sofas und meinen entsetzten Eltern sehen können und beschlossen, dass es bessere Orte für dich gab.

Wolf an meiner Seite gab sich große Mühe. Er hatte sich rasiert, sodass Kinn und Wangen vor Rasurbrand rosa glühten, und er hatte relativ saubere Kleidung angezogen, die wir in einem Wohltätigkeitsladen in Oxford gekauft hatten.

Wir waren monatelang unterwegs gewesen. Ich hatte Rosie zweimal mit dem Rest meines wenigen Kleingelds angerufen und versucht, ihr zu erklären, was passiert war.

»Nina, verlass ihn!« Ihre Verwirrung und ihre wachsende Abneigung gegen mich waren deutlich spürbar.

Aber ich konnte ihn nicht verlassen, und ich wagte nicht, ihr zu sagen, warum.

Nicht, dass ich es nicht versucht hätte.

Wir saßen in einem Café in Cambridge, als ich ihm zu erklären versuchte, dass es nicht nur aus zwischen uns war, sondern wir überhaupt nie zusammen gewesen waren.

Piers und Rosie hatten ihn am Abend zuvor in einem Sturm von Geschrei und zertrümmerten Möbeln rausgeschmissen. Er hatte mich zu einem Treffen am nächsten Tag gedrängt, um darüber zu sprechen, und da dies der Preis dafür war, dass er ohne weitere Gewalt ging, hatte ich zugestimmt.

»Hier, bitte schön.« Er stellte die Tasse vor mich hin. »Trink aus. Damit ist unser Geld zu Ende.«

Neben uns stopfte sich eine müde aussehende Familie mit Mum, Dad und zwei kleinen Kindern Kuchen in den Mund.

»Wir können vom Busbahnhof aus nach Manchester fahren«, sagte er. »Von da an wird es besser für uns.«

»Ich gehe nirgendwo mit dir hin«, sagte ich, angespannt und mit gepresster Stimme. »Ich habe mich nur deswegen einverstanden erklärt, mich mit dir zu treffen, weil du verdienst, dass ich es dir unter vier Augen sage. Wir sind nicht zusammen und werden es auch nie sein. Ich gehe jetzt gleich zurück zu Rosie.« Ich verschränkte die Finger auf meinem Schoß. »Allein.«

Sein Gesichtsausdruck verwandelte sich mit einem Schlag; lodernde, mörderische Wut verzerrte seine Züge. Ich glaube, wenn wir allein gewesen wären, hätte er mich geschlagen.

»Wage es nicht, verdammt noch mal«, zischte er.

»Wolf, ich weiß nicht, wie ich es dir sonst sagen soll ...«

Er streckte die Arme aus, packte mich am Revers meiner Jacke und zog mich näher heran. Man vergisst leicht, womit Männer damals durchkommen konnten. Die Leute dachten wahrscheinlich, wir hätten einen Ehekrach. Solange er mich nicht körperlich misshandelte, wäre es unwahrscheinlich gewesen, dass jemand eingriff. Sein Gesicht war nur Zentimeter von meinem entfernt.

»Was gibt dir das verdammte Recht«, knurrte er mir ins Ohr, »mich derart in die Scheiße zu reiten und mich dann einfach fallen zu lassen?«

»Aber das habe ich doch gar nicht«, schrie ich auf, erschrocken über die Veränderung bei ihm.

»Hör zu, du blöde Fotze, du hast einen Mann erschossen«,

flüsterte er. »Ich habe versucht, dich zu beschützen, aber wenn du mich im Stich lässt, tue ich dasselbe mit dir.«

Ich war wie betäubt. »Was redest du denn da?«

»Peter Clay. Du warst es«, flüsterte er mir eiskalt ins Ohr. »Du warst völlig zugedröhnt und bist runter in die Eingangshalle gekommen. Onkel Pete wollte die Gelegenheit nutzen und hat dich gepackt. Irgendein dummer Wichser hatte den Waffenschrank offen gelassen, und bumm! Du hast ihn erschossen.«

»Ich …«

»Du würdest jetzt in einer beschissenen Zelle sitzen, wenn ich nicht gewesen wäre«, murmelte er. Spucketröpfchen spritzten gegen meine Wange, sein Atem strich heiß über meine Haut. »Denk ja nicht, dass du mich im Stich lassen kannst!«

Er stieß mich auf meinen Platz zurück.

Ich blinzelte, bis ins Mark erfüllt von Furcht und Schrecken.

»Entschuldigung«, sagte der Mann am Nebentisch kauend, »aber ist bei euch da drüben alles in Ordnung?« Seine Frau funkelte Wolf wütend an.

Sophia, ich hatte keinerlei Erinnerung an die Nacht des Rituals, außer die, dass es einen Knall gegeben hatte, ein Geräusch wie rollender Donner, und dann einen Sturm lauter Männerstimmen, und dann hatten meine Hände nach Eisen und Salz geschmeckt.

Und noch etwas kam hinzu, wie ich in einer Eingebung erkannte. Ich hatte Peter Clay gehasst. Nicht nur, weil ich ihn als Person hasste, diesen dreckigen, geilen Möchtegern-Vergewaltiger, sondern auch, weil ich noch nicht die emotionale Kraft hatte, Aaron so zu hassen, wie er es verdient hatte. Nichts, was Peter jemals zu mir gesagt oder mit mir gemacht hatte, war ohne Aarons stillschweigende Erlaubnis geschehen, aber das zuzugeben hätte bedeutet, zuzugeben, dass Aaron der heimtückische Tyrann war, als den Wolf ihn mir gegenüber darstellte.

Wenn Peter wirklich versucht hätte, sich mir aufzudrängen, während ich in diesem halb betäubten Zustand war, in dem ich keine Hemmungen hatte, dann, ja dann hätte ich mir vorstellen können, ihn erschossen zu haben. Die Waffenschränke waren oft unverschlossen, und ich wusste, wo sie waren.

Ich fing an zu zittern.

Wolf starrte mich von der anderen Seite des Tisches her an und verschränkte die Arme, als wollte er mich herausfordern.

»Ja«, antwortete ich dem Mann am Nebentisch, meine Stimme kaum ein Flüstern. »Es ist alles in Ordnung.«

»Nur eine Meinungsverschiedenheit, Kumpel«, sagte Wolf, der sich nicht die Mühe machte, den Mann anzusehen. Er grinste mich an, einen Hauch von Triumph im Gesicht.

***

In den darauffolgenden Monaten übernachteten wir bei diversen dubiosen Typen, die Wolf kannte – wir kampierten in Preston, in Manchester, für kurze Zeit in Leeds. Ich wurde dicker und platzte bald aus allen Nähten – du warst immer weniger zu übersehen und immer begieriger, Einzug in diese Welt zu halten. Ich konnte deine Eile nicht verstehen. Die Welt schien mir kein Ort zu sein, an den es einen unbedingt hinziehen musste, zumindest damals nicht.

Mir wurde klar, dass ich mich an meine Eltern wenden und sie um Hilfe bitten musste. Auf keinen Fall konnte ich unterwegs ein Baby zur Welt bringen, so wie wir lebten, in derart schmutzigen, eiskalten Räumen, in denen Wolf jeden Joint rauchte, den er nur auftreiben konnte, und wir unsere Arbeitslosenhilfe mit dem, was er stehlen und wieder verkaufen konnte, aufstockten. Die Ermittlung zog sich immer weiter in die Länge. Wolf behielt die Entwicklung im Auge. Dazu hatte ich nicht den Mumm.

Manchmal fragte ich mich, ob es im Gefängnis nicht besser

wäre, doch dann rührtest du dich unter meinem Herzen, und es war, als drängtest du mich, es mir noch einmal zu überlegen.

Schließlich trampten wir zurück in den Süden. Ich hatte überlegt, meine Eltern anzurufen und sie vorzuwarnen, aber letztendlich verließ mich der Mut.

Schließlich kamen wir an.

»Wie lange ...«, stotterte Dad und starrte meinen geschwollenen Bauch an.

»Das Baby kommt im September.« Ich legte schützend die Hände über dich. Meine Mutter verzog angewidert das Gesicht, als sie meine schmutzigen, rissigen Fingernägel und mein trockenes, ungewaschenes Haar sah.

»Ja«, sagte Wolf und lächelte beide an. »Sie haben uns gesagt, dass es ein Mädchen wird. Erstaunlich, was heutzutage im Krankenhaus alles möglich ist.« Er schlürfte Tee aus Mums feinem Porzellan. »Wir sind so glücklich.«

***

Wir blieben etwa achtzehn Stunden, und Wolf legte seine besten Manieren an den Tag – er nannte sich jetzt Jared, wie sein richtiger Vorname lautete.

Beim Frühstück war vereinbart worden, dass er und ich in die Alte Mühle, das Haus meines Großvaters in Suffolk, ziehen sollten, das in dem Jahr nach seinem Tod die meiste Zeit leer gestanden hatte. Darin konnten wir »eine Weile wohnen«. Daddy versprach, uns finanziell zu unterstützen, bis Jared einen Job gefunden hatte. Das Geld sollte an Jared gehen, da man mir eindeutig nicht trauen konnte, wie Mummy anmerkte, die es nicht über sich brachte, meinen geschwollenen Bauch anzusehen.

Daddy fuhr uns hin.

Ich konnte mich des Gefühls nicht erwehren, dass sie verzweifelt darauf bedacht waren, dass die Nachbarn uns nicht zu Gesicht bekamen. Sie hätten sich keine Sorgen machen müssen. Obwohl ich noch nicht mal einen Tag zurück war, hatte ich keine Lust mehr, jemals wiederzukehren. Da war sogar Wolf eine bessere Gesellschaft als sie.

Dad übergab uns die Schlüssel und ging, ohne das Haus auch nur betreten zu wollen – stattdessen ließ er uns auf der Treppe stehen, sein Widerwille gegen mich war deutlich zu spüren. Wenn die Ermittlung abgeschlossen war, würde sich alles ändern. Ich würde meine Kräfte sammeln und überlegen, wie ich dieser Beziehung entkommen konnte, die ich nicht wollte und die so völlig an meinen Gefühlen vorbeiging.

Aber dann, in einer eisigen Nacht am 1. Oktober, in einem überhitzten Krankenhausbett, während ich schrie und schrie und schrie, kamst du.

Und du hast alles vor dir weggefegt.

Bis du mich verlassen hast, habe ich nie zurückgeschaut.

KAPITEL 35

Es ist ein schöner Tag auf dem Vesuv.

Vielleicht sogar ein wenig zu schön – der stundenlange Aufstieg zum Gipfel über die fast fünfundvierzig Grad steilen Hänge hat uns erschöpft, und wir trinken lauwarme Orangina unter dem Sonnensegel am Rand des Kraters, umgeben von begeisterten Teenagern, die vor der steilen Felsformation Selfies machen. Der Himmel wölbt sich in perfektem Blau über uns.

Mein Begleiter heißt Marco und ist Innenarchitekt; er ist selbstständig, arbeitet aber gelegentlich für Amity. Er stammt aus Italien – Verona –, hat seinen Wohnsitz jedoch in London. Er ist groß und schlaksig und redet normalerweise viel mit seinen ausdrucksstarken Händen, doch heute hängen seine Arme schlaff herunter. Die Hitze macht ihm genauso zu schaffen wie mir. In der Ferne bildet der Golf von Neapel einen blau-goldenen Streifen im Hitzeschleier.

Ich habe ihm erzählt, dass ich immer schon mal einen Vulkan sehen wollte, deshalb sind wir hier.

»Und, hat es sich gelohnt?«, fragt er mich, die Hand auf meinem unteren Rücken.

»Ja«, sage ich. »Aber wo ist denn die Lava? Ich dachte, da wäre Lava.«

Er lacht laut auf. »Nein, Lava gibt's keine. Aber schau mal, dort.« Er deutet auf das staubige Innere des Kraters, wo ein, zwei struppige Sträucher wachsen, als forderten sie den Zorn des Berges heraus. »Dies ist der gefährlichste Vulkan der Welt, *mia Sophia,* und eine große Eruption ist überfällig. Wenn es losgeht, sind all die Leute da unten« – er zeigt mit einer raumgreifenden Geste auf den Golf von Neapel mit seinem Teppich aus Häusern, Cafés und Gärten – »weg. Ausgelöscht. Alles, was sie besitzen, ist weg. Nur weil irgendetwas ruhig ist und es nichts zu sehen gibt, bedeutet das nicht, dass alles gut ist. Es brodelt unter der Oberfläche. Der Druck baut sich auf. Und dann: bumm!«

Wir haben uns vor achtzehn Monaten kennengelernt, kurz nachdem mein Scottish-Heritage-Projekt aufgegriffen worden war. Scottish Heritage war begeistert von meinem Entwurf, aber vor allem war auch James hin und weg gewesen: »Benjamin hat mich nach meiner Meinung dazu gefragt. Er war nicht überzeugt. Dabei ist das ein echter Amity-Entwurf.« Er hatte mich in sein Büro zitiert, wo ich mich wie ein kleines Mädchen mit den Händen an die Sitzfläche meines Stuhls klammerte und darauf wartete, gefeuert zu werden. »Das ist Frank Lloyd Wright in modern! Das ist Arbeit auf Weltklasseniveau!« Er schnaubte. »Manchmal verliert Benjamin etwas das Ziel aus den Augen.«

Ich wusste nicht, was ich sagen sollte, aber das war in Ordnung, denn James übernimmt liebend gern das Reden.

Als James mich unter seine Fittiche nahm, änderte sich einiges für mich, und das praktisch sofort.

Jedenfalls erklärte es, warum Olympia plötzlich so nett zu mir gewesen war. Und da James derjenige war, der mich Marco auf dem Amity-Sommerfest offiziell vorgestellt hat, fällt es mir schwer, weiterhin sauer auf ihn zu sein, obwohl er ein Soziopath ist.

Marco war eigentlich Cleos Schwarm, aber bis dahin war Cleo weg.

Als ich James von meinen gelöschten Dateien erzählte, leitete er eine umfassende Untersuchung ein, und die Spur führte ausgerechnet zu ihr. Sie war sogar auf der Überwachungskamera zu sehen. Darauf angesprochen, behauptete sie, Benjamin habe sie angestiftet. Warum sie darauf eingegangen war, blieb ungeklärt, doch als ich an den Morgen zurückdachte, als die Dateien verschwanden, erinnerte ich mich an ihr zerzaustes Aussehen und vermutete, dass sie mit ihm geschlafen hatte. Vielleicht war es das erste Mal, vielleicht hatten sie aber auch eine On-off-Affäre. Letztendlich spielte es keine Rolle.

In dem Durcheinander von Aufklärung, Büromobbing und Verrat, das nun ans Licht kam, wunderte mich dennoch eines am allermeisten: *Benjamin und Cleo? Er ist doch gar nicht ihr Typ.*

Aber ich hatte ja auch, denke ich bei mir, während ich die Flasche von Marco annehme und daran nippe, einen Crashkurs in Enthüllung und Verrat hinter mir. Ich habe eine Mutter verloren und gefunden, und ich habe einen Vater verloren und gefunden.

Zumindest eine Art Vater.

Was mich an der ganzen Sache am meisten bekümmert, ist die Erkenntnis, dass meine Mutter so viele Jahre verschwendet hat. Von ihren egoistischen, nur um sich selbst kreisenden Eltern emotional verunsichert, war sie eine leichte Beute für Aaron gewesen, und als er sie dann rauswarf, war sie, zurückgewiesen und verletzt, wiederum zur leichten Beute für Wolf geworden. Sie brauchte ein Vierteljahrhundert, um den Mut zu finden, ihr Leben zu ändern und noch etwas daraus zu machen.

Doch erneut wurde ihre erwachende Kühnheit zerstört, bevor sie sich entfalten konnte.

Noch kann ich mich nicht mit dem Ergebnis des Prozesses gegen meinen Vater – Jared – abfinden. Letzten Endes war es doch nicht das Buch gewesen, das meiner Mutter zum Verhängnis wurde.

Es war die Ankündigung, dass sie ihn verlassen wollte.

Merkwürdigerweise tut er mir auch irgendwie leid, obwohl ich ihm weder verziehen noch ihn seit seiner Verhandlung besucht habe. Und das wird sich wahrscheinlich auch nicht ändern.

Am deutlichsten erinnere ich mich an das Video.

Ich weiß nicht, wie das Gericht daran gekommen ist – Aaron muss die Kassette der Polizei übergeben haben, zweifellos aus purem Eigennutz. Es enthielt sieben Minuten schlecht beleuchteter, verschwommener Aufnahmen mit mieser Tonqualität von den Nachwirkungen des Rituals.

Die erste Szene zeigte eine Frau, oder besser: ein Mädchen, das einsam auf dem Parkett lag. Sie war in ein langes, seidenes Gewand gekleidet, ihr dunkelblondes Haar wie ein Fächer um den Kopf, die Augen geschlossen. Leere Gläser und zerdrückte Blumen umgaben sie.

Es kann nur Tess gewesen sein.

Außer ihr schien sich niemand im Raum aufzuhalten; doch man hörte Geräusche, Schritte, Bewegungen, das Klicken eines Feuerzeugs und das Inhalieren von Rauch.

Das musste Wolf gewesen sein – Jared, mein Vater. Ich erkannte, dass er hinter der Kamera stand, nüchtern – möglicherweise die einzige Person im Haus, die noch im Besitz ihrer geistigen Fähigkeiten war, da er nicht am Ritual teilgenommen hatte.

Minuten vergingen auf diese Weise – das Mädchen bewegte sich nicht, die Kamera bewegte sich nicht. Im Hintergrund war nur zu hören, wie jemand die Videokassetten durchsuchte und dabei leise vor sich hin pfiff.

Auf einmal drang das furchtbare Geschrei einer Frau aus einem anderen Zimmer, und in den abgerissenen Urlauten schwangen unverkennbar ihr Entsetzen, ihre Wut und die erfahrene Kränkung mit.

Mir wurde klar, dass dies die Stimme meiner Mutter war.

»LASS MICH IN RUHE! HÖR AUF DAMIT! HÄNDE WEG, VERDAMMT NOCH MAL!«

Jetzt kam er von hinten ins Bild – ich erkannte ihn sofort, obwohl er damals mehr Haare hatte und seine kahle Stelle am Hinterkopf nicht größer als eine Fünfzig-Pence-Münze war. Sein schneller, kraftvoller Schritt war mir so vertraut wie mein eigenes Gesicht, als er auftauchte, über Tess hinwegstieg, aus der Tür verschwand und in die Richtung rannte, aus der die Stimme meiner Mutter kam.

Die Kamera zeigte sein Gesicht nicht. Aber ich kann mir seine Miene vorstellen.

Es gab noch mehr Geschrei – die schrecklichen Geräusche klangen verzerrt, und man verstand kein Wort. Im Vordergrund blieb alles ruhig, die Kamera zeigte weiterhin nur Tess, die dalag wie eine Tote.

Dann hörte man laute Stimmen und schließlich einen markerschütternden Knall: Mündungsfeuer leuchtete an der Wand im Flur auf, als hätte der Blitz ins Haus eingeschlagen.

Tess schreckte hoch.

***

Karen Ince wurde gefasst; sie hatte sich irgendwo in Glasgow verkrochen. Ich hatte mich innerlich auf eine weitere Verhandlung vorbereitet, aber es kam nicht dazu, da sie für unzurechnungsfähig erklärt wurde. Ich war überaus erleichtert. Wenn sie tatsächlich psychisch krank war, konnte ich auch Mitleid für sie aufbringen.

Ich habe nie herausgefunden, wer das Paar war, das mir im Zug gefolgt war, und Aaron beteuerte, nichts davon zu wissen. Doch ich habe da so meine Zweifel. Ich erinnere mich noch gut an das spitze kleine Gesicht, das aus einem der Fenster in Morningstar herabblickte. Vielleicht hatte er die Leute geschickt, um mich im Auge zu behalten; vielleicht waren sie auch auf eigene Faust unterwegs. Ich werde es nie erfahren.

Ich denke manchmal an die endlosen Telefongespräche mit meiner Mutter, in denen sie mich drängte, nach Hause zu kommen. Warum war mir nie in den Sinn gekommen, dass das Hilferufe waren und die Lösung nicht darin bestanden hätte, dass ich nach Eden Gardens zurückkehrte, sondern dass sie diesen Ort und Jared verließ und zu mir in die Stadt zog?

Zu diesem Schluss war sie am Ende selbst gekommen. Zu diesem Zweck sollte das Buch dienen.

Und es war diese Schlussfolgerung, die ihren Tod besiegelte.

Was Jared angeht – es ist immer noch ein seltsames Gefühl, ihn nicht mehr Dad zu nennen. Ich glaube, er hat mich geliebt, vor allem, als ich noch klein war. Ich erinnere mich, wie er mir Holzspielzeug schnitzte und mir die Pflanzen im Garten zeigte und mir erklärte, wie er sie pflegte. Ich glaube, erst als ich älter wurde, fing er an, sich von mir zu distanzieren. Vielleicht sah er Aaron in meinem Gesicht.

Aber er war einigermaßen glücklich gewesen. Er hatte bekommen, was er gewollt hatte – er hatte Nina und sein eigenes Geschäft, und für jemanden, der aus dem Nichts kam, war er König in seinem eigenen kleinen Reich.

Abgesehen davon, dass es nicht sein Reich war. Er hatte sich diese Privilegien nur geborgt, genauso wie er sich die Privilegien von Morningstar mit dem unerschöpflichen Vorrat an Drogen und Mädchen geborgt hatte. Er hat sich immer bei den Sachen anderer Leute bedient und wurde sauer, wenn die ursprünglichen Besitzer sie zurückhaben wollten.

Sachen wie Aarons Kamera oder Eden Gardens oder die Autonomie meiner Mutter.

Ich habe mich noch nicht entschieden, was ich mit den Notizbüchern anfange. Ich habe sie niemandem außer Rosie und Piers gezeigt. Ich habe die beiden ausfindig gemacht, kurz nachdem Jared verhaftet worden war, und war erstaunt, wie schnell ich wieder mit ihnen warm wurde. Ich treffe mich jetzt im Schnitt alle zwei Wochen mit ihnen, meist zum

Abendessen in ihrer Shabby-Chic-Doppelhaushälfte in Stoke Newington, und ich kümmere mich um ihre Katzen, wenn sie verreist sind.

Sie sind ein Quell von Informationen – im Grunde der einzige, den ich habe – darüber, wie meine Mutter war, bevor diese Tragödie sie ereilte.

Penelope, mit der ich kürzlich noch einmal gesprochen habe, werde ich nie mögen, aber Lucy hat mich ganz unerwartet gerührt. Sie kam extra aus Paris herübergeflogen, um sich mit mir zu treffen. Sie sah fix und fertig aus und trank viel in dem Restaurant, in dem wir zu Abend aßen.

Ich fand heraus, dass Aaron sie in den letzten Jahren unerbittlich ausgenutzt hatte – ihm war eine hohe Steuernachzahlung auf Morningstar aufgebrummt worden, trotz seines florierenden »Seminar«-Geschäfts, und alle ehemaligen Mitglieder, einschließlich Lucy und Penelope, waren gezwungen worden, die Kosten mitzutragen.

Lucy war ein Wrack – ein perfekt frisiertes, designergekleidetes Wrack mit riesigen, kindlichen Augen in ihrem straffen, botoxwächsernen Gesicht, und ich war mir sehr wohl bewusst, dass sie nur deswegen mit mir sprach, weil sie es musste. Sie weinte beim Nachtisch, und ich schämte mich für sie, auch wenn ich sie zugleich für ihre immense Egozentrik bemitleidete. Nachdem sie anfänglich hastig Plattitüden zum Tod meiner Mutter von sich gegeben hatte (Jared erwähnte sie mit keinem Wort), redete sie den ganzen übrigen Abend ausschließlich über ihre eigene Tragödie.

Ich hatte nun alle diese Leute in der Hand, die das Leben meiner Mutter zerstört hatten.

Was sollte ich mit ihnen anfangen?

Ich weiß, dass Tess sie jederzeit hätte entlarven können, aber sie hatte sich gnädig dagegen entschieden. Vielleicht sollte ich mir an ihr und ihrem hart erkämpften Seelenfrieden ein Beispiel nehmen.

Schließlich sind es die Geheimnisse der anderen, und sie müssen mit ihnen leben.

***

An diesem Abend, nachdem Marco und ich mit einem Sonnenschirm in der Hand durch die Ruinen von Pompeji gebummelt sind und die Säulen und Fresken betrachtet haben, fahren wir mit dem Bus zurück nach Rom. Schon am Golf von Neapel, also am Meer, beträgt die Temperatur vierzig Grad Celsius, sodass Rom erst recht eine atemberaubende Bastion schwüler Hitze ist.

Wir kehren zurück zu unserem Hotel, das nahe den Ruinen der Trajansmärkte steht, und teilen uns ein kühles Whirlpoolbad und einige Flaschen Peroni. Wir sind beide zu erschöpft für Sex und waschen uns nur gegenseitig zärtlich den schmirgelnden, körnigen Vulkanstaub von Körper und Haaren, während die Klimaanlage leise im Hintergrund surrt.

Ich liebe dieses Hotel mit seinen kaiserlich anmutenden Kellern und der Renaissance-Terrasse, wo wir unser Frühstück einnehmen. Ich liebe es, dass sein Sockel sozusagen in der Antike ruht und sein Dach in die Wolken ragt.

Schon jetzt inspiriert es mein nächstes Projekt, ein kleines Luxushotel, das Marco als Innenarchitekt gestalten wird. Wir machen Witze darüber, dass wir uns vielleicht eines Tages, mit sehr viel Glück und nachdem wir eisern gespart haben, eine Übernachtung darin werden leisten können.

Während Marco nach unten geht, um ein paar Dinge am Empfang zu klären – wir werden unter den Sternen mit Blick Richtung Forum Romanum speisen, gute Pasta essen und, wenn es nach mir geht, viel guten Wein trinken –, sitze ich nackt am Frisiertisch und öffne meinen Laptop.

Ich habe eine E-Mail von Rowan. Rowan hat seinen Job verloren, als Eden Gardens schließen musste, und er machte eine der schlimmsten Phasen durch, seitdem wir miteinander befreundet sind. Er war am Boden zerstört und voller Sorge, wie er seine zwei kleinen Kinder durchbringen sollte, wobei, was ich nicht wusste, sogar schon ein drittes unterwegs war. Er hatte keine Ahnung, dass meinen Eltern das Haus und die Gärtnerei gar nicht gehörten.

Ich hatte nicht damit gerechnet, dass meine Großeltern nachgeben würden – nicht nach allem, was Jared ihrer Tochter angetan hatte –, aber ich hatte gehofft, sie würden die Gärtnerei Rowan und mir als Partner verkaufen. Doch als sie erfuhren, dass Rowan eine emotionale Bindung zu dem Ort und zu Jared besaß und dort sein ganzes Erwachsenenleben lang gearbeitet hatte, war plötzlich andauernd von mysteriösen »neuen Angeboten« die Rede, die den Preis in die Höhe treiben sollten.

Ihre Gier und Gemeinheit erstaunten mich damals, obwohl mich das im Nachhinein wundert. Sie wollten, dass nichts von Jared übrig blieb, auch nicht von seinem Geschäft, egal, wen sie damit noch zerstörten.

Obwohl ich vollkommen durcheinander war vor Entsetzen und Trauer, hatte ich einen Geistesblitz.

Ich ging mit Rowan aus, machte ihn betrunken und unterbreitete ihm meinen Vorschlag. Mir gehörte das gesamte Inventar der Gärtnerei, sämtliche Vorräte, die Ausrüstung, das Werkzeug und die Maschinen – meine Großeltern besaßen nur das Grundstück; mit dem Geschäft hatten sie nichts zu tun.

Wir konnten anderswo neu anfangen.

Es würde nicht einfach werden. Wir müssten uns Geld leihen, eine Hypothek für einen neuen Standort aufnehmen und Verträge ausarbeiten lassen. Rowan war ein Arbeiter – ihm gehörte nicht einmal das Cottage, in dem er wohnte. Wenn wir Kapital auftreiben wollten, musste es auf meine Kappe gehen.

Aber er und Kayleigh wären meine Partner, keine Angestellten, und wir hatten einen Kundenstamm, den wir mitnehmen konnten. Ich wäre stille Teilhaberin und würde die Geschäftsführung ihnen überlassen, bis sie es sich leisten konnten, mich auszuzahlen. Ich wusste, dass ich mich auf sie verlassen konnte.

Wir legten auf der Stelle los. Wir fanden ein Grundstück, doch es war nicht geeignet, dann ein anderes, das ebenfalls ausschied. Dann entdeckten wir die perfekte Immobilie: eine kleine Gärtnerei abseits der Hauptstraße nach Southwold.

Danach ging alles unglaublich schnell, und seitdem reißt es nicht mehr ab.

Gelegentlich gönne ich mir den Spaß, am alten Haus vorbeizufahren und mir die rostigen Tore sowie die nicht enden wollende Abfolge der Schilder von Immobilienmaklern anzuschauen, während das Grundstück hinter dem Zaun allmählich zuwuchert. Trotz oder vielleicht wegen ihrer geldgierigen Versuche, Rowan und mich zu schröpfen, haben meine Großeltern bisher keinen Käufer gefunden.

Ich habe kein Interesse mehr daran, Eden Gardens zu kaufen oder selbst dort zu leben, jetzt, wo wir anderswo ein florierendes Geschäft aufgebaut haben. Letzten Endes ist dies der Ort, von dem ich fliehen konnte, im Gegensatz zu Mum.

Ich habe nichts mehr mit dem Haus oder seinen Eigentümern zu schaffen.

***

Die zweite E-Mail stammt von Aaron Kessler.

Ich sitze lange Zeit da und frage mich, ob ich sie ungelesen löschen sollte.

Am Ende öffne ich eine weitere Flasche Bier und klicke sie an.

Sophia,

ich hoffe, es geht dir gut.

Ich weiß, du hast gesagt, du willst nichts mehr von mir wissen, und ich muss mich wohl damit abfinden, wenn das dein ausdrücklicher Wunsch ist.

Und wie gut du dich damit abfindest, denke ich bei mir, deswegen schreibst du mir ja jetzt auch.
Ich setze die Flasche an die Lippen.
Wie auch immer.

Am Ende war alles ein ziemliches Durcheinander, ich weiß, aber ich habe immer noch das Gefühl, dass wir viel voneinander lernen könnten. Wir sind ein Fleisch und Blut, und das ist eine sehr tief gehende und heilige Sache.

Ich habe gestern Abend darüber nachgedacht, und mir ist eingefallen, dass ich dir nie erzählt habe, wie ich Wolf kennengelernt habe. Vielleicht interessiert es dich ja.
Wir waren in Thailand, und es war September, Monsunzeit. Man konnte nirgendwo hingehen und nichts unternehmen, weil es so heiß und schwül war, dass man dachte, man würde tot umfallen. Man konnte nichts machen, außer in klimatisierten Bars zu hocken, zu trinken und den Mädchen nachzuschauen. Sonst nichts.
Ich war nach Thailand gegangen, um mich selbst zu finden, damals, als man das noch sagen konnte, ohne ausgelacht zu werden. Die Boarhounds hatten noch keine großen Hits gelandet, daher wusste niemand, wer ich bin. Ich experimentierte einfach herum, auf der Suche nach Freiheit.
In Thailand traf ich Wolf. Er sagte mir, er sei Landschaftsgärtner, aber wegen eines Missverständnisses um eine

kleine Geldsumme gefeuert worden. Deswegen sei er hergekommen, arbeite in Bars, mache Fotos. Er wolle einen Bildband daraus machen, es seien hochwertige Aufnahmen, er habe ein gutes Auge.

Na schön, sagte ich, dann komm mit mir und mach Fotos von meiner Reise, so lange, bis du dein Buch rausbringst, und so sind wir zusammen losgezogen.

Am Anfang war es toll, es war eine Reise voller Liebe und Abenteuer und erstaunlicher spiritueller Erfahrungen. In der letzten Nacht lag ich am Strand von Tapao unter den Sternen und hatte die Vision, dass ich nach Hause musste. Ich musste aufhören, in den Tag hineinzuleben, und mit meiner Mission beginnen. Ich sagte Wolf Bescheid, und schon saßen wir im nächsten Flugzeug.

Als wir nach Hause kamen, dachte ich, das Leben würde immer so weitergehen, aber das tat es nicht. Es frisst dich auf, wenn du nichts für dich selbst tust, wenn du festgehalten wirst. Alles muss nach Höherem streben oder sterben. Ich weiß, dass du auch so empfindest, ich habe es dir angemerkt und es dem entnommen, was ich über dich gehört habe. Auch du strebst nach Weiterentwicklung. Ich würde mir gerne einbilden, dass du das von mir hast.

Wie auch immer, Wolf wird für lange, lange Zeit im Gefängnis sitzen. Obwohl er mich bestohlen hat, wird ein Teil von mir ihn immer lieben und sich an die Zeiten erinnern, in denen wir in Thailand glücklich und frei waren. Ich hoffe, ein Teil von dir wird eines Tages genauso empfinden. Es ist nicht gut, an alten Ressentiments festzuhalten, Sophia. Sie sind es, die uns am Ende umbringen. Lass es dir von mir gesagt sein.

Überwinde sie, wenn du kannst. Ich weiß, es ist eine große Bitte, aber versuch es.

Es ist nicht das, was ich erwartet habe, aber er hat tatsächlich etwas fast Vernünftiges geschrieben.

Ich weiß nicht, was ich für Jared empfinde, aber ihn zu hassen bringt mir meine Mutter nicht zurück.

Er hat mich mehrmals gebeten, ihm über seinen Anwalt zu schreiben. Ich habe jedes Mal abgelehnt.

Aber vielleicht hat mein leiblicher Vater recht. Vielleicht sollte ich nachgeben. Vielleicht.

> Ich glaube, er hat deine Mutter geliebt – Nina hatte viel Liebenswertes, aber das weißt du natürlich längst –, doch selbst in Morningstar wollte er sie exklusiv besitzen, sie für sich haben, und das darf man nicht.
> Falls wir nie wieder miteinander reden sollten, versprich mir eins – lass dich nie in Besitz nehmen.
> Vielleicht bist du eines Tages bereit, deinen Platz unter uns einzunehmen. Vielleicht auch nicht. Aber ich hoffe es.
> Morningstar wird dir immer offenstehen. Die Lichtträger haben die Anweisung, jeden Tag in ihren Gebeten und Opfern deiner zu gedenken.
> Du wirst nie vergessen werden.

Ich bin zur Litanei geworden. Wer hätte das gedacht?

Allerdings hat das Vergessen auch sein Gutes. Ich erinnere mich nur zu gut an die Leute im Zug; Monicas wütenden Blick; ihre zitternde Hand mit den weißen Knöcheln um das Messer meiner Mutter.

Und plötzlich ist mir kalt hier in Rom, zum ersten Mal seit meiner Ankunft.

So, das war für den Augenblick alles, bis auf eines. Ich wollte dir noch sagen, dass du ein zauberhaftes Geschöpf bist, einzigartig im ganzen Universum. Du bist der größte Einzelerfolg des Ordens.

Bleib so.

Mache jetzt lieber Schluss,
A.

Ich denke lange nach. So sitze ich noch da, als Marco zurückkehrt.

Er deutet auf meinen nackten Körper, beugt sich herunter, küsst mich auf die Schulter und sagt: »Willst du das zum Essen im Restaurant tragen? Sieht gut aus, aber ich bin mir nicht sicher, ob es der Kleiderordnung entspricht.«

»Tut mir leid, Marco. Entschuldige. Ich habe mich ablenken lassen. Durch eine E-Mail von Aaron Kessler.«

»Woher weiß er deine E-Mail-Adresse?«

»Woher weiß er irgendetwas?« Ich reibe mir die Augen. »Er hat seine Leute, die so etwas für ihn herausfinden.«

»Was schreibt er denn?«

»Er sagt, ich sei ein ›zauberhaftes Geschöpf, einzigartig im Universum‹.«

»Verstehe«, sagt Marco und zieht eine Augenbraue hoch. »Das ist ziemlich dick aufgetragen. Und was meinst du dazu?«

Ich seufze und lächle ihn an.

»Ich glaube, das könnte man über jeden sagen.«

KAPITEL 36

»Was zum Teufel ist das?«, fragt Jared, an Nina gewandt. Es hat sich den ganzen Tag immer mehr in ihm aufgestaut.

Es ist ein wunderschöner, idyllischer Juniabend, und Eden Gardens duftet nach Blüten und hallt von den krächzenden Rufen der Elstern wider. Jared hat gepflanzt, und seine Kleidung ist immer noch schmutzig.

Nina bereitet am Küchentisch ein spätes Abendessen für sie zu, das sie unten im Garten unter den Lichterketten einnehmen wollen. Sie schneidet die kleinen, süßen Tomaten, die sie hier anbauen, und besprenkelt sie anschließend mit Balsamico-Essig und streut Kräuter darüber.

Sie blickt auf, das Messer in der Hand, und ihr wird vor Schreck ganz übel, als sie sieht, dass er ihre Notizbücher in der Hand hält. Er muss ihr Versteck hinter der Garderobe gefunden haben, was bedeutet, dass er das Haus durchsucht hat.

Sein Gesicht ist mit hektischen roten und weißen Flecken bedeckt, als hätte man ihm einen tödlichen Schlag versetzt.

»Hast du das geschrieben?«

Die Frage ist absurd. Wer sonst könnte es geschrieben haben?

Dann fällt ihr ein, dass das vielleicht eine gute Gelegenheit ist. Sie hätte es ihm ohnehin irgendwann sagen müssen. Es ändert nichts an den Plänen, die sie geschmiedet hat, nachdem ihr klar wurde, dass Sophia gegangen war und nie wieder zurückkommen würde.

Es beschleunigt nur ihre Umsetzung.

»Ich wollte nicht, dass du sie liest.« Sie richtet sich auf und stellt sich ihm gegenüber. »Sie sind privat.«

Er verpasst ihr eine Ohrfeige mitten ins Gesicht, sodass sie auf den Küchenboden stürzt und sich den Kopf am Rand der Spüle verletzt.

Er schlägt sie in letzter Zeit immer öfter. Seit Sophias Auszug ist es, als wäre bei ihm eine innere Hemmschwelle verschwunden.

Ninas vogelartige Hände flattern zu ihrem dunklen Haar. Aus der Wunde fließt Blut, das die Strähnen zwischen ihren Fingern in leuchtendes Rot taucht.

»Ich habe für dich gearbeitet, ja, geschuftet wie ein Sklave, verdammt noch mal! Seit fünfundzwanzig Jahren bin ich der Ernährer, ich habe deine Klamotten und alles andere für dich bezahlt – und für Aaron Kesslers kleinen Bastard …«

Das kann sie nicht ertragen. Sie wird nicht dulden, dass er so über Sophia spricht.

»Jared, du hast von Anfang an gewusst, wie es sich verhält. Ich weiß nicht, wer von euch ihr Vater ist …« Sie versucht aufzustehen, aber ihr ist schwindlig und übel.

Was sie nicht empfindet, ist Angst, so unklug das auch ist. Sie gehen jetzt gemeinsam diesen Weg, er und sie, und sie müssen ihn bis zum Ende gehen.

»Hör doch auf, Nina, sie sieht ihm sogar ähnlich. Schon seit Jahren. Aaron, der euch alle rausgeworfen hat, als ihr ihn gelangweilt habt. Ich hab mir für dich den Arsch aufgerissen, und« – sein Gesicht verzerrt sich – »und du bist immer noch besessen von diesem Wichser!« Drohend wedelt er mit den Notizbüchern vor ihrem Gesicht herum. »Sogar jetzt noch!«

»Nein, ich bin nicht von ihm besessen. Ich habe mich nur noch nie richtig damit auseinandergesetzt, was damals passiert ist.« Sie ist es leid, auf dem Boden zu sitzen und vor seinen Füßen zu kauern, deswegen rappelt sie sich auf. »Ich möchte, dass die Leute wissen, was mit mir geschehen ist. Ich habe es satt, mich zu verstecken.«

»Hattest du jemals vor, das mit mir zu besprechen? Ich

komme schließlich auch darin vor!« Er fuchtelt mit den Händen in der Luft herum.

»Irgendwann schon.« Sie reibt sich die blau angelaufene Wange.

»Was zum Teufel soll das heißen?«

»Ich verlasse dich«, sagt sie, nimmt ihre Hand weg und sieht sich das Blut an.

»Du tust was?« Er stößt ein verbittertes Lachen aus, in dem zugleich eine erschrockene Frage mitschwingt. »Und wo willst du hin?«

»Ich weiß es noch nicht genau.«

»Ach, das sagst du doch immer, wenn du schlechte Laune hast.«

»Stimmt nicht«, erwidert sie und ist jetzt ganz ruhig. »Ich sage das so gut wie nie. Ich denke es nur. Aber jetzt spreche ich es aus.«

»Ohne mich würdest du keine zwei Tage überleben«, höhnt er.

»Doch, das würde ich.« Sie greift nach der Küchenrolle und reißt ein Stück ab. Sie sieht sich um. »Ich habe genug. Ich will einen Neuanfang machen. Ich lebe seit fünfundzwanzig Jahren hier, verstecke mich hier, und es erstickt mich. Ich will wieder aufs College. Ich will wieder leben!«

Schweigen breitet sich zwischen ihnen aus. Er spürt, dass sie es ernst meint.

»Wie lange brütest du das schon aus?«, fragt er und verschränkt seine schlammverschmierten Arme.

Sie betupft mit dem Küchentuch ihre Kopfwunde. »Seitdem Sophia gegangen ist.«

»Sophia«, zischt er. »Sophia, Aarons Bastard, die Wurzel allen Übels.« Für einen Moment schwelt seine Eifersucht wie eine chemische Verätzung. »Ist klar. Denn ich allein bin ja nicht genug für dich.«

Nina denkt nach, überlegt gründlich, und obwohl sie nicht

weiß, dass dies die Worte sind, die sie töten werden, weiß sie doch, dass sie, einmal ausgesprochen, nie wieder zurückgenommen werden können.

»Du hast mich in einer sehr verletzlichen Phase meines Lebens getroffen, und obwohl ich dir von Anfang gesagt habe, dass ich es nicht wollte, hast du mir eine Beziehung aufgezwungen. Du hattest mich ein Vierteljahrhundert lang, und das ist mehr als genug.«

Sie zupft ihre verrutschte gelbe Bluse zurecht. »Mein Leben wurde auf Eis gelegt, als ich in Morningstar ankam. Jetzt fängt es noch einmal an.« Sie drückt sich das Küchentuch an den Kopf, um die Blutung zu stillen. »Es tut mir leid, wenn ich dir wehgetan habe.«

»Du, mir wehtun?«, brüllt er so laut, dass sich Nina fragt, ob man es bis in Rowans Cottage hören kann. »Du tust mir weh, du verlogene Fotze?« Er hebt die Notizbücher auf und schüttelt sie vor ihrem Gesicht. »Wie du hier drin über mich redest! Als wäre ich Scheiße an deinem Schuh! Ist deswegen bei uns eingebrochen worden? Haben dein Herr und Meister Aaron und seine kleine Armee von Idioten damit ihre Missbilligung deiner lächerlichen literarischen Ambitionen zum Ausdruck gebracht?«

Sie zuckt schuldbewusst zusammen, und ihr Gesichtsausdruck verrät alles.

»Pass bloß auf, Nina«, sagt er und spielt seine Trumpfkarte aus, diejenige, mit der er schon immer alles erreicht hat. »Wenn du plaudern willst, kann ich das auch. Ich wette, es gibt immer noch jemanden, den es brennend interessiert, was wirklich mit Onkel Pete passiert ist.«

Damit hat Nina gerechnet.

»Es müssten aber Beweise dafür gefunden werden, nicht wahr?«, erwidert sie. »Und das dürfte inzwischen schwer werden.«

»Ach ja? Das würdest du riskieren?« Er starrt sie an.

»Ja«, sagt Nina, und zum ersten Mal in fünfundzwanzig Jahren stellt sie fest, dass das der Wahrheit entspricht. »Ja, das würde ich.«

***

Jared stürmt hinaus in den Garten. Die Ruhe, die Ordnung, die glimmenden Lichterketten dort verspotten ihn.

Er hat alles für sie getan, was er konnte, und es bedeutet ihr einen Dreck. Er hat diesen Ort aus dem Nichts aufgebaut. Er hat sie aus dem Nichts zu etwas gemacht, diese kaltherzige, undankbare, wertlose Schlampe.

Er hat schließlich einen Mann für sie getötet, verdammte Scheiße!

Er hat Peter Clay direkt ins Gesicht geschossen. Als sie in ihrer drogengetränkten Rage schreiend dastand, war er gekommen und hatte den Bastard erwischt, wie er sie begrapschte, und er hatte rotgesehen ... Er hatte Glück gehabt, dass ihm das niemand nachweisen konnte.

Er spürt den Drang, sie zu töten, den dünnen zerbrechlichen Vogelhals zu packen und zuzudrücken, bis ihr die Augen herausspringen, bis sie mit jeder Faser denselben Schmerz und dieselbe Angst fühlt, die ihn jetzt quälen. Er hat das schon seit Jahren vor, aber in letzter Zeit kann er kaum noch an etwas anderes denken als daran, wie er die Tat vollbringen würde. Wobei die Vorstellung befriedigend, aber dennoch erschreckend ist.

Jedoch nicht erschreckender, als sie zu verlieren.

Aaron Kessler, für den Nina ein Nichts war, ist ihr mehr wert als er. Sophia, die alles daransetzt, den Anrufen ihrer Mutter aus dem Weg zu gehen, und die sie beide verlassen hat, um ein luxuriöses Londoner Lotterleben zu führen – ganz die Tochter ihres verdammten Vaters, nicht wahr? –, ist ihr mehr wert als er.

So ist es doch, oder?

Er will sie umbringen. Sehnt sich danach. Nein, er will mehr. Er will ihr dabei wehtun.

Und nachdem seine Hemmungen einmal verschwunden sind und er fest entschlossen ist, führt kein Weg mehr zurück.

Er bringt die Notizbücher in seinen Schuppen und schiebt sie auf das Gardinenbrett. Nina kommt nie hier rein, wenn sie nicht unbedingt muss. Er kann die Bücher später in dem Versteck unterbringen, das er für die Kamera gebaut hat.

Im Augenblick hat er Wichtigeres zu tun.

***

»Ruf Sophia an«, befiehlt er.

Er ist zurück in der Küche. Zwei Stunden sind vergangen, und er hat sich wieder beruhigt.

Sie beobachtet ihn genau, als wüsste sie, dass das eine Falle ist. Sie hat eine Veränderung in der Atmosphäre wahrgenommen, etwas Unheimliches, etwas, das sie nicht kennt.

»Sie wird nicht kommen. Sie kommt nie. Es ist Freitag, sie ist wahrscheinlich nicht da.«

»Ruf sie trotzdem an. Sag ihr, es ist wichtig, sag ihr aber nicht, worum es geht. Ich repariere jetzt die Lichterketten, sie blinken die ganze Zeit.«

Er dreht sich auf dem Absatz um und geht zurück in den Garten.

Sie ruft Sophia an und trifft auf deren hartnäckigen Widerstand.

Und nur dieses eine Mal würde Nina ihr so gerne sagen, was ihre vielen Anrufe zu bedeuten haben, sie möchte es einmal laut aussprechen: »Ich rufe dich an, weil ich dich liebe, und ich vermisse dich, sogar wenn wir zusammen im selben Raum sind. Du bist das Einzige in meinem Leben, was mich mit Liebe erfüllt und mir Liebe geschenkt hat, und heute Abend ist das wichtig.«

Aber sie sagt es nicht. Sie will Sophia nicht erschrecken oder verärgern. Morgen werden sie reden. Es gibt immer ein Morgen.

Nina vermutet, dass Sophia ihren Entschluss begrüßen wird, ein neues Leben anzufangen. Ihre Tochter hat Jared nie besonders nahegestanden, unbewusst war sie sicher abgeschreckt von seinem absoluten Egoismus.

Doch wie auch immer, es spielt keine Rolle. Sie wird in jedem Fall ihr Leben ändern.

Nina stellt das Telefon zurück auf die Station und bringt eine Tasse Tee zum Tisch hinten im Garten.

Jared steht auf der Leiter und fummelt an den Drähten der Lichterketten herum.

»Und, kommt sie?«, fragt er.

»Nein. Sie ist in einem Nachtklub. Sie hat zu viel getrunken.«

»Hmm. Ist ja mal wieder typisch.«

Alles könnte fast normal sein. Doch obwohl Nina immer behauptet hat, sie habe nicht einen Funken übersinnliche Fähigkeiten, hat sie die Küchenschere in die Gesäßtasche ihrer Jeans gesteckt, unter ihre Bluse.

Er wird sie nie wieder schlagen.

Und damit hat sie nur allzu recht, ohne es zu ahnen.

»Es hat keinen Zweck«, sagt Jared. »Die Kabel sind verknotet, meine Finger sind zu dick. Komm, ich halte die Kette gerade, du entwirrst sie. Ich will nicht, dass hier alles in Flammen aufgeht.«

Dass alles in Flammen aufgeht wegen der Lichterketten, das hält Nina für unwahrscheinlich, aber sie hat keine Lust mehr, sich mit ihm zu streiten. Jetzt, wo die Katze aus dem Sack ist, wird sie ihr Vorhaben durchziehen. Sie muss nur noch eine Unterkunft finden. Und einen Job. Darum wird es zweifellos noch sehr viel Streit geben.

Sie stellt den Tee auf den Tisch und setzt sich zu ihm auf die Leiter. Er kommt ein, zwei Stufen herunter, damit sie nach oben gehen kann.

Sie kann keine Knoten in den Drähten erkennen.

»Was soll ich machen?«, fragt sie.

»Halt still«, sagt er, und sein Ton ist gleichgültig, fast zu gleichgültig, und sie ahnt, was geschehen wird, Sekundenbruchteile bevor die Schlinge über ihren Kopf gezogen wird.

Verzweifelt greift sie hinter sich nach dem Baum, auf der Suche nach Halt. Jared ist weg, und sie weiß sofort, dass er die Leiter wegtreten will.

Ihr Schrecken ist grenzenlos, ebenso wie ihr Unglaube. Warum tut er das? Damit zerstört er auch sein Leben.

»Genieß es, Nina, du undankbare Schlampe! Du hast mein Leben ruiniert! Sophia und ich kommen bald nach.«

Etwas rüttelt Nina auf, und sie erinnert sich an die Schere, während sich die Schlinge zusammenzieht. Die Lämpchen verhindern, dass sie sich ganz zuzieht, aber sie kann den Kopf trotzdem nicht herausziehen; doch nicht einmal das ist im Moment wichtig. Alles, was zählt, ist, dass sie ihn davon abhält, ihr kleines Mädchen zu verletzen.

Als sie sich nach oben reckt, um den Draht durchzuschneiden, sieht er die Schere und greift nach ihrer Hand, aber sie ist zu schnell für ihn.

Die Schere versinkt einmal, zweimal tief in seinem Bauch, und es ist dieser zweite Hieb, der ihn aus dem Gleichgewicht bringt.

Er fällt, und die Leiter mit ihm, die Schere in seinem Fleisch.

Nina greift verzweifelt nach dem Baum, nach dem Ast über ihr, während ihre Augen blutig aus den Höhlen treten und ihr durch ihr eigenes Gewicht die Luft abgeschnitten wird. Ihre zuckenden Füße werden ruhig.

Alle Lichter werden schwächer.

Ihr letzter Gedanke ist: *Sophia*.

DANKSAGUNG

Ich möchte mich bei dem unermüdlichen Team von Michael Joseph für all die Mühe bedanken – insbesondere bei meiner Lektorin Maxine Hitchcock sowie bei Clare Bowron, Eve Hall und Emad Akhtar, die mir alle mit ihrem unschätzbaren Rat zur Seite gestanden haben. Mein Dank gilt auch Sarah Harwood, Beth Cockeram, Nick Lowndes und Shauna Bartlett. Je länger ich mit euch allen arbeite, desto mehr bin ich überwältigt von eurer Hingabe und Kreativität.

Ihr seid fantastisch, und es war mir eine Ehre, mit euch zusammenzuarbeiten.

Wieder einmal gebührt alles Lob meiner unerschütterlichen Agentin Judith Murray und allen bei Greene and Heaton. Tausend Dank! Für jeden einzelnen Tag.

Bedanken möchte ich mich auch bei Treadwells Bookshop in London, der sich als eine Schatztruhe voller Forschungsmaterial, Bücher und exzellenter Beratung über Heidentum und Okkultismus erwiesen hat – sämtliche Fehler im Buch sind allein meine Schuld. Alle, denen ich in den heidnischen und magischen Gemeinschaften begegnet bin, waren brillant, klug und freundlich. Ich habe als Gast angeklopft und gehe jetzt vielleicht nie wieder fort. Vielen Dank!

Auch meine Recherche zum Thema Sekten hat verschiedene Wendungen genommen, zu viele, um sie hier alle aufzuzählen, aber falls jemand nach einem guten Grundlagenwerk sucht, kann ich *Combating Cult Mind Control* von Steve Hassan empfehlen, das 1988 bei Freedom of Mind Press erschienen ist und seitdem mehrere Neuauflagen erfahren hat.

Ferner möchte ich folgenden Personen danken: Chuck Dreyer, Gordon Fraser, Melanie Garrett, Lucia Graves, Dave Gullen, Sumit Paul-Choudhury, Michael Row, Gaie Sebold und Ally Shaw, die alle mit mir zusammen in einem Bauernhaus in Südwales waren, als mir erstmals die Idee zu diesem Buch kam. Ich danke KD Grace dafür, dass sie für mich da war (eines Tages werden wir nach Avebury zurückkehren!), Cambridge Writers für die exzellente Kritik an den ersten Kapiteln und Louise Dean und allen anderen bei der Kritikme Krew für einige großartige Ratschläge und gute Lacher.

Ich möchte auch meiner Familie danken – Mum, Dad, John, Atsuko, Joe, Darla, Aiden, Arcadia, Finn, Rain, Remy, Oliver, Jacqueline und Lance – dafür, dass sie so sind, wie sie sind.

Und schließlich möchte ich die Gelegenheit nutzen, Asta und Hallam auf dieser Welt zu begrüßen. Viel Spaß, ihr zwei. Haut auf den Putz!

Die Opfer: 15 Jahre jung und verschwunden, für immer
Der Täter: zu allem fähig und niemals zufrieden
Die Erzählerin: psychisch labil und höchst unzuverlässig ...

Helen Callaghan

DEAR AMY

Psychothriller

Die Lehrerin Margot Lewis ist extrem beunruhigt, als ein 15-jähriges Mädchen aus ihrer Klasse verschwindet. Sie ist überzeugt, dass Katie entführt wurde, auch wenn die Polizei dafür noch keinerlei Beweise hat. Dann erhält Margot, die nebenbei die Ratgeber-Kolumne »Dear Amy« führt, einen unheimlichen Brief: Darin fleht ein Mädchen um Hilfe, das vor 15 Jahren spurlos verschwand. Ein Graphologe bestätigt die Echtheit des Briefes – und dass er nagelneu ist.

Margot, deren Gemütszustand sich rapide verschlechtert, verbeißt sich regelrecht in die Fälle, will unbedingt helfen. Doch was verschweigt sie selbst?

Beklemmende psychologische Spannung um zwei Entführungsopfer – ein packendes Debüt, das in England sofort die Bestsellerlisten stürmte!

»Ein Wirbelwind von einem Psychothriller!«
Daily Mail

KNAUR

Der neue Thriller von Gilly Macmillan,
Autorin des Bestsellers Perfect Girl.

Gilly Macmillan

BAD FRIENDS

Thriller

Heimlich haben sie sich nachts davongeschlichen, wie Jungs das eben manchmal tun: Abdi Mahal und Noah Sadler, die beste Freunde sind, seit der Flüchtling Abdi Noahs Schule in Bristol besucht. Doch in dieser Nacht wird Noah bewusstlos aus dem Feeder Canal gezogen, und aus dem traumatisierten Abdi ist kein Wort herauszubekommen.

Während Noah im Koma liegt und um sein Leben kämpft, soll Detective Inspector Jim Clemo möglichst taktvoll ermitteln – denn Fremdenfeindlichkeit brodelt unter der glänzenden Oberfläche der Stadt. Wie konnte es zu dieser Katastrophe kommen, die das Leben beider Freunde und ihrer Familien zu zerstören droht? Alles scheint davon abzuhängen, dass einer der beiden Jungen endlich spricht. Doch der eine kann es nicht. Und der andere wird es nicht tun.

»Fans von Tana French, Ruth Ware und Gillian Flynn
werden in der sich langsam auffächernden
Handlung lustvoll versinken.«
BookPage

Du weißt nicht, wer du bist.
Du weißt nicht, wer sie sind.
Aber sie kennen deinen Namen.

C. J. Cooke

BROKEN MEMORY

Woher kennst du meinen Namen?

Thriller

Eine Frau erwacht an einem einsamen Strand, verletzt und ohne jede Erinnerung. Zum Glück wird sie von vier Fremden gefunden, die sich um sie kümmern wollen, bis es ihr gut genug geht, um die Insel verlassen zu können. Doch irgendetwas stimmt nicht mit den zwei Männern und zwei Frauen: Jeder von ihnen scheint etwas zu verbergen – was wissen sie wirklich über ihren Gast? Zeitgleich sucht man in London verzweifelt nach einer jungen Mutter und Ehefrau, die am helllichten Tag spurlos verschwunden ist. Stück für Stück lassen die Ermittlungen die perfekte Fassade von Ehe- und Familienglück bröckeln …

DROEMER

Wahrheit oder Wahnsinn?

S. K. Tremayne

EISIGE SCHWESTERN

Psychothriller

Es war nur eine vereiste Kurve. Nur ein Moment der Unachtsamkeit. Doch seit Kath Redways Auto in einen See im Dartmoor stürzte, scheint ihr Leben in einen finsteren Abgrund zu trudeln. An den Vorfall selbst kann sie sich nicht erinnern, auch die Woche davor ist wie aus dem Gedächtnis gelöscht. War Kath wirklich so glücklich, wie sie immer dachte? Was verbirgt ihre Familie vor ihr? Und was glaubt ihre kleine Tochter Lyla im nächtlichen, nebligen Moor zu sehen?

Der neue Psychothriller von S. K. Tremayne, der mit »Eisige Schwestern« und »Stiefkind«+ die Bestsellerlisten stürmte.

»Es gibt sie tatsächlich noch, diese Psychothriller, die einem förmlich das Blut in den Adern gefrieren lassen!«
Booksection.de